shiji
wenxue
jingdian

世纪文学经典

茅盾 著

茅盾精选集

北京燕山出版社

"世纪文学60家"书系总策划：
白烨、陈骏涛、倪培耕、贺绍俊、张红梅

"世纪文学60家"评选专家名单：
（以姓氏笔画为序）

丁　帆	南京大学中文系教授
王中忱	清华大学中文系教授
王晓明	华东师范大学中文系教授
王富仁	汕头大学中文系教授
白　烨	中国社会科学院文学研究所研究员
孙　郁	鲁迅博物馆研究员
吴思敬	首都师范大学文学院教授
陈思和	复旦大学中文系教授
陈晓明	北京大学中文系教授
陈骏涛	中国社会科学院文学研究所研究员
陈子善	华东师范大学中文系教授
孟繁华	沈阳师范大学教授
於可训	武汉大学文学院教授
杨匡汉	中国社会科学院文学研究所研究员
杨　义	中国社会科学院文学研究所研究员
张　炯	中国社会科学院文学研究所研究员
张　健	北京师范大学文学院教授
张中良	中国社会科学院文学研究所研究员
赵　园	中国社会科学院文学研究所研究员
洪子诚	北京大学中文系教授
贺绍俊	沈阳师范大学教授
谢　冕	北京大学中文系教授
程光炜	中国人民大学中文系教授
雷　达	中国作家协会创研部研究员
黎湘萍	中国社会科学院文学研究所研究员

出版前言

"世纪文学60家"书系的创编与推出，旨在以名家联袂名作的方式，检阅和展示20世纪中国文学所取得的丰硕成果与长足进步，进一步促进先进文化的积累与经典作品的传播，满足新一代文学爱好者的阅读需求。

为使"世纪文学60家"书系的评选、出版活动，既体现文学专家的学术见识，又吸纳文学读者的有益意见，我们采取了专家评选与读者投票相结合的方式。我们依据20世纪华文作家在中国现当代文学史上的地位与影响，经过反复推敲和斟酌，确定了100位作家及其代表作作为候选名单。其后，又约请25位中国现当代文学专家组成"世纪文学60家"评选委员会，在100位候选人名单的基础上进行书面记名投票，以得票多少为顺序，产生了"世纪文学60家"的专家评选结果。为了吸纳广大读者对20世纪华文作家及作品的相关看法和阅读意向，我们与"新浪网·读书频道"全力合作，展开了为期两个月的"华文'世纪文学60家'全民网络大评选"活动。2005年12月16日，读者评选结果在"新浪网·读书频道"正式公布。为了使"世纪文学60家"的评选与编选，能够比较客观地反映专家和读者两方面的意见，经过反复协商，最终以各占50%的权重，得出了"世纪文学60家"书系入选名单。

"世纪文学60家"书系入选作家，均以"精选集"的方式收入其代表性的作品。在作品之外，我们还约请有关专家、学者撰写了研究性序言，编制了作家的创作要目，为读者了解作家作品、创作特点和其在文学史上的地位，提供必要的导读和更多的资讯。

"世纪文学60家"评选结果

排名	作家	专家评分	读者评分	评选结果	排名	作家	专家评分	读者评分	评选结果
1	鲁迅	100	100	100	31	赵树理	85	55	70
2	张爱玲	100	97	98.5	32	梁实秋	67	71	69
3	沈从文	100	96	98	33	郭沫若	70	65	67.5
4	老舍	94	94	94	33	陈忠实	67	68	67.5
4	茅盾	100	88	94	35	张恨水	64	70	67
6	贾平凹	94	92	93	36	苏童	58	75	66.5
7	巴金	94	90	92	36	冰心	51	82	66.5
7	曹禺	100	84	92	38	穆旦	78	52	65
9	钱钟书	80	99	89.5	39	丁玲	78	47	62.5
10	余华	85	92	88.5	40	顾城	29	95	62
11	汪曾祺	100	76	88	41	舒婷	51	69	60
12	徐志摩	85	89	87	42	张承志	67	51	59
12	莫言	94	80	87	43	王朔	45	72	58.5
14	王安忆	94	77	85.5	44	刘震云	58	58	58
15	金庸	70	98	84	45	韩少功	54	57	55.5
15	周作人	94	74	84	46	阿城	54	56	55
17	朱自清	70	93	81.5	47	张洁	64	44	54
18	郁达夫	78	83	80.5	48	三毛	22	85	53.5
19	戴望舒	94	66	80	49	铁凝	51	53	52
20	史铁生	80	79	79.5	50	张炜	60	40	50
20	北岛	78	81	79.5	50	李劼人	78	22	50
22	孙犁	94	62	78	52	宗璞	64	33	48.5
22	王蒙	78	78	78	53	郭小川	58	36	47
24	艾青	94	60	77	53	柳青	58	36	47
25	余光中	78	73	75.5	55	施蛰存	51	42	46.5
26	白先勇	85	64	74.5	56	张贤亮	42	49	45.5
27	萧红	85	61	73	56	刘恒	64	27	45.5
27	路遥	60	86	73	56	高晓声	45	46	45.5
29	闻一多	78	67	72.5	56	李锐	51	40	45.5
30	林语堂	54	87	70.5	60	徐訏	45	43	44

目 录

茅盾创作道路 ………… 丁　帆 001

长篇小说

幻灭 ……………………… 003
动摇 ……………………… 068
追求 ……………………… 183

中短篇小说

诗与散文 ………………… 307
林家铺子 ………………… 319
春蚕 ……………………… 354

创作要目 ………… 丁　帆 374

（本书目由陈骏涛选定）

茅盾创作道路

丁　帆

茅盾(1896—1981),原名沈德鸿,字雁冰,浙江省桐乡县乌镇人。革命文学家和中国共产党最早的党员之一。茅盾出生于一个世代书香门第,父亲沈永锡是一位医生,是当时的"维新派"人物,注重自然科学,希望儿子将来学"实业"。由于父亲早逝,茅盾是在母亲的一手教育下成长的。中学时代的茅盾便积极地投身到辛亥革命浪潮中去,但革命并没有给人们带来希望,茅盾在反对新学监"整顿"校风的学潮中被嘉兴府中学斥退后转入杭州的安定中学。1913年茅盾考入北京大学预科第一类。预科三年期满后,由于家境窘迫,茅盾于1916年8月进入上海商务印书馆任编辑工作,并开始翻译、编纂中外书籍,在《学生杂志》《学灯》等刊物上发表文章。

五四运动时期,茅盾便以新文学运动的积极拥护者和参加者的姿态为之呐喊助威,他在1920年初就发表了《现在文学家的责任是什么?》和《新旧文学平议之评议》等论文,较早地大力提倡"文学为人生"的艺术主张。1921年"文学研究会"的成立以及它所倡导的文学主张,与作为中坚力量的茅盾关系密切。同年,茅盾接手了《小说月报》的主编工作,使得这个刊物成为"文学研究会"作家进行新文学创作、向封建文学进攻的坚固阵地。这一时期,茅盾写了一大批文学论文,阐述和完善"为人生的艺术"的观念。

茅盾是最早从事中国共产主义运动的革命知识分子之一。1920年他参加了上海马克思主义小组的活动,1921年成为中国共产党的第一批党员,参与了党的筹建工作,并积极地投身于党所领导的社会斗争。1924年茅盾参加了党所创办的上海大学的教学工作,培养了一大批革命干部和知识青年。1925年茅盾直接参加了五卅运动,写下了许多杂文,鞭挞反动派,讴歌勇于斗争的战士。1926年初茅盾离沪赴粤,参加了第一次国内革命战争。开始他在国民党中央宣传部任秘书。"中山舰事件"爆发后,茅盾回到上海任国民通讯社主编。年底北伐军攻克武汉后抵武昌,先任中央军事政治学校教官,后调《民国日报》任主笔,兼任武汉中山大学文学院教授。从1925年到1927年,茅盾一直处在革命运动的旋涡中心,他接触了大量的人和事,这一段丰富的政治生活,为他以后的小说创作提供了素材。

1927年的四一二政变,给中国许许多多思想上没有足够准备的革命知识分子带来了精神上的沉重打击。不可否认,茅盾正是在血与火的斗争中经历了几番痛苦的精神斗争后,在一种极为痛苦的矛盾心境中转入创作活动的。7月,汪精卫在武汉举行反共会议,茅盾从武汉转去南昌,结果在牯岭受阻,直至8月才回到上海。在此期间,茅盾完成了三部曲《蚀》。

《蚀》是茅盾小说的处女作,原稿笔名为"矛盾",可见作者的心境,后由叶圣陶改为"茅盾"。这部小说是茅盾用血与泪的激情写成的,它在《小说月报》上发表以后,很快就引起了巨大反响。这是一部反映动荡年代里知识分子真实心态的深刻之作,其中对革命知识分子心灵世界的描摹是当时的许多作品所不能企及的。它由三个系列中篇组成:《幻灭》《动摇》《追求》,各自独立成篇,又有着内在的必然联系。整个作品是以大革命前后一群小资产阶级知识青年的生活经历和心灵历程为题材,深刻地揭示了革命营垒中林林总总的矛盾和在动荡斗争中的阶级分化。作品表现"现代青年在革命壮潮中所经过的三个时期:(1)革命前夕的亢昂兴奋和革命既到面前时的幻灭;

(2)革命斗争剧烈时的动摇;(3)幻灭动摇后不甘寂寞尚思作最后之追求"。①在这一总主题的规约下,茅盾创造了一个个具有独特性格的人物,从苦闷到热情,从热情到动摇,从动摇到幻灭……这一性格发展逻辑几乎印证在他笔下的每一个主要人物身上。

在《幻灭》中,茅盾着力描写了一位抱着美好幻想参加革命的小资产阶级女性的悲剧。小说主人公静女士从小就在母亲的恬静的家庭环境中长大,因此她把"革命"看作一件充满诗情画意的事情,然而每每一接触现实的社会生活,就给这个毫无思想准备的女性带来精神世界的"幻灭"。从静女士的生活过程中,我们可以清楚地看到小资产阶级知识分子在踏上革命道路前后的思想境界,他们在毫无思想准备的情况下投身于大革命,在革命动荡中必然就会表现出个人主义的悲观幻灭心态。革命给予他们更多的是思想的考验和肉体的磨练,而非罗曼蒂克式的理想的胜利。

《动摇》反映的是1927年春夏之交,"武汉政府"蜕变之前,湖北一个小县城里的风波。茅盾认为"小说的功效原来在借部分以暗示全体"②。作品以较大的场面反映了那一时期政治风云变幻中的各色人等,但着墨最多、描写得最好的是主人公方罗兰。方罗兰是革命队伍中思想极不稳定的知识分子典型代表,身为国民政府管辖下的县党部委员兼商民部长,在激烈的阶级斗争面前,他表现出软弱与动摇。对反革命势力打击不力(对胡国光混入商民协会的草率处理),阶级立场不分明(在处理店员与店东的矛盾中表现得软弱和犹豫),宽大中和的儒家思想(李克要镇压反动派时,他迟疑彷徨;反动派猖狂杀戮革命者时,他又企图以宽大中和来消弭那可怕的仇杀),构成了方罗兰"动摇"妥协的小资产阶级"革命家"的性格内核。他"动摇于左右之间,也动摇于成功或者失败之间"③。同时作者还将这一性

---

① 茅盾:《从牯岭到东京》,《茅盾全集》第十九卷,人民文学出版社1991年版。
② 茅盾:《从牯岭到东京》,《茅盾全集》第十九卷,人民文学出版社1991年版。
③ 茅盾:《我所走过的道路》(中),第九页,人民文学出版社1984年版。

格内核套上了一件"恋爱的外衣",使人物形象更为丰盈。方罗兰在爱情上也充分显示了其"动摇"的本性。一面是他被温柔贤惠具有传统美德的结发之妻陆梅丽的纯情包围;另一面是经不住浪漫风流具有时代特征的新女性孙舞阳的性感诱惑。作为一个从五四时代走过来的青年,方罗兰是属于那种既保留着传统伦理道德,同时又渴望呼吸时代新鲜空气的知识分子,在这两者的选择之中,他永远处在矛盾和动摇之中(后来对孙舞阳失却追求信心则应归诸政治因素)。他的恋爱生活也深刻地揭示出许多小资产阶级革命者性格特征的本质方面。《动摇》中土豪劣绅胡国光的形象也刻画得入木三分。胡国光混进了革命阵营,却以极"左"的面貌制造了许多"过火行为",他们以比共产党人还要"左"的面貌出现,从而破坏共产党的声誉,破坏革命,然后本相毕露,血腥镇压革命。胡国光作为一个反面人物形象,茅盾为我们提供了现代文学史上颇具艺术性的性格典型。同时,这个人物的刻画深化了作品的主题和背景,将一个危机四伏、犬牙交错的革命与反革命的内在较量的复杂斗争局面描绘得很真实。同是革命者,既有方罗兰这样的动摇分子,又有像李克那样的有预见的强硬人物,也有像孙舞阳式的浪漫色调的革命者。这些正反面人物的描写为展示大时代风起云涌浪潮中的各色人等的行状做了非常概括的表现。在这错综复杂的人物矛盾中,暗示着革命的必然趋向。

《追求》是描写在大革命失败后,一群小资产阶级知识分子在各自的追求中所遭受的不同悲剧命运。在白色恐怖之下,他们来到纸醉金迷的上海滩,悲观、颓废、失望是他们流行的心理病。然而,不甘黑暗现实的压迫,企图做一次新的挣扎和追求,又是他们的共同愿望。在这种心理矛盾中,作者勾画出了形形色色的小资产阶级的个性心理世界。张曼青,这个曾经受过大革命风暴洗礼的战士,在失望中还企图以教育救国的方式来拯救下一代,他认为自己这一代人是无望了,希望寄托在下一代。所以,一种神圣的责任感促使他为教育而奔波,但在一个个新的打击面前(连纯洁无辜的学生都被冠以罪名开除)他变得愈来愈消沉颓废。他的所谓救国梦被黑暗的现实无情地摧毁,从失败到沉沦是他必然的归宿:"我简直不想当教员,现在我知道我进教育界的计划是错误了!我的理想完全失败,大多数是这样的无聊,改革也没有希望。"章秋柳是《追求》中描写得最为突出的一个女性形象,她在精神上受到折磨后,采取的是一条病态的反抗道路,她以"颓废的冲动"来寻欢作乐,满足感官上的刺激,以此来报复黑暗的现实。"一条路引你到光明,但是艰苦,有许多荆棘,许多陷坑;另一条路会引你到堕落,可是舒服,有物质的享乐,有肉感的狂欢!"在这两者之间,章秋柳选择了后者。联系起前两部小说中的女性形象来看,从五四到大革命失败,中国的小资产阶级女性并没有获得精神上和肉体上的解放。从封建的礼教囚笼中跳出来,又转到自甘堕落的疯狂享乐之中去,新女性仍然没有摆脱精神上的压迫。章秋柳这个形象的个性特点正是和小资产阶级软弱的本质联系在一起的。在时代阴影的笼罩下,他们难以挣脱精神上的枷锁,只能用病态的反抗来宣告对黑暗社会的诅咒,他们不是不想有所作为,而是根本找不到前进的方向(就连章秋柳最后还想以自己丰满的肉体去拯救史循那颗受伤的心灵呢),所以才在黑暗中盲目而消极地寻觅、追求新的出路,然而《追求》中的追求没有一个是正确的。正确的道路在哪里呢?这并不是《蚀》所能阐释和交代的。

《蚀》是一个"狂乱的混合物"[1],从它发表的第一天起,人们对它总是抱着各种各样不同的看法。究竟怎么看待这部充满着复杂内涵的作品呢?首先应该清楚作者写作时的"矛盾"心理。茅盾确确实实是想以客观的描述视角去再现大革命失败前后一代小资产阶级的心灵历程的,然而由于一种炽热的情感驱使,又不得不使他在客观的描述基础上融入了自己的主观情绪。因此,《蚀》是采用了两种不同的描写视角(本意是客观的,本能又是主观的),就使得小说呈现出一种

---

[1] 茅盾:《从牯岭到东京》,《茅盾全集》第十九卷,人民文学出版社1991年版。

再现与表现相融合的形式技巧,这就是茅盾自己称之为"狂乱的混合物"之因。我们可以看出,作者老老实实地描写了一群小资产阶级知识分子的形象,并相当逼真地反映了大革命前后社会生活的动荡、革命运动的起伏,具有鲜明的写实主义的创作特征。但是,作者在表现人物心理世界的现实时,部分采用了现代派的技巧和手法,尤其是采用了局部象征主义的表现手段和多重视角的表现方法,使得《蚀》的心理描写突破了现实主义传统手法的局限,更为深刻、逼真地表现出小资产阶级时代病的多种根源。

一方面是精神的苦闷,另一方面是国民党反动派的"通缉",为了"改换一下环境",使"精神苏醒过来",1928年7月茅盾东渡日本,先是居住在东京,后来迁至京都高原町。这一时期茅盾完成了短篇小说集《野蔷薇》和《泥泞》《陀螺》《色盲》等短篇小说,以及《卖豆腐的哨子》等散文的写作。同时他还潜心撰写了关于中国神话和欧洲神话的论著。再就是以《从牯岭到东京》《读〈倪焕之〉》等长篇论文积极参与了国内的关于"革命文学"的讨论。

长篇小说《虹》是茅盾1929年4月至6月在日本所撰。作者本"欲为中国近十年之壮剧,留一印痕。8月中因移居搁笔,尔后人事倥偬,遂不能复续"①。这部作品虽然只写到五卅运动,但仍是一个整体感很强的现实主义作品。作品在较为广阔的历史背景下表现了知识青年对新的生活道路的探求,深刻地描摹了一代知识分子从五四到五卅时期如何冲破囚笼,走上与人民大众携手战斗的艰难心灵历程。

1930年4月,茅盾从日本归国。这时正是"左联"刚刚成立不久的时候,茅盾积极地参加了"左联"的活动,并一度担任执行书记,与鲁迅并肩战斗,促进了左翼文学的蓬勃发展,抵御了反动派的文化围剿。

---

① 茅盾:《〈虹〉·跋》,上海开明书店1930年版。

1930年冬,茅盾开始写两部以知识分子为题材的中篇小说《路》和《三人行》。茅盾想通过这两部小说描写小资产阶级知识分子在新的革命斗争浪潮中的种种心态,以此来延续《蚀》和《野蔷薇》以及《虹》的主题内涵。由于作者从既定的概念出发,使得这两部作品呈现出较为明显的斧凿痕迹。

1932年前后到1937年抗战爆发,是茅盾创作的鼎盛时期,长篇小说《子夜》的问世,奠定了茅盾在中国现代文学史上举足轻重的重要地位。接着出现的"农村三部曲"(《春蚕》《秋收》《残冬》)和《林家铺子》等短篇小说则更是展示了茅盾作为一个革命现实主义作家强大的创作生命力。这一时期他还写了中篇小说《多角关系》和《少年印刷工》,出版了短篇集《春蚕》《泡沫》《烟云集》等,散文集《印象·感想·回忆》《速写与随笔》《话匣子》《茅盾散文集》等。本时期茅盾还努力建设普罗文学,进行了大量的文艺理论批评工作,系统地评论和分析了五四以来现实主义作家作品的思想内涵和艺术风格。同时,为发展革命文学提出了建设性的理论意见。

1933年1月,《子夜》由开明书店出版,它标志着茅盾创作的一个高峰,也显示了左翼文学的实绩。正如瞿秋白所说:《子夜》是"应用真正的社会科学,在文艺上表现中国的社会关系和阶级关系"的扛鼎之作,"1933年在将来的文学史上,没有疑问的要记录《子夜》的出版"①。

《子夜》原名《夕阳》,1931年10月开始动笔,于1932年12月5日完稿。有些章节分别于1932年在《小说月报》和《文学月报》上发表过。

1930年夏秋之交,茅盾走访于企业家、金融家、商人、公务员、经纪人之间,整天奔忙于交易所、交际场之中,搜集材料。茅盾试图在

---

① 瞿秋白:《〈子夜〉与国货年》,《瞿秋白选集》,第二二七至二八〇页,人民文学出版社1955年版。

这部结构宏大的作品中反映出中国社会的三个方面:"(一)民族工业在帝国主义经济侵略的压迫下,在世界经济恐慌的影响下,在农村破产的环境下,为要自保,使用更加残酷的手段加紧对工人阶级的剥削;(二)因此引起了工人阶级的经济的政治的斗争;(三)当时的南北大战,农村经济破产以及农民暴动又加深了民族工业的恐慌。"① 从整个作品来看,茅盾集中笔力描写了一二两点,而第三点的农村线索写得稍嫌薄弱一些(后来的短篇"农村三部曲"正是弥补了这条线索的不足)。作品在展示20世纪30年代初中国社会生活(尤其是都市生活)的广阔画卷时,为我们提供的民族资产阶级衰败史,具有特定的历史意义;在表现民族和社会的矛盾以及各阶级各阶层之间错综复杂的社会关系时,为真实地反映出那个时代的危机,突出描写了中国民族资产阶级在帝国主义、买办资产阶级和统治阶级几重压迫下的必然的悲剧命运。

《子夜》的人物众多,中心人物是民族资本家吴荪甫。他是中国现代文学史人物画廊中一个不可多得的典型形象。他在几重挤压的环境下为求生存而形成的性格的多重性,使得形象有多侧面的立体感。

吴荪甫是半封建半殖民地这一特定历史环境中的中国民族资产阶级的一个战败了的英雄形象。他游历过欧美,学会了一套现代资本主义的管理方法,有着18世纪法国资产阶级的性格和气魄,他的理想是发展民族工业,摆脱帝国主义及买办阶级的束缚,最终在中国实现资本主义。因此,在与帝国主义经济侵略的斗争中,他表现出果敢、冒险、刚强、自信的性格。从他兼并八个小厂,成立益中信托公司,接办一个丝厂和绸厂的过程中,在整顿工厂的措施中,我们看到他的气魄和能力。为了实现他的宏大计划,在与赵伯韬的斗法中,确

---

① 茅盾:《〈子夜〉是怎样写成的》,《茅盾论创作》,第五十九页,上海文艺出版社1980年版。

实显示了他法兰西资产阶级式的性格。他的沉着干练、刚愎自用,似乎为民族资产阶级的振兴带来了希望。吴荪甫虽有魄力,有铁的手腕和管理才能,却无法摆脱世界性资本主义经济危机的影响。在帝国主义、买办阶级、国民党政府的联合压迫下,他感到心有余而力不足。在公债市场上,他与赵伯韬拼死一搏而遭惨败,虚弱、颓废甚至企图自杀,充分暴露了民族资产阶级的致命弱点。

吴荪甫既有被压迫的一面,又有压迫者的一面。将经济危机转嫁给工人时,他采取的是残酷的手段:减工资,加工时,裁减工人,分化瓦解,直至镇压工人的反抗运动。他收买工头屠维岳,破坏工人罢工斗争,依靠军警和流氓用武力镇压工人运动。但当工人包围了他的汽车挡住了他的去路时,他在车里吓得脸色铁青,充满了恐惧。在对待双桥镇的农民暴动的态度上也充分暴露了他的另一面,他大骂国民党不开杀戒,红军是土匪。在家庭生活中,他采用的是独断专横的封建家长作风。

吴荪甫的性格充分显示出民族资产阶级的两重性:一方面是对帝国主义及买办资产阶级、封建主义的不满,另一方面又对工农运动和革命武装恐惧与仇视;一方面对统治阶级的腐败制度与军阀混战的局面不满,另一方面又依靠当局势力镇压工人农民运动。这种两重性使得他处在一个非常微妙的夹缝中,同时也决定了其命运必然的悲剧结局。

《子夜》刻画了吴荪甫的悲剧命运不仅仅是主观因素造成的,更主要的是客观的社会和历史条件导致的必然结局,这一形象艺术地表现了中国并没有走上资本主义道路,而是更加殖民地化了的深刻思想内涵。从这一意义上来讲,吴荪甫的形象塑造概括出了中国民族资产阶级必然的历史命运。

茅盾构思《子夜》时力图进行全方面、多角度的审视与表现人物与环境,他选取十里洋场的上海作为小说的中心地,聚焦于上海金融中心——股票市场,从中引发多条线索。这与左拉的《金钱》以及巴尔扎克的诸多作品中对资本主义世界金钱的罪恶及对资产阶级上流社会形形色色悲喜剧的刻画,对事件、人物与环境的因果关系的追寻的艺术概括,都有异曲同工之妙。

《子夜》结构恢弘、严谨。纷繁的社会生活与历史进程的展示以及日常生活的描写,形成了《子夜》内容的诸多头绪,而各条线索合成一个庞大而复杂的艺术构架便成为作品首要的艺术特征。作品以吴荪甫为矛盾冲突的轴心,辐射出各种人物和事件。"作者能严格地遵循着结构艺术的一条最基本的规律,即根据主题的需要,根据中心人物性格发展的逻辑,来安排各种人物事件,矛盾冲突和环境场面,因而能从复杂的内容里突出中心,从纷繁的线索中见出主次,做到波澜起伏而有条不紊,同时,作者又善于根据矛盾冲突的各种不同发展阶段的情况,运用借题牵线、烘托对比、虚实处理、前后照应等等艺术手法,来巧妙地安排故事情节,做到引人入胜而不落陈套。"[1]整个作品的情节发展十分紧凑,时间跨度小(三个月),而人物众多,但作者采用了开门见山和盘托出的手法,一开始就在吴老太爷的吊唁仪式上把几乎全部的重要人物都推上前台,组成复杂的人物关系网络,以及设下情节因果关系的伏笔,从而经纬交汇地建成了《子夜》这部作品的"网状结构"。这种艺术的胆识与气魄,具有大家的风范。因此,这部小说的开头就打破了一般小说描写的常规,显示出作品宏大严谨的结构特征。这是《战争与和平》给茅盾的启迪。《战争与和平》第一章,通过贵族安娜·巴芙洛芙娜家庭舞会,让小说的主要人物与线索一一露头,这场聚会描写成了长篇结构的"纲"。茅盾曾经研究与介绍过的司各特《艾凡赫》的开头也是一个热闹壮观的比武大会,让全书主要人物纷纷出场介绍,茅盾称"这比武大会就成为全书的总结构"[2]。

---

[1] 叶子铭:《谈〈子夜〉的结构艺术》,《茅盾研究资料》(中),第二七七页,中国社会科学出版社1983年版。
[2] 茅盾:《司各特的〈萨克逊劫后英雄略〉》,《世界文学名著杂谈》,第三〇七页。

茅盾是一个擅长于心理描写的作家,他十分欣赏西方19世纪小说中"心理解析的精微真确","注重在心理的分析,务使事情入情入理"①。托尔斯泰尤其是一位刻画人物心灵的艺术大师,他的"心灵辩证法"展示了人物内心极其曲折复杂的矛盾运动。茅盾在《子夜》中有意识地学习托尔斯泰,运用"心灵辩证法"细腻地刻画人物心理。《子夜》中吴荪甫召见屠维岳的场面,茅盾写吴荪甫的内心就经历了这番复杂的变化。其他如吴少奶林佩瑶的内心失落,四小姐的心灵变化,都是循这一艺术来描写。《子夜》的心理描写占了很大的比重。尤其是对人物的下意识和幻觉的描写增强了整个作品心理分析的色彩,这种心理分析的艺术效果并不仅仅驻足在传统的写实主义手法的应用上,而是明显地运用了象征主义的手法。这在《蚀》《虹》《野蔷薇》中都有许多出色的运用。《子夜》中,这种象征主义的手法或隐或现地从作品的开头贯穿至小说终结。小说第一章吴老太爷的一切言行总是围绕着一个总体象征展开。我们可以通过许多散在的象征性细节描写窥见这个封建僵尸的内心世界。如作为象征道具有黄绫套子的《太上感应篇》就发挥了奇妙的作用;又如吴老太爷对快速节奏的都市生活闭起双眼,全身发抖的细节;丰满的乳房、赤裸裸的白腿刺激老太爷神经时的恐惧的描写……都强烈地表现出人物此时此刻的巨大心理反差。这一切作者并没有用旁白的手法来叙述,而是通过张素素、李玉亭、范博文等人的言行去"点化"出这具"古老社会的僵尸"的象征内涵和特殊的心理特征。此类的带有象征主义色彩的心理描写在《子夜》中屡屡出现,它无疑增强了作品的表现力和感染力。

茅盾在《子夜》的写作提纲中特别强调"色彩与声浪应在此书中占重要地位,且与全书之心理过程相合"②。这也得益于茅盾对西方

---

① 刘贞晦、沈雁冰:《近代文学体系的研究》,《中国文学变迁史》。
② 茅盾:《〈子夜〉写作的前前后后》,《新文学史料》1981年第四期。

小说中环境描写的研究心得。这种富有象征意味的色彩和声音的描写,与小说中人物心理的刻画非常和谐地交相辉映。《子夜》第七章在描写吴荪甫内外交困的心境时,作者始终伴以自然景象的描绘:灰色的云块、闪电、雷鸣、雨吼、浓雾、金黄色的太阳、绿色的树林、琴韵似的水滴……不同层次的音响效果和不同基调的色彩构成了吴荪甫内心世界情绪起伏的流程。

《子夜》在描写工人与革命者的形象时显得比较单薄与概念化。这是因为整个作品的笔力侧重所致。当然也是由于作者擅长于描写资产阶级和小资产阶级知识分子,对工人生活相对不熟悉。另外,在这部长篇中,小说原定的计划中的农村线索并没有得到充分的展开,也是一大遗憾。

《林家铺子》写于1932年6月18日,它叙述的是"一·二八"前后江南某小镇林家杂货小店倒闭过程的故事。小说以林老板的挣扎与破产为情节主线,以林小姐婚姻纠葛为副线,两者交织成一个有机的整体。整个作品的情节发展有起有伏,分层铺开,又收放自如,首尾照应。作品以林老板与黑麻子、卜局长之间的冲突为主要矛盾,又以若干小事件作为多头线索,展开纷繁的细节描写,使得情节发展有张有弛,有徐有疾,有主有次,而在纷繁复杂中又显得井然有序,无懈可击。《林家铺子》虽然描写的是江南的一个小镇,实际上它是当时中国社会一个缩影,它展示了"一·二八"抗战前后的民族危机和经济恐慌,深刻地揭露和抨击了国民党反动派趁民族危难之时,大肆掠夺、敲诈和欺压小商人以及穷苦贫民的罪行,从而挖掘了生活在水深火热之中的中、下层百姓悲惨命运的根源。作品中的林老板是一个熟谙生意经的老实本分的小商人,他的特性是:精明而不强悍,能干而又懦弱。作为一个小商人,他目光短浅,在日寇入侵、民族危亡时,一心只顾自己"做生意、渡难关"。作家的主要着眼点不在于写商人的"两重性",而是要写出一个特定的环境中的小商人在"捐税重,开销大,生意又清淡"的逆境中,又被敲诈勒索搞得倾家荡产的惨苦的结局,将主要矛头指向国民党党棍官僚为代表的罪魁祸首。在这种特定的环境中,林老板不仅无法"唯利是图",而且还在做"无利可图",甚至"牺牲血本"的生意。茅盾着重写他的剜肉补疮、饮鸩止渴的窘况。"出逃"是林老板在万般无奈中的一种微弱的反抗形式,但他出走时没有将心放在朱三太、张寡妇等穷苦人身上,这是不可取的,尽管他以后也会被迫走入他们这一大群中去。林老板这一形象是茅盾从实际生活出发进行创作的成功典范,这一形象血肉丰满、真实生动,显示出作者刻画人物的深厚功力。茅盾曾点明过《林家铺子》的主题:国民党"对于民众的抗日救亡运动从来是限制和镇压。他们自己大卖日货,当民众自发起来抵制日货时,他们却又借抵制日货之名来敲诈勒索小商人,或没收他们的日货,转手之间,勾通了大商户,又把日货充作国货大卖而特卖。国民党的腐败已到了这步田地!这就是《林家铺子》的主题"①。他还说过:"《林家铺子》是我描写乡村生活的第一次尝试。"②他把《林家铺子》看成是"短短的五年的文学生涯的'里程碑'"③之一。

《春蚕》《秋收》《残冬》以三部曲的形式,深刻地反映了中国农村阶级矛盾的日益深化,农民迅速破产的悲惨命运以及他们走上反抗道路的历史必然。

《春蚕》通过描写20世纪30年代中日淞沪战役前后,江南农村蚕农老通宝一家的养蚕"丰收成灾"的悲惨事实,形象地揭示出帝国主义经济侵略给中国农民带来的民族灾难;展示了中国商业资本家和官僚阶级由于转嫁危机与农民阶级形成的尖锐矛盾;同时勾勒了两代中国农民不同的思想与行为,预示着他们所走的不同道路。老通宝是受封建旧意识毒害很深的老一代农民形象。他勤劳俭朴,忠

---

① 茅盾:《〈春蚕〉、〈林家铺子〉及农村题材的作品》,《新文学史料》1982年第一期。
② 茅盾:《〈春蚕〉·跋》,《茅盾全集》第九卷,人民文学出版社1985年版。
③ 茅盾:《我的回顾》,《茅盾自选集》,上海天马书店1933年版。

厚老实,具有中国农民那种对生活十分执着的韧性和忍受精神。虽然他搞不清是什么力量把他们一家推到水深火热的深渊,但是他仍然对前途抱有希望。这种希望支撑着他在整个养蚕过程中焕发出一个农民虔诚的热情。一直到彻底破产,他仍然不能够理解"世界变了,越变越坏"的原因。他只能凭直觉去仇恨一切带"洋"字的东西,把家庭的衰败归结于封建迷信的因果报应之类。老通宝的悲剧就在于时代变了,而他的思想一点未变,他因循守旧,仍处在一个僵化封闭的封建意识的王国里。他的悲剧正在于中国老一代农民固有的历史惰性。多多头却是一个正在觉醒之中的中国新一代农民的形象。他具有朦胧的阶级意识,对本阶级的农民抱有同情心(从他对荷花的态度上可以看出他与众不同),虽然他还弄不清世界上人与人之间关系的恩恩怨怨的科学规律,但他毕竟对农民的命运开始有所认识:"单靠勤俭工作,即使做到背脊骨折断也是不能翻身的。"这个生活哲理使他日后走上了反抗之路。他在勤劳这点上与老一代农民有着共通之处。与老通宝相比,他显得豪爽、热情、乐观,更有独立见解,与父辈冥顽不化的封建意识形成了鲜明的对照。《春蚕》是一幅具有浓郁的江南水乡风土人情味的风俗画,作品中的景物描写自然优美,在工细的笔墨中又有着深刻的象征意蕴。如小火轮通过官河时把农民的"赤膊船"推入浪巅之中,农民们抓住岸边的茅草等情景描写,活画出了30年代帝国主义经济侵略给农民带来的冲击和产生的恐慌,景物描写背后的寓意使人油然而想到30年代的特殊时代背景。作者还用极为细腻的笔法描写了养蚕的程序、礼仪等民俗风情,为烘托人物的心境做了殷实的铺垫。相比之下,《秋收》和《残冬》无论在思想上还是艺术上都有所欠缺。

抗战爆发后,至1938年底,茅盾创作了中篇小说《第一阶段的故事》,散文集《炮火的洗礼》;主编过《呐喊》周刊和香港《立报》副刊《言林》,以及《文艺阵地》。

1938年12月茅盾携家眷从香港出发,应杜重远之邀赴新疆学院任教,于1939年3月抵乌鲁木齐。由于新疆督办盛世才反动面目的暴露,在险恶的形势下,茅盾离开新疆。赴内地途中,茅盾在延安鲁迅艺术学院做了短期讲学。1940年初冬抵达重庆。1941年"皖南事变"前后,茅盾在重庆以饱满的热情写下了一组歌颂延安精神的著名散文《风景谈》《白杨礼赞》等,随后他按党的指示离开重庆,1942年1月辗转至香港,主编《笔谈》。

《风景谈》是一幅充满着勃勃生机的生活图画,它反映出延安人民革命生活的风貌,讴歌了革命战士的博大的胸怀。它不仅仅是对黄土高原雄伟壮观的景物的抒写,而且是对一种新生活的向往和赞美,是对延安精神的崇高景仰。它是对眼前那种"使得河水也似在笑"的大生产革命热情的讴歌,是对创造着第二自然的"弥漫着生命力的人"的顶礼膜拜。作品要表现的是:"自然是伟大的,人类是伟大的,然而充满了崇高精神的人类活动,乃是伟大中之尤其伟大者!"

《白杨礼赞》也是一篇借景抒情,具有浓郁象征色彩的作品。它蕴藏着诗样的情愫,使一个客观对应物在精湛的艺术描写中赋有人格化了的生命力,洋溢着革命的乐观主义精神。作品将写景、抒情、议论三者融合得浑然一体,以细腻描写白杨树的外形来隐喻革命者的形象,用许多局部的细节描写组成了一组组象征性的意象群,而最后又以"画龙点睛"的笔法"点化"出作品的象征对应物,从而使题意异常鲜明豁亮。

1939年至1944年,茅盾创作了长篇小说《腐蚀》《霜叶红似二月花》,中篇小说《走上岗位》,短篇小说集《委屈》《耶稣之死》,散文集《见闻杂记》《时间的记录》《劫后拾遗》《归途杂拾》等。《腐蚀》旨在暴露国民党法西斯的特务统治的黑暗,作品以1940年至1941年的重庆为背景,通过主人公赵惠明的生活经历和复杂的心灵历程,抨击了国民党特务组织推行内战、破坏抗日的丑恶行径,同时讴歌了小昭、K和萍以及以《新华日报》为代表的进步正义力量。

抗战胜利后,茅盾受了朋友们的鼓励,于1945年写了剧本《清明前后》。剧本揭露了国民党统治的危机,反映民主运动的高涨。然而这部作品因存在着明显的概念化倾向,艺术上就显得比较粗糙。

新中国成立以后,茅盾担任文化部长。他停止了文学创作,主要文学活动是撰写大量的文学评论,奖掖和扶持文学新人。1979年11月在全国第四次文代会上,茅盾当选为中国文联名誉主席,中国作家协会主席。1981年3月27日,茅盾病逝于北京。

长篇小说

幻　灭

一

"我讨厌上海,讨厌那些外国人,讨厌大商店里油嘴的伙计,讨厌黄包车夫,讨厌电车上的卖票,讨厌二房东,讨厌专站在马路旁水门汀上看女人的那班瘪三……真的,不知为什么,全上海成了我的仇人,想着就生气!"

慧女士半提高了嗓子,紧皱着眉尖说;她的右手无目的地折弄左边的衣角,露出下面的印度红的衬衫。

和她并肩坐在床沿的,是她的旧同学静女士:年约二十一二,身段很美丽,服装极幽雅,就只脸色太憔悴了些。她见慧那样愤愤,颇有些不安,拉住了慧的右手,注视她,恳切地说道:

"我也何尝喜欢上海呢!可是我总觉得上海固然讨厌,乡下也同样的讨厌;我们在上海,讨厌它的喧嚣,它的拜金主义化,但到了乡间,又讨厌乡村的固陋,呆笨,死一般的寂静了;在上海时,我们神昏头痛;在乡下时,我们又心灰意懒,和死了差不多。不过比较起来,在上海求知识还方便……我现在只想静静儿读一点书。"她说到"读书",苍白的脸上倏然掠过了一片红晕;她觉得这句话太正经,或者是太夸口了;可是"读书"两个字实在是她近来唯一的兴奋剂。她自从去年在省里的女校闹了风潮后,便很消极,她看见许多同学渐渐地丢开了闹风潮的正目的,却和"社会上"那些仗义声援的漂亮人儿去交际——恋爱,正合着人家的一句冷嘲,简直气极了;她对于这些"活动",发生极端的厌恶,所以不顾热心的同学嘲笑为意志薄弱,她就半途抽身事外,她的幻想破灭了,她对一切都失望,只有"静心读书"一语,对于她还有些引诱力。为的要找一个合于理想的读书地方,她到上海来不满一年,已经换了两个学校。她自己也不大明白她的读书抱了什么目的:想研究学问呢?还是想学一种谋生的技能?她实在并没仔细想过。不过每逢别人发牢骚时,她总不自觉地说出"现在只想静静儿读一点书"这句话来,此时就觉得心头宽慰了些。

慧女士霍地立起来,两手按在静女士的肩胛,低了头,她的小口几乎吻着静女士的秀眉,很快地说道:"你打算静心读书么?什么地方容许你去静心读书呢?你看看你的学校!你看看你的同学!他们在这里不是读书,却是练习办事——练习奔走接洽,开会演说,提议决议罢了!"她一面说,一面捧住了静女士的面孔,笑道:"我的妹妹,你这书呆子一定还要大失望!"

静女士半羞半怯不以为然的,推开了慧的手,也立起身来,说道:"你没有逢到去年我受的经验,你自然不会了解我的思想何以忽然变迁了。况且——你说的也过分,他们尽管忙着跑腿开会,我自管读我的书!"她拉了慧女士同到靠窗的小桌子旁坐下,倒了两杯茶,支颐凝眸,无目的地看着窗外。

静女士住的是人家边厢的后半间,向西一对窗开出去是晒台,房门就在窗的右旁,朝北也有一对窗,对窗放了张书桌。卧床在书桌的对面,紧贴着板壁;板壁的那一面就是边厢的前半间,二房东的老太太和两个小孙女儿住着。书桌旁边东首的壁角里放着一只半旧的藤榻。书桌前有一把小椅子,慧女士就坐在这椅上,静女士自己坐在书桌右首深埋在西壁角的小凳上。

房内没有什么装饰品。书桌上堆了些书和文具,却还要让出一角来放茶具。向西的一对窗上遮了半截白洋纱,想来是不要走到晒台上的人看见房内情形而设的,但若静女士坐在藤榻上时,晒台上一定还是看得见的。

"你这房,窄得很;恐怕也未必静。怎么能够用功呢?"慧女士喝了一口茶,眼看着向西的一对窗,慢慢地说。

静女士猛然回过头来,呆了半晌,才低声答道:"我本来不讲究这些,你记得我们在一女中同住的房间比这还要小么?至于静呢,我不怕外界不静,就只怕心里——静——不——下来。"末了的一句,很带几分幽怨感慨。刚果自信的慧,此时也似受了感触,很亲热地抓住了静女士的右手,说:"静妹,我们一向少通信,我不知道这两年来你有什么不得意;象我,在外这两年,真真是甜酸苦辣都尝遍了!现在我确信世界上没有好人,人类都是自私的,想欺骗别人,想利用别人。静!我告诉你,男子都是坏人!他们接近我们,都不是存了好心!用真心去对待男子,犹如把明珠丢在粪窖里。静妹,你看,我的思想也改变了。我比从前老练了些,是不是?"

她微微叹了口气,闭了眼睛,象是不愿看见她想起来的旧人旧事。

"哦……哦……"静不知道怎样回答。

"但是我倒因此悟得处世的方法。我就用他们对待我的法子回敬他们啊!"慧的粉涡上也泛出淡淡的红晕来,大概是兴奋,但也许是因为想起旧事而动情。

沉默了好几分钟。

静呆呆地看着慧,嘴里虽然不作声,心里却扰乱得很。她辨出慧的话里隐藏着许多事情——自己平素最怕想起的事情。静今年只有二十一岁,父亲早故,母亲只生她一个,爱怜到一万分,自小就少见人,所以一向过的是静美的生活。也许太娇养了点儿。她从未梦见人世的污浊险巇,她是一个耽于幻想的女孩子。她对于两性关系,一向是躲在庄严,圣洁,温柔的锦幛后面,绝不曾挑开这锦幛的一角,看看里面是什么东西;她并且是不愿挑开,不敢挑开。现在慧女士的话却已替她挑开了一角了,她惊疑地看着慧,看着她的两道弯弯的眉毛,一双清澈的眼睛,和两点可爱的笑涡;一切都是温柔的,净丽的,她真想不到如此可爱的外形下却伏着可丑和可怕。

她冲动地想探索慧的话里的秘密,但又羞怯,不便启齿,她只呆呆地咀嚼那几句话。

慧临走时说,她正计划着找事做,如果找到了职业,也许留在上海领略知识界的风味。

二

一夜的大风直到天明方才收煞,接着又下起牛毛雨来,景象很是阴森。静女士拉开蚊帐向西窗看时,只见晒台上二房东太太隔夜晾着的衣服在细雨中飘荡,软弱无力,也象是夜来失眠。天空是一片灰色。街上货车木轮的辘辘的重声,从湿空气中传来,分外滞涩。

静不自觉地叹了口气,支起半个身体,惘然朝晒台看。这里露着的衣服中有一件是淡红色的女人衬衫;已经半旧了,但从它的裁制上还可看出这不过是去年的新装,并且暗示衫的主人的身分。

静的思想忽然集中在这件女衫上了。她知道这衫的主人就是二房东家称为新少奶奶的少妇。她想:这件旧红衫如果能够说话,它一定会告诉你整篇的秘密——它的女主人生活史上最神圣,也许就是最丑恶的一页;这少妇的欢乐,失望,悲哀,总之,在她出嫁的第一年中的经验,这件旧红衫一定是目击的罢?处女的甜蜜的梦做完时,那不可避免的平凡就从你头顶罩下来,直把你压成粉碎。你不得不舍弃一切的理想,停止一切的幻想,让步到不承认有你自己的存在。你无助地暴露在男性的本能的压迫下,只好取消了你的庄严圣洁。处女的理想,和少妇的现实,总是矛盾的;二房东家的少妇,虽然静未尝与之接谈,但也是这么一个温柔,怯弱,幽悒的人儿,该不是例外罢?

静忽然掉下眼泪来。是同情于这个不相识的少妇呢,还是照例的女性的多愁善感,连她自己也不明白。

但这些可厌的思想,很无赖地把她缠缚定了,却是事实。她憎恨这些恶毒思想的无端袭来。她颇自讶:为什么自己失了常态,会想到这些事上。她又归咎于夜来失眠,以至精神烦闷。最后,她又自己宽慰道:这多半是前天慧女士那番古怪闪烁的话引起来的。实在不假,自从慧来访问那天起,静女士心上常若有件事难以解决,她几次拿起书来看,但茫茫地看了几页,便又把书抛开。她本来就不多说话,现在更少说。周围的人们的举动,也在她眼中显出异样来。昨日她在课堂上和抱素说了一句"天气真是烦闷",猛听得身后一阵笑声,而抱素也怪样地对她微笑。她觉得这是不怀好意的,是侮辱。

"男子都是坏人!他们接近我们,都不是存了好心!"

慧的话又在耳边响起来。她叹了一口气,无力地让身体滑了下去。正在那时,她仿佛见有一个人头在晒台上一伸,对她房内窥视。她象见了鬼似的,猛将身上的夹被向头面一蒙,同时下意识地想道:"西窗的上半截一定也得赶快用白布遮起来!"

但是这斗然的虚惊却把静从灰色的思潮里拉出来,而多时的兴奋也发生了疲乏,竟意外地又睡着了。

这一天,静没有到学校去。

下午,静接到慧写来的一封信。

> 静妹:昨日和你谈的计划,全失败了;三方面都已拒绝!咳!我想不到找事如此困难。我的大哥对我说:"多少西洋留学生——学士,硕士,博士,回国后也找不到事呢。象你那样只吃过两年外国饭的,虽然懂得几句外国话,只好到洋行里做个跑楼;然而洋行里也不用女跑楼!"
>
> 我不怪大哥的话没理,我只怪他为什么我找不到事他反倒自喜幸而料着似的。嫂嫂的话尤其难受,她劝大哥说:"慧妹本来何必定要找事做,有你哥哥在,还怕少吃一口苦粥饭么。"我听了这话,比尖刀刺心还痛呢!

静妹，不是我使性，其实哥哥家里不容易住；母亲要我回乡去是要急急为我"择配"；"嫁了个好丈夫，有吃有用，这是正经，"她常常这么说的。所以我现在也不愿回乡去。我现在想和你同住，一面还是继续找事。明天下午我来和你面谈一切，希望你不拒绝我这要求。

　　　　　　　　　　慧　五月二十一日夜

静捏着信沉吟。她和慧性格相反，然而慧的爽快，刚毅，有担当，却又常使静钦佩，两人有一点相同，就是娇养惯的高傲脾气。所以在中学时代，静和慧最称莫逆，但也最会怄气吵嘴。现在读了这来信，使静想起三年前同宿舍时的情形，宛然有一个噘起小嘴，微皱眉尖的生气的"娇小姐"——这是慧在中学里的绰号——再现在眼前。

回忆温馨了旧情，静对于慧怜爱起来。她将自己和慧比较，觉得自己幸福得多了；没有生活的恐慌，也没有哥哥来给她气受，母亲也不在耳边絮聒。自己也是高傲的"娇小姐"，想着慧忍受哥哥的申斥，嫂嫂的冷嘲，觉得这样的生活，一天也是难过的。

静决定留慧同住几时，为了友谊，也为了"对于被压迫者的同情"。况且，今晨晒台上人头的一伸，在静犹有余惊，那么，多一个慧在这里壮壮胆，何尝不好呢。

下面二房东客堂里的挂钟，打了三下，照例的骨牌声，就要来了。静皱着眉尖，坐到书桌前补记昨日的日记。

牌声时而缓一阵，时而紧一阵，又夹着爆发的哗笑，很清晰地传到静的世界里。往常这种喧声，对于静毫无影响，她总是照常地看书作事。但是今天，她补记一页半的日记，就停了三次笔。她自己也惊讶为什么如此心神不宁，最后她自慰地想道："是因为等待慧来。她信里说今天下午要来，为什么还不见来呢？"

牛毛雨从早晨下起，总没有停过，但亦不加大；软而无力的湿风时止时作。在静的小室里，黑暗已经从壁角爬出来，二房东还没将总电门开放。静躺在藤榻上默想。慧还是没有来。

忽然门上有轻轻的弹指声。这轻微的击浪压倒了下面来的高出数倍的牌声笑声,刺入静的耳朵。她立刻站起,走到门边。

"我等候你半天了!"她一面开门,一面微笑地说。

"密司章,生了病么?"进来的却是男同学抱素。"哦,你约了谁来谈罢?"他又加一句,露着牙齿嘻嘻地笑。

静有些窘了,觉得他的笑颇含疑意,忙说道:"没……有。不过是一个女朋友罢了。"同时她又联想到昨天在课堂上对他说了句"天气真是烦闷"后他的怪样的笑;她现在看出这种笑都有若干于己不利的议论做背景的。她很有几分生气了。

抱素在书桌前的椅子上坐了,一双眼闪烁地向四下里瞧。静仍旧回到她的藤榻上。

"今天学生会又发通告,从明天起为'废除不平等条约的宣传周',每日下午停课出发演讲。"抱素向着静,慢慢地说。"学校当局已经同意了。本来不同意也没有办法。周先生孙先生本已请了假,所以明后天上午也没有课。今天你没到校,我疑惑你是病着,所以特来报告这消息,借此你可以静养几天。"

静点了点头,表示谢意,没有回答。

"放假太多了,一学期快完,简直没有读什么书!"抱素慨叹似的作了他的结论。这结论,显然是想投静之所好。

"读书何必一定上课呢!"静冷冷地说。"况且,如果正经读书,我们的贵同学怕一大半要落伍罢。"

"骂得痛快!"抱素笑了一笑,"可惜不能让他们听得。但是,密司章,你知道他们是怎样批评你来?"

"小姐,博士太太候补者,虚荣心,思想落伍,哦,还有,小资产阶级。是不是? 左右不过是这几句话,我早听厌了! 我诚然是小姐,是名副其实的小资产阶级! 虚荣心么? 哼! 他们那些跑腿大家才是虚荣心十足! 他们这班主义的迷信者才是思想落伍呢!"

"不是,实在不是!"

"意志薄弱!哦,一定有许多人说我意志薄弱啊!"静自认似的说。

"也不是!"颇有卖弄秘密的神气。

"那么,我也不愿意知道了。"静冷冷地回答。

"他们都说你,为恋爱而烦闷!"

我们的"小姐"愕然了。旋又微笑说:"这真所谓己之所欲,必施于人了。恋爱?我不曾梦见恋爱,我也不曾见过世上有真正的恋爱!"

抱素倒茶来喝了一口,又讪讪地加一句道:"他们很造了些谣言,你和我的。你看,这不是无聊么?"

"哦?"声音里带着几分不快。静女士方始恍然她的同学们的种种鬼态——特别是在她和抱素谈话时——不是无因的。

向后靠在椅背上,凝视着静的面孔,抱素继续着轻轻儿说道:"本来你在同班中,和我谈话的时候多些。我们的意见又常一致。也难怪那些轻薄鬼造谣言。但是,密司章是明白的,我对你只是正当的友谊——咳,同学之谊。你是很孤僻的,不喜欢他们那么胡闹;我呢,和他们也格格不相入。这又是他们造谣言的根据。他们看我们是另一种人。他们看自己是一伙,看我们又是一伙;因而生出许多无聊的猜度来。我素来反对恋爱自由。虽然我崇拜克鲁泡特金。至于五分钟热度速成的恋爱,我更加反对!"

静双眼低垂,不作回答。半晌,她抬眼看抱素,见他的一双骨碌碌的眼还在看着自己,不禁脸上一红,随即很快地说道:"谣言是谣言,事实是事实;我是不睬,并且和我不相干!"她站起身来向窗外一看,半自语道:"已经黑了,怎么还不来?"

"只要你明白,就好了。我是怕你听着生气,所以特地向你表白。"抱素用手掠过披下来的长发,分辩着说,颇有些窘了。

静微笑,没有回答。

虽然谈话换了方向，静还是神情不属地随口敷衍；抱素在探得静确是在等候一位新从国外回来的女朋友以后，终于满意地走了。

突然一亮，电灯放光了。左近工厂呜呜地放起汽笛来。牛毛雨似乎早已停止，风声转又尖劲。天空是一片乌黑。慧小姐终于没有来。

抱素在归途中遇见一位姓李的同学，那短小的人儿叫道：

"抱，从密司章那里来罢？"

"何消问得！"抱素卖弄似的回答。

"哈哈！恭贺你成功不远！"

抱素不回答，大踏步径自走去，得意把他的瘦长身体涨胖了。

三

S大学的学生都参加"五卅"周年纪念会去了——几乎是全体，但也有临时规避不去的，例如抱素和静女士。学校中对于他俩的关系，在最近一星期中，有种种猜度和流言，这固然因为他们两个人近来过从甚密，但大半还是抱素自己对男同学泄露秘密。短小精悍的李克，每逢听完抱素炫奇似的自述他的恋爱的冒险的断片以后，总是闭目摇头，象是讽刺，又象是不介意，说道："我又听完一篇小说的朗诵了。"这个"理性人"——同学们公送他的绰号——本来常说世界万事皆小说，但他说抱素的自述是小说，则颇有怀疑的意味。可是其余的同学都相信抱素和静的关系确已超过了寻常的友谊，反以李的态度为妒忌，特别是有人看见抱素和静女士同看影戏以后，更加证实了；因为静女士从没和男同学看过影戏，据精密调查的结果。

现在这"五卅"纪念日，抱素和静女士又被发见在P影戏院里。还有个青年女子——弯弯的秀眉，清澈的小眼睛，并且颊上有笑涡的，也在一起。

这女子就是我们熟识的慧女士，住在静那里已快一星期了。她的职业还没把握。她搬到静处的第二日,就遇见了抱素,又是来"报告消息"的。这一天,抱素穿了身半旧的洋服;血红的领结——他喜欢用红领带,据说他是有理由地喜欢用红领带——衬着他那张苍白的脸儿,乱蓬蓬的长头发,和两道剑眉,就颇有些英俊气概,至少确已给慧女士一个印象——这男子似乎尚不讨厌。在抱素方面呢,自然也觉得这位女性是惹注意的。当静女士给两人介绍过以后,抱素忙把这两天内有不少同学因为在马路上演讲废除不平等条约而被捕的消息,用极动听的口吻,报告了两位女士,末了还附着批评道:"这些运动,我们是反对的;空口说白话,有什么意思,徒然使西牢里多几个犯人!况且,听说被捕的'志士'们的口供竟都不敢承认是来讲演的,实在太怯,反叫外国人看不起我们!"说到最后一句,他猛把桌子拍了一下,露出不胜愤慨的神气。

　　静是照例地不参加意见,慧却极表同情;这一对初相识的人儿便开始热闹地谈起来,象是多年的老朋友。

　　自此以后,静的二房东便常见这惹眼的红领带,在最近四五天内,几乎是一天两次。并且静女士竟也破例出去看影戏;因为慧女士乐此不疲,而抱素一定要拉静同去。

　　这天,他们三个人特到P影戏院,专为瞻仰著名的陀斯妥以夫斯基的《罪与罚》。在静女士的意思,以为"五卅"日到外国人办的影戏院去未免"外惭清议",然而终究拗不过慧的热心和抱素的鼓动。影片演映过一半,休息的十分钟内,场里电灯齐明,我们看得见他们三人坐在一排椅子上,静居中。五月末的天气已经很暖。慧穿了件紫色绸的单旗袍,这软绸紧裹着她的身体,十二分合式,把全身的圆凸部分都暴露得淋漓尽致;一双清澈流动的眼睛,伏在弯弯的眉毛下面,和微黑的面庞对照,越显得晶莹;小嘴唇包在匀整的细白牙齿外面,象一朵盛开的花。慧小姐委实是迷人的啊!但是你也不能说静女士不美。慧的美丽是可以描写的,静的美丽是不能描写的;你不能指出静女士面庞上身体上的那一部分是如何的合于希腊的美的金律,你也不能指出她的全身有什么特点,肉感的特点;你竟可以说静女士的眼,鼻,口,都是平平常常的眼,鼻,口,但是一切平凡的,凑合为"静女士",就立刻变而为神奇了;似乎有一样不可得见不可思议的东西,联系了她的肢骸,布满在她的百窍,而结果便是不可分析的整个的美。慧使你兴奋,她有一种摄人的魔力,使你身不由己地只往她旁边挨;然而紧跟着兴奋而来的却是疲劳麻木,那时你渴念逃避慧的女性的刺激,而如果有一千个美人在这里任凭你挑选时,你一定会奔就静女士那样的女子,那时,她的幽丽能熨贴你的紧张的神经,她使你陶醉,似乎从她身上有一种幽香发泄出来,有一种电波放射出来,愈久愈有力,你终于受了包围,只好"缴械静候处分"了。

但是现在静女士和慧并坐着,却显得平凡而憔悴,至少在抱素那时的眼光中。他近日的奔波,同学们都说是为了静,但他自己觉得多半是已变做为了慧了。只不过是一个"抱素",在理是不能抵抗慧的摄引力的!有时他感得在慧身边虽极快意,然而有若受了什么威胁,一种窒息,一种过度的刺激,不如和静相对时那样甜蜜舒服,但是他下意识地只是向着慧。

嘈杂的人声,不知从什么时候腾起,布满了全场;人人都乘此十分钟松一松过去一小时内压紧的情绪。慧看见坐在她前排斜右的一对男女谈的正忙,那男子很面熟,但因他低了头向女的一边,看不清是谁。

"一切罪恶都是环境逼成的,"慧透了一口气,回眸对抱素说。

"所以我对于犯罪者有同情。"抱素从静女士的颈脖后伸过头来,象预有准备似的回答。"所以国人皆曰可杀的恶人,未必真是穷凶极恶!所以一个人失足做了错事,堕落,总是可怜,不是可恨。"接着也叹息似的吐了一口气。

"据这么说,'罚'的意义在那里呢?"静女士微向前俯,斜转了头,插进这一句话;大概颈后的咻咻然的热气也使她颇觉不耐了。

抱素和慧都怔住了。

"如果陀斯妥以夫斯基也是你们的意见,他为什么写少年赖斯柯尼考夫是慎重考虑,认为杀人而救人是合理的,然后下手杀那个老妪呢?为什么那少年暗杀人后又受良心的责备呢?"静说明她的意见。

"哦……但,但这便是陀氏思想的未彻底处,所以他只是一个文学家,不是革命家!"抱素在支吾半晌之后,突然福至心灵,发见了这一警句!

"那又未免是遁辞了。"静微微一笑。

"静妹,你又来书呆子气了,何必管他作者原意,我们自己有脑,有主张,依自己的观察是如何便如何。我是承认少年赖斯柯尼考夫为救母姊的贫乏而杀老妪,拿了她的钱,是不错的。我所不明白的,他既然杀了老妪,为什么不多拿些钱呢?"慧激昂地说,再看前排的一双男女,他们还是谈的很忙。

静回眼看抱素,等待他的意见;抱素不作声,似乎他对于剧中情节尚未了了。静再说:"慧姊的话原自不错。但这少年赖斯柯尼考夫是一个什么人,很可研究。安那其①呢?个人主义呢?唯物史观呢?"

慧还是不断地睃着前排的一对男女,甚至抱素也有些觉得了;慧猛然想起那男人的后影象是谁来,但又记不清到底是谁:旧事旧人在她的记忆里早是怎样地纠纷错乱了!

静新提出的问题,又给了各人发言的机会。于是"罪"与"罚"成了小小辩论会的中心问题。但在未得一致同意的结论以前,《罪与罚》又继续演映了。

在电影的继续映演中,抱素时时从静的颈后伸过头去发表他的意见,当既得慧的颔首以后,又必转而问静;但静似乎一心注在银幕上,有时不理,有时含胡地点了一下头。

待到影片映完,银幕上放出"明日请早"四个淡墨的大字,慧早已

---

① 安那其是 anarchism 一字的音译,意思是"无政府主义"。

站起来,她在电灯重明的第一秒钟时,就搜看前排的一对男女,却见座位空着,他俩早已走了。这时左右前后的人都已经站起来,蠕蠕地嘈杂地移动;慧等三人夹在人堆里,出了P戏院。马路上是意外地冷静。两对印度骑巡,缓缓地,正从院前走过。戏院屋顶的三色旗,懒懒地睡着,旗竿在红的屋面画出一条极长的斜影子。一个烟纸店的伙计倚在柜台上,捏着一张小纸在看,仿佛第一行大字是"五卅一周纪念日敬告上海市民"。

四

抱素在学校里有个对头——不,应该说是他的畏忌者,——便是把世间一切事都作为小说看的短小精悍的李克。短小,是大家共见的;精悍,却是抱素一人心内的批评,因为他弄的玄虚,似乎李克都知道。抱素每次侃侃而谈的时候,听得这个短小的人儿冷冷地说了一句"我又听完一篇小说的朗诵了",总是背脊一阵冷;他觉得他的对手简直是一个鬼,不分日夜地跟踪自己,侦察着,知道他的一切秘密,一切诡谲。抱素最恨的,是知道他的秘密。"一个人应该有些个人的秘密;不然,就失了生存的意义。"抱素常是这么说的。但是天生李克,似乎专为侦察揭发抱素的秘密,这真是莫大的不幸。

除此而外,抱素原也觉得李克这人平易可亲。别的同学常讥抱素为"堕落的安那其主义者",李克却不曾有过一次。别的同学又常常讥笑抱素想做"镀金博士",李克也不曾有过一次。在同学中,李克算是学问好的一个,他的常识很丰富,举动极镇定,思想极缜密;他不爱胡闹,也不爱做出剑拔弩张的志士的模样来,又不喜髑着女同学讲恋爱:这些都是抱素对劲的,尤其是末一项,因为静女士在同学中和李克也说得来。总之,他对于李克,凭真心说话,还是钦佩的成分居多;所有一点恨意,或可说一点畏忌,都是"我又听完一篇小说的朗诵了"那样冷讽的话惹出来的。

但在最近,抱素连这一点恨意也没有了。这个,并不是因为他变成大量了,也不是因为他已经取消了"个人应有秘密"的人生观,却是因为李克不复知道他的秘密了。更妥当的说,因为抱素自己不复在男同学前编造自己与静女士的恋爱,因而"我又听完一篇小说的朗诵了"那样刺心的话亦不再出自李克之口了。抱素现在有一个新秘密。这新秘密,他自以为很不必在男同学跟前宣传的。

这新秘密,从何日发芽?抱素不大记得清楚了。在何日长成?却记得清清楚楚,就是在P影戏院里看了《罪与罚》出来后的晚上。

那一天下午,他和两位女士出了戏院,静女士说是头痛,一人先回去了,抱素和慧女士在霞飞路的行人道上闲步。大概因为天气实在困人罢,慧女士䁥着一双眼,腰肢软软的,半倚着抱素走。血红的夕阳挂在远处树梢,道旁电灯已明,电车轰隆隆驶来,又轰隆隆驶去。路上只有两三对的人儿挽着臂慢慢地走。三五成群的下工来的女工,匆匆地横穿马路而去,哜哜嘈嘈,不知在说些什么。每逢有人从他们跟前过去,抱素总以为自己是被注视的目标,便把胸脯更挺直些,同时更向慧身边挨近些。一路上两人没有说话。慧女士低了头,或者在想什么心事;抱素呢,虽然昂起了头,却实在忐忑地盘算一件事至少有一刻钟了。

夕阳的半个脸孔已经没入地平线了,天空闪出几点疏星。凉风开始一阵一阵地送来。他们走到了吕班路转角。

"密司周,我们就在近处吃了夜饭罢?"踌躇许久以后,抱素终于发问。

慧点头,但旋又迟疑道:"这里有什么清静的菜馆么?"

"有的是。然而最好是到法国公园内的食堂去。"抱素万分鼓舞了。

"好罢,我也要尝尝中国的法国菜是什么味儿。"

他们吃过了夜饭,又看了半小时的打木球,在公园各处走了一遍,最后,拣着园东小池边的木椅坐着歇息。榆树的巨臂伸出在他们头顶,月光星光全都给遮住了。稍远,蒙蒙的夜气中,透露一闪一闪的光亮,那是被密重重的树叶遮隔了的园内的路灯。那边白茫茫的,是旺开的晚香玉,小池的水也反映出微弱的青光。此外,一切都混成灰色的一片了。慧和抱素静坐着,这幽静的环境使他们暂时忘记说话。

忽然草间一个虫鸣了,是细长的颤动的鸣声。跟着,池的对面也有一声两声的虫鸣应和。咯咯的蛙鸣,也终于来到,但大概是在更远的沟中了。夏初晚间的阵风,虽很软弱,然而树枝也索索地作响。

慧今晚多喝了几杯,心房只是突突地跳;眼前景色,又勾起旧事如潮般涌上心头。她懒懒地把头斜靠在椅背上,深深嘘了口气——你几乎以为就是叹息。抱素冒险似的伸过手去轻轻握住了慧的手。慧不动。

"慧!这里的菜比巴黎的如何?"他找着题目发问了。

慧扑嗤地一笑。

"差不远罢?"抱素不得要领地再问,更紧些握着慧的手。

"说起菜,我想起你吃饭时那种不自然而且费力的神气来了!"慧吃吃地笑,"中国人吃西菜,十有九是这般的。"抚慰似的又加了一句。

"究竟是手法生疏。拜你做老师罢!"抱素无聊地解嘲。

酒把慧的话绪也引出来了。他们谈巴黎,又谈上海的风俗,又谈中国影片,最后又谈到《罪与罚》。

"今天章女士象有些儿生气?"抱素突然问。

"她……她向来是这个态度。"慧沉吟着说,"但也许是恼着你罢?"慧忽然似戏非戏地转了口。

即使是那么黑,抱素觉得慧的一双眼是在灼灼地看住了他的。

"绝对不会。我和她不过是同学,素来是你恭我敬的,她为什么恼着我。"他说时声音特别低,并且再挨近慧些,几乎脸贴着脸了。慧不动。

"不骗人么?"慧慢声问。

一股甜香——女性特有的香味,夹着酒气,直奔抱素的鼻孔,他的太阳穴的血管跳动起来,心头象有许多蚂蚁爬过。

"决不骗你!也不肯骗你!"说到"肯"字加倍用力。

慧觉得自己被握的手上加重了压力,觉得自己的仅裹着一层薄绸的髀股之间感受了男性的肉的烘热。这热,立刻传布于全身。她心里摇摇的有点不能自持了。

"慧!你知道,我们学校内是常闹恋爱的,前些时,还出了一桩笑话。但我和那些女同学都没关系,我是不肯滥用情……"他顿了一顿,又接着说:"除非是从今以后,我不曾恋爱过谁。"

没有回答。在灰色的微光中,抱素仿佛看见慧两眼半闭,胸部微颤。他仿佛听得耳边有个声音低低说:"她已经动情!"自己也不知怎么着,他突然一手挽住了慧的颈脖,喃喃地说道:"我只爱你!我是说不出的爱着你!"

慧不作声。但是她的空着的一手自然而然地勾住了抱素的肩胛。他在她血红的嘴唇上亲了一个嘴。

长时间的静默。草虫似乎早已停止奏乐。近在池边的一头蛙,忽然使劲地咯咯叫了几声,此后一切都是静寂。渐渐地,凉风送来了悠扬的钢琴声,断断续续,听不清奏什么曲。

慧回到住所时,已经十一点钟,酒还只半醒,静女士早已睡熟了。

慧的铺位,在西窗下,正对书桌,是一架行军床,因为地方窄,所以特买的,也挂着蚊帐。公园中的一幕还在她的眼前打旋,我们这慧小姐躺在狭小的行军床上辗转翻身,一时竟睡不着。一切旧事都奔凑到发胀的脑壳里来了:巴黎的繁华,自己的风流逸宕,几个朋友的豪情胜概,哥哥的顽固,嫂嫂的嘲笑,母亲的爱非其道,都一页一页地错乱不连贯地移过。她又想起自己的职业还没把握,自己的终身还没归宿;粘着她的人有这么多,真心爱她的有一个么?如果不事苛求,该早已有了恋人,该早已结了婚罢?然而不受指挥的倔强的男人,要行使夫权拘束她的男人,还是没有的好!现在已经二十四岁了,青春剩下的不多,该早打定了主意罢?但是有这般容易么?她觉得前途是一片灰色。她忍不住要滴下眼泪来。她想:若在家里,一定要扑在母亲怀里痛哭一场了。"二十四岁了!"她心里反复说:"已经二十四岁了么?我已经走到生命的半路了么?二十一,二十二,二十三,象飞一般过去,是快乐,还是伤心呀?"她努力想捉住过去的快乐的片段,但是刚想起是快乐时,立即又变为伤心的黑影了。她发狂似的咬着被角,诅咒这人生,诅咒她的一切经验,诅咒她自己。她想:如果再让她回到十七八——就是二十也好罢,她一定要十二分谨慎地使用这美满的青春,她要周详计划如何使用这美满的青春,她决不能再让它草草地如痴如梦地就过去了。但是现在完了,她好比做梦拾得黄金的人,没等到梦醒就已胡乱花光,徒然留得醒后的懊怅。"已是二十四了!"她的兴奋的脑筋无理由地顽强地只管这么想着。真的,"二十四"象一支尖针,刺入她的头壳,直到头盖骨痛的象要炸裂;"二十四"又象一个飞轮,在她头里旋,直到她发昏。冷汗从她额上透出来,自己干了,又从新透出来。胸口胀闷的象有人压着。她无助地仰躺着,张着嘴喘气,她不能再想了!

不知在什么时候,胸部头部已经轻快了许多;茫茫地,飘飘地,似乎身体已经架空了。决不是在行军床上,也不是在影戏院,确是在法国公园里;她坐在软褥似的草地上,抱素的头枕着她的股。一朵粉红色的云彩,从他们头上飞过。一只白鹅,啪嗒,啪嗒,在他们面前走了过去。树那边,跑来了一个孩子——总该有四岁了罢——弯弯的眉儿,两点笑涡,跑到她身边,她承认这就是自己的孩子。她正待举手摸小孩子的头顶,忽然一个男子从孩子背后闪出来,大声喝道:"我从戏院里一直找你,原来你在这里!"举起手杖往下就打:"打死了你这不要脸的东西罢!在外国时我何曾待亏你,不料你瞒着我逃走!这野男子又是谁呀!打罢,打罢!"她慌忙地将两手护住了抱素的头,"啪"的一下,手杖落在自己头上了,她分明觉得脑壳已经裂开,红的血,灰白色的脑浆,直淋下来,沾了抱素一脸。她又怒又怕,又听得那男子狂笑。她那时只是怒极了,猛看见脚边有一块大石头,双手捧过来,霍地站起身;但有那男子又来一杖。……她浑身一震,睁大眼看时,却好好地依旧躺在行军床上,满室都是太阳光。她定了定神,再想那梦境,心头兀自突突地跳。脑壳并不痛,嘴里却异常干燥。她低声唤着"静妹",没人回答。她挣扎起半个身体拉开蚊帐向静的床里细看,床是空着,静大概出去了。

慧颓然再躺下,第二次回忆刚才的恶梦。梦中的事已忘了一大半,只保留下最精采的片段。她禁不住自己好笑。头脑重沉沉的实在不能再想。"抱素这个人值得我把全身交给他么?"只是这句话在她脑中乱转。不,决不,他至多等于她从前所遇的男子罢了。刚强与狷傲,又回到慧的身上来了。她自从第一次被骗以后,早存了对于男性报复的主意;她对于男性,只是玩弄,从没想到爱。议论讥笑,她是不顾的;道德,那是骗乡下姑娘的圈套,她已经跳出这圈套了。当她确是她自己的时候,她回想过去,决无悲伤与悔恨,只是忿怒——报复未尽快意的忿怒。如果她也有悲哀的时候,大概是想起青春不再,只剩得不多几年可以实行她的主义。或者就是这一点幽怨,作成了夜来噩梦的背景。

慧反复地自己分析,达到了"过去的策略没有错误"的结论,她心安理得地起身了,当她洗好脸时,她已经决定:抱素再来时照旧和他周旋,公园里的事,只当没有。

但在抱素呢,大概是不肯忘记的;他要把"五卅"夜作为他的生活旅程上的界石,他要用金字写他这新秘密在心叶上。他还等机会作进一步的动作,进一步的要求。

下午两点钟,静女士回来,见慧仍在房里。慧把昨晚吃饭的事告诉了静,只没提起她决定"当作没有"的事。静照例地无表示。抱素照常地每日来,但是每来一次,总增加了他的纳闷。并且他竟没机会实行他的预定计划。他有时自己宽解道:"女子大概面嫩,并且不肯先表示,原是女子的特性。况且,公园中的一幕,到底太孟浪了些——都是酒作怪!"

五

又是几天很平淡地过去了。抱素的纳闷快到了不能再忍受的地步。

一天下午,他在校前的空场上散步,看见他最近不恨的李克走过。他猛然想起慧女士恰巧是李克的同乡,不知这个"怪人"是不是也知道慧女士的家世及过去的历史。他虽则天天和慧见面,并且也不能说是泛泛的交情,然而关于她的家世等等,竟茫无所知;只知她是到过巴黎两年的"留学生",以前和静女士是同学。慧固然没曾对他提起过家里的事,即如她自己从前的事也是一字不谈的;他曾经几次试探,结果总是失败——他刚一启口,就被慧用别的话支开去;他又有几分惧怕慧,竟不敢多问,含胡直到如今。这几天,因为慧的态度使他纳闷,他更迫切地要知道慧的过去的历史。现在看见了李克,决意要探询探询,连泄露秘密的危险也顾不得了。

"密司忒李,往那里去?"抱素带讪地叫着。

那矮小的人儿立住了,向四下里瞧,看见抱素,就不介意似的回答说:"随便走走。"

"既然你没事,我有几句话和你讲,行么?"抱素冒失地说。

"行!"李克走前几步,仍旧不介意似的。

"你府上是玉环么?你有多久不回家了?"抱素很费斟酌,才决定该是这般起头的。

"是的,三个月前我还回家去过一次呢。"那"理性人"回答,他心里诧异,他已经看出来,抱素的自以为聪明然而实在很拙劣的寒暄,一定是探询什么事的冒头。

"哦,那么你大概知道贵同乡周定慧女士这个人了?"抱素单刀直入地转到他的目的物了。

李克笑了一笑。抱素心里一抖,他分辨不出这笑是好意还是恶意。

"你认识她么?"不料这"理性人"竟反问。

抱素向李克走近一步,附耳低语道:"我有一个朋友认识她。有人介绍她给我的朋友。"旋又拍着李克的肩膀道:"好朋友,你这就明白了罢?"

李克又笑了一笑。这一笑,抱素断定是颇有些不尴不尬的气味。

"这位女士,人家说她的极多。我总共只见过一面,仿佛人极精明厉害的。"李克照例地板着脸,慢吞吞地说。"如果你已经满意了,我还要去会个朋友。"他又加了一句。

"人家说什么呢?"抱素慌忙追询,"你何妨说这么一两件呢?"

但是李克已经向右转,提起脚跟要走了。他说:"无非是乡下人少见多怪的那些话头。你的朋友大可不必打听了。"

抱素再想问时,李克随口说了句"再见",竟自走了,身后拖着象尾巴样的一条长影子,还在抱素跟前晃;但不到几秒钟,这长影子亦渐远渐淡,不见了。抱素惘然看着天空。他又顺着脚尖儿走,在这空场里绕圈子。一头癞虾蟆,意外地从他脚下跳出来;跳了三步,又挪转身,凸出一对揶揄的眼睛对抱素瞧。几个同学远远地立着,望着他,似乎有议论;他也没有觉到。他反复推敲李克那几句极简单的话里的涵义。他已经断定:大概李克是实在不知道慧的身世,却故意含胡闪烁其词作弄人的;可是一转念又推翻了这决定,不,这个"理性人"素来说话极有分寸,也不是强不知以为知的那类妄人,他的话是值得研究的。他这么一正一负地乱想着,直到校里一阵钟声把他唤回去。

S大学的学生对于闻钟上课,下课,或是就寝,这些小节,本来是不屑注意的;当上课钟或就寝钟喤喤地四散并且飞到草地,停歇在那里以后,你可以听到宿舍中依然哗笑高纵。然而这一次钟声因为是意外的,是茶房的临时加工,所以凡是在校的学生居然都应召去了。抱素走进第三教室——大家知道,意外的鸣钟,定规是到这教室里来的——只见黑压压一屋子人。一个同学拉住他问道:"什么事又开会?"抱素瞪着眼,摇了摇头。背后一个尖锐的声音说道:"真正作孽!夜饭也吃弗成!"抱素听得出声音,是一位姓方的女同学,上课时惯和静女士坐在一处的,浑名叫"包打听";她得这个美号,一因她最爱刺探别人的隐秘,如果你有一件事被方女士知道了,那就等于登过报纸;二因她总没说过"侦探"二字,别人说"侦探",她总说"包打听",如果你和她谈起"五卅"惨案的经过,十句话里至少有一打"包打听"。当下抱素就在这包打听的方女士身边一个座位上坐了。不待你开口问,我们这位女士已经抢着把现在开会的原因告诉你了。她别着嘴唇,作她的结论道:

"真正难为情,人家勿喜欢,放仔手拉倒,犯弗着作死作活吓别人!"她的一口上海白也和她的包打听同样地出名。

抱素惘然答道:"你不知道恋爱着是怎样地热烈不顾一切,失恋了是怎样难受呢!"

主席按了三四次警铃,才把那几乎涨破第三教室的嘈声压低下去。抱素的座位太落后了,只见主席嘴唇皮动,听不出声音,他努力听,方始抓住了断断续续的几句:"恋爱不反对,……妨碍工作却不行……王女士太浪漫了……三角恋爱……"

"主席说,要禁止密司忒龙同王女士恋爱。为仔王女士先有恋人,气得来要寻死哉。"包打听偏有那么尖的耳朵,现在传译给抱素。

忽然最前排的人鼓起掌来。抱素眼看着方女士,意思又要她传译;但是这位包打听皱着眉头咕噜了一句"听勿清"。几个人的声音嚷道:"赞成!强制执行!"于是场中大多数的臂膊都陆续举起来了。主席又说了几句听不清的话。场中哄然笑起来了。忽然一个人站起来高声说道:"恋爱不能派代表的,王既不忍背弃东方,就不该同时再爱龙。现在,又不忍不爱东方,又不肯不爱龙,却要介绍另一女同学给龙,作自己的替身,这是封建思想!这是小资产阶级女子的心理,大会应给她一个严重的处分!"

抱素认得这发言者是有名的大炮史俊。

有几个人鼓掌赞成,有几个人起来抢着要说话,座位落后的人又大呼"高声儿,听不清",会场中秩序颇呈动摇了。抱素觉得头发胀起来。辩论在纷乱中进行,一面也颇有几人在纷乱中逃席出去。最后,主席大声说道:"禁止王龙的恋爱关系,其余的事不问,赞成者举手!"手都举起来,抱素也加了一手,随即匆匆地挤出会场。他回头看见方女士正探起身来隔着座位和一个女子讲话——这女子就是大炮史俊的爱人赵赤珠。

"不愧为包打听。"抱素一边走,一边心里说。他忽然得了个主意:"我的事何不向她探询呢?虽然不是同乡,或许她倒知道的。"

六

从早晨起,静女士又生气。

她近来常常生气;说她是恼着谁罢,她实在没有被任何人得罪过,说她并不恼着谁罢,她却见着人就不高兴,听着人声就讨厌。本来是少说话的,近来越发寡言了,简直忘记还有舌头,以至她的同座包打听方女士新替她题了个绰号:"石美人"。但是静女士自己却不承认是生气,她觉得每日立也不是,坐也不是,看书也不是,不看书也不是,究竟自己要的是什么,还是一个不知。她又觉得一举一动,都招人议论,甚至于一声咳嗽,也象有人在背后做鬼脸嘲笑。她出外时,觉得来往的路人都把眼光注射在她身上;每一冷笑,每一诟骂,每一喳喳切切的私语,好象都是暗指着她。她害怕到不敢出门去。有时她也自为解释道:"这都是自己神经过敏,"但是这可怪的情绪已经占领了她,不给她一丝一毫的自由了。

这一天从早晨起,她并没出门,依然生气,大概是因为慧小姐昨日突然走了,说是回家乡去。昨晚上她想了一个钟头,总不明白慧女士突然回去的原因。自然而然的结论,就达到了"慧有意见"。但是

"意见"从何而来呢？慧在静处半月多，没一件事不和静商量的；慧和抱素亲热，静亦从未表示不满的态度。"意见"从何来呢？静最后的猜度是：慧的突然归家，一定和抱素有关；至于其中细情，局外人自然不得而知。

但虽然勉强解释了慧的回家问题，静的"无事生气"依然如故，因为独自个生气，已经成为她的日常功课了。她靠在藤榻上，无条理地乱想。

前楼的二房东老太太正在唠唠叨叨地数说她的大孙女。窗下墙脚，有一对人儿已经在那里谈了半天，不知怎的，现在变为相骂，尖脆的女子口音，一句句传来，异常清晰，好象就在窗外。一头苍蝇撞在西窗的玻璃片上，依着它的向光明的本能，固执地硬钻那不可通的路径，发出短促而焦急的嘤嘤的鸣声。一个撕破口的信封，躺在书桌上的散纸堆中，张大了很难看的破口，似乎在抱怨主人的粗暴。

静觉得一切声响，一切景象，都是可厌的；她的纷乱的思想，毫无理由地迁怒似的向四面放射。她想起方女士告诉她的那个笑话——一个男同学冒了别人的名写情书；她又想起三天前在第五教室前走过，瞥见一男一女拥抱在墙角里；她又想起不多几时，报纸上载着一件可怕的谋杀案，仿佛记得原因还是女人与金钱。她想起无数的人间的丑恶来。这些丑恶，结成了大的黑柱，在她眼前旋转。她宁愿地球毁灭了罢，宁愿自杀了罢，不能再忍受这无尽的丑恶与黑暗了！

两手遮住了面孔，她颓然躺在藤榻上，反复地机械地念着"毁灭"，从她手缝里淌下几点眼泪来。

眼泪是悲哀的解药，会淌眼泪的人一定是懂得这句话的意义的。静的神经现在似乎略为平静了些，暂时的全无思想，沉浸在眼泪的神奇的疗救中。

然后，她又想到了慧。她想，慧此时该已到家了罢？慧的母亲，见慧到家，大概又是忙着要替她定亲了。她又想着自己的母亲，她分明记得——就同昨日的事一样——到上海来的前晚，母亲把她的用品,她的心爱的东西,一件一件理入网篮里,衣箱里。她记得母亲自始就不愿意她出外的,后来在终于允许了的一番谈话中,母亲有这样几句话:"我知道你的性情,你出外去,我没有什么不放心,只是你也一年大似一年了,趁早就定个亲,我也了却一桩心事。"她那时听了母亲的话,不知为什么竟落下眼泪来。她记得母亲又安慰她道:"我决不硬做主,替你定亲,但是你再不可执拗着只说一世不嫁了。"她当时竟感动得放声哭出来了。她又记起母亲常对她说:"大姨母总说我纵容你,我总回答道:'阿静心里凡事都有个数儿,我是放心的。'你总得替你妈争口气,莫要落人家的话柄。"静又自己忖量:这一年来的行为总该对得住母亲?她仿佛看见母亲的温和的面容,她扑在母亲怀里说道:"妈呀!阿静牢记你的教训,不曾有过半点荒唐,叫妈伤心!"

  静猛然想起,箱子里有一个金戒指,是母亲给她的,一向因为自己不喜欢那种装饰品,总没戴过。她慌忙开了箱子,找出那个戒指来。她象见了最亲爱的人,把戒指偎在胸口,象抱着一个孩子似的,轻轻地摇摆她的上半身。

  玻璃窗上那个苍蝇,已经不再盲撞,也不着急地嘤嘤地叫,此时它静静地爬在窗角,搓着两只后脚。

  母亲的爱的回忆,解除了静的烦闷的包围。半小时紧张的神经,此时弛松开来。金戒指抱在怀里,静女士醉醺醺地回味着母亲的慈爱的甜味。半小时前,她觉得社会是极端的黑暗,人间是极端的冷酷,她觉得生活太无意味了;但是现在她觉得温暖和光明到底是四处地照耀着,生活到底是值得留恋的。不是人人有一个母亲么?不是每一个母亲都有象她的母亲那样的深爱么?就是这母亲的爱,温馨了社会,光明了人生!

  现在静女士转又责备自己一向太主观,太是专从坏处着想,专戴了灰色眼镜看人生。她顿然觉得平日被她鄙夷的人们原来不是那么不足取的;她自悔往日太冷僻,太孤傲,以至把一切人都看作仇敌。她想起抱素规劝她的话来,觉得句句是知道她的心的,知道她的好处,她的缺点的,是体贴她爱惜她的。

于是一根温暖的微丝,掠过她的心,她觉得全身异样地软瘫起来,她感觉到一种象是麻醉的味儿。她觉得四周的物件都是异常温柔地对着她,她不敢举手,不敢动一动脚,恐怕损伤了它们;她甚至于不敢深呼吸,恐怕呵出去的气会损伤了什么。

太阳的斜射光线,从西窗透进来,室中温度似乎加高了。静还穿着哔叽旗袍,颇觉得重沉沉,她下意识地拿一件纱的来换上。当换衣时,她看着自己的丰满的处女身,不觉低低叹了一声。她又坐着,温理她的幻想。

门上来了轻轻的弹指声。静侧耳谛听。弹指声第二次来了,是一个耳熟的弹指声。静很温柔地站起来,走到门边,开了门时,首先触着眼帘的,是血红的领带,来者果然是抱素。不知是红领带的反映呢,或者别的缘故,静的脸上倏然浮过一片红晕。

抱素眼眶边有一圈黑印,精神微现颓丧。他坐在书桌前的椅子上,看着前天还是安放慧的行军床的地方。两人暂时没有话。静的眼光追随着抱素的视线,似乎在寻绎他的思路。

"慧昨天回家去了。"静破例地先提起了话头。

抱素点头,没有话。一定有什么事使这个人儿烦闷了。静猜来大概是为了慧女士。她自以为有几分明了慧的突然回去的原因了。

"慧这人很刚强,有决断;她是一个男性的女子。你看是么?"静再逗着说。

"她家里还有什么人罢?"抱素管自地问。

"慧素来不谈她自己家里的事。我也不喜欢打听。"静淡然回答。"你也不知道她的家庭情形么?"

"她不说,我怎么知道呢?况且,我和她的交情,更次于你和她。"抱素觉得静女士的话中有核,急自分辩说。

静笑了一笑。从心的深处发出来的愉快的笑。不多时前温柔的幻境,犹有余劲,她现在看出来一切都是可爱的淡红色了。

"你知道她在外国做些什么?"抱素忍不住问了。

静女士摇头,既而说:"说是读书,我看未必正式进学校罢。"

抱素知道静是真不知道,不是不肯说。他迟疑了一会,后来毅然决然地对静说道:"密司章,你不知道慧突然回去的原因罢?"

静一怔,微微摇头。

"你大概想不到是我一席话将她送走的罢?"抱素接着说,他看见静变色了,但是他不顾,继续说下去。"请你听我的供状罢。昨晚上我躲在床里几乎哭出声来了。我非在一个亲人一个知心朋友面前,尽情地诉说一番,痛哭一场,我一定要闷死了。"他用力咽下一口气去。

静亦觉惨然,虽则还是摸不着头绪。

慢慢地,但是很坚定地,抱素自述他和慧的交涉。他先讲他们怎样到法国公园,在那里,慧是怎样的态度,第二天,慧又是怎样的变了态度;他又讲自己如何的纳闷,李克的话如何可疑;最后,他说还是在"包打听"方女士那里知道了慧不但结过几次婚,并且有过不少短期爱人,因此他在前天和慧开诚布公地谈了一次。

"你总能相信,"抱素叹息着收束道,"如果不是她先对我表示亲热,我决不敢莽撞的;那晚在法国公园里,她捧着我的面孔亲嘴,对我说了那样多的甜蜜蜜的话语,但是第二天她好象都忘却了,及至前天我责问她时,她倒淡淡地说:'那不过乘着酒兴玩玩而已。你未免太认真了!'我的痛苦也就可想而知!自从同游法国公园后,我是天天纳闷;先前我还疑惑那晚她是酒醉失性,我后悔不该喝酒,自恨当时也受了热情的支配,不能自持。后来听人家告诉了她从前的历史,因为太不堪了,我还是半信半疑,但是人家却说得那么详细,那么肯定,我就不能不和她面对面地谈一谈,谁料她毫不否认,反理直气壮地说是'玩玩',说我'太认真'!咳,……"这可怜的人儿几乎要滴下眼泪来了,"咳,我好象一个处女,怀着满腔的纯洁的爱情,却遇着了最无信义的男子,受了他的欺骗,将整个灵魂交给他以后,他便翻脸不认人,丢下了我!"他垂下头,脸藏在两手里。

半晌的沉默。

抱素仰起头来,又加了一句道:"因为我当面将她的黑幕揭穿了,所以她突然搬走。"

静女士低着头,没有话;回忆将她占领了。慧果真是这样一个人么?然而错误亦不在她。记得半月前慧初来时,不是已经流露过一句话么?"我就用他们对待我的法子回敬他们啊!"这句话现在很清晰地还在静的耳边响呢。从这句话,可以想见慧过去的境遇,想见慧现在的居心。犹如受了伤的野兽,慧现在是狂怒地反噬,无理由无选择地施行她的报复。最初损害她的人,早已挂着狞笑走得不知去向了,后来的许多无辜者却做了血祭的替身!人生本就是这么颠倒错误的!静迷惘地想着,她分不清对慧是爱是憎,她觉得是可怜,但怜悯与憎恨也在她的情绪中混为一片,不复能分。她想:现在的抱素是可怜的,但慧或者更可怜些;第一次蹂躏了慧,使慧成为现在的慧的那个男子,自然是该恨了,但是安知这胜利者不也是被损害后的不择人而报复,正象现在慧之对于抱素呢?依这么推论,可恨的人都是可怜的。他们都是命运的牺牲者!静这么分析人类的行为,心头夷然舒畅起来,她认定怜悯是最高贵的情感,而爱就是怜悯的转变。

"你大概恨着慧罢?"静打破了沉寂,微笑,凝视着抱素。

"不恨。为什么恨呢?"抱素摇着他的长头发,"但是爱的意味也没有了。我是怕她。哦,我过细一想,连怕的意味也没有了,我只是可惜她。"

"可惜她到底是糟蹋了自己身体。"静仍旧微笑着,眼睛里射出光来。

"也不是。我可惜她那样刚毅,有决断,聪明的人儿,竟自暴自弃,断送了她的一生。"他说着又微喟。

"你认定这便是她的自暴自弃么?"

抱素愕然半响,他猜不透静的意思,他觉得静的泰然很可怪,他原先料不及此。

"你大概知道她是不得已,或是……"他机警地反问。

"慧并没对我直接谈过她自己的事,"静拦住了说,"但是我从她无意中流露的对于男子的憎恨,知道她现在的行为全是反感,也可以说是变态心理。"

抱素低了头,不响;半晌,他抬起头,注视静的脸,说道:"我真是太粗心了!我很后悔,前天我为什么那样怒气冲冲,我一定又重伤了她的心!"他的声音发颤,最后的一句几乎带着悲咽了。

静心里一软,还带些酸,眼眶儿有些红了。也许是同情于慧,然而抱素这几句话对于静极有影响,却是不能讳言的。她的"怜悯哲学"已在抱素心里起了应和,她该是如何的欣慰,如何的感动啊!从前抱素说的同学们对于他俩的议论,此时候又闯进她的记忆;她不禁心跳了,脸也红了。她不敢看抱素,恐怕碰着他的眼锋。她心的深处似乎有一个声音说道:"走上前,对他说,你真是我的知心。"但是她忸怩的只是坐着不动。

然而抱素象已经看到她的心,他现在立起来,走到她身边。静心跳的更厉害,迷惘地想道:他这不是就要来拥抱的姿势么?她惊奇,她又害怕;但简直不曾想到"逃避"。她好象从容就义的志士,闭了眼,等待那最后的一秒钟。

但是抱素不动手,他只轻轻地温柔地说道:"我也替你常担忧呢!"静一怔,不懂他的意思。这人儿又接着说:"你好端端的常要生气,悲观,很伤身。你是个聪明人,境遇也不坏,在你前途的,是温暖和光明,你何必常常悲观,把自己弄成了神经病。"

这些话,抱素说过不止一次,但今天钻到静的耳朵里,分外的恳切,热辣辣的,起一种说不出的奇趣的震动。自己也不知怎么的,静霍然立起,抓住了抱素的手,说:"许多人中间,就只你知道我的心!"她意外地滴了几点眼泪。

从静的手心里传来一道电流,顷刻间走遍了抱素全身;他突然挽住了静的腰肢,拥抱她在怀里。静闭着眼,身体软软的,没有抵拒,也没有动作;她仿佛全身骨节都松开了,解散了,最后就失去了知觉。

当她回复知觉的时候,她看见自己躺在床上,抱素的脸贴着自己的。

"你发晕去了!"他低低地说。

没有回答,静翻转身,把脸埋在枕头里。

七

第二天,静女士直到十点多钟方才起来。昨夜的事,象一场好梦,虽有不尽的余味,然而模模胡胡地总记不清晰。她记得自己象酒醉般的昏昏沉沉过了一夜,平日怕想起的事,昨晚上是身不由己地做了。完全是被动么?静凭良心说:"不是的。"现在细想起来,不忍峻拒抱素的要求,固然也是原因之一,但一大半还是由于本能的驱使,和好奇心的催迫。因为自觉并非被动,这位骄狷的小姐虽然不愿人家知道此事,而主观上倒也心安理得。

但是现在被剩下在这里,空虚的悲哀却又包围了她。确不是寂寞,而是空虚的悲哀,正象小孩子在既得了所要的物件以后,便发见了"原来不过如此",转又觉得无聊了。人类本来是奇怪的动物。"希望"时时刺激它向前,但当"希望"转成了"事实"而且过去以后,也就觉得平淡无奇;特别是那些快乐的希望,总不叫人满意,承认是恰如预期的。

现在静女士坐在书桌前,左手支颐,惘然默念。生理上的疲乏,又加强了她的无聊。太阳光射在她身上,她觉得烦躁;移坐在墙角的藤榻上,她又嫌阴森了。坐着腰酸,躺在床上罢,又似乎脑壳发胀。她不住地在房中蹀躞。出外走走罢?一个人又有什么趣味呢?横冲直撞的车子,寻仇似的路人的推挤,本来是她最厌恶的。

"在家里,这种天气便是最好玩的。"静不自觉地说了这一句话。

家乡的景物立刻浮现到她的疲倦的眼前;绿褥般的秧田,一方一方地铺在波浪形起伏的山间,山腰旺开的映山红象火一般,正合着乡谣所说的"绿锦褥,红绫被"。和风一递一递地送来了水车的刮刮的繁音和断续的秧歌。向晚时,村前的溪边,总有一二头黄牛驯善地站在那里喝水,放牛的村童就在溪畔大榆树下斗纸牌,直到家里人高声寻唤了两三次,方才牵了牛懒懒地回去。梅子已经很大了,母亲总有一二天忙着把青梅用盐水渍过,再晒干了用糖来渍——这是静最爱吃的消闲品。呵!可爱的故乡!虽则静十分讨厌那些乡邻和亲戚见着她和母亲时,总是啧啧地说:"静姑益发标致了!怎么还没有定个婆家?山后王家二官人今年刚好二十岁,模样儿真好……"她又讨厌家乡的固陋鄙塞和死一般的静止。然而故乡终究是可爱的故乡,那边的人都有一颗质朴的赤热的心。

一片幻景展开来了。静恍惚已经在故乡。她坐在门前大榆树根旁的那块光石头上面——正象七八年前光景——看一本新出版的杂志。母亲从门内出来,抱素后随;老黄狗阿金的儿子小花象翊卫似的在女主人身边绕走,摇着它的小尾巴,看住了女主人的面孔,仿佛说:"我已经懂得事了!"母亲唇上,挂着一个照常的慈祥的微笑。

幻想中的静的脸上也透出一个甜蜜的微笑,但"现实"随即推开了幻想的锦幛,重复抓住了它的牺牲者。静女士喟然,送别刚消失的幻象,依旧是万分无聊。幻想和一切兴奋剂一样,当时固然给你暂时的麻醉,但过后却要你偿还加倍的惆怅。

静坐到书桌前,提起笔来,想记下一些感想,刚写了十几个字,觉得不对,又抹去了。她乱翻着书本子,想找一篇平日心爱的文章来读,但看了两三行,便又丢开了。桌面实在乱的不象样,她下意识地拿起书本子,纸片,文具,想整理一下,忽然触着了一本面生的小小的皮面记事册,封面上粘着一条长方的纸,题着一句克鲁泡特金的话:

无论何时代,改革家和革命家中间,一定有一些安那其主义者在。

"近代科学与安那其主义"

静知道这小册子是抱素的,不知什么时候放在桌上,忘却带走了。她随手翻了一翻,扑索索地掉下几张纸片来。一帧女子的照相,首先触着眼睛,上面还写着字道:"赠给亲爱的抱素。一九二六·六·九·金陵。"静脸色略变,掠开了照相,再拿一张纸看时,是一封信。她一口气读完,嘴唇倏地苍白了,眼睛变为小而红了。她再取那照相来细看。女子自然是不认识的,并且二寸的手提镜,照的也不大清楚,但看那风致,——蓬松的双鬓,短衣,长裙,显出腰肢的婀娜——似乎也是一个幽娴美丽的女子。静心里象有一块大石头压着,颞颥部的血管固执地加速地跳,她拿着这不识者的照相,只是出神。她默念着信中的一句:"你的真挚的纯洁的热烈的爱,使我不得不抛弃一切,不顾一切!"她闭了眼,咬她的失血的嘴唇,直到显出米粒大小的红痕。她浑身发抖,不辨是痛苦,是忿怒。照片从她手里掉在桌上,她摊开两手,往后靠住椅背,呆呆地看着天空。她不能想,她也没有思想。

象是出死劲挣扎又得了胜似的,她的意识回复过来,她的僵直而发抖的手指再拿起那照相来看。她机械地念着那一句:"赠给亲爱的抱素。一九二六·六·九·金陵。"她忽然记起来:六月九日,那不是抱素自己说的正是他向慧要求一个最后答复的一日么!那时,这可怜的画中人却写了这封信,寄赠了整个的灵魂的象征!那时,可怜的她,准是忙着做一些美满甜蜜的梦!静象一个局外人,既可怜那被欺骗的女子,转又代慧庆幸。她暂时忘记了自身的悲痛。她机械地推想那不识面的女子此时知道了真相没有?如果已经知道,是怎样一个心情?忍受了呢?还是斗争?她好奇似的再检那小册子,又发现一张纸,写着这样几句:

>信悉。兹又汇上一百元。帅座以足下之报告,多半空洞,甚为不满。此后务望切实侦察,总须得其机关地点及首要诸人姓名。不然,鄙人亦爱莫能助,足下津贴,将生问题矣。好自为之,不多及。……

因为不是情书,静已将这纸片掠开,忽然几个字跳出来似的拨动了她的思想:"帅座……报告……津贴。"她再看一遍,一切都明白了。暗探,暗探! 原来这位和她表同情专为读书而来的少年却不多不少正是一位受着什么"帅座"的津贴的暗探! 象揣着毒物似的,静把这不名誉的纸片和小册子,使劲地撩在地下。说不出的味儿,从她的心窝直冲到鼻尖。她跑到床前,把自己掷在床里,脸伏在被窝上。她再忍不住不哭了! 二十小时前可爱的人儿,竟太快地暴露了狰狞卑鄙的丑态。他是一个轻薄的女性猎逐者! 他并且又是一个无耻的卖身的暗探! 他是骗子,是小人,是恶鬼! 然而自己却就被这样一个人玷污了处女的清白! 静突然跳起来,赶到门边,上了闩,好象抱素就站在门外,强硬地要进来。

现在静女士的唯一思想就是如何逃开她的恶魔似的"恋人"。呜呜的汽笛声从左近的工厂传来,时候正是十二点。静匆忙中想出了一个主意。她拿了一两件衣服,几件用品,又检取那两封信,一张照片和小册子,都藏在身边,锁了门就走。在客堂里,看见二房东家的少妇正坐在窗前做什么针线。这温柔俏丽的少妇,此时映在静的眼里比平日更可爱;好象在乱离后遇见了亲人一般,静突然感动,几乎想拥抱她,从头儿诉说自己胸中的悲酸。但是到底只说了一句话:

"忽然生病了,此刻住医院去。病好了就来。"

少妇同情地点着头,目送静走出了大门,似乎对于活泼而自由的女学生的少女生活不胜其歆羡。她呆呆地半晌,然后又低了头,机械地赶她的针线。

八

住医院的第二日,静当真病了。医生说是流行性感冒,但热度很高,又咳嗽得厉害。病后第二天下午,这才断定是猩红症,把她移到了隔离病房。

十天之后,猩红症已过危险时期,唯照例须有两个月的隔离疗养。这一点,正合静的心愿,因为借此可以杜绝抱素的缠绕。即使他居然找到了这里,但既是医院内,又是猩红症的患者,他敢怎么样?静安心住下。而且这病,象已在现在和过去之间,划了一道界线,过去的一切不再闯入她的暂得宁静的灵魂了。

一个月很快地过去。每天除了睡觉,就是看报,——不看报,她更没事做。这一月中,她和家里通了三次信,此外不曾动过笔;她不愿别人知道她的踪迹。况且她的性格,也有几分变换了。本来是多愁善感的,常常沉思空想,现在几乎没有思想:过去的,她不愿想;将来的,她又不敢想。人们都是命运的玩具,谁能逃避命运的播弄?谁敢说今天依你自己的愿望安排定的计划,不会在明天被命运的毒手轻轻地一下就全部推翻了呢?过去的打击,实在太厉害,使静不敢再自信,不敢再有希望。现在她只是机械地生活着。她已经决定:出了医院就回家去,将来的事,听凭命运的支配罢。

医院里有一位助理医生黄兴华,和静认了同乡,常常来和她闲谈。黄医生是一个脚踏实地的人,俭朴、耐劳,又正直;所以虽然医道并不高明,医院里却深资依傍。他是医生,然而极留心时事,最喜欢和人谈时事。人家到他房里,从没见他读医书,总见他在看报,或是什么政治性的杂志。他对于政治上的新发展,比医学上的新发明更为熟悉。

有一天,黄医生喜气冲冲地跑来,劈头一句话,就是:

"密司章,吴佩孚打败了!"

"打败了?"静女士兴味地问,"报上没见这个消息?"

"明天该有了。我们院里刚接着汉口医院的电报。是千真万确的。吴佩孚自己受伤,他的军队全部溃散,革命军就要占领汉口了。"黄医生显然是十分兴奋。"这一下,中国局面该有个大变化了。"他满意地握着手。

"你看来准是变好的么?"静怀疑地问。

"自然。这几年来,中国乱的也够了,国家的主权也丧失尽了;难道我们五千年历史的汉族,就此算了么? 如果你是这么存心,就不是中国人了。中国一定有抬头的一日。只要有一个名副其实的共和政府,把实业振兴起来,教育普及起来,练一支强大的海陆军,打败了外国人,便成为世界一等强国。"黄医生鼓起他常有的雄辩口吻,又讲演他的爱国论了。

在一年以前,此类肤浅的爱国论大概要惹起静女士的暗笑的,因为那时她自视甚高,自以为是进步的;但是现在她已经失掉了自信心,对于自己从前的主张,根本起了怀疑,所以黄医生的议论在她耳边响来就不是怎样的不合意。况且黄医生的品行早已得了静的信仰,自然他的议论更加中听了。静开始有点兴奋起来,然而悲观的黑影尚遮在她眼前;她默然半晌,慢慢地说:

"我们知道国民党有救国的理想和政策,我的同学大半是国民党。但是天意确是引导人类的历史走到光明的路么?你看有多少好人惨遭失败,有多少恶人意外地得意;你能说人生的鹄的是光明么?革命军目前果然得了胜利,然而黑暗的势力还是那么大!"

"怎么迷信命运了?"黄医生诧异地笑,"我们受过科学洗礼的人,是不应该再有迷信的。"他顿了一顿,"况且,便拿天意而论,天意也向着南方;吴佩孚兵多,粮足,枪炮好,然而竟一败涂地!"

他抢起指头,计算吴佩孚的兵力,他每天读报的努力此时发生作用了;他滔滔地讲述两军的形势,背诵两军高级军官的姓名;静女士凝神静听。后来,在外边高叫"黄医生"的声中,他作了结论道:"报上说革命军打胜仗,得老百姓的帮助;这话,我有些不懂。民心的向背,须待打完了仗,才见分晓。说打仗的时候,老百姓帮忙,我就不明白。"

黄医生的热心至少已经引起静女士对于时事的注意了。她以前的每日阅报,不过是无所事事借以消闲,现在却起了浓厚的兴趣。每一个专电,每一个通讯,关于南北战事的,都争先从纸上跳起来欢迎她的眼光。并且她又从字缝中看出许多消息来。议论时事,成为她和黄医生的每日功课,比医院里照例的每日测验体温,有精神得多!一星期以后,静女士已经剥落了悲观主义的外壳,化为一个黄医生式的爱国主义者了。

然而她同时也还是一个旁观者。她以为在这争自由的壮剧中,象她那样的人,是无可贡献的;她只能掬与满腔的同情而已。

革命军的发展,引起了整个东南的震动。静连得了两封家信,知道自己的家乡也快要卷入战争的漩涡。母亲在第一封信中说:有钱的人家几乎已经搬尽,大姨夫劝她到上海避避。静当即复了封快信,劝母亲决定主意到上海来。但是母亲的第二封信,九月十日的,说已经决定避到省里大姨夫家去,省里有海军保护,是不怕的,况且大姨夫在海军里还有熟人;这封信,附带着又说:"你大病初愈,不宜劳碌,即在医院中静养,不必回省来;且看秋后大局变化如何,再定行止。"因此,猩红症的隔离疗养期虽然满了,静还是住在医院里;因为望念着家乡,望念着母亲,她更热切地留心时事。

战事的正确消息,报纸上早已不敢披露了。黄医生每天从私人方面总得了些来,但也不怎么重要。最新奇有趣的消息,却是静的旧同学李克传来的。双十节那天,静在院内草场上散步,恰遇李克来访友,正撞见了。这短小的人儿不知从什么地方探听得许多新闻。静当下就请他常来谈谈。——前月她派人到从前的二房东处取行李,得了抱素留下的一封信,知道他已回天津去了,所以静女士现在没有秘密行踪之必要了。

从李克那里,静又知道院内新来了两个女同学,一位是大炮史俊的恋人赵赤珠,一位是闹过三角恋爱的王诗陶。静和这两位,本来不大接谈,但现在恰如"他乡遇故知",居然亲热起来,常到她们那里坐坐了。每天下午二时左右,赵女士王女士的病房里便象开了个小会议,李克固然来了,还有史俊和别的人;静总在那里消磨上半点钟,听完李克的新闻。黄医生有时也来加入。

革命军占领九江的第二天,赵王二女士的病房里格外热闹;五六个人围坐着听李克的新闻。王女士本来没有什么病,这天更显得活泼娇艳;两颗星眸不住地在各人脸上溜转,一张小嘴挂着不灭的微笑,呈露可爱的细白牙齿。她一只手挽在她的爱人东方明的肩上,歪着上半身,时时将脚尖点地,象替李克的报告按拍子。龙飞坐在她对面,一双眼瞅着她,含有无限深情。大家正在静听李克讲马回岭的恶战,忽然龙飞按住王女士的腿,说:"别动!"王女士一笑,有意无意地在龙飞肩头打了一下。在场的人们都笑起来了。史俊伸过一只手来推着东方明道:"提出抗议!你应该保障你的权利!"

"那天会场上,史大炮的提议失败了,你们看他老是记着,到处利用机会和王诗陶作对呢!"李克停顿了报告,笑着说。

"赤珠!我就不信没有男同志和你开玩笑。"王女士斜睨着赵女士,针对史大炮的话说。

"大家不要开玩笑了,谈正事要紧。"东方明解纷,截住了赵女士嘴边的话语。

"新闻也完了,"李克一面伸欠,一面说,"总之,现在武汉的地位巩固了。"

"到武汉去,明天就去!"史大炮奋然说,"那边需要人工作!"

"人家打完了,你才去!"王女士报复似的顶一句。

"我看你不去!"史大炮也不让。

"当真我们去做什么事呢?"赵女士冒冒失失地问。

龙飞偷偷地向王女士做了个鬼脸。李克微笑。

"那边的事多着呢!"东方明接着说,"女子尤其需要。"

"需要女子去工作。"龙飞忍住了笑,板着脸抢空儿插入了这一句。

"莫开玩笑!"李克拦住,"真的,听说那边妇女运动落后。你们两位都可以去。"又转脸对静女士说,"密司章,希望你也能去。"

静此时已经站起来要走,听了李克的话,又立住了。"我去看热闹么?"她微笑地说,"我没做过妇女运动。并且象我那样没用的人,更是什么事都不会做的。"

赵女士拉静坐下,说道:"我们一同去罢。"

"密司章,又不是冲锋打仗,那有不会的理。"史俊也加入鼓吹了,"你们一同去,再好没有。"

"章女士……"

龙飞刚说出三个字,赵女士立刻打断他道:"不许你开口!你又来胡闹了!"

"不胡闹!"龙飞吐了口气,断然地说下去,"章女士很能活动,我是知道的。她在中学时代,领导同学反对顽固的校长,很有名的!"

"这话是谁说的?"静红着脸否认。

"包打听说的。"龙飞即刻回答,他又加一句道:"包打听也要到汉口去,你们知道么?"

"她去干什么!"王女士很藐视地说。

"去做包打听!"大家又笑起来。

"密司章,你不是不能,你是不愿。"李克发言了,"你在学校的时候很消极,自然是因为有些同学太胡闹了,你看着生气。我看你近来的议论,你对于政治,也不是漠不关心的,你知道救国也有我们的一份责任。也许你不赞成我们的做派,但是革命单靠枪尖子就能成么?社会运动的力量,要到三年五年以后,才显出来,然而革命也不是一年半载打几个胜仗就可以成功的。所以我相信我们的做派不是胡闹。至于个人能力问题,我们大家不是顶天立地的英雄,改造社会亦不是一二英雄所能成功,英雄的时代已经过去了,现在是常识以上的人们合力来创造历史的时代。我们不应该自视太低。这就是我们所以想到武汉去的原因,也就是我劝你去的理由。"

"李克的话对极了!"史大炮跳起来说,"明天,不用再迟疑,和赤珠一同去。"

"也不能这么快。"东方明说着立起身来,"明天,后天,一星期内,谁也走不动呢。慢慢再谈罢。"

"会议"告了结束,三个男子都走了,留下三个女子。静女士默然深思,王女士忙着对镜梳弄她的头发,赵女士无目的地望着天空。

静怀着一腔心事,回到自己房里;新的烦闷又凭空抓住了她了。这一次和以前她在学校时的烦闷,又自不同。从前的烦闷,只是一种强烈的本能的冲动,是不自觉的,是无可名说的。这一次,她却分明感得是有两种相反的力量在无形中牵引她过去的创痛,严厉地对她说道:"每一次希望,结果只是失望;每一个美丽的憧憬,本身就是丑恶;可怜的人儿呀,你多用一番努力,多做一番你所谓奋斗,结果只加多你的痛苦失败的纪录。"但是新的理想却委宛地然而坚决地反驳道:"没有了希望,生活还有什么意义呢?人之所以异于禽兽,就因为人知道希望。既有希望,就免不了有失望。失望不算痛苦,无目的无希望而生活着,才是痛苦呀!"过去的创痛又顽固地命令她道:"命运的巨网,罩在你的周围,一切挣扎都是徒然的。"新的理想却鼓动她道:"命运,不过是失败者无聊的自慰,不过是懦怯者的解嘲。人们的前途只能靠自己的意志自己的努力来决定。"这两股力一起一伏地牵引着静,暂时不分胜负。静悬空在这两力的平衡点,感到了不可耐的怅惘。她宁愿接受过去创痛的教训,然而新理想的诱惑力太强了,她委决不下。她屡次企图遗忘了一切,回复到初进医院来时的无感想,但是新的诱惑新的憧憬,已经连结为新的冲动,化成一大片的光耀,固执地在她眼前晃。她也曾追索这新冲动的来源,分析它的成分,企图找出一些"卑劣"来,那就可名正言顺地将它撇开了,但结果是相反,她反替这新冲动加添了许多坚强的理由。她刚以为这是虚荣心的指使,立刻在她灵魂里就有一个声音抗议道:"这不是虚荣心,这是责任心的觉醒。现在是常识以上的人们共同创造历史的时代,你不能抛弃你的责任,你不应自视太低。"她刚以为这是静极后的反动,但是不可见的抗议者立刻又反驳道,"这是精神活动的迫切的要求,没有了这精神活动,就没有现代的文明,没有这世间。"她待要断定这是自己的意志薄弱,抗议立刻又来了:"经过一次的挫折而即悲观消极,象你日前之所为,这才是意志薄弱!"

争斗延长了若干时间,静的反抗终于失败了。过去的创痛虽然可怖,究不敌新的憧憬之迷人。她回复到中学时代的她了。勇气,自信,热情,理想,在三个月前从她身上逃走的,现在都回来了。她决定和赵女士她们同走。她已经看见新生活——热烈,光明,动的新生活,张开了欢迎的臂膊等待她。这个在恋爱场中失败的人儿,现在转移了视线,满心想在"社会服务"上得到应得的安慰,享受应享的生活乐趣了。

因为赵女士在上海还有一个月的停留,静女士先回到故乡去省视母亲。故乡已是青天白日的世界了,但除了表面的点缀外,依然是旧日的故乡,这更坚决了静女士的主意。在雨雪霏霏的一个早晨,她又到了上海,第二天便和赵女士一同上了长江轮船,依着命运的指定,找觅她的新生活去了。虽然静女士那时脑中断没有"命运"二字的痕迹。

九

静女士醒来时,已是十点十分。这天是阴天,房里光线很暗,倒也不显得时候不早。因为东方明跟军队出发了,她和王女士同住人家一个大厢楼,她和王女士已经成了好朋友。昨夜她们谈到一点钟方才上床,兴奋的神经又使她在枕头上辗转了两小时许方才睡着;

此时她口里发腻,头部胀而且昏。自从到汉口的两个多月里,她几乎每夜是十二点以后上床,睡眠失时,反正已成了习惯,但今天那么疲倦,却是少有的。她懊丧地躺着,归咎于昨夜的谈话太刺激。

街上人声很热闹。一队一队的军乐声,从各方传来。轰然的声音是喊口号!静女士瞿然一惊,不知从那里来的精神,她一骨碌翻起身来,披了件衣服,跑到窗前看时,见西首十字街头正走过一队兵,颈间都挂着红蓝白三色的"牺牲带",枪口上插着各色小纸旗,一个皮绑腿的少年,站在正前进的队伍旁边,扬高了手,领导着喊口号。静知道这一队兵立刻就要出发到前线去了。兵队的前进行伍,隔断了十字街的向东西的交通,这边,已经压积了一大堆的旗帜——各色各样人民团体的旗号,写口号的小纸旗,青天白日满地红旗;几个写着墨黑大字的白竹布大横幅,很局促地夹在旗阵中,也看不清是什么字句。旗阵下面,万头攒动,一阵阵的口号声,时时腾空而上。

静女士看了二三分钟,回身来忙倒水洗脸,失眠的疲乏,早已被口号呼声赶跑了。她猛看见桌上有一张纸,是王女士留的字条:

不来惊破你的好梦。我先走了。专渡各界代表的差轮在江汉关一码头。十一点钟开。

诗　九时二十分

十分钟后,静女士已坐在车上,向一码头去了。她要赶上那差轮。昨夜她和王女士说好,同到南湖去参加第二期北伐誓师典礼。

到一码头时,江岸上一簇一簇全是旗帜;这些都是等候轮渡的各团体民众。江汉关的大钟正报十点三刻。喊口号的声音,江潮般地卷来。海关码头那条路上,已经放了步哨。正对海关,一个大彩牌楼,二丈多长红布的横额写着斗大的白字。几个泥面的小孩子,钻在人堆里,拾那些抛落在地上的传单。码头边并肩挨得紧紧地,泊着大小不等的七八条过江小轮,最后的一条几乎是泊在江心;粘在码头边的,是一只小兵舰,象被挤苦的胖子,不住地吱啵吱啵地喘气。几个黄制服的"卫士",提着盒子炮,在舰上踱方步。

一切印象——每一口号的呼喊,每一旗角的飘拂,每一传单的飞扬,都含着无限的鼓舞。静女士感动到落了眼泪来。她匆匆地通过码头,又越过二三条并肩靠着的小轮,才看见一条船的差轮旗边拖下一条长方白布,仿佛写着"各团体"等字。船的甲板上已经站满了人。她刚走近船舷,一个女子从人丛里挤出来迎着她招呼。

这女子原来是慧女士,她来了快一月了。她终究在此地找到了职业,是在一个政府机关内办事。

王女士终于不见,但差轮却已叫了一声,向上流开走了。待到船靠文昌门布局码头,又雇了车到南湖时,已经是下午二点钟。南湖的广场挤满了枪刺和旗帜,巍巍然孤峙在枪刺之海的,是阅兵台的尖顶。

满天是乌云,异常阴森。军事政治学校的学生队伍中发出悲壮的歌声,四面包围的阴霾,也似乎动摇了。飘风不知从那一方吹来,万千的旗帜,都猎猎作声。忽然轰雷般的掌声起来,军乐动了,夹着许多高呼的口号,誓师委员到场了。静和慧被挤住在人堆里,一步也动不得。

军乐声,掌声,口号声,传令声,步伐声,错落地过去,一阵又一阵,誓师典礼按顺序慢慢地过去。不知从什么时候下起头的雨,此时忽然变大了。天上象开了大窟窿,尽情地倾泻。许多小纸旗都被雨打坏了,只剩得一根光芦柴杆儿,依旧高举在人们手中,一动也不动。

"我再不能支持了!"慧抖着衣服说,她的绸夹衣已经湿透,粘在身上。

"怎么办呢?又没个避雨的地方,"静张望着四面说。

"也象你那样穿厚呢衣服,就不怕了,"慧懊怅地说:"我们走罢,"她嗫嚅地加了一句,她们身后的人层,确也十分稀薄了。

静也已里外全湿,冷得发抖,她同意了慧的提议。那时,全场的光芦柴杆儿一齐摇动,口号声象连珠炮的起来,似乎誓师典礼也快完了。

十

参加誓师典礼回来后,静女士病了,主要原因是雨中受凉。但誓师典礼虽然使静肉体上病着,却给她精神上一个新的希望,新的安慰,新的憧憬。

过去的短短的两个多月,静女士已经换了三次工作,每一次增加了些幻灭的悲哀;但现在誓师典礼给她的悲壮的印象,又重新燃热了她的希望。

她和王赵二女士本是一月二日就到了汉口的。那时,她自觉满身是勇气,满眼是希望。她准备洗去娇养的小姐习惯,投身最革命的工作。东方明和龙飞已是政治工作人员了,向她夸说政治工作之重要;那时有一个政治工作人员训练委员会成立,招收"奇才异能,遗大投艰"之士,静的心怦怦动了,便去报了名。笔试的一天,她满怀高兴,到指定的笔试处去。一进了场,这就背脊骨一冷;原来她料想以为应试者该都是些英俊少年的,谁知大不然,不但颇有些腐化老朽模样的人们捏着笔咿唔不止,并且那几位青年,也是油头光脸,象所谓"教会派"。应试人中只她一个女子,于是又成了众"考生"视线的焦点:有几位突出饿老鹰的眼,骨碌骨碌地尽瞧;有几位睁大了惊异的眼睛,犹如村童见了"洋鬼子"。试题并不难;然而应试者仍不乏交头接耳商量,直到灰布军服斜皮带的监试员慢慢地从身后走来,方才咳嗽一声,各自归了原号。这些现象,静女士看着又好笑又好气,她已经失望,但还是忍耐着定心写自己的答案。

"翻阅参考书本不禁止。但是尽抄'三民主义'原文也不中用,时间不早了,还是用心想一想,快做文章罢。"静忽听得一个监试员这么说。

场中有些笑声起来了。静隔座的一位正忙着偷偷地翻一本书,这才如梦初醒地藏过了书,把住了笔,咿唔咿唔摇起肩膀来。静不禁暗暗地想道:"无怪东方明他们算是出色人才了,原来都是这等货!"

那天静女士回到寓所后,就把目睹的怪相对王女士说了,并且叹一口气道:"看来这委员会亦不过是点缀革命的一种官样文章罢了,没有什么意思。"

"那也不尽然。"王女士摇着头说,"我听东方明说,他和委员会的主持者谈过,知道他们确主张认真办事,严格甄录。无奈应试者大抵是那一类脚色——冬烘学究,衙门蛀虫,又不能剥夺他们的考试权,只好让他们来考。这班人多半是徒劳,一定不取的。"

两天后,考试结果发表了,果然只取了五名——三名是正取,二名是备取。静女士居然也在正取之列。这总算把她对于委员会的怀疑取消了。于是她又准备去应口试。

出于意外,口试的委员是一个短小的说话声音很低的洋服少年,并不穿军装。他对每个应试者问了十几道的问题,不论应试者怎样回答,他那张板板的小脸总没一些表示,令人无从猜摸他的意向。

"你知道慕沙里尼是什么人?"那短小的"委员"对一位应试者问了几个关于党国的大问题以后,突然取了这常识测验的法儿了。他在纸上写了慕沙里尼的译名,又写了西方拼法。

"慕——沙——里——尼……他是一个老革命家!"应试者迟疑地回答。

"他是那一国人?死了么?"

"他是俄国人。好象死得不久。"

"季诺维夫是什么人?"口试委员毫无然否地换了题目。

"他是反革命,白党。"应试者抢着回答,显然自以为有十二分的把握。

口试委员写了"季诺维夫"四个字。

"哦,先前是听错做谢米诺夫了。这……这季诺夫,该是英国人罢。"应试者用了商量的口吻了。

"安格联,"口试委员再写。

"这卖国奴!这汉奸!他是北京的海关监督!"应试者爽快地答。

"许是奉天人罢?"口试委员追问一句,脸上的筋肉一根也不动。

"是。"应试者回答,迟疑地看着口试委员的脸。

静女士忍不住暗笑。

五个人的口试,消磨了一小时。最后,短小的口试委员站起身来宣布道:"各位的事情完了。结果仍在报上发表。"他旋转脚跟要走了,但是四个人攒住了他:

"什么时候儿发表?"

"干么工作?"

"不会分发到省外去罢?"

"特务员是上尉阶级,也没经过考试。我们至少是少校罢?"

问题衔接着掷过来。口试委员似笑非笑地答道:"明天就发表。看明天的报!派什么工作须待主任批示,我们管不着。"

问题还要来,但勤务兵拿了一叠的请见单进来了。那口试委员说了句"请和这里的杨书记接洽",点着头象逃也似的走了。

第二天口试结果发表,只取了四名:正取中一名落选,二名备取倒全取上了。静觉得这委员会办事也还认真,也就决心进去了。

每天有四五十人应笔试,每天有七八人应口试,每天有四五人被录取;静的"同人"一天一天多起来。委员会把他们编成训练班,排定了讲堂的课程,研究的范围和讨论的题目。在训练班开始的前一日,静就搬进那指定的宿舍。她和王女士握别的时候说:

"我现在开始我的新生活。我是一个弱者,你和赤珠批评我是意志薄弱,李克批评我是多愁善感;我觉得你们的批评都对,都不对;我自己不知道我是怎样一个人,我承认我有许多缺点,但我自信我根本上不是一个耽安逸喜享乐的小姐。我现在决心去受训练,吃苦,努力,也望你时常督促我。"她顿了一顿,很亲热地挽住了王女士的臂膊,"从前我听人家说你浪漫,近来我细细观察,我知道你是一个豪爽不拘的人儿,你心里却有主见。但是人类到底是感情的动物,有时热情的冲动会使你失了主见。一时的热情冲动,会造成终身的隐痛,这是我的……"她拥抱了王女士,偷偷滴一点眼泪。

王女士感动到说不出话来。

然而抱了坚决主意的那时的静女士,只过了两星期多的"新生活",又感到了万分的不满足。她确不是吃不得苦,她是觉得无聊。她看透了她的同班们的全副本领只是熟读标语和口号;一篇照例的文章,一次照例的街头宣讲,都不过凑合现成的标语和口号罢了。她想起外边人讥讽政治工作人员为"卖膏药";会了十八句的江湖诀,可以做一个走方郎中卖膏药,能够颠倒运用现成的标语和口号,便可以当一名政治工作人员。有比这再无聊的事么?这个感想,在静的脑中一天一天扩大有力,直到她不敢上街去,似乎路人的每一注目就是一句"卖膏药"的讥笑。勉强挨满三个星期,她终于告退了。

此后,她又被王女士拉到妇女会里办了几星期的事,结果仍是嫌无聊,走了出来。她也说不出为什么无聊,那些事无聊,她只感觉得这也是一种敷衍应付装幌子的生活,不是她理想中的热烈的新生活。

现在静女士在省工会中办事也已经有两个星期了。这是听了李克的劝告,而她自己对于这第三次工作也找出了差强人意的两点:第一是该会职员的生活费一律平等,第二是该会有事在办,并不是点缀品。

任事的第一日,史俊和赵女士——他俩早已是这里的职员,引静到各部分走了一遍,介绍几个人和她见面。她看见那些人都是满头大汗地忙着。静担任文书科里的事,当天就有许多文件待办,她看那些文件又都是切切实实关系几万人生活的事。她第一次得到了办事的兴趣,她终于踏进了光明热烈的新生活。但也不是毫无遗憾,例如同事们举动之粗野幼稚,不拘小节,以及近乎疯狂的见了单身女人就要恋爱,都使静感着不快。

更不幸是静所认为遗憾的,在她的同事们赞成其为革命的行为,革命的人生观,非普及于人人不可,而静女士遂亦不免波及。她任事的第三日,就有一个男同事借了她的雨伞去,翌日并不还她,说是转借给别人了,静不得不再买一柄。一次,一位女同事看见了静的斗篷,就说:"嘿!多漂亮的斗篷!可惜我不配穿。"然而她竟拿斗篷披在身上,并且扬长走了。四五天后来还时,斗篷肩上已经裂了一道缝。这些人们自己的东西也常被别人拿得不知去向,他们转又拿别人的;他们是这么惯了的,但是太文雅拘谨的静女士却不惯。闹恋爱尤其是他们办事以外唯一的要件。常常看见男同事和女职员纠缠,甚至嬲着要亲嘴。单身的女子若不和人恋爱,几乎罪同反革命——至少也是封建思想的余孽。他们从赵女士那里探得静现在并没爱人,就一齐向她进攻,有一个和她纠缠得最厉害。这件事,使静十二分地不高兴,渐渐对于目前的工作也连带地发生了嫌恶了。

现在静病着没事,所有的感想都兜上了心头。她想起半年来的所见所闻,都表示人生之矛盾。一方面是紧张的革命空气,一方面却又有普遍的疲倦和烦闷。各方面的活动都是机械的,几乎使你疑惑是虚应故事,而声嘶力竭之态,又随在暴露,这不是疲倦么?"要恋爱"成了流行病,人们疯狂地寻觅肉的享乐,新奇的性欲的刺激;那晚王女士不是讲过的么?某处长某部长某厅长最近都有恋爱的喜剧。他们都是儿女成行,并且职务何等繁剧,尚复有此闲情逸趣,更无怪那班青年了。然而这就是烦闷的反映。在沉静的空气中,烦闷的反映是颓丧消极;在紧张的空气中,是追寻感官的刺激。所谓"恋爱",遂成了神圣的解嘲。这还是荦荦大者的矛盾,若毛举细故,更不知有多少。铲除封建思想的呼声喊得震天价响,然而亲戚故旧还不是拔芽连茹地登庸了么?便拿她的同事而言,就很有几位是裙带关系来混一口饭的!

矛盾哪,普遍的矛盾。在这样的矛盾中革命就前进了么?静不能在理论上解决这问题,但是在事实上她得了肯定。她看见昨天的誓师典礼是那样地悲壮热烈,方恍然于平日所见的疲倦和烦闷只是小小的缺点,不足置虑;因为这些疲倦烦闷的人们在必要时确能慷慨为伟大之牺牲。这个"新发见"鼓起了她的勇气。所以现在她肉体上虽然小病,精神上竟是空前地健康。

在静女士小病休养的四五日中,"异乡新逢"的慧女士曾来过两次。第二次来时,静女士已经完全回复健康,便答应了慧女士请吃饭的邀请。

慧请的客大半是同僚,也有她在外国时的朋友。静都不认识,应酬了几句,她就默默地在旁观察。一个黑矮子,人家呼为秘书的,说话最多;他说话时每句末了的哈哈大笑颇有几分象百代唱片里的"洋人大笑",静女士每见他张开口,便是一阵恶心。

"你们那里新来了位女职员,人还漂亮？哈,哈,哈。"黑矮子对一位穿洋服的什么科长说。

"总比不上周女士啊!"洋服科长回答,"倒是一手好麻雀。"

"周女士好酒量,更其难得了。哈,哈,哈。"

细长脖子,小头,穿中山装的什么办事处主任,冒冒失失对慧嚷道:

"来!来!赌喝一瓶白兰地!"

静觉得那细长脖子小头的办事处主任,本身就象一个白兰地酒瓶。

慧那时和左首一个穿华达呢军装的少年谈得正忙,听着"白兰地酒瓶"嚷,只迥眸微笑答道:"秘书又来造我的谣言了。"

"一瓶白兰地。"黑矮子跳起来大声嚷,"昨天见你喝的。今天你是替自己省酒钱了!哈,哈,哈。"

"那就非喝不可了!"一个人插进说。

"某夫人用中央票收买夏布,好打算啊!"坐在静右首的一位对一个短须的人说。

"这笔货,也不过是囤着瞧罢了。"一个光头人回答。静看见有一条小青虫很细心地在那个光头上爬。

黑矮子和"白兰地酒瓶"嬲着慧喝酒,似乎已得了胜利,慧终究喝了一大杯白兰地。

渐渐谈锋转了方向,大家向女主人进攻。"白兰地酒瓶"一定要问慧用什么香水,军装少年拉着慧要和她跳舞,后来,黑矮子说要宣布慧最近的恋爱史,慧淡淡答道:"有,你就宣布,只不许造谣!"

提到恋爱,这一伙半醉的人儿宛如听得前线的捷报,一齐鼓舞起来了;他们攒住了慧,不但动口,而且动手。然而好象还有点"封建思想",竟没波及到静女士。

很巧妙地应付着,慧安然渡过了这一阵子扰动,宣告了"席终"。

慧女士送静回寓的途中,静问道:"他们时常和你这般纠缠么?"她想起了慧从前所抱的主张,又想起抱素和慧的交涉。

"可不是,"慧坦白地回答。"我高兴的时候,就和他们鬼混一下;不高兴时,我简直不理。静妹,你以为我太放荡了么?我现在是一个冷心人,尽管他们如何热,总温暖不了我的心!"

静仿佛看见慧的雪白浑圆的胸脯下,一颗带着伤痕的冷硬的心傲然地抖动着。她拥抱了慧,低声答道:

"我知道你的心!"

十一

又是半个月过去了。静女士,慧女士和王女士,现在成了最亲密的朋友。三位女士的性格绝不相同,然而各人有她的长处,各人知道各人的长处。两位都把静女士视同小妹妹,因为她是怯弱,温婉,多愁,而且没主意。这两位"姊姊",对于静实在是最大的安慰。这也是静虽已厌倦了武汉的生活而却不愿回到家里去的原因。自从到汉口以后,静接着母亲两次要她回去的信,说家乡现在也一样地有她所喜欢的"工作"呢。

静女士时常想学慧的老练精干,学王女士的外圆内方,又能随和,又有定见。然而天性所限,她只好罢休。在苦闷彷徨的时候,静一定要去找她的"慧姊姊",因为慧的刚毅有决断,而且通达世情的话语,使她豁然超悟,生了勇气。在寂寞幽怨的时候,静就渴愿和王女士在一处,她偎在这位姊姊的丰腴温软的身上,细听她的亲热宛转的低语,便象沉醉在春风里,那时,王女士简直成了静的恋人。她俩既是这等亲热,且又同居,因此赵女士常说她们是同性爱。

然而王女士却要离开汉口了;因为东方明已经住定在九江,要王女士去。离别在即,三个好朋友都黯然神伤,静女士尤甚。她除了失去一个"恋人",还有种种自身上的忧闷。王女士动身的前晚,她们三人同游首义公园,后来她们到黄鹤楼头的孔明墩边,坐着吹凉,谈心。

那晚好月光。天空停着一朵朵的白云,象白棉花铺在青瓷盘上。几点疏星,嵌在云朵的空隙,闪闪地射光。汉阳兵工厂的大起重机,在月光下黑魆魆地蹲着,使你以为是黑色的怪兽,张大了嘴,等待着攫噬。武昌城已经睡着了,麻布丝纱四局的大烟囱,静悄悄地高耸半空,宛如防御隔江黑怪兽的守夜的哨兵。西北一片灯火,赤化了半个天的,便是有三十万工人的汉口。大江的急溜,嘶嘶地响,武汉轮渡的汽笛,时时发出颤动哀切的长鸣。此外,更没有可以听到的声音。

孔明墩下的三位女士,在这夏夜的凉气中谈笑着。现在她们谈话的重心已经转移到静的工作问题了。

"工会里的事,我也厌倦了,"静女士说,"那边不少我这样的人,我决定不干了。诗陶姊到九江去,我更加无聊。况且住宿也成问题——一个人住怪可怕的。"她很幽悒地挽住了王女士的手。

"工会的事,你原可不干,"慧女士先发表她的意见,同时停止了她的踱方步。"至于住宿,你还是搬到我那里。我们在上海同住过,很有味。"

"你一天到晚在外边,我一个人,又没事做,真要闷死了。"静不愿意似的回答。

"和我同到九江去,好不好?"王女士说的很恳切,把脸偎着静的颈脖。

静还没回答,慧女士抢着说道:"我不赞成。"

"慧,你是怕我独占了静妹?"王女士笑着说。

"人家烦闷,你倒来取笑了,该打!"慧在王女士的臂上拧了一把,"我不赞成,为的是根本问题须先问静妹还想做事否;如想做事,自然应该在武汉。"

"我先前很愿做事,现在方知我这人到处不合宜。"静叹了口气,"大概是我的心眼儿太窄,受不住丝毫的委屈。我这人,又懦怯,又高傲。诗陶姊常说我要好心太切,可不是? 我回想我到过的机关团体,竟没一处叫我满意。大概又是我太会吹毛求疵。比如工会方面,因为有一个人和我瞎纠缠,我就厌倦了工会的事。他们那班人,简直把恋爱当饭吃。"

王女士和慧都笑了,忽然慧跺着脚道:

"好了,不管那些新式的,新新式的色中饿鬼! 我们三个都到九江游庐山去!"

"我到九江去本来没有确定做事。同去游庐山,好极了。"王女士也赞成。"静,就这么办罢。"

静女士摇了摇头说:"我不赞成。带连你们都不做事,没有这个理! 我本性不是懒惰人,而且在这时代,良心更督促我,贡献我的一份力。刚才我不是已经说过? 两星期前我就不愿在工会中办事,后来在誓师典礼时我又感动起来,我想,我应该忍耐,因此又挨下来。现在我虽然决心不干工会的事,还是想做一点于人有益,于己心安的事。"

王女士和慧都点着头。

"但是我想来想去总没有,"静接着再说,"诗陶姊又要走,少了一个精神上的安慰!"她低下头去,滴了两点眼泪,忽然又仰着泪脸对慧女士说道:"慧姊! 我常常想,学得你的谙练达观就好了,只恨我不能够!"

"明天一定不走!"王女士眼眶也红了,拥抱了静,很温柔地安慰她,"静妹,不要伤心,我一定等你有了理想中的事再走!"

"静!你叫我伤心!比我自己的痛苦还难受!"慧叹了口气,焦灼地来回走着。

大江的急溜,照旧嘶嘶作响。一朵云缓缓移动,遮没了半轮明月,却放出一颗极亮的星。

慧女士忽然站住了,笑吟吟地说道:"我想出来了!"

"什么事?"王女士和静同声问。

"想出静妹的出路来了!做看护妇去,岂不是于人有益,于己心安么?"

"怎么我忘了这个!"王女士忙接着说,"伤兵医院正缺看护。救护伤兵委员会还征调市立各校的女教职员去担任呢!"

现在三个人又都是满脸的喜色了。她们商量之后,决定王女士明天还是不走,专留一日为静选定医院,觅人介绍进去。

王女士跑了个整天,把这件事办妥。她为静选定了第六病院。这是个专医轻伤官长的小病院,离慧的寓处也不远。在先士兵病院也有义务女看护,后来因为女看护大抵是小姐少奶奶女教员,最爱清洁,走到伤员面前时,总是用手帕掩了鼻子,很惹起伤员的反感,所以不久就撤消了。

十二

胜利的消息,陆续从前线传来。伤员们也跟着源源而来。有一天,第六病院里来了个炮弹碎片伤着胸部的少年军官,增重了静女士的看护的负担。

这伤者是一个连长,至多不过二十岁。一对细长的眼睛,直鼻子,不大不小的口,黑而且细的头发,圆脸儿,颇是斯文温雅,只那两道眉棱,表示赳赳的气概,但虽浓黑,却并不见得怎样阔。他裹在灰色的旧军用毯里,依然是好好的,仅仅脸色苍白了些;但是解开了军毯看时,左乳部已无完肤。炮弹的碎片已经刮去了他的左乳,并且在他的厚实的左下胸刻上了三四道深沟,据军医说,那炮弹片的一掠只要往下二三分,我们这位连长早已成了"国殇"。现在,他只牺牲了一只无用的左乳头。

这军官姓强名猛,表字惟力;一个不古怪的人儿却是古怪的姓名。

在静女士看护的负担上,这新来者是第五名。她确有富裕的时间和精神去招呼这后来者。她除了职务的尽心外,对于这新来者还有许多复杂的向"他"心。伤的部分太奇特;年龄的特别小,体格的太文秀:都引起了静的许多感动。她看见他的一双白嫩的手,便想象他是小康家庭的儿子,该还有母亲,姊妹,兄弟,平素该也是怎样娇养的少爷,或者现在他家中还不知道他已经从军打仗,并且失掉了一只乳头。她不但敬重他为争自由而流血——可宝贵的青春的血;她并且寄与满腔的怜悯。

最初的四五天内,这受伤者因为创口发炎,体温极高,神志不清;后来渐渐好了,每天能够坐起来看半小时的报纸。虽然病中,对于前线的消息,他还是十分注意。一天午后,静女士送进牛奶去,他正在攒眉苦思。静把牛奶杯递过去,他一面接杯,点头表示谢意,一面问道:

"密司章,今天的报纸还没来么?"

"该来了。现在是两点十五分。"静看着手腕上的表回答。

"这里的报太岂有此理。每天要到午后才出版!"

"强连长。军医官说你不宜多劳神。"静踌躇了些时,终于委宛地说,"我见你坐起来看报也很费力呢!"

少年把牛奶喝完,答道:"我着急地要知道前方的情形。昨天报上没有捷电,我生怕是前方不利。"

"该不至于,"静低声回答,背过了脸儿;她见这负伤的少年还这样关心军事,不禁心酸了。

离开了病房,静女士就去找报纸;她先翻开一看,不禁一怔,原来这天的报正登着鄂西吃紧的消息。她立刻想到这个恶消息万不能让她的病人知道,这一定要加重他的焦灼;但是不给报看,又要引起他的怀疑,同样是有碍于病体。她想不出两全的法子,捏着那份报,癡立在走廊里。忽然一个人拍着她的肩头道:

"静妹,什么事发闷?"

静急回头看时,是慧女士站在她背后,她是每日来一次的。

"就是那强连长要看报,可是今天的报他看不得。"静回答,指出那条新闻给慧女士瞧。

慧拿起来看了几行,笑着说道:

"有一个好法子。你拣好的消息读给他听!"

又谈了几句,慧也就走了。静女士回到强连长的病房里,借口军医说看报太劳神,特来读给他听。少年不疑,很满意地听她读完了报上的好消息。从此以后,读报成了静女士的一项新职务。

强连长的伤,跟着报上的消息,一天一天好起来。静女士可以无须再读报了。但因她担任看护的伤员也一天一天减少,她很有时间闲谈,于是本来读报的时间,就换为议论军情。一天,这少年讲他受伤的经过。他是在临颖一仗受伤;两小时内,一团人战死了一半多,是一场恶斗。这少年神采飞扬地讲道:

"敌军在临颖布置了很好的炮兵阵地;他们分三路向我军反攻,和我们——七十团接触的兵力,在一旅左右。司令部本指定七十团担任左翼警戒,没提防敌人的反攻来的这么快。那天黄昏,我们和敌人接触,敌人一开头就是炮,迫击炮弹就象雨一般打来……"

"你的伤就是迫击炮打的罢?"静惴惴地问。

"不是。我是野炮弹碎片伤的。我们团长是中的迫击炮弹。咳,团长可惜!"他停了一停,又接下去,"那时,七十团也分三路迎战。敌人在密集的炮弹掩护下,向我军冲锋!敌人每隔二三分钟,放一排迫击炮,野炮是差不多五分钟一响。我便是那时候受了伤。"

他歇了一歇,微笑地抚他胸前的伤疤。

"你也冲锋么?"静低声问。

"我们那时是守,死守着吃炮弹,后来——我已经被他们抬回后方去了,团长裹了伤,亲带一营人冲锋,这才把进逼的敌人挫退了十多里,我们的增援队伍也赶上来,这就击破了敌人的阵线。"

"敌人败走了?"

"敌人守不住阵地,总退却!但是我们一团人差不多完了!团长胸口中了迫击炮,抬回时已经死了!"

静凝眸瞧着这少年,见他的细长眼睛里闪出愉快的光。她忽然问道:

"上阵时心里是怎样一种味儿?"

少年笑起来,他用手掠他的秀发,回答道:

"我形容不来。勉强作个比喻,那时的紧张心理,有几分象财迷子带了锹锄去掘拿得稳的窖藏;那时跃跃鼓舞的心理,大概可比是才子赴考;那时的好奇而兼惊喜的心理,或者正象……新嫁娘的第一夜!"

静自觉脸上一阵烘热。少年的第三种比喻,感触了她的尚有余痛的经验了,但她立即转换方向,又问道:

"受了伤后,你有什么感想呢?"

"没有感想。那时心里非常安定。应尽的一份责任已经做完了,自己也处于无能为力的境地了;不安心,待怎样?只是还不免有几分焦虑;正象一个人到了暮年时候,把半生辛苦创立的基业交给儿孙,自己固然休养不管事,却不免放心不下,唯恐后人把事情弄坏了。"

少年轻轻地抚摸自己胸前的伤疤,大似一个艺术家鉴赏自己的得意旧作。

"你大概不再去打仗了?"静低声问;她以为这一问很含着关切怜爱的意味。

少年似乎也感觉着这个,他沉吟半晌,才柔声答道:

"我还是要去打仗。战场对于我的引诱力,比什么都强烈。战场能把人生的经验缩短。希望,鼓舞,忿怒,破坏,牺牲——一切经验,你须得活半世去尝到的,在战场上,几小时内就全有了。战场的生活是最活泼最变化的,战场的生活并且也是最艺术的;尖锐而曳长的啸声是步枪弹在空中飞舞;哭哭哭,象鬼叫的,是水机关;——随你怎样勇敢的人听了水机关的声音没有不失色的,那东西实在难听! 大炮的吼声象音乐队的大鼓,替你按拍子。死的气息,比美酒还醉人。呵! 刺激,强烈的刺激! 和战场生活比较,后方的生活简直是麻木的,死的!"

"据这么说,战场竟是俱乐部了。强连长,你是为了享乐自己才上战场去的罢?"静禁不住发出最娇媚的笑声来。

"是的。我在学校时,几个朋友都研究文学,我喜欢艺术。那时我崇拜艺术上的未来主义;我追求强烈的刺激,赞美炸弹,大炮,革命——一切剧烈的破坏的力的表现。我因为厌倦了周围的平凡,才做了革命党,才进了军队。依未来主义而言,战场是最合于未来主义的地方:强烈的刺激,破坏,变化,疯狂似的杀,威力的崇拜,一应俱全!"少年突然一顿,旋即放低了声音接着说:"密司章,别人冠冕堂皇说是为什么为什么而战,我老老实实对你说,我喜欢打仗,不为别的,单为了自己要求强热的刺激! 打胜打败,于我倒不相干!"

静女士凝视着这少年军官,半晌没有话。

这一席新奇的议论,引起了静的别一感想。她暗中忖量:这少年大概也是伤心人,对于一切感不满,都觉得失望,而又不甘寂寞,所以到战场上要求强烈的刺激以自快罢。他的未来主义,何尝不是消极悲观到极点后的反动。如果觉得世间尚有一事足惹留恋,他该不会这般古怪冷酷罢。静又想起慧女士来;慧的思想也是变态,但入于个人主义颓废享乐的一途,和这少年军官又自不同。

"密司章,你想什么?"

少年惊破了静的沉思。他的善知人意的秀眼看住了静的面孔,似乎在说:我已经懂得你的心。

"我想你的话很有意思,"她回答,忽然有几分羞怯,"无论什么好听的口号,反正不过是那么一回事。"凭空发了两句牢骚,同时她站起身来道:"强连长,你该歇歇了。"

少年点着头,他目送静走出去,见她到门边,忽又站住,回过头来,看住了他,轻轻地问道:

"强连长,确没有别的事比打仗更能刺激你的心么?"

少年辨出那话音微带着颤,他心里一动。

"在今天以前,确没有。"这是回答。

那天晚上,慧女士到医院里去看望静女士,见静神情恍惚,若有心事。慧问起原因,听完了静转述少年军官的一番话,毫不介意地说道:

"世间尽有些怪人!但是为什么又惹起你来动心事?"

"因为想起他那样的人,却有如此悲痛的心理;他大概是一个过来的伤心人!"静回答,不自禁地叹了口气。

"这军官是那里人?家里还有什么人?"慧沉吟有顷,忽然这么问。

"他是广东人。父亲是新加坡的富商。大概家庭里有问题,他的母亲和妹妹另住在汕头。"

慧低着头寻思,突然她笑起来,抱住了静女士的腰,说道:

"小妹妹,你和那军官可以成一对情人;那时,他也毋须再到战场上听音乐,你也不用再每日价悲天悯人地不高兴!"

静的脸红了。她瞅了慧女士一眼,没有说话。

十三

慧的预言,渐渐转变成为事实;果然世间还有一件事可以替代强连长对于战场的热心,那就是一个女子的深情。

这一个结合,在静女士方面是主动的,自觉的;在那个未来主义者方面或者可说是被摄引,被感化,但也许仍是未来主义的又一方面的活动。天晓得究竟是怎么一回事!然而两心相合的第一星期,确可说是自然主义的爱,而不是未来主义。

第二期北伐自攻克郑汴后,暂告一段落,因此我们这位新跌入恋爱里的强连长,虽然尚未脱离军籍,却也有机会度他的蜜月。在他出医院的翌日,就是他和静女士共同宣告"恋爱结合"那一天,他们已经决定游庐山去;静女士并且发了个电报到九江给王女士,报告他们的行踪。

从汉口到九江,只是一夜的行程。清晨五点钟模样,静女士到甲板上看时,只见半空中迎面扑来四五个淡青色的山峰,峰下是一簇市街,再下就是滚滚的大江。那一簇市街夹在青山黄水之间,远看去宛如飘浮在空间的蜃楼海市。这便是九江到了。

住定了旅馆后,静的第一件事是找王女士。强是到过九江的,自然陪着走这一趟。他们在狭小的热得如蒸笼里的街道上,挤了半天,才找得王女士的寓处,但是王女士已经搬走了。后来又找到东方明所属的军部里,强遇见了一个熟人,才知道三天前东方明调赴南昌,王女士也一同去了。

第二天,静和强就上庐山去。他们住在牯岭的一个上等旅馆里。

在旅舍的月台上可以望见九江。牯岭到九江市,不过三小时的路程;牯岭到九江,有电报,有长途电话。然而住在牯岭的人们总觉得此身已在世外。牯岭是太高了,各方面的消息都达不到;即使有人从九江带来些新闻,但也如轻烟一般,不能给游客们什么印象。在这里,几个喜欢动的人是忙着游山,几个不喜欢动的人便睡觉。静女士和强连长取了前者。但他们也不走远,游了一天,还是回到牯岭旅馆里过夜。

静女士现在是第一次尝得了好梦似的甜蜜生活。过去的一年,虽然时间是那么短促,事变却是那么多而急,静的脆弱的灵魂,已觉不胜负担,她象用敝了的弹簧,弛松地摊着,再也紧张不起来。她早已迫切地需要幽静恬美的生活,现在,梦想的生活,终于到了。她要审慎地尽量地享受这久盼的快乐。她决不能再让它草草地过去,徒留事后的惆怅。

她有许多计划,有许多理想,都和强说过,他们只待一一实施了。

到牯岭的第二天,静和强一早起来,就跑出了旅馆。那天一点云气都没有,微风;虽在山中,也还很热。静穿一件水红色的袒颈西式纱衫,里面只衬一件连裤的汗背心,长统青丝袜,白帆布运动鞋。本来是不瘦不肥的身材,加上这套装束,更显得窈窕,活泼。强依旧穿着军衣,只取消了皮带和皮绑腿。

他们只拣有花木有泉石的地方,信步走去,在他们面前,是一条很阔,略带倾斜的石子路——所谓"洋街",一旁是花木掩映的别墅,一旁是流水玲琮的一道清涧。这道涧,显然是人工的;极大的鹅卵石铺成了涧床,足有两丈宽,三尺深;床中时有怪石耸起,青玉似的泉水逆击在这上面,碎成了万粒珠玑,霍霍地响。静女士他们沿了涧一直走,太阳在他们左边;约摸有四五里路,突然前面闪出一座峭拔的山壁,拦住了去路。那涧水沿着峭壁脚下曲折过去,汩汩地翻出尺许高,半丈远的银涛来。峭壁并不高,顶上有一丛小树和一角红屋,那壁面一例是青铜色的水成岩,斧削似的整齐,几条女萝挂在上面,还有些开小黄花的野草杂生着;壁缝中伸出一棵小松树,横跨在水面。

"你瞧,惟力,松树下有一块大石头,刚好在泉水的飞沫上面,我们去坐一下罢。"

静挽着强的臂膊说,一面向四下里瞧,想找个落脚的东西走过去。

"坐一下倒好。躺着睡一会更好。万一涧水暴发,把我们冲下山去,那是最好了!"

强笑着回答,他已觑定水中一块露顶的鹅卵石,跨了上去,又搀着静的手,便到了指定的大石头上。强把维也拉的军衣脱下来,铺在石上,两人便坐下了。水花在他们脚下翻腾,咕咕地作响。急流又发出嘶嘶的繁音。静女士偎在强的怀里,仰视天空。四五里的下山路也使她疲乏了,汗珠从额上渗出来,胸部微微起伏。强低了头,把嘴埋在静的乳壕里,半晌不起来。静抚弄他的秀发,很温柔地问道:

"惟力,你告诉我,有没有和别的女子恋爱过?"

强摇了摇头。

"那天你给我看的女子照相,大概就是你从前的爱人罢?"

强抬起头来,一对小眼珠,盯住了静的眼睛看,差不多有半分钟;静觉得那小眼珠发出的闪闪的光,似喜又似嗔,很捉摸不定。忽然强的右臂收紧,贴胸紧紧地抱住了静,左手托起她的头,在她唇上亲了一下,笑着回答道:

"我就不明白,竟做了你的俘虏了!从前很有几个女子表示爱我,但是我不肯爱。"

"照片中人就是其中的一个么?我看她很美丽呢。"静又问,吃吃地笑。

"是其中的一个,她是同乡。她曾使我觉得可爱,那时我还没进军队。但也不过可爱而已,她抓不住我的心。"

"可是你到底收藏着她的照相直到现在!"静一边说,一边笑着用手指抹强的脸,羞他。

"还藏着她的照片,因为她已经死了。"强说。他看见静又要挽言,便握住了她的嘴,继续说道:"不相干,是暴病死的。我进军队后,也有女子爱我。我知道她们大概是爱我的斜皮带和皮绑腿,况且我那时有唯一的恋人——战场。静!我是第一次被女子俘获,被你俘获!"

"依未来主义说,被俘获,该也是一种刺激罢?"静又问,从心的深处发出愉快的笑声来。

强的回答是一个长时间的接吻。

热情的冲动,在静的身上扩展开来;最初只是心头的微跳,渐渐呼吸急促,全身起了一种潮热。她紧紧地抱住了强,脸贴着脸,她自觉脸上烘热得厉害。她完全忘记有周围一切的存在,有世间的存在,只知有他的存在。她觉得身体飘飘地望上浮,渴念强压住她。

砉!一股壮大的急流,打在这一对人儿坐着的大石根上,喷出伞样大的半圈水珠。静的纱衫的下幅,被水打湿。

"山洪来了,可不是玩的!"强惊觉似的高喊了一声,他的壮健的臂膊把静横抱了,两步就跳到了岸上。

砉!那大石头边激起更高的水花来;如果他们还坐着,准是全身湿透了。强第二次下去捞取了他的浸湿的军衣。

"我们衣服都湿了,"他提着湿衣微笑说。

静低头看身上,纱衫的下幅还在滴下细小的水珠。

太阳在不知什么时候早已躲避得毫无踪迹,白茫茫的云气,正跨过了西首的山峰,包围过来。风景是极好,但山中遇雨却也可怕。静倚着强的肩膀,懒懒地立着。

"我们回去罢。"强抚摩静的头发,游移不决地说。

"我软软的,走不动了。"静低声回答,眼波掠过强的面孔,逗出一个迷人的微笑。

云气已经遮没了对面的峭壁,裹住了他们俩;钻进他们的头发,侵入他们的衬衣里。静觉得凉意沦浃肌髓,异常地舒适。

"找个地方避过这阵雨再回去,你的身体怕受不住冷雨。"

静同意地颔首。

强的在野外有经验的锐眼,立刻看见十多步外有一块突出的岩石足可掩护两个人。他们走到岩石下时,黄豆大的雨点已经杂乱地打下来。几股挟着黄土的临时泉水从山上冲下来,声势很可怕。除了雨声水声,别无声息。

在岩石的掩护下,强坐在地上,静偎在他的怀里;她已经脱去了半湿的纱衫,开始有点受不住寒气的侵袭,她紧贴在强的胸前,一动也不动。

两人都没有话,雨声盖过了一切声响,除了静的低声的反复的叫唤:

"惟力!……惟力!"

十四

一星期的时间,过的很快。这是狂欢的一个星期。

每天上午九点后,静和强带了水果干粮,出去游山;他们并不游规定的名胜,只是信步走去。在月夜,他们到那条"洋街"上散步,坐在空着的别墅的花园里,直到凉露沾湿衣服,方才回来。爱的戏谑,爱的抚弄,充满了他们的游程。他们将名胜的名字称呼静身上的各部分;静的乳部上端隆起处被呼为"舍身崖",因为强常常将头面埋在那里,不肯起来。新奇的戏谑,成为他们每日唯一的事情。静寄给王女士的一封信中有这么几句话:

> 目前的生活是我有生以来第一次,也是有生以来第一次愉快的生活。诗姊,你不必问我每日作些什么。爱的戏谑,你可以想得到的。我们在此没遇见过熟人,也不知道山下的事;我们也不欲知道。这里是一个恋爱的环境,寻欢的环境。我以为这一点享乐,对于我也有益处。我希望从此改变了我的性格,不再消极,不再多愁。此地至多再住一月,就不适宜了,那时我们打算一同到我家里去。惟力也愿意。希望你能够来和我们同游几天的山。

那时,静对于将来很有把握。她预想回家以后的生活,什么都想到了,都很有把握。

但是,美满的预想,总不能圆满地实现。第二星期的第四天,静和强正预备照例出外游玩,旅馆的茶房引进来一个军装的少年。他和强亲热地握过了手,便匆匆拉了强出去,竟没有和静招呼。大约有半小时之久,强方才回来,神色有些异样。

"有什么事罢?"静很忧虑地问。

"不过是些军队上的事,不相干的。我们出去游山罢。"

强虽然很镇定,但是静已经看出他心里有事。他们照旧出去,依着静的喜欢,走那条"洋街"。一路上,两人例外地少说话。强似乎确有什么事箍在心头,静则在猜度他的心事。

他们走到了"内地公会"的园子里,静说要休息了,拉强坐在草地上。她很娇柔地靠在他身上,逗着他说笑。因为洋人都没上山来,这"内地公会"的大房子全体空着,园子里除了他们俩,只有树叶的苏苏的絮语。静决定要弄明白强有了什么心事,她的谈话渐渐转到那目标上。

"惟力,今天来的那个人是你的好朋友罢?"静微笑地问,捏住了强的手。

强点着头回答:"他是同营的一个连长。"

"也是连长。"静笑着又说。"惟力,他和你讲些什么事,可以给我知道么?"

这少年有些窘了。静很盼切地看着他,等待他的回答。他拿起静的手来贴在自己的心口,静感觉他的心在跳。

"静,这件事总是要告诉你的。"他毅然说,"日内南昌方面就要有变动。早上来的人找我去打仗。"

"你去么? 惟力!"静迫切地问。

"我还没脱离军籍,静,你想我能够不答应么。"他在静的颊上亲了一个告罪的吻。

"惟力,你不如赶快告了病假。"

"他已经看见我好好的没有病。"

"究竟是和那些人打仗?"

"他们要回南去,打我的家乡。"

静已经看出来,她的爱人已经答应着再去带兵,她觉得什么都完了。她的空中楼阁的计划,全部推翻了。她忍不住滴下眼泪来。

"静,不要伤心。打仗不一定便死。"强拥抱静在怀里,安慰她。"我现在最焦灼的,就是没有安顿你的好法子。"

"我跟你走!"静忽然勇敢地说。"你再受伤,我仍旧看护你。要死,也死在一处。"眼泪还是继续地落下来。

"这次行军一定很辛苦,"强摇着头说,"况且多是山路,你的身体先就吃不住。"

静叹了口气,她绝望了。她倒在强的怀里很伤心地哭。

回到旅馆时,静的面色十分难看,她的活泼,她的笑容,全没有了。她惘惘然被强挽着到了房里,就扑在床上。一切安慰,一切解释,都没有效。

环境的逆转,又引起了静对于一切的怀疑。一切好听的话,好看的名词,甚至看来是好的事,全都靠得住么?静早都亲身经验过了,结果只是失望。强的爱,她本来是不疑的;但现在他忘记了她了。这个未来主义者以强烈的刺激为生命,他的恋爱,大概也是满足自己的刺激罢了。所以当这一种刺激已经太多而渐觉麻木的时候,他又转而追求别的刺激——战场的生活。

在愁闷的苦思中,这晚上,静辗转翻身,整夜不曾合眼。然而在她身旁的强却安然熟睡。他将极度的悲痛注入了静的灵魂,他自己却没事人儿似的睡着了。男子就是这样的一种怪物啊!静转为忿恨了;她恨强,恨一切男子。她又回复到去夏初入医院时的她了。她决定不再阻止强去打仗,自己呢,也不再在外找什么"光明的生活"了。达观知命的思想,暂时引渡静离开了苦闷的荆棘。天快亮时,她也沉沉入睡了。

但是第二天强竟不走。静不欲出去游玩,他就陪着在房里,依旧很亲热,很爱她,也不提起打仗。静自然不再提及这件事了。他们俩照常地过了一天。静是半消极地受强的抚爱。她太爱他了,她并且心里感谢他到底给了她终生不忘的快乐时光;现在他们中间虽然似乎已经完了,但静还宝贵这煞尾的快乐,她不忍完全抓破了自己的美幻,也不忍使强的灵魂上留一些悲伤。

第三天强还是不说走。打仗的事,似乎他已经完全忘了。

"惟力,你几时走呢?"

静忍不住,先提出这可怕的问题。

"我不走了。"强婉笑地回答。"从前,我的身子是我自己的;我要如何便如何。现在,我这身子和你共有了,你的一半不答应,我只好不走。"

这几句话钻入静的耳朵,直攻到心,异常地悲酸。她直觉到前夜悲痛之中错怪了她的心爱的人儿了。强还是她的最忠实的爱人,最爱惜她的人! 她感动到又滴下眼泪来。她拥抱了强,说不出话。

静的温婉的女子的心,转又怜悯她的爱人了;她知道一个人牺牲了自己的主张是如何痛苦的——虽然是为所爱者牺牲。在先静以为强又要从军便是对于自己的恋爱已经冷却,所以痛苦之中又兼忿懑;现在她明白了强的心理,认定了强的坚固的爱情,她不但自慰,且又自傲了。她天性中的利他主义的精神又活动起来:

"惟力。你还是去罢。"静摸着强的面颊,安详地而又坚决地说:"我已经彻底想过,你是应该去的。天幸不死,我们还是年青,还可以过快乐的生活,还可以实行后半世的计划! 不幸打死,那是光荣的死,我也愉快,我终生不忘你我在这短促的时间内所有的宝贵的快乐!"

"我不过带一连兵,去不去无足重轻。"强摇着头回答。"我看得很明白:我去打仗的,未必准死;静,你不去打仗的,一定要闷死。你是个神经质的人,寂寞烦闷的时候,会自杀的。我万不能放你一个人在这里!"

"平淡的生活,恐怕也要闷死你。惟力,你是未来主义者。"

"我已经抛弃未来主义了。静,你不是告诉我的么? 未来主义只崇拜强力,却不问强力之是否用得正当。我受了你的感化了。"他在静的嘴上亲了一个敬爱的吻。"至于打仗,生在这个时代,还怕没机会么? 我一定不去。也许别人笑我有了爱人就怕死,那也不管了。"

"不能,惟力,我不能让你被别人耻笑!"

强摇着头微笑,没有回答。

现在是静的理性和强的感情在暗中挣扎。

门上来了轻轻的叩声,两人都没觉到。门开了一条缝,现出一个女子的笑面来。静先看见了,她喊了一声,撇开强,跑到门边。女子也笑着进来了。

"诗陶!你怎么来的?"静抱了王女士,快乐到声音发颤。

和强介绍过以后,王女士的活泼的声音就讲她最近的事,简单地收束道:"所以东方明也随军出发了。我想回上海去,顺路来看望你们。"

"惟力,现在你当真可以放心走了。"静很高兴地说,"王姊姊伴着我,比你自己还妥当些。"她发出真心的愉快的笑。

三个人交换了意见之后,事情就这样决定下来:强仍旧实践他的从军的宿诺,静回家,王女士住到静的家里去。

因为时机迫促,强立刻就须下山去。他挽着静的手说道:

"静,此去最多三个月,不是打死,就是到你家里!"

一对大泪珠从他的细长眼睛里滚下来,落在静的手上。

"惟力,你一定不死的。"静女士很勇敢地说,她拿起强的手来放在自己胸口。"我准备着三个月后寻快乐的法儿罢。"

她极妩媚地笑了一笑,拥抱了强。

对王女士行了个军礼,强终于走了。到房门边,他忽又回身说道:

"王女士,我把静托付给你了!"

"强连长,我也把东方明托付给你了!"王女士笑着回答。

静看着强走得不见了,回身望床上一倒,悲梗的声音说道:

"诗姊!我们分离后,我简直是做了一场大梦!一场太快乐的梦!现在梦醒,依然是你和我。只不知道慧近来怎样了!"

"象慧那样的人,决不会吃亏的。"

这是王女士的回答。

动　　摇

一

胡国光满肚子计划,喜攸攸地回家来。北风吹得他的鼻尖通红,淌出清水鼻涕,他也不觉得;他一心在盘算他的前程。刚进了大门,听得豁浪一响;他估准是摔碎了什么瓷器了,并且还料到一定又是金凤姐和太太吵闹。他三步并作两步地往里跑,穿过了大门后那两间空着的平屋,猛听得正三间里一个声音嚷道:

"不给么?好!你们是土豪劣绅。老头子,也许明天就要去坐监,家产大家来共!大家来共——我倒没份儿么?"

"土豪劣绅"四个字,钻进胡国光的耳朵,分外见得响亮;他打了个寒噤,同时脚下也放慢了,一句久在他脑里盘旋的话——"果然来查抄了",此时几乎跳出他的嘴唇。他心里乱扎扎地,竟听不出嚷的声音是谁。半小时前,张铁嘴灌给他的满天希望,一下子消得无影无踪。他本能地收住了脚,已经向外转身,一个尖俏的声音却又在脑后叫:

"老爷,老爷!"

这回,胡国光听得明白,正是金凤姐的声音。他冒险回头一看,金凤姐已经走到跟前,依旧脸上搽着雪白的铅粉,嘴唇涂得猩红,依旧乜着眼,扭着腰,十分风骚,没有一些儿慌张倒楣的神气。

"么事儿?"胡国光定了定神问。他又看见小丫头银儿也躲躲闪闪地跟了出来。

"少爷又和太太闹呢!少爷摔坏了一把茶壶,跺着脚,嚷了半天了。"

"还打我呢!"银儿夹进来说;两只冻红的手,拱在嘴边不住地呵气。

胡国光松一口气,整个的心定下来了;他沉下脸儿,对银儿猛喝道:"要你多嘴,滚开!"他又提高嗓音,咳了一下,然后大踏步抄过平屋前的小院子,走进了正三间——他的客厅。

这胡国光,原是本县的一个绅士;两个月前,他还在县前街的清风阁茶馆里高谈吴大帅怎样,刘玉帅怎样,虽然那时县公署已经换挂了青天白日旗,他是个积年的老狐狸。辛亥那年,省里新军起义,占领了楚望台的军械库,吓跑了瑞澂以后,他就是本县内首先剪去辫子的一个。那时,他只得三十四岁,正做着县里育婴堂董事的父亲还没死,金凤姐尚未买来,儿子只有三岁。他仗着一块镀银的什么党的襟章,居然在县里开始充当绅士。直到现在,省当局是平均两年一换,县当局是平均年半一换,但他这绅士的地位,始终没有动摇过。他是看准了的:既然还要县官,一定还是少不来他们这伙绅士;没有绅就不成其为官。他的"铁饭碗"决不会打破。所以当县公署换挂了青天白日旗,而且颇有些"打倒土豪劣绅"的小纸条发见在城隍庙的照壁上时,他还是泰然自若,在清风阁的雅座里发表了关于吴大帅刘玉帅的议论。

但是最近的半个月里,胡国光却有些心慌了。这是因为新县官竟不睬他,而多年的老绅士反偷偷地跑走了几个;"打倒劣绅"不但贴在墙上,而且到处喊着了。省里的几个老朋友,也已通知他,说:"省局大变,横流莫挽;明哲保身,迁地为妥。"他不很明白省里究竟变到怎样,但也承认这回确比从前不同,风声确是一天一天地加紧。

他和太太商量怎样躲避外面的风头;太太以为应该先请张铁嘴起一卦,再作道理。今天他赶早就去,结果,张铁嘴不但说"毋须躲藏",并且以为据卦象看,还要大发,有"委员"之份。他一头高兴,从张铁嘴那里回来,不料儿子却又在家里闹,累他老人家吃了个虚惊。

当下胡国光走进了正三间,在檐前的落地长窗边,就被太太看见了,一把拉住,就诉说儿子的不孝。厅里正中的一张八仙桌,也推歪了;茶壶的碎瓷片,散在地上,仰着死白色的破脸,象是十分委屈,又象是撒赖放泼的神气。剩下那茶壶盖子,却还是好好的蹲在茶几角。儿子铁青着脸,坐在右边的一张椅子里,看见父亲进来,似乎也出惊,但还是横着眼不理。

"昨天刚拿了两吊钱去,今天又要,"胡太太气咻咻地说,"定要五吊。没给,就嚷骂,打了银儿还不算,又摔东西。我气急了,说了他一句迕逆,他直跳起来,放了那么一大堆的混账话——你亲自问他去!"

她撩起了羊皮袄的衣角来擦眼睛;大概她自觉得要落下眼泪来,虽然事实上并没有。

胡国光只"哼"了一声。他将一双手反挽在背后,踱了几步,小而带凸的眼珠,黑溜溜地瞧着满屋里。他的相貌,本就是委琐里带几分奸猾的,此时更显得不尴不尬的非常难看。

厅里只有胡国光的脚步声。儿子胡炳鼓起腮巴,直挺挺地坐着,翻起两只眼,瞧楼板。胡太太疑问的眼光跟着胡国光的脚尖儿走,也不作声。一只花猫,本来是蹲在八仙桌上的,当胡太太母子嚷骂摔东西的时候,它似乎也很负罪的样子,偷偷地退到长窗的地槛边,收紧两片耳朵,贴在头皮上,不管事地躺着;此时它又大着胆子慢慢地走来,挨着主母的脚边站定,很注意地昂起了头。

胡国光踱到第三遍,突然立定了说:

"哼!你也骂劣绅么?老子快要做委员了。"

"你做么事,不和我相干;"胡炳恶狠狠地回答。"我只要钱用。不给,也不打紧;我另有法儿。——你的钱,还能算是你的么?"

胡国光知道儿子很有些不三不四的朋友;平日原也不怕,但现在却不能不格外小心,况且,也许日后要用到这班人,那就更不能不浇这个根了。他使眼色止住了胡太太口边的话,随即掏出一块钱来掷在八仙桌上,说:"拿去,不许再多嘴!"又连声喊"银儿"。

在长窗边,跑进来的银儿正和胡炳撞了个满怀;胡炳顺脚踢她一下,竟自扬长望外边去了。

胡太太叹了口气,看见胡国光还是一肚子心事似的踱方步。

"张铁嘴怎么说呢?"胡太太惴惴地问。

"很好。不用瞎担心事了。我还有委员的福分呢!"

"么事的桂圆!"

"是委员!从前兴的是大人老爷,现在兴委员了!你还不明白?"

"那不是做官么?又得拿银子去买。"胡太太恍然大悟地说。"做不上三天,大兵来了,又要丢了;我劝你别再劳碌了罢"。

胡国光微笑地摇着头。他知道现在的新花样,太太是决不会懂的,所以只是微笑地摇着头,心里仍很忙乱地盘算。

银儿已经把厅里的碎瓷片扫去,胡太太移正了八仙桌,看看太阳已经移到长窗边,该近午时了;她唤着银儿进去,留下胡国光一个人在八仙桌边打旋。

前进的平屋里,忽然传来吃吃的笑声,又似乎有两个人在那里追逐的脚音;俄而,笑声中拔出"你敢?"两个字来,又尖,又俏,分明是金凤姐的口音。

胡国光想不下去了。他满腹狐疑,顺脚走出厅来,刚到了院子里,迎面进来一个人,叫道:

"贞卿哥,原来你在家。"

这人是胡国光的姨表弟王荣昌,就是王泰记京货店的店东。

胡国光招呼过了,正要让进厅里坐,金凤姐也进来了。她的光头发显然有些乱了,搽粉的白脸涨成了猪肝色,而假洋缎的棉背心的大襟上竟有一大块揪皱的痕迹。她低着头进来,似乎还在喘气。

"刚才是你么?和谁嘻嘻哈哈的?"胡国光劈面喝问。

"嘻嘻哈哈？谁个？你问王老爷！"

金凤姐噘起嘴，很不敬地说；也不看胡国光，就走了进去。

胡国光诧异地看着王荣昌。这个小商人，一面走进厅里，一面说：

"贞卿哥，你的阿炳太胡闹了。我到府上门前时，他正拦着金凤姐，逼到墙角里，揪揪扯扯的——你不是早把金凤姐收做了么？"

王荣昌一面就坐，还摇着头说："不成体统，不成体统！"

"并没有正式算做姨太太。"胡国光也坐下，倒淡淡地说。"现在变了，这倒是时髦的自由恋爱了。"

"然而父妾到底不可调戏。"

"荣弟，今天你难得有空来谈谈。"胡国光干笑一声，转了话头。

王荣昌是一个规矩的小商人，轻易不出店门的；今天特来拜访他的表兄，正有一件大事要商量。从前天起，县党部通告，要组织商民协会，发一张表格到王荣昌店里，那表上就有：店东何人，经理何人，何年开设，资本若干等等名目。而"资本若干"一条，正是王荣昌看了最吃惊的。

"你看，贞卿哥，调查资本，就是要来共产了。"在叙明了原委以后，王荣昌很发愁地说。

胡国光凝神在想，摇着头，在空中画了个半圆。

"也有人说不是共产。只要我们进什么商民协会，去投票。月底就要选举什么委员了。贞卿哥，你知道，我这人，只会做生意，进什么会，选举，我都是不在行的，我最怕进会，走官场。"

王荣昌现在几乎是哭丧着脸了。一个念头，突然撞到胡国光心上。

"你不进会又不行。他们要说你坏了章程呢！"胡国光郑重地说。

王荣昌苦着脸，只是摇头。

"共产是谣言，商民协会非进不可。你不出面或者倒可以。"

"可以找替手的么？"王荣昌忙低声问。

"现在通行的是派代表。你为什么不能派代表？自然可以。"

"好极了，贞卿哥，拜托你想个妥当的办法；我们至亲不客气。"

王荣昌极亲密地说；这个可怜的人儿现在有点活气了。

胡国光闭目一笑；张铁嘴灌他米汤时的面容，又活现在眼前了。他突然冲动一件心事，睁开了眼，忙说道：

"几乎忘记叮嘱你。荣弟，你以后千万不要再叫我贞卿了，我已经废号。我也不叫做'胡国辅'了，现在我改名'国光'，以后，只叫我国光就是。"

"咦，几时改的？"

"就是今天。"

王荣昌张大了眼，很诧异。

"今天我去请教个张铁嘴——斗姥阁下的张铁嘴。他用心替我起一卦，断定我还要发迹，有委员之望。你想，要做委员，我这'国辅'的名儿，就有封建思想的臭味，决定不行，所以改名'国光'。张铁嘴拆这'光'字，也说极好。我现在是国光了，你不要忘记。"

"哦，哦。"王荣昌似懂非懂地点头。

"相书上也有委员么？"他又出奇地问。

"大概没有。但官总是官，官场中有委员，张铁嘴的嘴里自然也有了。"

王荣昌恍然大悟似的又点着头。

"至于你的事，我还不帮助么？但是，先有一件，我得先看过那张表，总有办法。"胡国光微微笑地继续说，似乎颇有把握的样子。

"看表容易。只是还有那商民协会，我说不上来。最好去找着陆慕游；他是一本账都熟在肚里。"

"陆慕游？"胡国光侧着头想。"是陆三爹的儿子罢？他居然不做少爷，来办地方上的事了。"

"表在店里。"王荣昌抓住了说。"贞卿——哦，国光哥，眼前你没事的话，就请到敝店里吃饭，带便看那张表。"

胡国光当然没有什么不愿意。对于这件事，他业已成竹在胸。

二

直到掌灯时分,胡国光还没回家,这是最近一个月外面风声不好以来从没有过的事,胡太太因此颇着急了。

金凤姐也是心不安定;她知道胡国光是和王荣昌同出去的,而王荣昌却又是清清楚楚看见胡炳和她厮缠的情形,她料来这老实的王老爷一定是什么都说出来了。她回想当时的经过:胡炳固然胆大,自己也有心撩拨;胡炳勾住她的头颈亲嘴的时候,她还斜着眼微笑,王荣昌都看得明明白白。他准是一五一十都告诉了老头子了,这还了得!

金凤姐脸上热烘烘了。她记得胡炳说:"你总是我的。现在外边许多当官当司的姨太太都给了儿子当老婆。"她仿佛也听什么人说过:官府不许人家有姨太太,凡有姨太太都另外嫁人,或者分给儿子。这,果然是胡炳今天敢如此大胆调戏的原因,也是她自己竟然半推半就的原因。胡炳垂涎金凤姐,不是今天开始的;以前也捉空儿和她厮缠过几次。但那时,金凤姐怕老爷,所以总没被胡炳碰着皮肉。而胡炳也还怕老子,不十分敢。近来,不但胡炳常说"现在老子管不着儿子了",并且今天的事就证明老子反有点怕儿子。这又是金凤姐敢于让胡炳拦住了亲嘴的缘故。

然而金凤姐是粗人,不懂得一切的新潮流,她又不比胡炳在外面听得多了——虽然他也是个一窍不通的浑人;所以金凤姐回想起来,还是有些怕。

晚上九点钟光景,胡国光方才回到家里,脸上略红,颇带几分酒意。

胡太太的第一句话是:"外边风声好些么?"

"不要紧。我已经做了商民协会的会员,有选举权和被选举权。只要稍为运动一下,委员是拿得稳的。"胡国光十分得意地说。

王荣昌不敢出名做商民协会的会员,已经请胡国光代替。他们填报的表上是写着:店东,胡国光,经理,王荣昌;资本,贰千圆。

胡太太不大懂得胡国光的事,但看见他神色泰然,亦就放了心。

"阿炳还没回来呢!"胡太太第二桩心事来了。

"随他去罢。这小子也许会混出个名目来!"

金凤姐怀着鬼胎,侍候胡国光直到睡;他竟没追问白天的事,然而象在盘算什么,竟例外地不大理会金凤姐的撩拨,翻了一阵子身,就没有声息了。金凤姐蜷伏在这瘦黄脸人儿的身边,脸上只是一阵一阵地发热;畏惧的心理,与本能的冲动,在她全身内翻腾作怪。白天的事,不知怎的,总是挂在她眼前,不肯隐灭。她迷惘中看见胡炳张开了大嘴,直前拥抱她,喊道:"县官已经出了告示,你是我的!……"

第二天,胡国光着手去实现他的计划。昨天他已找过了陆慕游,谈的很投机,已经约定互相帮忙。胡国光原也知道这陆慕游只是一个纨袴子弟,既没手腕,又无资望,请他帮忙,不过是一句话而已;但胡国光很有自知之明,并且也有知人之明。他知道现在自己还不便公然活动,有些地方,他还进不去,有些人,他还见不着,而陆慕游却到处可去,大可利用来刺探许多消息;他又知道陆慕游的朋友,虽然尽多浮浪子弟,但也有几个正派人,都是他父亲的门生,现今在本县都有势力,要结交这般人,则陆慕游的线索自不可少。还有一个念头,说来却不高明了,在胡国光亦不过是想想而已;那就是陆慕游还有一个待字深闺的妹子,陆慕云,是远近闻名的才女,能继承她父亲的家学。

但是,胡国光却不是胡炳那样的浑人,他是精明老练的,他服膺一句古话:"饭要一碗一碗地吃。"他现在确是把"才女"完全搁开,专进行他所以交结陆慕游的第一二原因。而况商民协会选举期已很迫近,只剩了十天的宝贵时间,他还能够不加倍努力么?

奔走几天的结果,胡国光已经有十三票的把握;选举会的前一天上午,他又拉得两票,但是就在这一天,他听得了一个不好的消息,几乎跌到冰窖里。

这消息也是在消息总汇的清风阁茶馆里得来的。因为早约好了一个帮忙投票的小商人到清风阁面谈,胡国光独自在那里喝着茶等候。其时正是午后一点钟差几分,早市已过,晚市未上,清风阁里稀落落地只有三五个茶客。有两个胡国光所不认识的青年人正在议论商民协会的选举,胡国光清清楚楚听得其中一个说:

"商民协会执行委员也有人暗中运动当选,你说怪不怪?"

"执行委员,县党部早已指定了,"一个回答,"本来应该指定。也让那些运动钻谋的人得一教训!"

胡国光大吃一惊;并非为的这两位的谈话似乎是在骂他,却因为执行委员既系指定,他便没有指望了。他惘然狼顾左右,觉得并无可与言的人,便招呼跑堂的给他保留着那壶茶,匆匆忙忙地出了清风阁。

他是个会打算的人,又是个有决断的人。他要立刻探听出"指定"之说,是否确凿;如果属实,他就决定要在未选举时和他的所有的"抬轿人"毁约,因为他拉来的票子,虽然一半靠情面,但究竟也都是许了几个钱的。

第一着,自然是找到了陆慕游。先问个明白。但白天里要找陆慕游,确是一件难事;这野鸟,不到天黑不回家。然而选举会却是明天下午二时准开的,不是今天把事情办妥,明天是什么都不用办。当下胡国光料来陆慕游未必在家,便先到一个土娼家去找;正走到聚丰酒馆门前,瞥见一个穿中山装的少年和一个女子走了出来。那女子照在胡国光面前,比一大堆银子还耀目。不幸此时胡国光心事太重,无暇端详那女子,径自迎着少年叫道:

"呵,朱同志,久违了,很忙罢?"

胡国光和这位少年相识,是最近四五日内的事,也是陆慕游的介绍。少年名朱民生,看去不过二十二三,姿容秀美,是县党部的候补委员。陆慕游曾在胡国光前极力夸饰朱民生是一个好心热肠有担当的人物,但在胡国光看来,不过是一个"无所谓"的青年。

"今天不忙。你到那去?"朱民生回答。他挽住女子的右臂,放慢了脚步。

胡国光觉得这是一个机会,抢前一步说:

"我要找慕游商量一件事,正没处去找呢。朱同志,你知道他的踪迹么?"

少年回眸看了女子一眼,微微一笑;他的红喷喷的丰腴的面颊上起了两点笑涡,委实很妩媚动人,不愧为全城第一美男子。

"陆慕游么?你不用找了,他今天有事。"朱民生说。还是带着微笑。"也许我们可以碰到他。你有什么事?要紧么?我替你转达罢。"

"事体并不算很要紧。但我既然知道了,不能不告诉他。"

"哦,那么,停一刻我看见他时,就叫他先来找你罢。"

女子早已半面向左转,将一个侧背形对着胡国光;她这不耐烦的表示,使得朱民生也提起脚要走了。

胡国光料到朱民生他们和陆慕游一定有约,说不定此去就是赴约,所以转达一层,倒很可靠;但他此时一转念间,又得了个新主意,他赶快挪上半步,低声说:

"我听得明天的商民协会选举,党部已经指定了五个人叫大家通过;就恐怕陆慕游没知道,我所以要特地告诉他。"

"是指定三个,选举两个,"朱民生"无所谓"地说,"就是这点事么?我告诉他就是了。"

胡国光的眼前突然亮起来。"选举两个!"还有希望。但也不无可虑,因为只有两个!朱民生和那女子走离十多步远,胡国光方才从半喜半忧的情绪中回复过来。他方才嗅到一股甜香。他很后悔,竟不曾招呼朱民生的女伴,请介绍;甚至连面貌服装也没有看清。

他禁不住独自微笑了。究竟胡国光是自笑其张皇失措呢,抑是为了"还有希望",还不大弄得明白;总之,他确是挂着微笑,又走进了清风阁。

一小时后,胡国光冒着尖针似的西北风,回家去了。他的脸色很愉快。坐茶馆的结果,他的统计上又增加了一票,一共是十八票了!十八票!说多是不多,说少也不少。可惜名额只有两个,不然,他的委员简直是拿稳了。但是他不失望。他知道怎样去忍耐,怎样去韧干。在愉快的心情中,他想道:即使十八票还不当选,目前果然是失败了,但十八票不当选,也还是一种资格;从此可以出头,再找机会,再奋斗;只要肯干,耐烦地干,这世界上难道还少了机会么?

胡国光是如此地高兴,回家后竟允许给金凤姐做一件新羊皮袄过年;并且因为前天金凤姐擅自拿了太太的一副鞋面缎去自己做了鞋子,又惹起一场争吵,便当着太太的面,命令金凤姐照样做一双偿还太太,却暗中给金凤姐两块钱,算是补贴。

陆慕游是第二天一早才来。他已经有二十一票。他们又相约互投一票。

"我已经打听明白,互选是不犯法的。"陆慕游很得意地说。

下午,县商民协会第一届执行委员选举会就在县议会旧址的县党部里开幕了。县党部提出的三个人照例通过后,会员便投票。结果是:

陆慕游二十一票,胡国光二十票:当选。

陆慕游还只二十一票,大概是逃走了一票;胡国光多一票,是他临时弄来的。

县党部代表林子冲正跨上讲台,要致训词,忽然会员中一个人站起来喊:

"胡国光就是胡国辅,是本县劣绅!劣绅!取消他的委员。"

胡国光脸色全变了,陆慕游也愕然。全场的眼光,团团地转了一圈以后,终于集注在胡国光的身上。

全场七十多人的喁喁小语,顷刻积成了震耳的喧音。主席高叫"静些",似乎也没有效;直到这第一次的惊奇的交头接耳,自己用完了力量,渐渐软弱下去,于是方由林子冲最后一声的"静些"奠定了会场的秩序,然而已经五六分钟过去了。林委员皱着眉头,向台下找那位抗议者,却已经不见了。他更皱紧了眉头,高声喊道:

"刚才是那一位提出异议,请站起来!"

没有回答。也没有人站起来。林子冲更高声地再喊第二次,仍旧没有影响。他诧异地睁大了眼。胡国光脸上回复了活气;他想:这正是自己说话的机会。但是林代表第三次变换句法又喊了。

"刚才那一位说胡国光是劣绅的,请快站起来呀!"

这一句话是被懂得了,一个人站起来;胡国光认得就是绰号"油泥鳅"的南货店老板倪甫庭。

"你说胡国光是劣绅,就请你当众宣布他的罪状。"

"他,胡国辅,劣绅。全县人都知道。劣绅!"油泥鳅哆着嘴,只是这么说。

林子冲笑起来了。胡国光见是自己的机会,毅然站起来声辩。

"主席,众位同志。我就是胡国光,原名胡国辅。攻击我的倪甫庭,去年私卖日货,被我查出,扣留他三包糖,以此恨我,今天他假公济私,来捣乱来了。国光服务地方十多年。只知尽力革命,有何劣迹可言?县党部明察秋毫,如果我是劣绅,也不待今天倪甫庭来告发了。"

油泥鳅被胡国光揭破了他的弱点,满面通红,更说不出话来。

"去年抵制劣货的时候,你就假公济私,现有某某人证。你还不是劣绅么?"

这个人声音很高,但并未站起来。

胡国光心里一跳。抵制日货的时候,他确实做了许多手脚。幸而陆慕游很巧妙地帮了他一手。他冷冷地说:

"请主席注意,刚才不起立的发言人就是黑板上的次多数十八票的孙松如。"

林子冲看了黑板一眼,微笑。而孙松如又代替了胡国光受会众的注目了。

全场忽而意外地沉默起来。

"请党部代表发表意见罢。"商民协会的指定委员赵伯通挽回了哑场。

鼓掌声起来了。胡国光也在内。

"兄弟是初到此间,不很明了地方情形,"林子冲慢慢地说,"关于胡国光的资格问题,刚才有几位发表意见,都牵涉到从前的事,兄弟更属全无头绪。现在问我的意见,我是简捷的两句话:此案请县党部解决,今天的会照旧开下去。"

许多手举起来表示赞成。最后举起来的是胡国光。

于是继续开会。但似乎刚才的紧张已经使大众疲倦,全场呈现异常的松懈和不耐。林子冲致了训话。会员没有演说,新选的执行委员竟连答词都忘了。

胡国光神志很是颓丧。他觉得当场解决,做不成委员,倒也罢了;现在交县党部办,万一当真查起旧事来,则自己的弱点落在别人手里的,原亦不少,那时一齐发作,实在太危险了。想到这里,他打了个寒噤。

"你不用担忧。到我家里坐坐,商量个好法子罢。"

陆慕游虽然自己得意,却尚不忘了分朋友之忧。

三

胡国光跟着陆慕游走出县党部的大门。五六个闲人,仰起了头,看着张贴在墙上的一幅白竹布的宣传画;见他俩出来,又一齐掉转头注视他们两个。胡国光瞥见那白竹布上红红绿绿绘着的,正是土豪劣绅敲诈农民然后又被农民打死的惊人的宣传。四十五度斜射的太阳光线,注在画上色彩的鲜明部分,使那些红颜色放出血的晶光来。画中的典型的劣绅,可巧也是黄瘦的脸,几根短须,嘴里含着长旱烟管。旁边写着大字:

"劣绅!打杀!"

胡国光心里一跳,下意识地举起手来摸着脑袋。他觉得那些闲人的眼光,向他脸上射过来,又都是满含着憎恨和嘲笑的。迎面走过几个商人,因为是向来认识的,都对胡国光点头,然而这些点头,在胡国光看来,又都含着"幸灾乐祸"的心理。他本能地跟着陆慕游走,极力想镇定地盘算盘算,可是作怪的思想总不肯集中在一点。他一路走着,非常盼切地望着每一个走的,站的,认识的,不识的人们的脸色。

他们走得很快,早到了县前街的西端,县城内唯一热闹的所在。陆慕游的住宅就在那边横街内的陆巷。胡国光远远地看见王荣昌站在一家小杂货铺前和一个人附耳密谈。那人随即匆匆走了,王荣昌却低着头迎面而来。

"荣昌兄,那里去?"

经陆慕游这一声猛喝,王荣昌突然站住了,却已经面对面,几乎撞了个满怀。

"呵,怎么也来了!"王荣昌很慌张地没头没脑说了这么一句,又张皇四顾,似乎有话欲说,却又不敢说。

"我们到慕游兄府上去,你有事么?同去谈谈。"

"正有事找你,"王荣昌还是迟疑吞吐地,"但何不到我店里去坐坐。一样是顺路呢。"

胡国光还没回答,陆慕游早拉了这小商人走了,一面说:

"我们商量极要紧的事。你店里太嘈杂。"

王荣昌跟着走了几步,将到横街口,见四面没有什么人,也忍不住悄悄问道:

"油泥鳅捣你的蛋,真的么?县前街上早已议论纷纷,大家都知道了。"

"不相干的,我不怕他。"胡国光勉强笑着说。

"没有说出别的话罢? 我们——我们填写的那张表?"

胡国光这才恍然于王荣昌慌张的原因:他是怕牵连到王泰记京货店店东的真假问题上了。胡国光顶替了王泰记店东这件事,自然不会没有人知道的;然而胡国光对于这点,简直不放在心上,他知道这里无懈可击。

"这个,你千万放心。只要你承认了,别人还有什么话说?"

胡国光说的口气很坚决,而陆慕游也接着说:

"表上是没有毛病的。就是国光兄的委员也不是没有法子挽回。我们就为商量这件事。荣昌兄,这事和你也有关系,胡国光和王泰记是连带的,你正好也帮着想想法子。"

王荣昌此时才猛然悟到,照表上所填,王泰记和自己反没关系,店是胡国光的,那么,现在胡国光被控为劣绅,不要也连累了店罢。这新的忧愁,使这老实人不免又冒冒失失地问:

"他们办劣绅什么罪呢?"

这时已经到了陆巷,胡陆二人都没有回答,匆匆走进了那一对乌油的旧门。这门上本刻着一副对联,蓝地红字,现在已经剥落漶漫,仅存字的形式了。门楣上有一块直匾,也是同样的破旧,然而还隐隐约约看得出三个大字:翰林第。

这翰林第的陆府是三进的大厦,带一个不大不小的花园。因为人少,陆府全家住在花园内,前面的正屋,除第三进住了几个穷苦的远房本家,其余的全都空着。陆家可说是世代簪缨的旧族。陆慕游的曾祖是翰林出身,做过藩台。祖父也做过实缺府县。陆慕游的父亲行三,老大老二可惜的是早故,只剩下这老三,活到"望七",尚目击最大的世变。人丁单薄,也是陆氏的家风。自从盖造了这所大房子后,总没见过同时有两个以上成年男子做这大屋的主人。陆慕游今年二十八岁,尚是老四,前面的三个,都殇亡了。因此有人以为这是家宅风水不好,曾劝陆三爹卖去那三进大房子。但圣人之徒的陆三爹是不信风水的,并且祖业也不可轻弃,所以三大进的正屋至今空着养蝙蝠。

陆慕游引着胡国光和王荣昌穿过那满地散布着蝙蝠粪的空房子。这老房子的潦倒,活画出世代簪缨的大家于今颇是式微了。正厅前大院子里的两株桂树,只剩得老干;儿枝腊梅,还开着寂寞的黄花,在残冬的夕阳光下,迎风打战;阶前的书带草,也是横斜杂乱,虽有活意,却毫无姿态了。

从第三进正屋的院子,穿过一个月洞门,便是花园。

陆三爹正和老友钱学究在客厅里闲谈。虽然过了年,他就是"六十晋八"的高寿,然而眼、耳、齿,都还来得,而谈风之健,足足胜过乃郎。他是个会享福的人,少壮既未为利禄奔走,老来亦不因儿孙操心。他的夫人,在生产慕云小姐后成瘵而死,陆三爹从此就不续娶,也不纳妾。他常说:自己吃了二十年的"独睡丸",又颇能不慕荣利,怡情诗词,才得此老来的健康。他是一个词章名家,门生不少,但他老人家从来不曾出过县境,近十年来,连园门也少出。他岂但是不慕荣利而已,简直是忘了世事,忘了家事的。

但今天他和钱学究闲谈,忽然感发了少见的牢骚。钱学究和陆三爹的二哥是同年,一世蹭蹬,未尝发迹。他常来和陆三爹谈谈近事又讲些旧话。今天他们谈起张文襄的政绩,正是"老辈风流,不可再得"。钱学究很惋叹地说道:

"便是当初老年伯在浔阳任上,也着实做了些兴学茂才的盛事;昨儿敝戚从那边来,说起近状,正和此地同样糟,可叹!"

陆三爹拈着那几根花白胡子,默然点头。提到他的父亲,他不禁想起当年的盛世风光,想起父亲死后直到现在的国事家运来。自己虽则健在,然而老境太凄凉了。儿子不成材,早没有指望的了;家计也逐渐拮据;虽有一个好女儿聊娱晚景,不幸儿媳又在去年死了。他这媳妇,原是世家闺秀,理想中的人物。他叹了口气说:

"自从先严弃养,接着便是戊戌政变。到现在,不知换了多少花样,真所谓世事白云苍狗了。就拿寒家而言,理翁,你是都明白的,还象个样儿么? 不是我素性旷达,怕也早已气死了。"

"哦,哦,儿孙的事,一半也是天定。"钱学究不提防竟引起了老头儿的牢骚。很觉不安,"世兄人也不差,就只少年爱动,交游不免滥些。"

陆三爹的头从右侧慢慢向左移,待到和左肩头成了三十度左右的角度时,停了一二秒钟,又慢慢向右移回来;他慨然说:

"岂但少年好动而已,简直是荒谬浑沌! 即论天资,也万万不及云儿。"

"说起云小姐,去年李家的亲事竟不成么?"

"那边原也是世家,和先兄同年。但听说那哥儿也平平。儿女婚姻的事,我现在是怕极了。当初想有个好儿媳持家,留心了多年。才定了吴家。无奈自己儿子不肖,反坑害了一位好姑娘。理翁,你是知道的,吴氏媳的病症,全为了心怀悒塞,以至不起。我久和亲旧疏隔了,为了这事,去年特地写了封亲笔长信,给吴亲家道歉。因而对于云儿的大事,我再不敢冒昧了。"

陆三爹慢慢地扯着他的长胡子,少停,又接着说:

"新派那些话头,就是那婚姻自由,让男女自择,倒还有几分道理。姑娘自己择婿,古人先我行之,本来也不失为艺林佳话,名士风流!"

"然而也不可一概而论,"钱学究沉吟着说,"如果灶婢厮养也要讲起自由来,那就简直成了淫风了。"

两个老头儿正谈着,陆慕游带了胡国光和王荣昌闯进来。

陆慕游一见他父亲和钱学究在这里,不免有些局促不安,但既已进来,又不好转身便走,勉强上前,招呼着胡王二人过来见了。

陆三爹看见胡国光一脸奸猾,王荣昌满身俗气,心里老大不快;但又见陆慕游站在一处,到底是温雅韶秀得多,却也暗暗自慰。他忽

然想起一件事,看着儿子说:

"早上,周时达差人送了个条子来,是给你的;云儿拿给我看,内中就有什么会,什么委员。究竟你近来在外边干些什么事呢?"

陆慕游不防父亲忽然查问起自己的事来,颇有些惶恐了,只得支吾着回答:

"那也无非是地方上公益,父亲只管放心。"又指着胡王二人说,"此刻和这两位朋友来,也为的那件事。既然时达已经有字条来,我且去看一看。"

陆三爹点了点头,乘这机会,陆慕游就招呼胡王二人走了出来,径到他自己的屋子里去。剩下陆三爹和钱学究继续他们的怀旧的感慨。

他们三个穿过一座假山的时候,陆慕游说:

"周时达是家严的门生,现在做县党部的常务委员,是有些地位的;国光兄的事,我们也可以托他。"

但是经过了郑重研究之后,似乎又应该先去拜访县党部的商民部长方罗兰,相机行事;周时达那边,不妨稍缓。因为周时达素来胆小,怕是非,未必肯担当,他这常务委员亦没有势力;而况县党部一定把胡案交给商民部核办,正是方罗兰职权内事。

"方罗兰和我们也是世交,方老伯在日,和家严极好。罗兰的夫人,陆梅丽女士,常来和舍妹谈天。老方对我也很客气。"

陆慕游这几句话,加重了应该先找方罗兰的力量,事情就这么决定下来,并且立即进行。陆慕游知道明天上午,县党部有常务会议,胡案是一定提出来的。他们三个人随即再上街。王荣昌对于"如何处治劣绅"一问题始终未得要领,满脸愁容地自回店里去了。胡国光现在倒很心安,一路上他专心揣摩如何对方罗兰谈判,他自觉得很有把握似的。

既和陆府有旧,方府当然也是世家,但住宅并没陆府那样宽大,也不象陆府那样充满了感伤的古香古色。刚进了门,胡国光就看见一个勤务兵模样的汉子拦住了去路。

"会方部长。"陆慕游昂然说。

"不在家。"是简短的回答。那汉子光着眼只管打量胡国光。

"那么,太太总该在家。给我去通报:要见太太。"

忽然聚丰酒馆前朱民生女伴的艳影,很模胡地在胡国光眼前一闪。胡国光想:方太太大概就是这么一个耀眼的女子罢。

那汉子又看了胡国光一眼,这才往里边走。陆慕游招呼着胡国光,也跟了进去。转过了砖砌的垂花门,一座小客厅出现在眼前;厅前是一个极清洁的小院子,靠南蹲着一个花坛,腊梅和南天竹的鲜明色彩,渲染得满院子里富丽而又温馨。

一阵小孩子的笑声,从厅左的厢房里散出来。接着又是女子的软而快的话音。一个三岁模样的孩子,象急滚的雪球似的,冲到客厅的长窗边,撞在那刚进厅的勤务兵式汉子的身上。颀长而美丽的女子的身形也出来了。陆慕游忙抢前一步叫道:

"方太太,罗兰兄出去了么?"

胡国光看方太太时,穿一件深蓝色的圆角衫子,玄色长裙,小小的鹅蛋脸,皮肤细白,大约二十五六岁,但是剪短的头发从额际复下,还是少女的装扮;出乎意料之外,竟很是温婉可亲的样子,并没新派女子咄咄逼人的威棱。

"是陆先生啊,坐一坐罢。"

方太太笑着说,同时搂着那孩子的手,交给刚从左厢出来的女仆带了走。

"这位是胡国光同志,专诚来拜访罗兰兄的。"

陆慕游很客气地给介绍过了,便拣右首的一个椅子坐下。

方太太微笑着对胡国光点头,让他上面坐,但胡国光很卑谦地挨着陆慕游的肩下坐了。他看见方太太笑时露出两排牙齿,很细很白。他虽然是奔走钻营的惯家,然而和新式女太太打交道,还是第一次,颇有些手足无措的样子。并且他也不知道是否应把来意先对这位可爱的太太说。

但是陆慕游却很自然地和方太太谈着;动问了方罗兰的起居以后,把来意也说明了。胡国光乘这机会,忙接上去说:

"久闻慕游兄说起方部长大名,是党国的柱石,今儿特来瞻仰,乘此也想解释一下外边对于敝人的攻击。蒙方太太赐见,真是光荣极了。"

一个生得颇为白净的女仆送上茶来。

"真不巧,罗兰是县长请去,吃了饭就去的;大概快要回来了。"

方太太很谦虚地笑着回答;但又立即转了方向,对陆慕游问道:

"慕云小姐近来好么?我是家里事太忙,好久不去看她了。请她得暇来坐坐。芳华这孩子,时常叫着她呢。"

于是开始了家常的琐细的问答;方太太问起陆三爹,问起陆三爹近来的酒量,陆慕云近来做什么诗。胡国光端坐恭听,心里暗暗诧异:这方太太和他想象中的方太太绝对两样。她是温雅和易,并且没有政治气味。胡国光一面听,一面瞧着客厅里的陈设。正中向外是总理遗像和遗嘱,旁边配着"革命尚未成功,同志仍须努力"的对联。左壁是四条张之洞的字,而正当通左厢的一对小门的门楣上立着一架二十四寸的男子半身放大像。那男子:方面,浓眉,直鼻,不大不小的眼睛,堪说一句"仪表不俗"。胡国光料来这便是方罗兰的相了。靠着左壁,摆了三张木椅,两条茶几,和对面的右壁下正是一式。两只大藤椅向外蹲着,相距三尺许,中间并没茶几,却放着一口白铜的火盆,青色的火焰正在盆沿跳舞。厅的正中,有一只小方桌,蒙着白的桌布。淡蓝色的瓷瓶,高踞在桌子中央,斜含着腊梅的折枝。右壁近檐外,有一个小长方桌,供着水仙和时钟之类,还有一两件女子用品。一盏四方形的玻璃宫灯,从楼板挂下来,玻璃片上贴着纸剪的字是"天下为公":这就完成了客厅的陈设。胡国光觉得这客厅的布置也象方太太:玲珑,文雅,端庄。

"去年夏间,省里一个女校曾经托人来请舍妹去教书,她也不肯去。其实出去走走也好。现在时势不同了,何必躲在家里;方太太,你说是不是?"

这几句话,跳出来似的击动了正看着那四条张之洞行书的胡国光的耳膜。他急把眼光从行书移到方太太脸上,见她又是微微地一笑。

"方太太在党部里一定担任着重要的工作罢?"胡国光忍不住再不问了。

"没有担任什么事。我不会办事。"

"方太太可惜的是家务太忙了。"陆慕游凑着说。

"近来连家务也招呼不上,"方太太怃然了,"这世界变得太快,说来惭愧,我是很觉得赶不上去。"

陆慕游似懂非懂地点着头。胡国光正在搜索枯肠,要想一句妥当的回答的话,忽听得外面一个声音轻轻地说:

"陆少爷和一个朋友,来了一刻儿了。"

胡国光和陆慕游,本能地站了起来。方太太笑了笑,向窗前走去。

进来一个中山装的男子。他挽住了方太太的手,跨进客厅来,一面说:

"梅丽,你替我招呼客人了。"

胡国光看方罗兰时,是中等身材,举止稳重,比那像片略觉苍老了些。

"所以倪甫庭是挟嫌报复,"在陆慕游说过了选举会的经过以后,胡国光接着这么说,"事实具在,方部长一定是明白的。自问才具薄弱,商民协会委员的事,虽蒙大家推举,也不敢贸然担任。然而名誉为第二生命,'劣绅'二字,却是万万不能承认。因此不揣冒昧,特来剖析个清楚,还要请方部长指教。"

方罗兰点着头,沉吟不语。

但方罗兰此时并不是在考虑陆慕游的报告,胡国光的自白;他们的话,实在他只听了七分光景。一个艳影,正对于他的可怜的灵魂。施行韧性的逆袭,象一个勇敢的苍蝇,刚把它赶走了,又固执地飞回原处来。方罗兰今年不过三十二岁,离开学校,也有六年了;正当他大学毕业那年,和现在的方太太结了婚。父亲遗下的产业,本来也足够温饱,加以婉丽贤明的夫人,家庭生活的美满,确也使他有过一时的埋沉壮志,至于浪漫的恋爱的空想,更其是向来没有的。所以即使他此时心上时时有一个女子的艳影闪过,也可以保证他尚是方太太的忠实同志。

"原来今天会场上还有这等事发生,"勉强按住了动摇的心,方罗兰终于开口了。"刚才兄弟正预备到会,忽然县长派人来找了去,直到此刻。那倪甫庭,并不认识。国光兄虽是初会,却久闻大名。"方罗兰的浓眉忽然往上一挺,好象是在"大名"这两个字旁加了注意的一竖。胡国光颇觉不安。"现在商民协会的事,兄弟一个人也不好做主。好在大会里已经议决了办法,国光兄静候结果就是了。"

"县党部大概是交商民部查复的,总得请罗兰兄鼎力维持。"陆慕游耐不住那些转弯的客气话,只好直说了。

"刚才已经对方部长说过,个人委员的事小,名誉的事大。倪甫庭胆敢欺蒙,似乎非彻底查究一下不可。"胡国光觑是机会,便这样轻轻地逗着说。

"自然要彻底查究的啊!可是,听说前月里,国光兄还在清风阁高谈阔论,说吴某怎样,刘某怎样,光景是真的罢?"

"哦,哦,那——那也无非是道听途说的一些消息,偶尔对几个朋友谈谈,确有其事。"胡国光不提防方罗兰翻起旧话,不免回答的颇有些支吾了。"但是,人家不免又添些枝节,吹到方部长的耳朵里了。"

"据兄弟所闻,确不是什么道听途说的消息,偶尔谈谈,那一类的事!"

胡国光觉得方罗兰的眼光在自己脸上打了个回旋,然后移到陆慕游身上。他又看见方罗兰微微地一笑。

"那个,请方部长明察,不要相信那些谣言。光复前,国光就加入了同盟会;近来对党少贡献,自己也知道,非常惭愧。外边的话,请方部长仔细考察,就知道全是无稽之谈了。国光生性太耿直,结怨之处,一定不少。"

"哦——国光兄何以尽是仇人,太多了,哈,哈!"

方罗兰异样地笑着,掉转头望左厢门;方太太手挽着那一身白丝绒衣服的孩子,正从这厢房门里笑盈盈地走出来。

"方太太,几时带芳华到舍下玩玩去。我们园子里的山茶,今年开得很好。"

陆慕游觉得话不投机,方罗兰对于胡国光似乎有成见,便这么岔开了话头。这时客厅里也渐渐黑起来,太阳已经收回它最后的一条光线了。

胡国光怀着沉重的心,走出方府的大门。他和陆慕游分别后,闷闷地跑回家去。走过斗姥阁的时候,看见张铁嘴的测字摊已经收去,只剩一块半旧的布招儿,还高高地挂在墙头,在冷风里对着胡国光晃荡,象是嘲笑他的失意。胡国光忽然怨恨起这江湖术士来。他心里想:"都是张铁嘴骗人,现在是画虎不成反类狗。"他忍不住这股怒气,抢前几步,打算撕碎那个旧布招儿,但是一转念,他又放手,急步向回家的路上去了。

第二天,胡国光在家里烦闷。小丫头银儿久已成为胡国光喜怒的测验器,这天当然不是例外,而且特别多挨了几棍子。因为有方太太珠玉在前,他看着自己的一大一小愈觉生气;他整天地闭着嘴不多说话,只在那里发威。

但是到了晚上,他似乎气平了些。吃晚饭的时候,他忽然问道:

"阿炳呢?这小子连天黑了也不知道回家么?"

"近来他做了什么九只头,常常不回家过夜了。"胡太太说。"今天吃过中饭后,好象见过他。金凤姐和他说了半天话,是不是?"

胡国光突然记起那天王荣昌摇着头连说"不成体统"的神气来,

他怀疑地看了金凤姐一眼。金凤姐觉得脸上一阵热,连忙低了眼,说道:

"少爷叫我做一块红布手巾。说是做九只头,一定得用红布手巾。"

"什么九只头?"

"我们也不知道。听说是什么会里的。还要带枪呢。"

金凤姐扭着头说。她看见自己掩饰得很有效,又胆大起来了。

"哦,你们懂什么!大概工会的纠察队罢。这小子倒混得过去!"

金凤姐咬着涂满胭脂的嘴唇,忍住了一个笑,胡国光也不觉得;他又忙着想一些事。他想到工会的势力,似乎比党部还大;商民协会自然更不如了。况且,和工人打交道,或者要容易些;仗着自己的手腕,难道对付不了几个粗人么?他又想起昨天方罗兰的口气虽然不妙,但是态度总还算客气,不至于对自己十分下不去。于是他转又自悔今天不应该躲在家里发愁,应该出去活动;儿子已是堂堂纠察队,可知活动的路正多着,只怕你自己不去。

"明天阿炳回来时,我要问问他纠察队的情形。"

胡国光这样吩咐了金凤姐。

四

那天送走了陆慕游胡国光以后,方罗兰把两手插在衣袋里,站在客厅的长窗前,看着院子里的南天竹;在昏暗的暮气中,一切都消失了色彩,唯有这火珠一般的细子儿还闪着红光。

方罗兰惘然站着不动。夜带来的奇异的压迫,使他发生了渺茫惆怅的感觉。一个幻象,也在他的滞钝的眼前凝结起来,终于成了形象:兀然和他面对面的,已不是南天竹,而是女子的墨绿色的长外衣。全身洒满了小小的红星,正和南天竹子一般大小。而这又在动了。墨绿色上的红星现在是全体在动了。它们驰逐进跳了!象花炮放出来的火星,它们竞争地往上窜,终于在墨绿色女袍领口的上端聚积成为较大的绛红的一点;然而这绛红点也就即刻破裂,露出可爱的细白米似的两排。呵!这是一个笑,女性的迷人的笑!再上,在弯弯的修眉下,一对黑睫毛护住的眼眶里射出了黄绿色的光。

方罗兰不敢再看,赶快闭了眼,但是,那一张笑口,那一对颇浓的黑睫毛下的透露着无限幽怨的眼睛,依旧被关进在闭合的眼皮内了。他逃避似的跑进客厅,火油灯的光亮一耀,幻象退去了。火油灯的小火焰,突突地跳,方罗兰以为这就是自己的心跳,下意识地把右手从衣袋里伸出来按在心头。他感觉到手掌的灼热,正象刚受了那双灼热的肥白的小手的一握。

"舞阳,你是希望的光,我不自觉地要跟着你跑。"

方罗兰听得自己的声音很清晰地在耳边响。他惊得一跳。不是,原来不是他在说话;而除了他自己,客厅中也没有别人。他定了定神,在朝外的大藤椅上坐了。从左厢房里传来了方太太的话声和孩子的喧音,说明晚饭是在预备。方罗兰惘然站起来,一直望左厢房走。他自觉对不起方太太,然而要排除脑中那个可爱而又可恶的印象,又自觉似乎没有那种力量,他只好逃到人多的地方,暂时躲开了那幻象。

这晚上直到睡为止,方罗兰从新估定价值似的留心瞧着方太太的一举一动,一颦一笑。是要努力找出太太的许多优点来,好借此稳定了自己的心的动摇。他在醉醺醺的情绪中,体认出太太的肉感美的焦点是那细腰肥臀和柔嫩洁白的手膀;略带滞涩的眼睛,很使那美丽的鹅蛋脸减色不少,可是温婉的笑容和语音,也就补救了这个缺憾。

"梅丽,你记得六年前我们在南京游雨花台的情形么?那时我们刚结婚,并且就是那年夏季,我们都毕业了。有一次游玩的情形,我现在还明明白白记得;我们在雨花台的小涧里抢着拾雨花石,你把半件纱衫,白裙子,全弄湿了。后来还是脱下来晒干了,方才回去。你不记得了么?"

大约是九点钟光景,房里只剩下他们两个了,方罗兰愉快地说。

方太太微微笑了一笑。没有回答。

"那时,你比现在活泼;青春的火,在你血管里燃烧!"

"年青的时候真会淘气,"方太太脸红了,"那一次,你骗我脱了衣服,你却又来玩笑——"

"当时你若是做了我,也不能不动心呢。你的颤动的乳房,你的娇羞的眼光,是男子见了谁都要动心的。"

方太太把脸握在手里,格格地笑。

方罗兰到她身边,热烈地抓住了她的手,低低地然而兴奋地接着说:

"可是,梅丽,近来你没有那么活泼了。从前的天真,从前的娇爱,你都收藏起来;每天象有无数心事,一股正经地忙着。连大声的笑,也不常听见了。你还是很娇艳,还在青春,但不知怎的,你很有些暮气了。梅丽,难道你已经燃尽了青春的情热么?"

方太太觉得丈夫这几句话,挟着多量的感伤的气氛;她仰起头,惊讶地看着他;看见方罗兰的浓眉微皱,目光定定的。方太太把头倚在丈夫的肩头,说:

"我果然变么? 罗兰,你说的很对。我是变了,没有从前那么活泼,总是兴致勃勃地了。恐怕年龄也有关系,但家务忙了,也是一个原因。不——我细想来,又都不是。二十七岁不能说是老罢;家务呢,实在很简单。可是我不同了;消沉,阑珊,处处,时时,都无从着劲儿似的。我好象没有从前那样地勇敢,自信了。我现在不敢动。我决不定主意。我不知道应该怎样做,才算是对的。罗兰,你不要笑。实在这世界变得太快,太复杂,太矛盾,我真真地迷失在那里头了!"

"太快,太复杂,太矛盾:一点儿不错。"方罗兰沉吟地说。"可是我们总得对付着过去。梅丽,你想在这复杂矛盾中间找出一条路;你非得先把定了心,认明了方向,然后不消沉,得劲儿么? 这就办不到了。世间变得太快,它不耐烦等候你,你还没找出,还没认明,它又上前去了一大段了。"

"何尝不是呢!罗兰,大概我是赶不上了。可是——并未绝望。"

方罗兰轻轻放下了她的手,挽住她的腰,疑问地看着她。

"并未绝望,"方太太重复说一句,"因为跟着世界跑的,或者反不如旁观者看得明白;他也许可以少走冤枉路。"

方罗兰点头微笑。他明白了太太目下的迷乱动摇不知所从的心情,也明白了太太的主意是暂时不动。他本来还想说:"如果大家都做旁观者,还有什么人来跑给你看呢?"但是不忍揭破这位温柔太太的美妙的想象,他到底不说了。他给被拥抱了的太太一个甜蜜的吻,只说了这么一句双关的话:

"梅丽,你真聪明啊!要我跑着给你看。可是你站在路边看明白了方向时,别忘记招呼我一下。"

在两心融合的欢笑中,方罗兰走进了太太的温柔里,他心头的作怪的艳影,此时完全退隐了。

况且方罗兰正是"跟着世界跑"的人;党国的事,差不多占据了他的精神时间百分之百以上。并且他已经不是迫不及待不能已于"恋"的人。纷乱的事务,也足使他忘记了那个墨绿袍子的女性。属于他职分内的事,眼前就有不少。胡国光案只能算是最小的事。一个困难的问题,已经发生,便是店员的加薪运动。

却也为的店员问题把人追急了,胡国光案便敷衍过去,竟没彻底查究。方罗兰呈复县党部,是说"胡某不孚众望,应取消其委员当选资格"。县党部即据此转令商民协会,结束了事。

这个消息,由陆慕游带给胡国光时,胡府上正演着一幕活剧。帮忙胡国光投票的人,从前两天起,就来索报酬;这天来的一个便是胡国光在会场上临时抓得的一票,竟所望极奢,并且态度异常强硬。胡国光的方法用尽了,结果,还是从金凤姐头上拔了一枝挖耳,这才把那人打发了去。

金凤姐本来有新羊皮袄的希望,不料现在新年已在眼前,羊毛不见半根,反损失了一枝金挖耳,她这悲哀也就可想而知了。她虽然还不敢扭着胡国光闹,而关了房门嚷哭的胆量是有的。陆慕游到来的时候,这场戏已经开演了一半,胡国光脸色很难看,在他的厅里踱方步。

"国光兄,你已经知道了么?"陆慕游劈面这么问。

胡国光凸出了一对细眼睛,不知道怎样回答。

"商民协会委员的事已经有了批示。你竟被牺牲了。"

胡国光两只眼睛一翻,摊开了两手,不知不觉地往最近的一张椅子里倒下了。查抄,坐监……一幕一幕最不好的然而本在意料中的事,同时拥挤地闪电般在他脑膜上掠过。而最后的一幕是金凤姐被"共"。

"方罗兰你这小子!"他猛然跳起来大声嚷。

"国光兄,方罗兰还算是帮忙的呢!他查复的公文,我也看见了,只说你'不孚众望',其余的事,概没提起。"

"不来查办了么?"胡国光难以相信似的着急地问。

"他只说你'不孚众望',连劣绅的名儿也替你洗刷了。"

胡国光松了一口气。

"你的商民协会委员是被取消了。但县党部既然认为你仅仅是'不孚众望',那么,并非劣绅,亦就意在言外,你倒很可以出来活动了。这也是不幸中之幸。"

胡国光背着手踱了几步,喟然道:

"也罢。总算白费了一场辛苦。慕游兄,似乎方罗兰处,我应该再去一趟,谢谢他的维持。借此和他拉拢。你看对不对?"

"很好。可是不忙。我有些事正要和你商量,要请你帮个忙呢。"

一件事忽然拨动了胡国光的记忆;他记起七八天前和陆慕游走过那僻静的西直街时,在一个颇象小康人家的门前,陆慕游曾经歪着嘴低声说:"这里面有一个小孤孀,十分漂亮!"当时也曾笑着回答:

"你老兄如果有意思,我帮你弄她到手。"现在大概就是商量这个了。

"是不是那天说的女字旁霜?"胡国光笑着问。

"哦,不是。那个,你还记得么? 不是那个。今天是正正经经的党国大事。我总算是商民协会的委员了。我想来应该有篇宣言。一篇就职的宣言!"

胡国光很赞许地连点着头。

"我和你不客气,说老实话。这宣言的玩意,我有点弄不来。从小儿被家严逼着做诗做词,现在要我诌一首七言八言的诗,倒还勉强可以敷衍交卷,独有那长篇大论的宣言,恐怕做来不象。你老兄是刀笔老手,所以非请你帮忙不可了。"

"你的事自然要帮忙。但不知道你有什么主张?"

"主张么? 有,有,今天我得个消息,店员要加薪——听说加的数目很大,许多店东都反对,县党部还没决定办法。我想赞成店员的要求。我们首先赞成,最有意思。宣言里对于店员的主张,就是这么着。其余还有什么话应该加进去,就要费神代我想想了。"

前天晚上听得儿子做了工会纠察队后所起的感想,现在又浮上胡国光的心头了;他不禁摸着他的短须,微微地笑了。

五

因为有店员运动轰轰然每天闹着,把一个阴历新年很没精采地便混过去了。自从旧腊二十五日,店员提出了三大要求以后,许多店东都不肯承认。那三大要求是:(一)加薪,至多百分之五十,至少百分之二十;(二)不准辞歇店员;(三)店东不得借故停业。店东们以为第一二款,尚可相当地容纳,第三款则万难承认,理由是商人应有营业自由权。然而店员工会坚持第三款,说是凡想停业的店东大都受土豪劣绅的勾结,要使店员失业,并且要以停业来制造商业上的恐慌,扰乱治安。县党部中对此问题,也是意见分歧,没有解决的办法。

待到接过照例的财神,各商店须得照旧营业的时候,这风潮便突然紧张起来了。店员工会的纠察队,三三两两的,在街上梭巡。劳动童子团,虽然都是便服,但颈际却围着一式的红布,掮着一根比他们的身体还高些的木棍子,在热闹的县前街上放了步哨。

初六那晚,工会提灯游行,举行改良的"闹龙蚌",刚到了清风阁左近,突然那茶楼里跑出二十多个人来,冲断了游行的队伍。这一伙人,都有木棍铁尺,而"闹龙蚌"的人们也都有弹压闲人用的一根长竹片在手里,当下两边就混打起来。许多红绿纸灯碰破了,或是烧了,剩下那长竹柄,便也作为厮打的武器。大约混战了十分钟,纠察队和警察都大队地赶到了,捣乱的那伙人亦就逃散,遗下一个负伤的同伴。游行人们方面,伤的也有五六个。

第二天,纠察队便带了枪出巡,劳动童子团开始监视各商店,不准搬货物出门,并且店东们住宅的左近,也颇有童子团来徘徊窥探了。下午,近郊农民协会又派来了三百名农民自卫军,都带着丈八长的梭标,标尖有一尺多长闪闪发光的铁头。这农军便驻在县工会左近。

就是这天下午,县党部的几个委员在方罗兰家里有非正式的会议,交换对于店员风潮的意见。这不是预先约定的会议,更其不是方罗兰造意,只是偶然的不期而会。方罗兰今天神思恍惚,显然失了常态;这自然是罣念店员风潮之故,然而刚才他和太太中间有点小误会,现在还未尽释然,也是一个原因。说起那误会,方罗兰自信不愧不怍,很对得住太太,只是太太的心胸太窄狭了些儿,更妥当地说,太不解放了些儿,不知听了什么人的话,无端怀疑方罗兰的忠实,遂因了一方手帕的导火线,竟至伤心垂泪。方罗兰自然不愿他们中间有裂痕,再三对太太说:"人家——虽然是一个女子——送一块手帕,我如果硬不受,也显见得太拘束,头脑陈旧。"在男女社交公开的现在,手帕之类,送来送去,原是极平常的事。然而方太太不谅解。

现在方罗兰不得不陪坐着谈正经事,他的一只耳朵听着周时达和陈中谈论店员风潮,别一只耳朵却依旧嗡嗡然充满了方太太的万分委屈的呜咽。他明知现在已有张小姐和刘小姐在那里慰劝,太太应该早已收泪,然而一只耳朵的嗡嗡然如故。他不知不觉叹了一口气。

"农民自卫军已经开来了三百,街上无形戒严,谣言极多,不是说明天要实行共产,就是说今天晚上土豪劣绅要暴动。说不定今晚上要闹大乱子。刚才时达兄说店员工会办得太操切了点儿,我也是这个意思。"

陈中气咻咻地说,也响应方罗兰似的叹了口气。他是县党部的一个常务委员,和方罗兰原是中学时代的同学。

"罗兰兄有什么高见?我们来的时候,看见街上情形不对,便说此事总得你出来极力斡旋,立刻解决了,才能免避一场大祸。"

周时达一面说,一面用劲地摇肩膀,似乎每一个字是非摇不出的。

"我也无能为力呀。"方罗兰勉强收摄了精神,斥去一只耳朵里的嗡嗡然,慢慢地说,"最困难的,是党部里,商民协会里,意见都不一致,以至早不能解决,弄到如此地步。"

"说起商民协会,你看见过商民协会委员陆慕游的宣言么?"

陈中对着方罗兰说,仰起头喷出一口纸烟的白烟气。

"前天见到了。他赞成店员的要求。"

"那还是第一次的宣言呢。今天上午又有第二次宣言,你一定没有见到。今天的,其中有攻击你的句子。"

"奇怪了,攻击我?"方罗兰很惊异。

"慕游不会攻击你的,"周时达忙接起来说,"我见过这宣言,无非叙述县党部讨论店员要求的经过,文字中间带着你罢了。那语气确是略为尖刻了些儿,不很好。但是我知道慕游素来不善此道,大概是托人起草,为人所愚了。你看是不是?"

陈中微笑点头。他取出第二支烟来吸,接着说:

"那语气中间,似乎暗指店员风潮之所以不能早早解决,都为的罗兰兄反对店员的要求,主张修改的缘故。本来这不是什么不可公开的阴私,党部开会记录将来也要公布的;但此时风潮正急,突然牵入这些话头,于罗兰兄未免不利。"

"我本没一毫私心,是非付之公论。"方罗兰说时颇为慨叹。"只是目前有什么方法去解决这争端呢?"

"争点在店东歇业问题。"陈中说,"我早以为店员工会此项要求太过分。你们两位也是同样的意见。然而今天事情更见纠纷了;店员既不让步,农民协会又来硬出头。店东们暗中也象有布置;暴动之说,也有几分可信。如此各趋极端,办事人就很棘手了。"

暂时的沉默。这三个人中,自以方罗兰为最有才干,可惜今天他耳朵里嗡嗡然,也弄得一筹莫展。再则,他总想办成两边都不吃亏,那就更不容易。

"店员生活果然困难,但照目前的要求,未免过甚;太不顾店东们的死活了!"方罗兰还是慨叹地说。

然而慨叹只是慨叹而已,不是办法。

细碎的履声从左厢房的门内来了。三个男子象听了口令似的同时转过头去看见张小姐和方太太挽着手走出来,后面跟着刘小姐。

"你们还没商量好么?"

张小姐随随便便地问。但是她立刻看出这三个男子的苦闷的神气来,特别是方罗兰看见方太太时的忸怩不安的态度。

张小姐是中等身材,比方太太矮些,大约二十四五岁;肌肤的丰腴白皙,便是方太太也觉不及;又长又黑,发光的头发,盘成了左右并的两个颇大的圆髻。这自然不是女子发髻的最新式样了,然而张小姐因为头发太长太多,不得不取这分立政策。可是倒也别有风姿。饱满的胸脯,细腰,小而红的嘴唇,都和方太太相象。她俩原是同学,又是最好的朋友。去年张小姐任县立女中的校长,方罗兰曾经破例去担任过四小时的功课。

"没有结果呢。"方罗兰回答,他又看着周陈二人的面孔,接着说,"我们三个人即使有了办法,也不能算数。我们还不是空口谈谈而已。"

张小姐看见方罗兰这少有的牢骚,也觉得说不下去;她看了看手腕上的表,回头对刘小姐说:"已经三点了,我们走罢。"

但是方太太不放这两位小姐回去,方罗兰也热心地挽留。他还有几句话一定要在张小姐面前对太太剖白。刚才两位小姐来时,太太正在伤心的顶点,方罗兰一肚子冤屈,正想在太太好友的这两位小姐面前发泄一下,请她们证明他的清白无他;不料陈中和周时达又来了,他不得不把满面泪痕的太太交给了两位小姐,连一句话也没多说,就离开了。现在他看见太太的神情还是不大自在,而眉宇间又颇有怨色,他猜不透她们在背后说他些什么话,他安得不急急要弄个明白。他再无心讨论店员风潮了,虽然陈中和周时达还象很热心。

又谈了十多分钟,终于两个男宾先走了。方罗兰伸了伸腰,走到太太面前,很温柔地说:

"梅丽,现在你都明白了罢。我和孙舞阳,不过是同志关系,连朋友都说不上,那里来的爱?张小姐和刘小姐可以替我证明的。自然她常来和我谈谈,那也无非是工作上有话接洽罢了。我总不好不理她。梅丽,那天党部里举行新年恳亲会,可惜你生了病,没有去;不然,你就可以会见她。你就知道她只是一个天真活泼的女孩子,性情很爽快,对于男子们一概亲热。这是她的性格如此,也未必就是爱上了谁个。她那天忽然要送我一块手帕——也不是她自己用过的手帕——当着许多人面前,她就拿出来放在我的衣袋里。不是暗中授受,有什么意义的,她只是好玩而已。张小姐和刘小姐,不是都亲眼看见的么?这些话,我刚才说了又说,你总不肯相信。现在你大概问过张小姐了罢?张小姐决不会受我的运动,替我说谎的。"

似乎是太兴奋了,方罗兰额上渗出了一层薄薄的汗点;他随手从衣袋中摸出一块手帕来——一块极平常的淡黄边的白纱手帕,然而就是孙舞阳所送的。

"一块店里买来的手帕。没有一点儿记号,你也看过的。现在我转送给你了。"方罗兰将手帕在额上揩过后,抖着那手帕,又笑着说;随即塞在方太太的手里。

方太太将手帕撩在桌子上,没有话。

她经过张小姐的解释,刘小姐的劝慰,本已涣然,相信方罗兰无他;然而现在听得方罗兰赞美孙舞阳天真活泼,简直成为心无杂念的天女,和张小姐所说的孙舞阳完全不同,方太太的怀疑又起来了。因为在张小姐看来是放荡,妖艳,玩着多角恋爱,使许多男子风狂似的跟着跑的孙舞阳,而竟在方罗兰口中成了无上的天女,那自然而然使得方太太达到两个结论:一是方罗兰为孙舞阳讳,二是以为孙舞阳真好。如果确是为孙舞阳讳,方太太觉得她和方罗兰中间似乎已经完了;一个男子而在自己夫人面前为一个成问题的女子讳,这用意还堪问么?即不然,而乃以为孙舞阳真好,这也适足证明了方罗兰确已着迷;想到这一点,方太太也不寒而栗了。

这些思想,在刹那间奔凑而来的,就象毒蛇似的缠住了方太太,但她没有话,只是更颓丧地低了头。

方罗兰完全不知道自己的话已经发生了相反的效果;他错认方太太的沉默是无声的谅解;他又笑着说:

"张小姐,你是都知道的,梅丽素来很温柔,我还是今天第一次看见她生气。刚才我多么着急,幸而你们两位来了,果然梅丽马上明白过来。一天的乌云都吹散了。好了,这也总算是我们生活史上一点小小的波澜。只是今天没来由惹梅丽生气,算来竟没有一个人应该负这责任。好了,说一句笑话,那便是鬼妒忌我们的幸福,无端来播弄我们一场,可怜我们竟落了圈套。"

"鬼是附在孙舞阳身上的,"张小姐看了方太太一眼,也笑着说,"她和朱民生搅得很好,倒不送他手帕。"

"孙舞阳这人真有些儿古怪。她见了人就很亲热似的,但是人家要和她亲热时,她又冷冷的不大理睬了。大家说她和朱民生很好,可是我在妇女协会里就看见过几次,朱民生来找她,对她说话,她好象不看见,不听得,歪着头走开,自和别人谈话去了。也不是和朱民生有口角,她只是忽然地不理。"

刘小姐不大开口,此时也发表了她的观察。她和孙舞阳同在妇女协会办事,差不多是天天见面的;一个月前,孙舞阳由省里派来到妇协办事,刘小姐就是首先和她接洽工作的一个人,她俩很说得来。

"可不是!她就是这么一团孩子气的。今天她忽然会送我手帕,明天我若是去找她说话,她一定也是歪了头不理的。梅丽,几时去试一试给你看,好不好?"

张小姐和刘小姐都笑起来,方太太也忍不住笑了。

方罗兰乘这机会,拉住了太太的手,说:

"梅丽,你应该常出去走走。一个人坐在家里多想,便会生出莫须有的怀疑来。譬如今天这件事,倘使你是见过孙舞阳几次的,便不至于为了一块手帕竟生起气来,怀疑我的不忠实了。"

方太太让手被握着,还是没有回答。他们的一切的话,投射在她心上,起了各式各样的反应,都是些模模胡胡的,自相矛盾的,随起随落的感想。她得不到一个固定的见解。然而她的兴奋的情绪却也渐渐安静下来了;此时她的手被握着,便感到一缕温暖的慰藉,几乎近于愉快。不多时前,她自设的对于方罗兰的壁垒,此时完全解体了。

"梅丽,你怎么不说话?"方罗兰追进一句,把手更握紧些,似乎在这几个字上加一个注重的符号。

"张姊姊,刘姊姊,你们看罗兰的话对么?"

方太太避过了直接的回答;然而她已经很自然地很妩媚地笑了。

两位小姐都点着头。

"那么,我们现在就出去走走。"方太太忽然高兴起来。"罗兰,你今天没有事罢?刘姊姊的大衣在厢房里,你去拿了来,陪我们出去。"

街上的空气很紧张。

方罗兰和三位女士走了十多步远,便遇见一小队的童子团,押着一个人,向大街而去;那人的衣领口插着一面小小的白纸旗,大书:"破坏经济的奸商。"童子团一路高喊口号,许多人家的窗里都探出人头来看热闹。几个小孩子跟在队伍后面跑,也大叫"打倒奸商"。

那边又来了四五个农民自卫军,捎着长梭标,箬笠掀在肩头,紫黑的脸上冒出一阵阵的汗气;他们两个一排,踏着坚定的步伐。两条黄狗,拦在前面怒噑,其势颇不可蔑视,然而到底让他们过去,以便赶在后面仍旧吠。他们过去了,迎着斜阳,很严肃勇敢地过去了;寂寞的街道上,还留着几个魁梧的影子在摇晃,梭标的曳长的黑影,象粗大的栋柱,横贯这条小街。

县前街上,几乎是五步一哨;蓝衣的是纠察队,黄衣的是童子团,大箬笠掀在肩头的是农军。全街的空气都在突突地跳。商店都照旧开着,然而只有杂货铺粮食店是意外地热闹。

两个老婆子从方太太身边擦过,喳喳地谈得很热心。一句话拦入方太太的耳朵:

"明天要罢市了,多买些腌货罢。"

方太太拉着张小姐的苹果绿绸皮袄的衣角,眼睛看着她,似乎说:"你听得么?"张小姐只是嫣然一笑,摇了摇头。

"谣言!但是刚才我们到你家里时,还没听得这个谣言呢。"

走在左首的刘小姐插进来说。她举手掠整她的剪短的头发,乌溜溜的一双眼睛不住地向那些"步哨"瞧。

迎面来了一个少年,穿一身半旧的黑呢中山服,和方罗兰打了个招呼,擦着肩膀过去了。方罗兰忽然拉住了方太太的手,回头叫道:

"林同志,有话和你讲。"

少年回身立定了。苍白的小脸儿对着张小姐和刘小姐笑了一笑,方太太却不认识他。他们一行人在窄狭的街道旁停下来,立刻有几个闲人慢慢地蹀过来,围成半个圈子。

"这是内人陆梅丽。林子冲同志。"方罗兰介绍,又接着问,"有罢市的谣言么?情形很不好。你知道店员工会的代表会已经完了没有?"

"完了,刚刚完了。"

"有什么重要的决议?"

"怎么没有!要严厉镇压反动派。我们知道土豪劣绅预备大规模的暴动呢。前夜清风阁的二三十个打手,就是他们买出来的,明天罢市的谣言也是他们放的,不镇压,还得了么?"

林子冲的小脸儿板起来了,苍白的两颊泛出红色;他看着那四五个愈挨愈紧的闲人,皱了皱眉头。

"但是店员要求的三款,讨论了没有?"

"三款是坚持,多数店东借口亏本要歇业,破坏市面,也是他们阴谋的一种。明天店员工会就有代表向县党部请愿呢。"

三位女士都睁大了关切的眼睛,听林子冲说话。刘小姐把左臂挽在张小姐的腰围上,紧紧靠着,颇有些惊惶的神气。张小姐却还坦然。

后面来的一只黑手,从刘小姐的右腋下慢慢地往上移;但是没有一个人注意。

"没有别的事儿罢?"方罗兰再问。

林子冲靠前一些,似乎有重要的话;忽然刘小姐惊喊了一声。

大家都失色了,眼光都注视刘小姐。张小姐一手在自己身边摸索,同时急促地说:"有贼!刘小姐丢了东西了!"

林子冲眼快,早看见张小姐身后一个人形疾电似的一闪,向旁边溜去。纠察队和童子团都来了。不知什么人冒冒失失地吹起警笛来。接着稍远处就有一声应和。忽然四下里都是警笛乱鸣了。嚷声,脚步声,同时杂乱地迸发了。方太太看见周围只是黑压压一厚层的人儿,颇觉不安,拉住了刘小姐,连问:"丢了什么?"

"只丢了一块手帕,没有什么大事!"

张小姐高声向包围拢来的纠察队说。

"贼已经跑了！没有事了！注意秩序！"

林子冲也帮着喊,向街上那些乱闯的人挥手。

但是稍远处的警笛声还没停止。街的下端,似乎很扰乱;许多人影在昏黄的暮色中摇动。一排纠察队和几个警察,从人丛中挤出来,匆匆地赶过去。传来一个很响的呼叱声:"谁个乱吹警笛！抓住！"

林子冲也跑去察看了。方罗兰皱着浓眉,昂起了头,焦灼地望着。纠察队和童子团早已从他们身边散去,闲人也减少了;扰动的中心已经移到街的下端。

"罗兰,没有事罢?"方太太问。

"大概只是小小的误会罢了。然而也可见人心浮动。"方罗兰低喟着说。

林子冲又跑回来了。据他说,抓住一个乱吹警笛的捣乱分子,现在街的下端临时戒严,过不去了。天色已经全黑,他们就各自回家。

方罗兰和太太到了家里,看见党部的通知,定于明日上午九时和商民协会,店员工会,妇女协会——总之,是各人民团体,开一个联席会议,解决店员三大要求的问题。

方罗兰慢慢地把纸条团皱,丢在字纸篓里。

他浸入沉思里了。

他想起刚才街上的纷扰,也觉得土豪劣绅的党羽确是布满在各处,时时找机会散播恐怖的空气;那乱吹的警笛,准是他们搅的小玩意。他不禁握紧了拳头自语道:"不镇压,还了得！"

但是迷惘中他仿佛又看见一排一排的店铺,看见每家店铺门前都站了一个气概不凡的武装纠察队,看见店东们脸无人色地躲在壁角里,……看见许多手都指定了自己,许多各式各样的嘴都对着自己吐出同样的恶骂:"你也赞成共产么？哼！"

方罗兰毛骨悚然了,慌慌张张地站起来,向左右狼顾。

"罗兰,你发神经病了么?"方太太笑着唤他。

方罗兰这才看见太太就坐在对面的椅子里,手中玩着半天前撩在桌子上的鹅黄边的手帕。这手帕立刻转移了方罗兰的思想的方向;他带讪地走到太太跟前,挽住了她的颈脖,面对面地低声说:

"梅丽,我要你收用了这块手帕!"

方太太的回答是半嗔半喜的一笑。方罗兰狂热地吻她。这时,什么反动派,纠察队,商店,战栗的店东,戴指的手,咒骂的嘴,都逃得无影无踪了。

六

经过剧烈的辩论以后,待付表决的提案共有三个:

一,是陆慕游和店员工会委员长林不平的提案,主张照店员工会三大要求原案通过,组织特别委员会订定详细执行办法。附议者有商民协会的赵伯通。

二,是林子冲的提案,主张三大要求暂行保留,电省请派专员来指导解决,一面仍须严厉镇压土豪劣绅和反动店东的阴谋捣乱。附议者有妇女协会孙舞阳。

三,是方罗兰的提案,主张:(a)店员加薪,以年薪在五吊以下者增加百分之百,余渐差减为原则;(b)店东辞退店员应得店员工会同意;(c)店东歇业问题由各关系团体推派代表合组专门委员会详细调查,呈由县党部斟酌办理;(d)纠察队及童子团的步哨,即日撤退,以免市面恐慌;(e)不得自由捕捉店东。附议者有陈中及周时达。

联席会议的临时主席彭刚将三个提案高声读完后,抬起他那常是渴睡样的眼睛在列席各人的脸上打了个圈子,照例地等待有无异议或补充。看见大家都没有话,他又慢吞吞地说道:

"第一第三提案都是趋向立刻解决本问题的,第二提案趋向维持现状,静候上级机关派人来办理。现在要付表决了,请各位发表意见,应该先将那一个提案付表决?"

"目下市面甚为恐慌,本问题应得赶快解决;如果照现状拖延下去,恐怕纷纠愈多,危险更大。"

陈中这么暗示着应该暂时抛开第二提案,先谋立刻解决。

"先将第一提案付表决了,怎样?"主席又问。

没有反对。于是举手。列席的二十一人中,只举起了九只手。少数!

第三提案又付表决了。也只有十票,虽然比较多一票,也还是不足法定的过半数。始终没有举过手的是林子冲和孙舞阳。

全场情形,显然是有利于第二提案了;本来赞成第一第三案的人们总有许多会走这条"不得已"的路罢？陈中和周时达连坐,他在周时达耳边轻轻说了一句话,于是周时达在主席再发言之前起来说话了,照旧用力摇他的肩膀:

"请省里派人来解决,本是一个妥当的办法;可是极快也得四五天才有人来。现在谣言极多,反动派就利用我们还没决定办法,来散播谣言,恐吓商人。今天人心已极恐慌,再过四五天,说不定要闹出大乱来。所以鄙见,一面可以等候省里派人来根本解决,一面应当先把纠察队童子团的步哨撤退。要歇业的店铺,暂时不准歇,童子团也不要去监视。农民自卫军请他们回去。我这意见对不对,请大家从长计较。"

"城里恐慌是一刻一刻加深了,果然也不无反动派从中造谣,但是纠察队,童子团,农军,汹汹然如临大敌,监视店铺,监视店东,不准货物出店门等等举动,也是使得人心恐慌的;我也主张根本问题不妨听候省里来人解决,而目前的恐慌一定先得赶快消灭了才是正当的办法。"方罗兰也发言了。

"不行,不行！"林不平大声反对。"反动派收买打手总有二百多,他们预备暴动。我们防备得这么严密,他们尚且时时捣乱。我可以断言,纠察队的步哨早上撤回,这县城晚上就落在反动派手里了。"

"县警备队有一百多,警察也有四五十,难道不能维持治安么?"

方罗兰反驳。

林不平只"哼"了一声。

这一哼,既藐视而又愤愤,含有重大的暗示,所以全场的人都愕然相顾。

"时局很严重,不能多费时间;事实是明明白白摆在这里的,反动派的阴谋决非一朝一夕之故,现在非坚决镇压不可了。请主席宣布讨论终结,将第二提案付表决。然后我们再议具体的办法。"

在紧张的空气中,孙舞阳的娇软的声浪也显得格外袅袅。这位惹眼的女士,一面倾吐她的音乐似的议论,一面拈一枝铅笔在白嫩的手指上舞弄,态度很是镇静。她的一对略大的黑眼睛,在浓而长的睫毛下很活泼地溜转,照旧满含着媚,怨,狠,三样不同的摄人的魔力。她的弯弯的细眉,有时微皱,便有无限的幽怨,动人怜悯,但此时眉尖稍稍挑起,却又是俊爽英勇的气概。因为说话太急了些,又可以看见她的圆软的乳峰在紫色绸的旗袍下一起一伏地动。

主席正要询问有无异议,一个人满头大汗,闯进会场来,在林不平的耳边说了几句。林不平脸上的筋肉都紧缩起来了。坐在他旁边的陆慕游也变了色。

"这位同志来报告,县前街已经发生了暴动,"林不平霍然立起来大声说,几乎就是嚷了。"童子团受伤!反动派已经动手了!"

几个声音同时发出一个"呀!"

但是会议室间壁,县党部常务委员室内的电话又丁零零响了。

"你们还主张撤退纠察队和农军,那简直是笼着手让人家来砍头!"林不平继续咆哮似的说。"你们爱高谈阔论,悉由尊便,我可不能奉陪了!"

主席很为难地笑了一笑。大家一时想不出适当的话,情形非常僵。幸而林子冲已经听了电话回来报告,这才把林不平恫吓的退席问题无形中搁下了。

"公安局长打的电话。"林子冲还算镇静地说。"县前街王泰记京货店的店东私自搬运店内货物,被童子团阻住了,不知怎的跑出许多人来干涉,便和童子团打起来;大概有几个受了伤,纠察队也到了,一场混打,许多商店便关门收市。现在情形极混乱。公安局请我们派人去弹压。"

原来事情并不怎样严重,大家倒松了一口气了。这"王泰记"的名儿,大家听去也很平淡,然而陆慕游颇着急了;林子冲并没说明,这所谓"店东"究竟是王荣昌,抑是胡国光。

然而会议之不能再继续,并且希望有结果,却也是大家心心相照的了;于是依了孙舞阳第二次的催促,由主席指定三个人驰往出事地点,一面通过了第二提案电省请示。联席会议就此宣告结束。

当下是方罗兰,林不平,陆慕游三人被指派到出事地点,担任调解弹压。街上颇有三三两两的闲人在那里指手划脚谈论,但纠察队和童子团的步哨,似乎并没变动。他们急走了五分钟光景,早看见前面一大堆人把街道塞满了,那人堆中有蓝衣的纠察队,有最惹眼的红布围着的小小的头颅,还有梭标的铁尖在人头上闪耀。

人堆中忽然腾起一片鼓掌声。许多人臂争先地举起来,"拥护胡国光"的呼声也怪不入调地被听得了;而高举的人臂又混乱地动摇,似乎那些臂的主人正在那里狂跳。

两分钟后,三位特派员立即被告诉了事情的真相:

——原来是那老实的王荣昌被共产的谣言吓昏了,想偷运出一些货物去放在他认为妥当的地方,不料虽然搬出了店门,却在半路上被查见了;在货物押回原店的时候,就跟来了一大批闲人看热闹。王荣昌看见机密败露,早慌得说不出话来,忽然闲人中间挤出两三个来吆喝着"货物充公",便不问情由地想拿了就走,这就和上前来质问禁止的童子团发生了冲突,乱打起来。当纠察队和农军闻声赶到时,那几个趁火打劫的流氓早已逃走,只留下王荣昌作为勾结流氓的嫌疑犯。而况童子团又有一个被打落了门牙,于是王荣昌便被扣留。这可怜的老实人看见分辩无效,却想出了一条妙计,派人把王泰记填表上的店东胡国光找了来解救灾难。

现在这胡国光就以王泰记店东的资格,高高地站在柜台上演说。他痛骂那些不顾店员生活不顾大局而想歇业的店东;他说自己即使资本亏尽,也决不歇业;他又轻轻地替王荣昌开脱,说他是个胡涂人,老实人,只知忠于东家,却不明白大局;他说那两个想趁火打劫的流氓一定是反动派指使出来的;最后,他说店员工会的三款,在王泰记立刻可以照办,并且还打算由店东店员合组一个王泰记委员会来共管这个店:为了革命的利益,他是什么都可以牺牲的。

刚才的热烈的掌声和口号就是胡国光替王泰记慷慨牺牲所得的赞许。陆慕游想不到他的朋友竟如此漂亮,快活到说不出话来。然而三位特派员不能悄悄地就回去,方罗兰是代表党部的,就首先当众宣布了联席会议的结果。林不平早已一跃上了高柜台,赶快补充说:"我们一面请省里派人来指导,一面还是要努力镇压反动派——土豪劣绅和反动的店东。纠察队和童子团要加紧巡查,造谣的人要抓,私下搬走货物的也要抓!土豪劣绅的打手,我们捉住了就要枪毙!现在有些人说我们店员工会太狠,说纠察队太强横了,他们不想想那些反动店东多么可恶;他们要歇业,藏起货物来,饿死我们,饿死全城的人!如果都象胡国光同志那样肯牺牲,热心革命,那就好了!"

林不平很亲热地拉住了胡国光的手。人堆里又腾起一片的掌声来;一个声音高喊:"拥护革命的店主!拥护胡国光!"许多声音也跟着高呼:

"拥护革命的店主!"

"打倒反动的店主!"

"拥护牺牲一切的胡国光!"

当下胡国光成为新发见的革命家,成为"革命的店主"。他从柜台上下来时,就被许多人挟住了两条腿,高高地抬起来,欢呼,拍手。连躲在柜台角里哭丧着脸的王荣昌也忍不住大笑了。

胡国光又被请到店员工会和总工会去,会晤那边的许多革命家。

他建议,明天开一个群众大会对土豪劣绅示威。立刻被采用了。

在这群众大会上,胡国光又被邀请演说;他主张激烈对付土豪劣绅,博得了许多掌声。方罗兰也有演说;他也称赞童子团纠察队农军维持治安的功劳。这在方罗兰,大概不是违心之谈;因为正当他上台演说时,混进会场的土劣走狗,忽然又鼓噪起来,幸而有纠察队捉住了两三个,这才回复了热烈愉快的原状。

全县的空气现在逆转过来了。

商店依旧开市,店东们也不再搬运货物,因为搬也没用,反正出不了店门;也没有店员被辞歇,不管你辞不辞他总是不走的了。加薪虽无明文,店员们却已经预支:所以你很可以说店员问题已经不成问题了。然而省里来了复电。说是已经派员来县指导核办,在该员未到前,各民众团体不得轻举妄动,以免多生枝节。措辞颇为严厉。

这个电报是打给县党部县工会农会的,不到半点钟,满城都传遍了。街头巷尾,便有"又要反水了"的半提高的声音,而童子团也被侧目而视。一部分的店东,当即开了个秘密会议;第二天,便有店东的五个代表到县党部和公安局请愿"维持商艰"。县工会门前发现了"营业自由"和"反对暴民专制"的小纸条;林不平接到几封恐吓的匿名信。清风阁上又有形迹可疑的茶客。在二十四小时内,全城人心又转入了一个新的紧张和浮动了。

方罗兰在接见店东请愿代表的时候,很受了窘。他本以为几句"商民艰苦,本部早已洞悉,店员生计,亦不能不相当提高;省中已有电令民众团体不得轻举妄动,本部自当竭力约束,勿使再有轨外行动;一切静候特派员来后根本解决,"照例地囫囵敷衍一下,便可过去;不料代表们并不照例地"满意而去",却提出一大堆问题推在方罗兰鼻子前:

"既然省里来电,严命民众团体不得轻举妄动,街上的童子团纠察队的步哨为什么尚未撤去呢?"

"各店铺里的童子团是否可以立即撤回,让货物自由进出!"

"捕拿店东的举动应请立即禁止!"

"店员工会究竟受不受党部的指挥?商民部是为商人谋利益的,究竟对目前的风潮抱什么态度?"

"农军很引起人心恐慌,应请立即调开!"

"……"

方罗兰看见群情如此"愤激",很觉为难;也支支吾吾地敷衍着,始终没有确实的答复。对于这些实际问题,他有什么权力去作确定的答复呢?他果然应该有他个人的意见,并且不妨宣布他个人的意见,然而不幸,似乎连个人的意见也象自己无权确定了。他仿佛觉得有千百个眼看定着自己,有千百张嘴嘈杂地冲突地在他耳边说,有千百只手在那里或左或右地推挽他。还能确定什么个人的意见呢?他此时支支吾吾地在店东的代表前说了许多同情于他们的话,确也不是张开了眼说谎,确是由衷之言,正象前日群众大会时他慷慨激昂地说了许多赞助店员的话一样。

也不仅方罗兰,许多他的同事,例如陈中,周时达,彭刚,都是同样的心情,苦闷彷徨,正合着方太太说过的几句话:

——我不知道应该怎样做,才算是对的。……这世界变得太快,太复杂,太古怪,太矛盾,我真真地迷失在那里头了!

这种空气,持续了短短的四十多小时,然而城里已经发生了新现象:谣言更加多而离奇了;匿名的小字条不但偷偷地贴,并且也飞散在市上了;童子团和流氓厮打的事情甚至一日数起了;罢市的风声又有流传,老婆子们又忙着上杂货铺了。全城又进入了一个新的恐慌时期!

幸而省里的特派员史俊亦就到了。这正是胡国光一交跌入"革命"后的第四天的下午。这位史俊,并不是怎样出奇的人物;略长的身材,乱蓬蓬的头发,一张平常的面孔,只那一对眼睛大了直视的时候,还象有些威风。总之,就他的服装,他的相貌,他的举止,种种而言,这史俊只是一个二十五六岁的学生模样的人物。然而恰因来的时机关系,他便成为大众属目的要人了。

因为到时已是午后六时,所以当天只有林子冲和孙舞阳会见了这位特派员。他们在省里本已认识。但翌日一早,就有许多人找他。差不多党部和民众团体的重要人物都到了。各人都准备了一肚子话来的,不料成了个"不期而会",弄成不便多说话。

"经过的情形,昨天有林同志详细讲过了;"史俊把谈话引到本题。"兄弟是省工会专派,省党部加了委的;此来专办本案,带便视察各民众团体的状况。逗留的日子不能多。今天可巧大家都来了,我们先交换意见,明天便开个联席会,解决这件事。"

但是来客们并不提出意见,只有消息;他们把各种各样最近的消息——各种人的态度以及谣言,充满了史俊的耳朵。至于意见,他们都说特派员自然带了省里的"面授机宜"来的。

这位史俊绰号"大炮",是一个爽爽快快,不懂得转弯抹角,也不会客气的人儿,他见大家没有意见,都推尊他,便老老实实说:

"这就更好办了。省里现在对于店员问题,一加薪,二不得辞歇店员,三制止店东用歇业做手段来破坏市面。汉口就是这么办。外县自然采用这原则;所出入者,不过是小节目,譬如加薪的多寡。"

来客们有的愕然了,有的露出喜气,也有的并无表示。林不平和陆慕游几乎鼓起掌来。陈中看着方罗兰的脸,似乎有话,但亦不说。

"舞阳,忘记告诉你了,赤珠有东西送给你。"

史俊忽然回头对坐在左首正玩弄她的白丝围巾的孙舞阳说。赤珠就是史俊的恋人,孙舞阳以为一定同来玩玩的,却竟没来。

孙舞阳将她的媚眼向史俊一瞥,微笑着点头。

"但是,史同志,"陈中忍不住不说了,"听说店东们聚会过几次,准备积极反抗,誓不承认店员工会的三项要求呢。昨晚已有传单发散,今天早上,我也看见了。并且土豪劣绅从中活动,和店东们联络。敝县的土豪本就很有势力,能号召千把人。他们新近收罗了几百打手,专和党部中人及民众团体为难。刚才史同志说过省里的办法,自然应当遵照,但省里有大军镇压,办事容易,敝县情形,似乎不同。如果操之过急,激成了巨变,那时反倒不容易收拾了。"

这一席话,很得了几个人的点头。方罗兰也接着起来说:

"店东们反对的空气从昨晚起特别猛烈。似乎是预定的计划。大概他们暗中酝酿已久,最近方才成熟。这倒不应该轻视的。况且一律不准歇业,究竟太严厉了些;店东中实在也有不少确已亏本,无力再继续营业的。"

又有几个人点着头,表示同意。

"那些无非是恐吓,不管他。"史俊很不介意地说,"他们看见你们对此事迟疑不决,知道你们顾虑太多,便想利用谣言恐吓,来骗取胜利。一旦决定了办法,包你没事。省里店东也玩过这种把戏。"

"不怕,再调三百农军来!"林不平奋然说。

"这也不必。明天开会宣布省里所定原则,即席商定了具体办法,就完了。店东们有反抗的,土豪劣绅有捣乱的,立刻拿办!"

史俊轻松松地说,似乎事情已经解决了。大家也不再多言。

于是第二天开会了。果然适如史俊所预料,办法宣布了后,并没发生意外。然而还有些善后问题,譬如要求歇业的店铺实在情有可悯者应该派人调查以便核办,逃跑了的店主遗下来的店铺如何去管理,加薪的成数分配等等,因此又推定了方罗兰,赵伯通,林不平三人专办此等善后。

现在史特派员遗下的工作只是视察民众团体了。旧历元宵的翌日,人家给他介绍,会见那新发见的"革命家"胡国光;近来他很努力,那是不用说的。

胡国光到了史俊的寓所,一眼就见史俊和一男一女在那里闲谈。男的是林子冲,本来认识;那女的可就象一大堆白银子似的耀得胡国光眼花缭乱。他竟还不认识这有名的孙舞阳。

这天很暖和。孙舞阳穿了一身淡绿色的衫裙;那衫子大概是夹的,所以很能显示上半身的软凸部分。在她的剪短的黑头发上,箍了一条鹅黄色的软缎带；这黑光中间的一道浅色，恰和下面粉光中间的一点血红的嘴唇，成了对照。她的衫子长及腰际，她的裙子垂到膝弯下二寸光景。浑圆的柔若无骨的小腿，颇细的伶俐的脚踝，不大不小的踏在寸半高跟黄皮鞋上的平背的脚，——即使你不再看她的肥大的臀部和细软的腰肢，也够想象到她的全身肌肉是发展的如何匀称了。总之，这女性的形象，在胡国光是见所未见。

史俊本已听得林不平说过胡国光如何革命如何能干，却不料是这么一个瘦黄脸，细眼睛，稀松松几根小黄须的人儿，便有几分不快。但是他立刻又想到了省工会委员长——自己的"顶头上司"，也差不多是这么一个面相，便又释然了。他很客气地和胡国光攀谈，不上十分钟，他也赏识了这位一交跌入"革命"里的人物。

"胡同志在那里工作？我觉得此地各团体内都缺少有计划有胆量的人。所以办事总是拖泥带水地不爽快。"史俊很热心地说。

"胡同志现在并没工作。"林子冲代答。

"那未免可惜了！"孙舞阳嘲笑似的插进来说。

"国光自问没有多大才力；只是肯负责，彻底去干，还差堪自信。辛亥那年国光就加入革命，后来时事日非，只好韬晦待时。现在如果有机会来尽一份的力，便是赴汤蹈火，也极愿意的。"

史俊很满意了。他记起他的好朋友李克的一句话："真革命的人是在千辛万苦里锻炼出来的。"他觉得胡国光正是这等人。于是史俊便说起省里的局面，目下的革命策略，工农运动的意义，等等。这个"大炮"只顾滑溜溜地速射，不但胡国光没有机会插进半句话去，竟连孙舞阳的不耐烦的神气，也不觉得了。

"史俊！已经三点了呢！"孙舞阳再忍不住了。

"呵，三点了么？我们就去！"

史俊打住了他的宣传，立刻摇摇身体站起来。他预许胡国光，先到店员工会里帮忙，将来是要介绍他到党部里去办事的。他送走了满意而去的胡国光，回身拉住了孙舞阳的白手膀，直着喉咙嚷道：

"我是说溜了嘴,忘记时候,你为什么不早说?"

"还不到三点,骗你的。"孙舞阳挣脱手,吃吃地笑。"现在还只两点,还有三十分钟呢。我是讨厌这瘦黄脸的人,要他早走。"

"象朱民生那样小白脸,你才欢喜;是不是?"林子冲打抱不平地说。

孙舞阳不回答,唱着"起来!饥寒交迫的奴隶",在房间里团团转地跳。她的短短的绿裙子飘起来,露出一段雪白的腿肉和淡红色短裤的边儿。林子冲乘她不备,从身后把她拦腰抱住了。孙舞阳用力一摔,两个人几乎都滚在地上。史俊拍起手来大笑了。

"林子冲你这孩子,多么坏!"孙舞阳微怒地说。

"你知道外边人怎样说来?"林子冲还在笑,"他们说:孙舞阳,公妻榜样!"

"呸!封建思想。史俊,这里的妇女思想很落后,停刻你到妇协的茶话会就知道了。你看,我在这里,简直是破天荒。"

"不做点破天荒给他们看看,是打破不了顽固的堡垒的。"史俊说的很用力。

"但是朱民生只是一个无聊的胡涂虫!"林子冲冷冷地说。

孙舞阳还在团团转地跳,听得这一句话,立刻煞住脚转身问道:"朱民生怎样?我也知道他是个胡涂虫。不过因为他象一个女子,我有时喜欢他。你妒忌么?我偏和他亲热些。你管不了我的事!"

她又跳着,接下去唱"到明天——"了。

"不管你的事!但是,小姐,你还跳什么?我们该到妇女协会去了。"

林子冲这话提起了史俊的躁急的老脾气,他立逼着孙舞阳一同走了;虽然孙舞阳再三说:"时间还早。"

妇女协会的茶会是招待史特派员的,县党部委员们是陪客。照例地过去,没有意外。茶会后时间尚早,孙舞阳请方罗兰和史俊到她房里坐坐。方罗兰略一迟疑,也就欣然遵命了。

这是一间狭长的小厢房,窗在后面;窗外是一个四面不通的小院子,居然也杂栽些花草。有一棵梅树,疏疏落落开着几朵花。墙上的木香仅有老干;方梗竹很颓丧地倚墙而立,头上满是细蜘网。这里原是什么人的住宅,被作为"逆产"收了来,现在妇女协会作了会所。房里的家具大概也是"逆产",很精致;孙舞阳的衣服用具就杂乱地放着。方罗兰在靠窗的放杂物的小桌旁坐下,就闻得一阵奇特的香。他忍不住吸着鼻子,向四下里瞧。

"你找什么?"孙舞阳问。

"我嗅着一种奇怪的香气。"

"咦,奇了。我素来不用香水的,你嗅我的衣服就知道。"

方罗兰一笑,到底没曾嗅衣服,就和史俊谈起妇女协会来了。他们同声地惋惜妇女运动太落后;因为县城里女学生不多,而且大都未成年,女工是没有的,家庭妇女则受过教育的太太们尚且不大肯出来,余者自不用说。

方罗兰突然想到自己的不大肯出来的太太,便象做了丑事似的不安起来。幸而谈话亦就换了方向,又谈到县党部方面去了。史俊以为县党部不健全,只看没有女子担任妇女部长,便是老大一个缺点。方罗兰也以为然,他说:

"下月初,县党部应当改选了。那时可以补救。"

"有相当的人才么?"史俊问。

"我想起一个人来了,"孙舞阳说,"便是张小姐。"

史俊还没开口,方罗兰看着孙舞阳说:

"你看来张小姐能办党么?她为人很精细,头脑也清楚。但党务从没办过。我以为最适当的人选还是你自己。"

孙舞阳笑着摇头。

"那一个张小姐?今天她到会么?"史俊着急地问。

孙舞阳正要描写张小姐的状貌和态度,忽然外边连声叫"史先

生"了,史俊双手把头发往后一掀,跳起来就走;这里,方罗兰看着孙舞阳,又问道:

"舞阳,你为什么不干妇女部?"

"为的干了妇女部,就要和你同一个地方办事。"

方罗兰听着这婉曼而有深意的答语,只是睁大了眼发怔。

"我知道为了一块全无意义的手帕,你家庭里已经起了风波。你大概很痛苦罢?我不愿被人家当作眼中钉,特别不愿憎恨我的人也是一个女子。"

孙舞阳继续着曼声说,她的黑睫毛下闪着黄绿色的光。

"你怎么会知道这些事的?"

方罗兰发急地问,又象被人家发见了自己的丑事似的,十分忸怩不安了。

"是刘小姐告诉我的。自然,她也是好意。"

方罗兰低了头不响;他本以为孙舞阳只是天真活泼而已,现在才知道她又是细腻温婉的,她有被侮蔑的锐敏的感觉。

他昂起头再看孙舞阳时,骤然在她的眼光中接着了委屈幽怨的颤动;一种抱歉而感谢的情绪,立即浮上他的心头。他觉得孙舞阳大概很听了些不堪的话,这自然都是从方太太那天的一闹而滋蔓造作出来的,而直接负责任的便是他自己:这是他所以抱歉的原因。然而孙舞阳的话里又毫无不满于方罗兰之意,"你大概很痛苦罢?"表示何等的深情!他能不感谢么?严格地说,他此时确已发动了似乎近于恋爱的情绪。因为他对孙舞阳觉得抱歉感谢,不免对于太太的心胸窄狭,颇为不满了。

"这件事,只怪梅丽思想太旧!"方罗兰神思恍惚地说,"现在男女同做革命事业,避不了那么许多的嫌疑。思想解放的人们自然心里明白。舞阳,你何必把这些事放在心上呢?"

孙舞阳笑了笑,正要回答,史俊又匆匆地跑进来了;他抓得了他的呢帽合在头上,一面走,一面说:"有人找我去,明天再见。"方罗兰站了起来,意思是送他,却见孙舞阳赶到门边,唤住史俊,低声说了几句。方罗兰转身向窗外的小院子里看了一看,伸个懒腰,瞥见小桌子上一个黄色的小方纸盒,很美丽惹眼;他下意识地拿起来,猛嗅着一股奇香,正是初进房时嗅到的那种香气,正是那纸盒里发出来的。

"你说不用香水,这不是么?"

方罗兰回头对正向他身边走来的孙舞阳说。

孙舞阳看着他,没有回答,只是怪样地笑。

方罗兰拿起纸盒再看,纸盒面有一行字——Neolides-H. B. ① 也不明白是什么意思,揭开盒盖,里面是三枝玻璃管,都装着白色的小小的粉片。

"哦,原来是香粉。"方罗兰恍然大悟似的说。

孙舞阳不禁扑嗤地一笑,从方罗兰手里夺过了纸盒,说道:

"不是香粉。你不用管。难道方太太就没用过么?"

她又是一笑,眼眶边泛出了淡淡的两圈红晕。

方罗兰觉得孙舞阳的手指的一触,又温又软又滑,又有吸力;异样的摇惑便无理由地击中了他……

天快黑时,方罗兰从妇女协会回家。他自以为对于孙舞阳的观察又进了一层,这位很惹人议论的女士,世故很深,思想很彻底,心里有把握;浮躁、轻率、浪漫,只是她的表面;她有一颗细腻温柔的心,有一个洁白高超的灵魂。老实说,方罗兰此时觉得常和孙舞阳谈谈,不但是最愉快,并且也是最有益了。

但孙舞阳正忙着陪伴史俊到各处走动——视察。这位特派员到处放大炮,"激动革命的热情",直到指导过了县党部的改选,方才回省。此次改选值得特书的是:胡国光被选为执行委员兼常务,张小姐被选为执行委员兼妇女部长。两人都是史俊以特派员资格提出来通过的。

---

① Neolides-H. B. ,一种避孕药,当时的新派人物都喜用之。

临动身时，史俊特到妇女协会给孙舞阳告别。本来他天天见着孙舞阳，今天上午整理行装时，孙舞阳也在他房里，似乎这告别是不必要的，然而惜别之感，即在伉爽大炮如史俊，亦不能免，所以在最后五分钟，他要见一见孙舞阳。

不料孙舞阳不在妇女协会，也没有人知道她到那里去了。史俊惘然半响，猛然醒悟，心里说："她大概先到车站了。"

他匆匆地就往回走。挟着春的气息的南风，吹着他的乱头发；报春的燕子往来逡巡，空中充满了它们的呢喃的繁音；新生的绿草，笑眯眯地软瘫在地上，象是正和低着头的蒲公英的小黄花在绵绵情话；杨柳的柔条很苦闷似的聊为摇摆，它显然是因为看见身边的桃树还只有小嫩芽，觉得太寂寞了。

在这春的诗境内，史俊敞开大步急走。他是个实际的人，这些自然的诗意，本来和他不打交道，可是此时他的心情实在很可以说近乎所谓感伤的。他不是一个诗人，不能写一首缠绵悱恻的"赠别"，他只赤裸裸地感到：要和孙舞阳分别了，再不能捏住她的温软的手了。他就觉得胸膈闷闷的不舒服。

一片花畦，出现在史俊眼前了。他认得这是属于旧县立农业学校的。他想，快出城了，车站上大概有许多人等着，而孙舞阳也在内。他更快地走。刚转过那花畦的护篱，眼角里瞥见了似乎是女子的淡蓝的衣角的一飘。他不理会，照旧急步地走。但是十多步后，一个过去的印象忽然复活在他的记忆上：今天上午他见孙舞阳正穿的淡蓝衣裙。他猛然想到大概是舞阳在这里看花。他立刻跑回去，从新走完了那镶着竹篱的短短的一段路。淡蓝衣角是没有，浅而小的花畦里并没一些曾有人来的痕迹，除了一堆乱砖旁新被压碎的一丛雏菊。

花畦后身的小平屋里原象还有人，可是史俊不耐烦看，早又匆匆地走了。

车站上确有许多人候着。都和史俊招呼，问这问那。胡国光也在，他现在有欢送人的资格了。方罗兰和林子冲，在一处谈话。似乎一切人都在这里了,然而没有浅蓝衣裙的孙舞阳。

史俊走近了方罗兰,听得林子冲正在谈论省里的近事。

"已经决裂了么?"史俊忙追问。

"虽然还没明文,决裂是定了。刚接着电报,指示今后的宣传要点,所以知道决裂是定了。"林子冲眉飞色舞地讲。"我们以后要加倍努力农民运动。"

"说起农民运动,困难真多,"方罗兰说,"你们知道土豪劣绅最近破坏农运的方法么?他们本来注重在'共产'两字上造谣,现在他们改用了'共妻'了。农民虽穷,老婆却大都有一个,土豪劣绅就说进农协的人都要拿出老婆来让人家'共',听说因此很有些农民受愚,反对农协了。"

三个人都大笑。

"有一个方法。我们只要对农民说,'共妻'是拿土豪劣绅的老婆来'共',岂不是就搠破了土豪劣绅的诡计么?"胡国光很得意地插进来说。

史俊大为赞成。方罗兰迟疑地看了他一眼,不说什么。

胡国光还要发议论,可是汽笛声已经远远地来了;不到三分钟,列车进了月台,不但车厢顶上站满了人,甚至机关车的水柜的四旁也攀附着各式各样的人。

史俊上了车,才看见孙舞阳姗姗地来了,后面跟着朱民生。大概跑急了,孙舞阳面红气喘,而淡蓝的衣裙颇有些皱纹。

当她掣出手帕来对慢慢开动的列车里的史俊摇挥时,手帕上飘落了几片雏菊的花瓣,粘在她的头发上。

七

送行的一群人中,没有陆慕游;当时大家都不觉得,便是胡国光的意识上也只轻轻地一瞥,随即消灭。他现在已是党国要人,心上大事正多,这些琐屑常常被忽略了。陆慕游并不是荒唐到忘记了欢送特派员,乃是他被一件更重要的事勾留了身,抽不出空儿来。

原来史俊找不着孙舞阳,不胜惆怅的时候,陆慕游却正满意地了却一桩心事:他把那垂涎已久的孤孀弄到了手了。

在这件事上,陆慕游却不能不感谢那和他一样是商民协会委员的赵伯通。史俊解决了店员问题后,赵伯通被推为善后委员,职务是调查请求准予歇业的商店的实在情形,以凭核办。赵伯通便拉了陆慕游来帮忙。素来热心公事的陆慕游自然是乐于效劳的,何尝想得到此中还关牵着他自己的"幸福"。在着手调查之后,陆慕游方才知道他所想念的孤孀有一爿小布店也在请求歇业之中。

陆慕游在那条冷僻小街的一家钉着麻布条的大门下,看见这位漂亮的少妇一身孝服半遮半露的站在门边偷看行人,还是两个月以前的事。当时他有要事在身,确是看了一眼就走过;接着又是商民协会选举,又是店员风潮,多少大事逼得陆慕游几乎把这瞥见一次的少妇忘记了。那天,为了尽瘁党国,他第二次走进那条小街,却正站在麻布条的大门下,他方才联想到手里要调查的小布店的业主,却原来正在这家门内,而且应声而出的,也正是这个一身素衣的少妇。

这人家的底细是:除了那已死的丈夫,没有男子,除了老年的婆婆,就没有别的亲人;如此有利的环境,难道还不能成事么?

所可虑的,是对手或者不同意;但是陆慕游知道一句颠扑不破的恋爱哲学:女人会爱上唯一的常常见面的男子。常常见面很不难,本来要调查。

史俊回省的一天,陆慕游居然大功告成。

这样容易,一半是他能够坚持他的恋爱哲学的缘故,又一半却因为他手操着批准歇业的大权,而这一武器,对于那正在请求歇业的这个小布店的女主人,是一种引诱,又是一种要挟。

事后,陆慕游才知道妇人娘家姓钱,小名素贞,出嫁不满一年,才只二十四岁,却颇有心计。

因此陆慕游的困难倒又跟着来了。当他第三次去幽会时,那妇人就催他赶快设法,拔她脱离这招人议论的地位。因此他又找胡国光商量办法。

他们在县党部的客室里会见了,胡国光口衔香烟,闭着眼听完了陆慕游的自白以后,笑着说:

"怪不得那天车站上不见你,原来你办了一件大事了。前面最难的一段,你已经办了,目前不过要大家承认事实而已,有什么为难?现在的世界,娶一个再来人也不算奇怪;你发一个请帖,我们大家扰你一顿,岂不是完了么?"

"不是的。"陆慕游摇着头,"素贞说,她的夫家有几房远族,自从去年她丈夫死后,就来争夺遗产;她和他们狠狠地闹了几场,方才只承继进一个孩子来,而财产仍归她掌握。现在她若彰明昭著地再嫁,便不能不交出财产来,她舍不得。"

"那就不必经过名义了。你又没老婆,无拘无束;你尽管明来暗去,谁管得了你呀!"

"这又不行。素贞说她的本家很厉害,常常侦察她的行动,想抓得个把柄,就夺了她的财产。我进出久了,她的本家一定要晓得的。"

"据这么说,事情确有几分困难。"

胡国光摸着他的短须,沉吟着说。他想了一刻,忽然叫道:

"有了。你先去找她的本家,威吓一下,看是什么光景。先做了这一步,再作计较。"却又不怀好意地笑了起来,"改日有空儿,还要认认新夫人呢。哈,哈。"

在笑声中,陆慕游和胡国光分别,自去安排他的事情。胡国光走进了常务委员办公室,心里想:陆慕游居然有这一手,本来他的脸儿长得不错,仅仅不及朱民生,无怪其然。他对一面大镜子照了一照,自己觉得扫兴。但转念一想,自己正走好运,大权在握,何愁弄不到个把女人? 想到这里,他不禁微笑着走到公事桌边,低了头便办公事。

八

陆慕游作事固然荒唐,但委实是"春"已来了。严冬之象征的店员风潮,已经过去了;人人从紧张,凛冽,苦闷的包围中松回一口气来,怡怡然,融融然,来接受春之启示了。

在渐热的太阳光照射下的各街道内,太平景象的春之醉意,业已洋洋四溢。颈间围着红布的童子团,已经不再值勤,却蹲在街角和一些泥面孩子掷钱赌博。他们颈间的红布已经褪色,确没有先前那样红得可怖了。蓝衣的纠察队呢,闲到没有事做,便轮替着告假,抱了自己的孩子在街头彳亍。挺着怪样梭标的朋友们早已不见。这使得街头的野狗也清闲得多,现在都懒散地躺在那里晒太阳了。

春的气息,吹开了每一家的门户,每一个闺闼,每一处暗陬,每一颗心。爱情甜蜜的夫妻愈加觉得醉迷迷地代表了爱之真谛;感情不合的一对儿,也愈加觉得忍耐不下去,要求分离了各自找第二个机会。现在这太平的县里的人们,差不多就接受了春的温软的煽动,忙着那些琐屑的爱,憎,妒的故事。

在乡村里,却又另是一番的春的风光。去年的野草,不知在什么时候,已经重复占领了这大地。热蓬蓬的土的气息,混着新生的野花的香味,布满在空间,使你不自觉地要伸一个静极思动的懒腰。各种的树,都已抽出嫩绿的叶儿,表示在大宇宙间,有一些新的东西正在生长,一些新的东西要出来改换这大地的色彩。

如果"春"在城里只从人们心中引起了游丝般的摇曳,而在乡村中却轰起了火山般的爆发,那是不足为奇的。

从去年腊尾,近郊南乡的农民已经有农民协会。农民果然组织起来了,而谣言也就随之发生。最初的谣言是要共产了,因为其时农协正在调查农民的土地。但这谣言随即变而为"男的抽去当兵,女的拿出来公"。所以南乡的农民也在惶惑中度过了旧年节。其间还发生了捣毁农协的事情,有劳县农协派了个特派员王卓凡下乡查察。

事情是不难明白的:放谣言的是土豪劣绅,误会的是农民。但是你硬说不公妻,农民也不肯相信;明明有个共产党,则产之必共,当无疑义,妻也是产,则妻之竟不必公,在质朴的农民看来,就是不合理,就是骗人。王特派员卓凡是一个能干人,当然看清了这点,所以在他到后一星期,南乡农民就在烂熟的"耕者有其田"外,再加一句"多者分其妻"。在南乡,多余的或空着的女子确是不少呀:一人而有二妻,当然是多余一个;寡妇未再醮,尼姑没有丈夫,当然是空着的。现在南乡的农民便要弥补这缺憾,将多余者空而不用者,分而有之用之。

在一个晴朗的下午,大概就是陆慕游自由地"恋爱"了素贞以后十来天,南乡的农民们在土地庙前开了一个大会。王卓凡做了临时主席,站在他面前的是三个脸色惊惶的妇女。其中一个穿得较为干净的,是土豪黄老虎的小老婆;今天早晨五点钟模样,农民们攻进了黄老虎的住宅,她正躲在床角里发抖。

现在这十八岁的少女睁大了圆眼睛,呆呆地只管看着四周围的男子。她知道此来是要被"公"了,但她的简单的头脑始终猜不透怎样拿她来"公"。她曾经看见过自己的丈夫诱进一个乡姑娘来强奸的情形。然而现在是"公",她真不明白强奸与"公"有什么不同,她不免焦灼地乱想,因而稍稍惊恐。

还有两个,一个是将近三十岁的寡妇,神气倒很坦然,似乎满知道到这里来是怎么一回事。又一个是前任乡董家的婢女,也有十七八岁了,她和土豪的小老婆正是同样的惊惶,然而多带些好奇的意味。

农民们只是看着,嚷着,笑着,象是等待什么。

后来在一阵狂笑与乱嚷中,又带进了两个尼姑,浑身发抖,还不住口地念"阿弥陀"。嘈杂的人声渐渐低下来,王卓凡提高了嗓子喊道:

"只有五个女人,不够分,怎么办呢?"

于是争论起来了;不下于叫骂的争论,延长了许多时间。最后,大家有些嚷得喉痛了,便决定了抽签的方法。凡是没有老婆的农民都有机会得一个老婆。五个女人中间比较漂亮的土豪的小老婆,属于一个癞头的三十多岁的农民。

但是土豪的小老婆忽然哭起来,她跳着脚,发狂似的嚷道:

"我不要!不要这又脏又丑的男子!"

"不行!不行!抽签得的,她做不了主!"

许多仗义的人们也大嚷而特嚷地拥护癞头的既得权。

"不行,不行!癞头不配!不公平!"

人圈子的最外层忽然也起了咆哮的反对声。这立刻成为听不清楚的对骂,接着就动了武,许多人乱打在一堆。喊声几乎震坍了土地庙。王卓凡不知道是怎么一回事,只把指挥梭标队的哨子乱吹。

梭标队到底建立了戡乱的伟功,捉住了三四个人,都带到王卓凡的面前。

一个带着梭标,左臂上有一小方红布为记的长大汉子对王卓凡说:

"不用审问。我们认识这一伙王八蛋是村前宋庄的人。我们伤了七八个。"

"你老子正是。我们夫权会要杀尽你们这伙畜生野种!"

俘虏中的一个,很倔强,睁圆了眼,直着喉咙这么嚷骂。

大家都知道宋庄有一个夫权会,很和这里的农协分会作对;"原来又是他们捣乱!"四周的人那一阵嚷骂,象暴风雨似的罩下来,非常可怕。接着,杠子,土块,石头,都密集在俘虏身上了。大概也不少误中了自己的人。王卓凡看情形不对,一面指挥梭标队带俘虏回去,一面就转移众人的视线,高呼"到宋庄打倒夫权会去!"这个策略立刻奏效,土地庙前的一群人立刻旋风似的向村前滚去。

那一群人赶到宋庄时,已经成了一千多人的大军;这是因为梭标队已经闻警全队而来,而沿路加入的农民亦不少。没有警备的宋庄,就无抵抗地被侵入了。人们都知道夫权会的首要是那几个,会员是那些人,就分头包抄,几乎全数捉住。吃了"排家饭"后,立刻把大批的俘虏戴上了高帽子,驱回本乡游行,大呼"打倒夫权会!"待到许多妇女也加入了游行队伍的时候,呼喊的口号便由她们口里喊出来成为:

"拥护野男人!打倒封建老公!"

这个火山爆发似的运动,第三天就有五种以上不同的传说到了县里。县党部接到王卓凡的详细正式报告,却正是胡国光荣任常务委员后的第十五日,也正是陆慕游在那里枝枝节节地解决孀妇钱素贞的困难地位的时候。

胡国光看了那报告,不禁勃然大怒,心里说:"这简直就是造反了!"他想起了自己的金凤姐。但是,由金凤姐,他又想起了另一件事。这便是儿子阿炳近来更加放肆了。

"哼,这小子,没有本事到外边去弄一个进来,倒在老子嘴里扒食吃!"胡国光恨恨地在心里骂着。但一转念,他又觉得南乡农民的办法,"也不无可取之处",只要加以变化,自己就可以混水摸鱼,择肥而噬。他料想方罗兰他们是不会计算到这些巧妙法门的,正好让他一人来从容布置。

事实也正是如此,党部里其余的委员看见了这一纸报告,并不能象胡国光那样能够发生出"大作为"来,他们至多不过作为谈助而已;便是方罗兰也只对妇女部长张小姐说了这么一句话:

"妇女部对于这件事有什么意见?纠正呢,还是奖励?"

"这是农民的群众行动。况且被分配的女子又不来告状,只好听其自然了。"

正忙着筹备"三八"妇女节纪念大会事务的张小姐也只淡淡地回答。所以这件事便被人们在匆忙与大意中轻轻地放过去了。再过一二天,就没有人在党部里谈起,只有胡国光一个人在暗中准备。

但是在县城的平静的各街道上,这事件便慢慢成了新的波动的中心。有许多闲人已经在茶馆酒店高谈城里将如何"公妻",计算县城里有多少小老婆,多少寡妇,多少尼姑,多少婢女。甚至于说,待字的大姑娘,也得拿出来抽签。这一种街谈巷议,顷刻走遍了四城门。终至深伏在花园里的陆三爹也知道了。这是钱学究特地来报告的;不用说,他很替陆慕云小姐着急呢。

"南乡的事是千真万确的,城里的谣言也觉可虑;府上还是小心为是。"

钱学究最后这么说,便匆匆走了;他似乎是不便多坐,免得延搁了陆三爹父女打点行装的工夫。陆三爹纵然旷达,此时也有些焦灼,他立刻进内把钱学究的报告对女儿学说了一遍,叹气道:

"钱老伯的意思,危邦不居,劝我们远走高飞。只是滔滔者天下皆是,到那里去好呢!况且祖业在此,一时也走不脱身。"

陆小姐低了头想,眼光注在脚尖;她虽然不是学校出身的新女子,却是完完全全的天足,出门原也不成问题,但她总不大相信那些谣言,觉得父亲是过虑。

"父亲看来那些谣言会当真么?"陆小姐慢慢地说。"现在时事变化果然出人意外,但总还不离情理。南乡的事,那些打倒亲丈夫,拥护野男人的话头,果然离奇得可笑,但细想起来,竟也合乎情理。从前我们家的刘妈,说起乡下女子的苦处,简直比牛马不如。男人贪吃懒做,还要赌钱喝酒,反叫女人挣钱来养他,及至吃光用光,女人也没有钱给他使,他便卖女人。象这种的丈夫,打倒他也不算过分罢?父亲从前好象帮忙过这等的穷无所归的乡下女子。"

陆三爹微微点着头,但随即截住了女儿的议论,说:

"乡下的事,且不去管它;只是据钱老伯说,城里也要把妾婢孀妇充公,连未字女郎也要归他们抽签,这就简直是禽兽之行了!钱老伯特地来叫我们提防,他说的是危邦不居。"

"钱老伯自是老成远虑。刚才我说南乡的事也还近情理,也就有城里未必竟会做出不近情理的怪事的意思。妾婢孀妇充公,已经骇人听闻,未必成真;至于大姑娘也要归他们抽签,更其是无稽的谣言了。方太太的朋友张小姐,刘小姐,也都是未字的姑娘,难道也让他们抽签么?"

陆小姐说着,也不禁很妩媚地笑了。父亲摸着胡子,沉吟半晌,方才说:

"或许在你料中,自然最好。但当此人欲横流的时候,圣贤也不能预料将来会变出些什么东西。古人说的'天道','性理',在目下看来,真成了一句空话罢了。"

于是"危邦不居"的讨论,暂且搁起。陆三爹感时伤逝,觉得脑子里空空洞洞,而又迷惘,旧有的思想信仰都起了动摇,失了根据。但他是一个文学家,况又久与世事绝缘,不愿自寻烦恼。所以只爽然片刻,便又高兴起来,想作一首长诗以纪南乡之变。他背着手,踱出女儿的房间,自去推敲诗句。

陆小姐惘然望着老父的孤单的背影,无端落下几点眼泪来。她的感慨又与老父异趣。她是深感着寂寞的悲哀了。在平时,她果然不是愉快活泼的一类人,但也决非长日幽怨,深颦不语的过去的典型的美人;可是每逢她的父亲发牢骚,总勾起了她自己的寂寞的悲哀来。自幼在名士流的父亲的怀抱里长大的她,也感受了父亲的旷达豪放的习性;所以虽然是一个不出闺门的小姐,却没有寻常女孩儿家的脾气。她是个胸怀阔大,又颇自负的人。她未必甘于寂寞过了一生。然而县城里的固塞鄙陋,老父的扶持须人,还有一部分简单的家务,使她不能不安于这寂寞的环境。所以她听了父亲转述的谣言后,虽然从理性上判断其必无,以为避地是多事,但是感情上她何尝不渴望走出了这古老的花园,到一个新的环境。

然而陆慕云小姐的聪明的观察以为必无的事,在街道上却是一天比一天嚷得热闹了。加以"三八"妇女节大会上,代表妇女协会的孙舞阳的演说里又提到南乡的事,很郑重地称之为"妇女觉醒的春

雷","婢妾解放的先驱",并且又惋惜于城里的妇女运动反而无声无臭,有落后的现象;她说:

"进步的乡村,落后的城市,这是我们的耻辱!"

不但孙舞阳,老成持重著名的县党部妇女部长张小姐的演说,也痛论婢妾制度之不人道,为党义所不许,而当尼姑的女子也非尽出自愿,大都为奸人掠卖,尼庵之黑暗无异于娼寮。

这两位的话,仿佛就证实了谣言之有根。街谈巷议自然更盛,而满心想独建殊勋的胡国光也深恐别人捷足先得,便迫不及待地在最近的县党部会议中提出了他的宿构的议案了。这个议案,在胡国光是一举而两善备:解决了金凤姐的困难地位,结束了陆慕游和钱素贞的不明不白的问题。而他自己预想的大希望尚不在内。

各委员中间照例不能意见一致。因为胡国光虽然尚未采取街头舆论的未字女子也要抽签,并且他的全案中也没有抽签,但是他主张一切婢妾、孀妇、尼姑,都收为公有,由公家发配。陈中首先反对,以为如此办理,便差不多等于"公妻",适足以证实了土豪劣绅的谣诬。方罗兰也反对,以为"公家发配"违反了结婚自由的原则。最奇怪的,是张小姐也反对,这不能不使胡国光愤愤了。

"张同志也反对,很令人惊异。"他说,"那天'三八'节张同志演说,明明攻击妾婢制度非人道和尼姑伤风败俗。何以前后言行矛盾呢?"

"我的演说是在唤醒人们。我们希望以后不再有妾婢尼姑增添出来,并不主张目前多事纷更。况且收为公有既惹人议论,公家发配也违背自由,可知解放妾婢尼姑的实行方法,原很困难,不得不慎重办理。"

张小姐理直气壮地分辩。但胡国光讥笑她是"半步政策"。他说:

"走了半步就不走,我们何必革命呢?至于方法,自然应该从长讨论,可是原则上我不能不坚持我的主张。"

似乎"何必革命呢"这句话，很有些刺激力，而"半步政策"亦属情所难堪，所以林子冲和彭刚都站到胡国光一边了；方罗兰本来不是根本反对，也就有"可以讨论办法"的话，表示不复坚决反对。这么着，讨论的方向，便离开了"提案能否成立"而转到"执行的方法"，事实上已经是默许胡国光的提案了。

"公家发配，太不尊重女子人格；简直把女子仍作商品看待，万不可行。我主张替她们解除了锁链，还了她们的自由，就完了。"林子冲说。

方罗兰微微摇头，还没说话，张小姐已经发言反对了；她以为婢妾等还没有自由的能力，把她们解放了而即不管，还不是仍旧被人诱拐去作第二次的奴隶罢了；她提出一个主张是：

"已经解放的婢妾尼姑，必须先由公家给以相当的教育和谋生的技能，然后听凭她们的自愿去生活。"

大家觉得办法还妥当，没有异议。但是孀妇应否解放，以及一切婢妾是否都无条件地解放，又成了争执的焦点。胡国光极力主张孀妇也须解放，理由是借此打破封建思想。辩论了许久，大家觉得倦了，于是议案就决定如下：

——婢，一律解放；妾，年过四十者得听其仍留故主之家；尼姑，一律解放，老年者亦得听其自便；孀妇，年不过三十而无子女者，一律解放，余听其自便。

又决定了"本案委托妇女部会同妇女协会先行调查，限一星期竣事；其应解放之妇女即设解放妇女保管所以收容之"。一件簇新的事业便算是办好了。"解放妇女保管所"这名目，本来还有人嫌不妥，但争论了半日，头脑都有些发胀的委员们实在不能再苦想，此等小节，就不再事苛求，任其"解放妇女""保管"算了。

当下最得意的，自然是胡国光。会议散后，他立刻到孀妇素贞的家里找陆慕游；这地方，现在不但是陆慕游白天的第二个家，胡国光也是每天必到一次的。这是午后三点钟光景，那三间平屋的正中一间作为客厅用的,静悄悄地只有一只猫歪着头耸起耳朵蹲在茶几上。朝外的天然几上有一个瓷瓶,新插了桃花的折枝。陆慕游的帽子就倒翻着躺在瓶边。

胡国光回到院子里,向右首一间屋的玻璃窗内窥视;窗上遮了白洋纱,看不见房里的情形,但仿佛有人影摇动,又有轻微的笑声。胡国光心下已经恍然明白,便想绕到客厅后从右侧门闯进去,吓他们一下。他刚进了客厅后壁的套门,右房里的人已经听得声音,发出了"客厅里是谁呀"的女子的慌张的叩问声音。

"是我。胡国光。"

他看见右房的侧门也关着,便率直地回答了。过一会儿,陆慕游踱了出来。胡国光笑嘻嘻地喊道:

"慕游,你倒乐呢!白天就——"

陆慕游一阵狂笑打断了话头。素贞也出来了;脸上红喷喷不让于厅里的桃花。黑而长的头发打一条大辫子,依然很光滑,下身是大裤管的花布夹裤,照例没穿裙子。她招呼胡国光喝茶吸烟,象一个能干的主妇。但当两个男子谈到了"解放孀妇",她笑着跑进右边的房里去了。

"这么说,我的事情就解决了。前天她的本家还来和我噜苏,被我一顿话吓退了,现在是更不怕了。国光兄,感谢不尽。我们家,没有婢女,也没有小老婆;只是国光兄,府上的金凤姐却怎么办呢?"

陆慕游很关切地问。他确不知道金凤姐在胡府上是什么地位,猜想起来,大概是婢妾之间罢了。

"金凤姐么?"胡国光坦然回答。"她本是好人家女儿,那年乡下闹饥荒,贱内留养下来的。虽然帮做些家里的杂务,却不是婢女。现在她和我的儿子要自由恋爱,我就据实呈报便了。还有个银儿,本是雇佣性质,是人家的童养媳。"

这样把金凤姐和银儿都布置好了,是胡国光的预定计划。

"好了。时候不早,我们上聚丰馆吃夜饭去,是我的东。"

陆慕游请胡国光吃饭,早已极平常,但此次或许有酬功之意。

"不忙。还有一件事呢。那解放妇女保管所内自然要用女职员,最好把素贞弄进去。可是我不便提出来。你去找朱民生,托他转请孙舞阳提出来;是妇女协会保举,便很冠冕,一定通得过。此事须得即办,你立刻找朱民生去,我在这里等候回音。"

"一同去找朱民生,就同到聚丰馆去,不是更好么?"

"不,我不愿见孙舞阳。我讨厌她那不可一世的神气。"

"朱民生近来和孙舞阳不很在一处了,未必就会碰着她;还是同去走走罢!"陆慕游仍是热心地劝着。

"不行,不行。"胡国光说的很坚决。"有我在旁,你和朱民生说话也不方便。"

"好罢。你就在这里等着。"

"不忙。"胡国光忽又唤住了拿起帽子将走的陆慕游。"你说朱民生近来不很和孙舞阳在一处,难道他们闹翻了么?"

"也不是闹翻。听说是孙舞阳近来和方罗兰很亲密,朱民生有些妒意。"

胡国光鼻子里"哼"了一声,也不说什么,他自然有些眼热,并且自从第一次拜访方罗兰碰了钉子后,他到如今还怀恨,总不忘找机会报复。

陆慕游走后,胡国光就进了客厅后的套门,在侧门口就遇着素贞。这漂亮的少妇正懒懒地倚在门边,象已经偷听了半天了。胡国光一把抓住了她的手,走进她的卧室,同时涎着脸说:

"你都听见了罢?我替你办的事好不好?"

"谢谢你就是了。"妇人洒脱了手,媚笑着回答。

"那么,你前天许我的事,几时——"

妇人第二次挣脱了胡国光的手,瞟着眼说:

"你呀——看你这馋相!"

九

十天过去了。这十天内,县党部的唯一大事便是解放了二十多个婢妾孀妇尼姑,都是不满三十岁的。解放妇女保管所也成立了,拨了育婴堂做所址。所长也委定了,就是妇女协会的忠厚有余的刘小姐。钱素贞做了该所的干事,算是直接负责者。

现在这县城里又是平静得象死一般了。县党部委员们垂拱无事。

方罗兰却烦恼着一些事——

这是因为方太太近来有些变态了;时常沉闷地不作声,象是心上有事。在方罗兰面前,虽然还是照常地很温柔地笑着,但是方罗兰每见这笑容,便感到异样地心往下沉。他觉得这笑容的背面有深长的虚伪与勉强。他也曾几次追问她有什么不快,而愈追问,她愈勉强地温柔地笑着,终于使得方罗兰忍不住笑里的冷气,不敢再问。他们中间,似乎已经有了一层隔膜;而这隔膜,在方太太大概是体认得很明白,并且以为方罗兰也是同样地明白,却故意假装不曾理会到,故意追问她沉闷的原因,所以她愈被问,愈不肯说。

至于方罗兰呢,他自信近来是照常地对待太太,毫无可以使她不快之处,不但是照常,他自问只有更加亲热,更加体贴。而所得的回答却是冷冰冰的淡漠。他偎着的,是没有真诚的喜气没有情热的血在皮下奔流的脸;他拥抱她,但是她,象戏台上的演员履行不可少的职务似的应酬着;象一只很驯顺然而阴沉地忍受人们的捉弄的猫,她摊开了两手,闭着眼,象一个小学生受到莫名其妙的责罚似的,接受方罗兰的爱抚,没有热烈的反应。唉,她变了。为什么呢?方罗兰始终不明白,且也没有法子弄明白。

他偶尔也想到这或者就是爱的衰落的表示;但是他立即很坚决地否认了;他知道方太太没有爱人,并且连可以指为嫌疑的爱人都没有,她是没有半个男朋友的。至于他自己——难道自己还不能信任自己么?——的确没有恋爱的喜剧;除了太太,的确不曾接触过任何女子的肉体。

他更多地想到,这或者还是为了天地间有一个孙舞阳。但是他愈想愈不象,愈觉得是无理由的。他可以真诚地自白:他觉得孙舞阳可爱,喜欢接近她,常和她谈谈,这都是有的,但他决无想把孙舞阳代替了陆梅丽的意思。既然他对于孙舞阳的态度是不愧神明的,太太的冷淡就难以索解了。况且前次为了手帕,太太就开门见山地质问,并且继之以哭;那么,如果还有疑点,为什么又不说呢?为什么他屡次极温柔地追询,而始终毫无反应?况且前次说明了后,太太已经完全了解,他们的经久而渐渐平淡的生活不是经此小小波折而有了一时期新的热烈么?况且后来孙舞阳也到他家里见过方太太,谈得极融洽,方太太也在方罗兰面前说孙舞阳好;那时方太太毫没一点疑心,神情也不是现在这样冷,方罗兰记得这冷冰冰只是三五天内开始的,可是这三五天内——并且还是十多天以来,方罗兰在太太面前简直不曾提起过"孙舞阳"三个字呀!

太太的忽变常态,已足够方罗兰烦恼了;更可恶的是还有一两句谣言吹到他耳朵里,而这些谣言又是关于孙舞阳。大致是说她见一个,爱一个,愈多愈好,还有些不堪的详细的描写。方罗兰对于这些谣言是毅然否定的,他眼中的孙舞阳确不是那样的人。因而这些卑劣的谣言也使他很生气。

据这么说,方罗兰近来颇有些意兴阑珊,也是不足怪的了。

"五一"节前八天的下午,方罗兰闷闷地从县党部出来,顺脚便往妇女协会去;他近来常到妇女协会,但今天确有些事。刚才县党部的常务会议已经讨论纪念"五一"的办法,他现在就要把已决定的办法告诉孙舞阳。

孙舞阳正在写字,看见方罗兰进来,掷过了一个欢迎的媚笑后,就把写着的那张纸收起来。但当她看见方罗兰脸上的筋肉微微一

动,眼光里含着疑问,她又立刻将那张纸撩给他。这是一首诗:

> 不恋爱为难,
> 　恋爱亦复难;
> 　　恋爱中最难,
> 　　　是为能失恋!

"你欢喜这首诗么?你猜猜,是谁做的?"

孙舞阳说。此时她站在方罗兰的肩后,她的口气喷射在方罗兰的颈间,虽然是那么轻微,在方罗兰却感觉到比罡风还厉害,他的心颤动了。

"是你做的。好诗!"方罗兰说,并没敢回过脸去。

"嘻,我做不出那样的好诗。你看,这几句话,人人心里都有,却是人人嘴里说不出,做不到。我是喜欢它,写着玩的。"

"好诗!但假使是你做的,便更见其好!"

方罗兰说着,仍旧走到窗前的椅子上坐了。屋内只有这一对小窗,窗外的四面不通的院子又不过方丈之广,距窗五六尺,便是一堵盘满了木香花的墙,所以这狭长的小室内就只有三分之一是光线明亮的。现在方罗兰正背着明亮而坐,看到站在光线较暗处的孙舞阳,穿了一身浅色的衣裙,凝眸而立,飘飘然犹如梦中神女,令人陶醉,除了她的半袒露的雪白的颈胸,和微微颤动的乳峰可以说是带有一点诱惑性,此外,她是这样的圣洁,相对之下,令人秽念全消。方罗兰惘然想起外边的谣言,他更加不信那些谣言有半分的真实性。

他近来确是一天强一天地崇拜孙舞阳,一切站在反对方面的言论和观察,他都无条件地否认;他对于这位女性,愈体认愈发见出许多好处:她的活泼天真已经是可爱了,而她的不胜幽怨似的极刹那可是常有的静默,更其使他心醉。他和孙舞阳相对闲谈的时候,常不免内心的扰动,但他能够随时镇定下去。他对于自己的丈夫责任的极强烈的自觉心,使他不能再向孙舞阳走进一步。因此他坚信太太的冷淡绝不能是针对孙舞阳的;并且近来他的下意识的倾向已经成了每逢在太太处感得了冷淡而发生烦闷时,便到孙舞阳跟前来疗治。你可以说孙舞阳已经实际上成了方罗兰的安慰者,但这个观念并不曾显现在他的意识上,他只是不自觉地反复做着而已。

所以即使现在方罗兰留在孙舞阳的房里有一小时之久,也不过是随便谈谈而已,决没有意外的事儿。

但也许确是留得太久了的缘故,方罗兰感觉到走出孙舞阳的房间时,接受了几个人的可疑的目光的一瞥。这自然多半是妇协的小职员以及女仆之流。但其中一个可注意的,便是著名忠厚的刘小姐。

方罗兰闷闷地回去,闷闷地过了一夜。第二天午后他到县党部时,这些事几乎全已忘记了。但是张小姐忽请他到会客室谈话。他尚以为有党部里的事或别的公事,须要密谈,然而张小姐关上客室门后的第一语就使他一惊:

"方先生,你大概没有听得关于你的谣言罢?"

张小姐看见方罗兰脸色略变,但还镇静地摇着头。

"谣言自然是无价值的,"她接下说,"大致是说你和孙舞阳——这本是好多天前就有了的。今天又有新的,却很难听;好象是指实你和她昨天下午在妇女协会她的房里……"

张小姐脸也红了,说不下去,光着眼看定了方罗兰。

"昨天下午我在妇协和孙舞阳谈天,是有的事,没有什么不可以告人的。"

方罗兰用坚定的坦白的口音回答。

"我也知道无非谈谈而已,但谣言总是谣言,你自然想得到谣言会把你们说成了个什么样子。我也不信那些话。方先生,你的品行,素来有目共睹,谣言到你身上,不会有人相信,但是孙舞阳的名声太坏了,所以那谣言反倒有了力量了。我知道,无论什么谣言,外边尽自大叫大喊,本人大抵蒙在鼓里;此刻对你提起,无非是报告个消息,让你知道外边的空气罢了。"

方罗兰心里感谢张小姐的好意,但同时亦深不以她的轻视孙舞阳为然;她说"但是孙舞阳的名声太坏了",可知她也把孙舞阳看作无耻的女子了。方罗兰觉得很生气,忍不住替孙舞阳辩护了:

"关于孙舞阳个人的谣言,我也听得过,我就根本不相信。我敢断定,诬蔑孙舞阳的人们一定是自己不存好心,一定是所求不遂,心里怀恨,所以造出许多谣言来破坏她的名誉。"

这些话,方罗兰是如此愤愤地说的,所以张小姐也愕然了,但她随即很了然地一笑,没有说话。方罗兰完全不觉得自己的话已经在别人心上起了不同的解释,还是愤愤地说:

"我一定要查究谣言的来源!为了孙舞阳,也为了我自己。"

"也为了梅丽姊。"张小姐忍不住又说:"她近来的悒悒不乐,也是为此。"

果然是这方面来的风呀!方罗兰忽然高兴起来,他打破了太太的闷葫芦了。但转念到太太竟还是为此对自己冷漠,并且屡次询问而不肯说,可是对张小姐她们大概已经说得很多,这种歧视自己丈夫,不信任自己丈夫,太看低了自己丈夫的态度,实在是万分不应该的。想到这里,方罗兰又气恼,又焦灼,巴不得立刻就和太太面对面弄个明白。

和张小姐出了会客室后,方罗兰勉强看了几件公文,就回家去。他急于要向太太解释;不,"解释"还嫌太轻,他叫太太要明白些;也还不很对,他很以为应该要使太太知道她自己歧视丈夫,不信任丈夫,太看低了丈夫的错误;严格而言,与其说方罗兰回去向太太请罪,还不如说他要向太太"问"罪。

这便是方罗兰赶回家看见太太时的心情。方太太正和孩子玩耍,看见丈夫意外地早归,并且面色发沉,以为党部里又有困难问题发生了,正要动问,方罗兰已经粗暴地唤女仆来把孩子带去,拉了太太的手,向卧室走,同时说:

"梅丽,来,有几句要紧话和你谈一谈。"

方太太忐忑地跟着走。进了卧室,方罗兰往摇椅里坐下,把太太拥在膝头,挽住她的头颈问道:

"梅丽,今天你一定要对我说为什么你近来变了,对我总是冷冷的。"

"没有。我是和平常一般的啊。"方太太说,并且企图脱离方罗兰的拥抱。

"有的。你是冷冷的。为什么呢?什么事叫你不快活?梅丽,你不应该瞒着我。"

"好了。就算我是冷冷的,我自己倒不理会得。在我这面,倒觉得你是改变了。"

"嘿,不用再装假了。"方罗兰笑了出来。"我知道,你又是为了孙舞阳,是不是?"

方太太推开了抚到她胸前的方罗兰的手,她觉着丈夫的笑是刺心的;她只淡淡地回答:

"既然你自己知道,还来问我?"

"你倒和张小姐她们说。梅丽,你背后议论着我。"

方太太挣脱了被挽着的颈脖,没有回答。

"你不应该不信任我,反去信任张小姐;外边的谣言诬蔑我,你不应该也把我看得太低。孙舞阳是怎样一个人,你也看见过;我平日行动如何,你还不明白么?我对孙舞阳的态度,前次说得那样明白坚决,你还不肯相信。不信罢了,为什么问了你还是不肯说呢?梅丽,你这样对待丈夫,是不应该的!你歧视我,不信任我,看低了我,都是没理由,没根源的。你不承认你是错误了么?"

方太太的秀眼一动;从那一瞥中,看得出她的不满意,但她又低了头,仍没回答。

"你的吃醋,太没有理由了。依你这性儿,我除非整天躺在家里,不见一个女子,不离开你的眼。但是这还成话么?梅丽,你如果不把眼光放大些,思想解放些,你这古怪多疑的性儿,要给你无限的痛苦呢! 我到今天,才领教了你这性儿。但是,梅丽,从今天起,就改掉了这个性儿。你听我的话,你要信任我,不要再小心眼儿,无事自扰了。"

猛然一个挣扎,方太太从罗兰怀中夺出,站了起来。方罗兰的每一句话,投到方太太心上,都化成了相反的意义。她见方罗兰大处落墨地尽量责备她,却不承认自己也有半分的不是。她认定方罗兰不但不了解她,并且是在欺骗她。而况她在他的话里又找不出半点批评孙舞阳的话。他为什么不多说孙舞阳呢?方罗兰愈不提起孙舞阳,方太太就愈怀疑。只有虚心的人才怕提起虚心的事。方罗兰努力要使太太明白,努力要避去凡可使她怀疑的字句,然而结果是更坏。如果方罗兰大胆地把自己和孙舞阳相对时的情形和谈话,都详细描写给太太听,或者太太倒能了解些;可是方罗兰连孙舞阳的名儿都不愿提,好象没有这个人似的,那就难怪方太太要怀疑那不言的背后正有难言者在。这正是十多天来方太太愈想愈疑,愈疑愈象的所以然的原因。现在方罗兰郑重其事地开谈判,方太太本来预料将是一番忏悔,或是赤裸裸地承认确是爱了孙舞阳;忏悔果然是方太太所最喜,即使忏悔中说已经和孙舞阳有肉体关系,方太太大概也未必怎样生气,而承认着爱孙舞阳也比光瞒着她近乎尚有真心。然而结果什么也没有,仍只给了她一些空虚和欺伪,她怎能不愤愤呢?方太太虽是温婉,但颇富于贵族小姐的自尊心,她觉得太受欺骗了,太被玩弄了;她不能沉默了。她说:

"既然全是我的错误,你大可心安理得,何必破工夫说了那许多话呢? 我自然是眼光小,思想旧,人又笨,和我说话是没有味儿的。好了,方委员,方部长,你还是赶快去办公事罢。随我怎么着,请你不用管罢! 即使我真是发闷,也是闷我自己的,我并没对你使气,我还是做着你家里的为母为妻的事呢!"

说到最后一句,方太太忍不住一阵心酸,要落下眼泪来,但此时,狷傲支配了她全身,她觉得落泪是乞怜的态度,于是努力忍住了,退走着坐在最近的一张椅子里。

"梅丽,你又生气了。我何尝嫌你眼光小,思想旧呀!我不过说你那么着是自寻烦恼而已。"

方罗兰还是隔膜地分辩着,不着痛痒地安慰着;他走到太太身边,又抓住了她的手。方太太不动,也没有话,她心里想:

——你自然还没到嫌弃我的地步,现在只是骗我,把我当小孩子一般的玩弄。

方罗兰觉得如果不对太太温存一番,大概是不能解围的了。他把太太从椅子里抱起来,就去亲她;但当他接着那冰冷而麻木的两片嘴唇时,他觉得十分难过,比受这嘴唇的叱骂还难过些。他嗒然放了手,退回他的摇椅里。

暂时的沉默。

方罗兰觉得完全失败了,不但失败,并且被辱了。他的沉闷,化而为郁怒。但是方太太忽然问道:

"你究竟爱不爱孙舞阳?"

"说过不止一次了,我和她没关系。"

"你想不想爱她?"

"请你不要再提到她,永远不要想着她。不行么?"

"我偏要提到她:孙舞阳,孙舞阳,孙舞阳……"

方罗兰觉得这显然是恶意的戏弄了;他想自己是一片真心来和太太解释,为的要拔出她的痛苦,然而结果是受冷落受侮弄。他捺不住心头那股火气了,他霍地立起来,就要走。方太太却在房门口拦住,意外地笑着说:

"不要走。你不许我念这名儿,我偏要念:孙舞阳,孙舞阳!"

方罗兰眼里冒出火来,高声喝道:

"梅丽,这算什么?你戏弄我也该够了!"

方太太从没受过这样严厉的呵叱,而况又是为了一个女子而受丈夫的这样严厉的呵叱,她的克制已久的眼泪再也忍不住了,她的身子一软,就倚在床栏上哭起来。但这是愤泪,不是悲泪,立刻忿火把泪液烧干,她挺直了身体,对颇为惊愕的方罗兰说:

"好罢,我对你老实说:除非是孙舞阳死了,或者是嫁人了,我这怀疑才能消灭。你为什么不要她嫁人呢?"

方罗兰看出太太完全是在无理取闹了,他也从没见过她如此地不温柔;她是十分变了。还有什么可说呢?如果这不仅仅是一时的愤语,他们两人中间岂不是完了?方罗兰默然回到摇椅上,脸色全变了。

现在是方太太走到方罗兰跟前,看定了他的脸。方罗兰低了头,目光垂下。方太太捧住了方罗兰的脸,要他昂起头来看着她。同时她说:

"刚才你和我那样亲热,现在怎么又不要看我了?我偏要你看我。"

方罗兰用力挣脱了太太的手,猛然立起来,推开她,一溜烟地跑走了。

方太太倒在摇椅里。半小时的悲酸忿怒,一齐化作热泪泻出来。她再不能想,并且也不敢想,她半昏晕状态地躺着,让眼泪直淌。

方罗兰直到黄昏后十点钟模样才回来,赌气自在书房里睡了。

第二天,方罗兰九点才起身,不见方太太,他也不问,就出去了;又是直到天黑才回来,那时,方太太独自坐在客厅里,象是等候他。

"罗兰,今天是我有几句话要和你谈一谈了。"

方太太很平静地说。她的略带滞涩的眼睛里有些坚决的神气。

方罗兰淡然点头。

"过去的事,不必谈了;谁是谁非,也不必谈了;你爱不爱孙舞阳,你自己明白,我也不来管了。只是我和你中间的关系没有法子再继续下去了。我自然是个思想陈旧的人,我不信什么主义;我从前受的教育当然不是顶新的,但是却教给我一件事:不愿被人欺弄,不甘心受人哄骗。又教给我一件事：不肯阻碍别人的路——所谓'损人而不利己'。我现在完全明白，我的地位就是'损人而不利己'。我何苦来呢！倒不如爽爽快快解决了好。"

这分明是要求离婚的表示。这却使方罗兰为难了。他果然早觉到两个人中间的隔阂决不能消灭到无影无踪，然而他始终不曾想起离婚，现在也还是没有这个意思。这也并不是因为他尚未坚定地对孙舞阳表示爱，或是孙舞阳尚未对他表示，而是他的性格常常倾向于维持现状，没有斩钉断铁的决心。

"梅丽，你始终不能了解我。"

方罗兰只能这么含胡地表示了不赞成。

"或者正是我不能了解你。但是我很了解自己。现在我的地位是'损人不利己'，我不愿意。我每天被哄骗，我每天象做戏似的尽我的为妻为母的职务。罗兰，你自己明白，你能说不是么？"

"呵，我何尝欺骗你！梅丽！都是你神经过敏，心理作用。"

"可不是又来了。现在你还骗我。你每天到那里去，做什么事，我都知道；然而你不肯说，问你也不肯说。罗兰，你也是做着损人不利己的事，你也何苦来呢？"

"我找孙舞阳，都有正事；就是闲谈，也没有什么不可以告人的！"

太看低了他的感觉，又在方罗兰心上活动，他不能不分辩了。

"好了，我们不谈这个。我早已说，这是你的事，你自己明白，我也不必管了。目前我要和你说的，只是一句话：我们的关系是完了，倒不如老老实实离婚。"

方太太说这句话时，虽然那么坚决，但是她好容易才压住了心头的尽往上冒的酸辛；不肯被欺骗的自尊心挟住了她，使她有这么大的勇气。

"因为是你的不了解，你的误会，我不能和你离婚！"

方罗兰也说得很坚决。可惜他不知道他这话仅能加厚了"不了解"，添多了"误会"；方太太有一个好处是太狷傲，然而有一个坏处，也是太狷傲。所以方罗兰愈说她不了解，愈不肯承认自己也有半分的不是，方太太愈不肯让步。

方太太只冷笑了一声，没有回答。

"梅丽，我们做了许多年的夫妻，不料快近中年，孩子已经四岁，还听到离婚两个字，我真痛心！梅丽，你如果想起从前我们的快乐日子，就是不久以前我们也还是快乐的日子，你能忍心说和我离婚么？"

方罗兰现在是动之以情了。这确不是他的手段，而是真诚；他的确还没有以孙舞阳替代了太太的决心。

方太太心中似乎一动。但她不是感情冲动的人，她说要离婚，是深思的结果，所以旧情也不能挽回她目前的狷介的意志。

"过去的事，近来天天在我心里打回旋呢！"她说。"我们从前有过快乐的日子，我想起来就和昨天的事一样，都在眼前。但过去的终究是过去了，正象我今年已经二十八岁，不能再回到可纪念的十八。我近来常常想，这个世界变得太快，太出人意料，我已经不能应付，并且也不能了解。可是我也看出一点来：这世界虽然变得太快，太复杂，却也常常变出过去的老把戏，旧历史再上台来演一回。不过重复再演的，只是过去的坏事，不是好事。我因此便想到：过去的虽然会再来，但总是不好的伤心的才再来，快乐的事却是永久去了，永不能回来了。我们过去的快乐也是决不会再来，反是过去的伤心却还是一次一次地要再来。我们中间，现在已经完了，勉强复合，不过使将来多一番伤心罢了。过去的是过去了。"

方罗兰怔住了，暂时没有话；他见太太说的那样镇静，而且颇有些悲观的哲学意味，知道她不是一时愤激之言，是经过长时间的考虑的。他看来这件事是没法挽回的了。那么，就此离婚罢？他又决断不下来。他想不出什么理由，他只是感情上放不下。他惘然起立，在室中走了几步，终于站在太太面前，看着她的略带苍白然而镇定的脸说：

"梅丽，你不爱我了，是不是？"

"你已经是使我无法再爱。"

"咳,咳。我竟坏到这个地步么?"方罗兰很悲伤了,"将来你会发现你的完全误会。将来你的悔恨一定很痛苦。梅丽,我不忍,我也不愿,你将来有痛苦。"

"我一定不悔恨,不痛苦;请你放心。"

"梅丽,离婚后你打算怎样呢?"

"我可以教书自活,我可以回家去侍奉母亲。"

"你忍心抛开芳华么?"方罗兰的声音有些颤。

"你干革命不能顾家的时候,我可以带了去;你倘使不愿,我也不坚持。"

方罗兰完全绝望了。他看出太太的不可理喻的执拗来,而这执拗,又是以不了解他,不信任他,太看低了他为背景的。他明明是丈夫,然而颠倒象一个被疑为不贞的妻,即使百般恳求,仍遭坚决的拒绝。他觉得自己业已屈伏到无可再屈伏了。他相信自己并没错,而且亦已"仁至义尽";这是太太过分。他知道这就是太太的贵族小姐的特性。

"梅丽,我还是爱你。我尊重你的意见。但是我有一个要求:请你以朋友——不,自家妹妹的资格,暂时住在这里;我相信我日后的行为可以证明我的清白。我们中间虽然有了隔膜,我对你却毫无恶意,梅丽,你也不该把我看作仇人。"

方罗兰说完,很安闲地把两手交叉在胸前,等候太太的回答。

方太太沉吟有顷,点头答应了。

从那晚起,方罗兰把书房布置成了完全的卧室。他暂时不把陆梅丽作为太太看待;而已经双方同意的方陆离婚也暂不对外宣布。

假如男子的心非得寄托在一个女子身上不可,那么从此以后极短时期内方罗兰之更多往孙舞阳处,自是理之必然。但是他的更多去,亦不过是走顺了脚,等于物理学上所谓既动之物必渐次增加速率而已。他还是并没决定把孙舞阳来代替陆梅丽，或是有这意识。只有一次，他几乎违反了本心似的有这意识的一瞥。这是"五七"纪念会后的事。

五月是中国历史上纪念最多的一个月；从"五一"起，"五四"，"五五"，"五七"，"五九"；这一连串的纪念日，把一个自从"解放"婢妾后又沉静得象死一般的县城，点缀得非常热闹。许多激烈的论调，都在那些纪念会中倾吐；自然是胡国光的议论最激烈最彻底。一个月前，他还是新发见的革命家，此时则已成了老牌；决没有人会把反革命，不革命，或劣绅等字样，和胡国光三字联想在一处了。多事的五月的许多纪念，又把胡国光抬得高些；他俨然是激烈派要人，全县的要人了。方罗兰早有软弱，主意活动的批评，现在却也坚决彻底起来了；只看他在"五七"纪念会中的演说便可知道。

那时，方罗兰从热烈的鼓掌声中退下来，满心愉快。他一面揩汗，一面在人堆里望外挤，看见小学生的队伍中卓然立着孙舞阳。她右手扬起那写着口号的小纸旗，遮避阳光，凝神瞧着演说台。绸单衫的肥短的袖管，从高举的手膀上一直褪落到肩头，似乎腋下的茸毛，也隐约可见。

方罗兰到了她面前，她还没觉得。

"舞阳，你不上去演说么？"

方罗兰问。他在她旁边站定，挥着手里的草帽代替扇子。天气委实太热了，孙舞阳的额角也有一层汗光，而且两颊红得异常可爱。她猛回过头来，见是方罗兰，就笑着说：

"我见你下台来，在人堆里一晃就不见了。不料你就在面前。今天我们公举刘小姐演说，我不上去了。可恨的太阳光，太热；你看，我站在这里，还是一身汗。"

方罗兰掏出手巾来再擦脸上的汗，嘘了口气，说：

"这里人多，热的难受。近处有一个张公祠，很幽静，我们去凉一凉罢。"

孙舞阳向四面望了望,点着头,同意了方罗兰的提议。

因为有十分钟的急走,他们到了张公祠,坐在小池边以后,孙舞阳反是一头大汗了。她一面揩汗,一面称赞这地方。大柏树挡住了太阳光,吹来的风也就颇有凉意。丁香和蔷薇的色香,三三两两的鸟语,都使得这寂寞的废祠,流荡着活气。池水已经很浅了,绿萍和细藻,依然遮满了水面。孙舞阳背靠柏树坐着,领受凉风的抚摩,杂乱地和方罗兰谈着各方面的事。

"你知道解放妇女保管所里的干事,钱素贞,是一个怎样的人?"

在谈到县里的妇女运动时,孙舞阳忽然这么问。

"不知道。记得还是你们推荐的。"

"是的。当时是朱民生来运动的,我们没有相当的人,就推荐了。现在知道她是陆慕游的爱人,据刘小姐说,这钱素贞简直一个字也不认识。"

"朱民生为什么介绍她!"

"大概也是受陆慕游的央求;朱民生本来是个胡涂虫!奇怪的是陆慕游会有这么一个爱人。听说还是最近成实事。"

"恋爱,本来是难以索解的事。"

孙舞阳笑了。她把两手交叉了挽在脑后,上半身微向后仰,格格地笑着说:

"虽然是这么说,两人相差太远就不会发生爱情;那只是性欲的冲动。"

方罗兰凝眸不答。孙舞阳的娇憨的姿态,和亲昵的话语,摄住了他的眼光和心神了。他自己的心也象跳得更快了。

"我知道很有些人以为我和朱民生有恋爱——近来这些谣言倒少些了;他们看见一个女子和一个男子亲近些,便说准是有了爱,你看,这多么无聊呢?"

孙舞阳忽然说到自己;她看着方罗兰的脸,似乎在问:"你说恋爱本来难以索解,是不是暗指这个?"

听到这半自白半暗示的话,方罗兰简直心醉了,但想到孙舞阳似乎又是借此来表示对于自己的态度,又不免有些怅惘。然而他已经摇着头说:

"那些谣言,我早就不信!"

孙舞阳很了解地一笑,也不再说。

树叶停止了苏苏的细语,鸟也不叫。虽然相离有二尺多远,方罗兰似乎听得孙舞阳的心跳,看见她的脸上慢慢地泛出红晕。他自己的脸上也有些潮热了。两个人都觉得有许多话在嘴边,但都不说,等候着对方先开口。孙舞阳忽然又笑了,她站起来,扯直了裙子,走到方罗兰面前,相距不过几寸,灵活而带忧悒的眼光,直射进方罗兰眼里,射进心里;她很温柔地说:

"罗兰,近来你和太太又有意见,是不是?——"

方罗兰一下怔住了,苦笑着摇了摇头。

"你不必否认。你和太太又闹了,你们甚至要离婚,我全都知道——"

方罗兰脸色变了。孙舞阳却笑了笑,手按在方罗兰肩上,低声问道:"你猜想起,我知道了这件事,是高兴呢,还是生气?"

听了这样亲昵而又富于暗示性的话语,方罗兰的脸色又变了,而伴随着这番话送来的阵阵的口脂香,又使得方罗兰心旌摇摇。

孙舞阳似乎看透了方罗兰的心事,抿着嘴笑了笑,但随即收起笑容,拍一下方罗兰的肩膀,很认真地说:"我呢,既不高兴,也不生气。可是,罗兰,你的太太是一个上好的女人,你不应该叫她生气……"

方罗兰松了一口气,张嘴想要分辩,孙舞阳却不让他开口:

"你听我说哟!我也知道并不是你故意使她伤心,或者竟是她自己的错误,可是,你总得想法子使她快乐,你有责任使她快乐。"

"哎!"方罗兰叹了口气,又想开口,却又被孙舞阳止住了:

"为了我的缘故,你也得想法子使她快乐!"

这语气是这样的亲热,这语意又这样的耐人寻味,方罗兰忍不住浑身一跳。他伸手抱住了孙舞阳的细腰,一番热情的话已经到他嘴边,然而孙舞阳微笑着瞅了他一眼,便轻轻地推开他,而且象一个大姊姊告诫小兄弟那样说道:

"你们不能离婚。我不赞成你们离婚。你最能尊重我,或者你也是最能了解我,自然我感谢你,可是——"孙舞阳咬着嘴唇笑了笑,"可是,我不能爱你!"

方罗兰脸色又变了,身不由己似的退后一步,两眼定定地看着孙舞阳,那眼光是伤心,失望,而又带点不相信的意味。

"我不能爱你!"孙舞阳再说一遍,在"能"字上一顿,同时,无限深情地对方罗兰瞟了一眼,然后异样温柔地好象安慰似的又说:

"你不要伤心。我不能爱你,并不是我另有爱人。我有的是不少粘住我和我纠缠的人,我也不怕和他们纠缠;我也是血肉做的人,我也有本能的冲动,有时我也不免——但是这些性欲的冲动,拘束不了我。所以,没有人被我爱过,只是被我玩过。"

现在方罗兰的脸色变得更难看了,他盯住孙舞阳看,嘴唇有点抖。可是孙舞阳坦然地又接着说:

"罗兰,你觉得我这人可怕罢?觉得我太坏了罢?也许我是,也许不是;我都不以为意。然而我决不肯因此使别人痛苦,尤其不愿因我而痛苦者,也是一个女子。也许有男子因我而痛苦,但不尊重我的人,即使得点痛苦,我也不会可怜他。这是我的人生观,我的处世哲学。"

这一番话,象雷轰电掣,使得方罗兰忽而攒眉,忽而苦笑,终于是低垂了头。他心中异常扰乱,一会儿想转身逃走,一会儿又想直前拥抱这可爱而又可怕的女子。孙舞阳似乎看透了方罗兰这一切的内心的矛盾,她很妩媚地笑了笑,又款步向前,伸手抓住了方罗兰的满是冷汗的一双手,跟方罗兰几乎脸偎着脸,亲亲热热地,然而又象是嘲笑方罗兰的缺乏勇气,她用了有点类乎哄孩子的口吻,轻声说:

"罗兰,我很信任你。但我不能爱你。你太好了,我不愿你因爱我而自惹痛苦。况且又要使你太太痛苦。你赶快取消了离婚的意思,和梅丽很亲热地来见我。不然,我就从此不理你。罗兰,我看得出你恋恋于我,现在我就给你几分钟的满意。"

她拥抱了满头冷汗的方罗兰,她的只隔着一层薄绸的温软的胸脯贴住了方罗兰的剧跳的心窝;她的热烘烘的嘴唇亲在方罗兰的麻木的嘴上;然后,她放了手,翩然自去,留下方罗兰胡胡涂涂地站在那里。

十分钟后,方罗兰满载着苦闷走回家去。他心里一遍一遍念着孙舞阳的那番话语;他想把平时所见的孙舞阳的一切行动言论态度,从新细细研究。但是他的心太乱了,思想不能集中,也没有条理。只有孙舞阳的话在他满脑袋里滚来滚去。他已经失去了思考和理解,任凭火热的说不出的情绪支配着。这味儿大概是酸的,但也有甜的在内,当他想到孙舞阳说信任他又安慰他拥抱他的时候。

晚上,似乎头脑清明些了,方罗兰再研究这问题。可爱的孙舞阳又整个地浮现在他眼前,怀中温暖地还象抱着她的丰腴的肉体。虽则如此,他仍旧决定了依照孙舞阳的劝告。太太不肯了解,又怎么办呢?这本不是方罗兰要离婚,而是太太。孙舞阳显然没有明白这层曲折。太太不是说过的么?除非是孙舞阳死了,或是嫁了人,才能消灭她的怀疑。第一,死,原是难说的,但孙舞阳不象一时便会死;她一定不肯自杀,而城里也没有时疫。第二,嫁人呢,本来极可望,然而现在知道无望了,她决不嫁人。在先方罗兰尚以为太太的话不过是一时气愤,无理取闹,可是这几天他看出太太确有这个不成理由的决心。所以孙舞阳的好意竟无法实行,除非她肯自杀。

当下方罗兰愈想愈闷,不但开始恨太太,并且觉得孙舞阳也太古怪,也象是故意来玩弄他,和太太串通了来玩弄他。他几乎要决心一面和太太正式离婚,一面不愿再见孙舞阳。但是主意素来活动的他,到底不能这么决定。最后,他想得了一个滑稽的办法:请孙舞阳自己来解决太太的问题。

于是方罗兰象没事人儿似的睡了很安稳的一夜。

翌日一早,方罗兰就到了妇女协会。孙舞阳刚好起身。方罗兰就象小学生背书似的从头细讲他和太太的纠纷。他现在看孙舞阳仿佛等于自己的一部分,所以什么话都说了出来;连太太被拥抱时的冷淡情形,也说得很详细。他的结论是:

"我已经没有办法,请你去办去。"

"什么?我去劝解你的太太么?事情只有更坏。"

"那么,就请你不要管我们离婚的事;我们三个人继续维持现状。"

孙舞阳看了方罗兰一眼,没有说话。她还只穿着一件当作睡衣用的长袍,光着脚;而少女们常有的肉的热香,比平时更浓郁。此景此情,确可以使一个男子心荡;但今天方罗兰却毫无遐想。从昨天谈话后,他对于这位女士,忽爱,忽恨,忽怕,不知变换了几多次的感想,现在则觉得不敢亲近她。怕的是愈亲近愈受她的鄙夷。所以现在孙舞阳看了他一眼,即使仍是很温柔的一看,方罗兰却自觉得被她的眼光压瘪了;觉得她是个勇敢的大解脱的超人,而自己是畏缩,拘牵,摇动,琐屑的庸人。

方罗兰叹了口气,他感到刚脱口的话又是不妥,充分表示了软弱,无决心,苟安的劣点,况且维持现状也是痛苦的,以后孙舞阳也不理他,则痛苦更甚。

"但维持现状也不好,总得赶快解决。"他转过口来又说,"也许梅丽要催我赶快解决——正式离婚。假使梅丽终于不能明白过来,那么,舞阳,你可以原谅我么?"

孙舞阳不很懂得似的看着他。

"我的意思是,万一我虽尽力对梅丽解释,而她执拗到底,那结局也只有离婚。"方罗兰不得已加以说明。"我已经没有法子解释明白;请你去,你又说不行。最后一着,只有请张小姐去试试。"

"张小姐不行。她是赞成你们离婚的。还是请刘小姐去。但是,怎么你只希望别人,却忘记了你自己?总不能叫你太太先对你讲和。

好了,我还有别的事,希望你赶快去进行罢。"

孙舞阳说完,就穿袜换衣服,嘴里哼着歌曲;她似乎已经不看见方罗兰还是很忧愁地坐着。当她袒露了发光的胸脯时,方罗兰突然立在她身后,轻轻按住了她的肩胛,颤声说:

"我决定离婚,我爱你。我愿意牺牲一切来爱你!"

但是孙舞阳穿进了一只袖管,很镇静地答道:

"罗兰,不要牺牲了一切罢。我对于你的态度,昨天已经说完了。立刻去办你的事罢。"

她让那件青灰色的单衫半挂在一个肩头,就转身半向着方罗兰,挽着他的右臂,轻轻地把他推出了房门。

方罗兰经过了未曾前有的烦闷的一天。也变了不知几多次的主张,不但为了"如何与太太复和"而焦灼,并且为了"应否与太太复和"而踌躇了。而孙舞阳的态度,他也有了别一解释;他觉得孙舞阳的举动或者正是试探他有没有离婚的决心。不是她已经拥抱过他么?不是她坦然在他面前显露了迷人的肉体么?这简直拿他当作情人看待了!然而她却要把他推到另一妇人的怀里,该没有这种奇人奇事罢?方罗兰对于女子的经验,毋庸讳言是很少的,他万料不到天下除了他的太太式的女子,还有孙舞阳那样的人;他实在是惶惑迷失了。虽然孙舞阳告诉他,请刘小姐帮忙,可是他没有这勇气;也不相信忠厚有余,素不善言的刘小姐会劝得转太太。

但是挨到下午六时左右,方罗兰到底找到了刘小姐,请她帮忙。刘小姐允诺;并说本已劝过,明天当再作长时间的劝解。

看过刘小姐后,方罗兰径自回家;他的心,轻松得多了。这轻松,可有两种解释:一是他觉得责任全已卸给刘小姐,二是假使刘小姐还是徒劳,则他对于孙舞阳也就有词可借了。

"陈中先生刚才来过。这个就是他带来的。"

方太太特地从预备晚饭的忙乱中出来对他说,并且交给他一个纸条。

这是县党部召开特别会议的通告,讨论农协请求实行废除苛捐杂税一案。方罗兰原已听说四乡农民近来常常抗税,征收吏下乡去,农民不客气地挡驾,并且说:"不是废除苛捐杂税么?还来收什么!"现在农协有这正式请求,想来是四乡闹得更凶了。

方罗兰忽然觉得惭愧起来。他近来为了那古怪的恋爱,不知不觉把党国大事抛荒了不少。县党部的大权,似乎全被那素来认为不可靠的胡国光独揽去了。想到这里,他诚意地盼望他和太太的纠纷早些结束,定下心来为国勤劳。

"陈先生等了半天,有话和你面谈;看来事情很重要呢。"

方太太又说,眼睛看着沉吟中的方罗兰的面孔。

"大概他先要和我交换意见罢。可是,梅丽,你总是太操劳,你看两只手弄得多么脏!"

方罗兰说时,很怜爱似的捏住了太太的手;自从上次决裂后,他就没有捏过这双手,一半是尊重太太的意见,一半是自己不好意思。

方太太让手被捏着足有半分钟,才觉醒似的洒脱了,一面走,一面说:

"谢谢你的好意。请你不要来管我的事罢。"

方罗兰突然心里起了一种紧张的痛快。太太的话,负气中含有怨艾;太太的举动,拒绝中含有留恋。这是任何男子不能无动于中的,方罗兰岂能例外?在心旌摇摇中,他吃夜饭,特地多找出些话来和太太兜搭。当他听得太太把明天要办的事,一一吩咐了女仆,走进卧室以后,他忽然从彷徨中钻出来,他发生了大勇气,赶快也跑进了暌违十多天的卧室,把太太擒拿在怀里,就用无数的热烈的亲吻塞住了太太的嗔怒,同时急促地说:

"梅丽,梅丽,饶恕了我罢!我痛苦死了!"

方太太忍不住哭了。但是也忍不住更用力地紧贴住方罗兰的胸脯,似乎要把她的剧跳的心,压进方罗兰的胸膛。

十

陈中要和方罗兰谈的,除了县党部的临时会外,还有一个重要消息,那就是他听得省里的政策近来又有变动了。自从新年的店员风潮后,店东们的抵抗手段,由积极而变为消极;他们暗中把本钱陆续收起来,就连人也不见了,只剩下一个空架子的铺面,由店员工会接收了去,组织所谓委员会来管理。现在此类委员会式的店铺,也有了十几个了。这件事,在县城里倒也看得平淡无奇,然而省方最近却有了新的注意;加以解放婢妾轰传远近,都说是公妻之渐,于是省里就有密电给县长,令其一并查复。

周时达现在县公署里办事,首先得到了这个消息,就去告诉陈中,连带又说起解放妇女保管所的内幕:

"店员风潮那样解决,我本不赞成,就防日后要翻案,现在果然来了。没收婢妾,不知道怎样又会通过!那时我已经离开党部,不大明白其中的曲折。只是这件事的不妥,是显而易见的。阔人们那个没有三五位姨太太,婢女更不必说;怎么你们颠倒要废止婢妾,没收婢妾来了?至于那个什么解放妇女保管所,尤其荒唐,简直成了淫妇保管所。你去打听打听就知道!"

陈中的眼光跟了周时达的肩膀摇来摇去,张大了嘴,一句话也没有。

"第一是那里边的干事钱素贞就有两三个姘夫,"周时达接着又说,"其余的妇女,本来也许还好好的,现在呢,你去问去,那一个不是每夜有个男子睡觉!这还成话么?不是淫妇保管所是什么?"

"该死,该死。我们完全不知道呢。那些男子是谁?查出来办他!"

"办么?哼!"周时达猛力把肩膀摇到左边,暂时竟不摇回。"你说,怎么办法!主要人物就是党部的要人,全县的要人,你说,怎办法？"

"谁个？谁个？"

"除了'古月',还有那个！"

周时达平衡了身体,轻声地然而又忿忿地说。陈中背脊骨冰冷了,他知道就是胡国光。他自己委实也想不出怎么办他,因此他就去找方罗兰,不料空等了两小时。

当下陈中从方宅回来,又听得了许多可惊的谣传：县长受有密令,要解散党部,工会和农会；已经派警备队下乡去捉农民协会执行委员。又要反水了,正月来的账,要打总的算一算呢！

这些谣传,在别人或者还可以不信,而在早知省里有令查办的陈中却不能不信；然而看哪！一簇人从对面走来,蓝的是纠察队,黄的是童子团,觳觫地被押着走的,领口斜插着"反动店东"的纸旗。店员工会还在捕人,还有震慑全城的气概,不象是会立刻被解散的。陈中迷惑地走回去,心里不懂何以消息和事实会如此矛盾。

谁料到第二天"五九"的纪念大会中正式通过了废除苛捐杂税的决议,而同日下午县党部临时会也通过了"向省党部力请废除苛捐杂税"的议案,更使陈中莫名其妙,不得不于散会后拉住方罗兰来谈一谈了。

"县长奉到省里密令,要解散党部和社会团体呢！"陈中轻轻地就应用了外间的谣言,"原因当然是春间的店员风潮办得太激烈,还有近来没收婢妾那件事也很不妥。今天的废除苛捐杂税,应该不给通过才好。罗兰兄,怎么你也竭力赞成呢？昨天到你府上,本为商量这件事,可惜没有会面,少了接洽。"

"废除苛捐杂税是载在党纲上的,怎么好不通过！"

方罗兰还是很坚决地说,虽然陈中的郑重其事的态度颇使他注意。

"可是省里的确已经改变了政策。县长接的密电,周时达曾见来。"

"县长无权解散党部！周时达一定是看错了。"

方罗兰沉吟片刻之后，还是坚决地这么说。

"没有弄错！你不知道罢,解放妇女保管所被胡国光弄得一塌胡涂了。"

陈中几乎是高声嚷了；接着他就把周时达告诉他的话从头说了一遍。

方罗兰的两道浓眉倏地挺了起来,他跳起来喊道：

"什么,什么！我们一向是在做梦罢！但是,胡国光是胡国光,县党部是县党部。私人行动不能牵连到机关。胡国光应该查办,县党部决不能侵犯的。"

"胡国光还是常务委员呢。人家看来总是党部中人,如何能说不相干。"

陈中笑了一笑,冷冷地说。

"我们应该先行检举,提出弹劾。只是胡国光很有些手段,店员工会又完全被他利用,我们须得小心办事。中兄,就请你先去暗暗搜罗证据；有了证据,我们再来相机行事。"

陈中很迟疑地答应下来。方罗兰又找孙舞阳去了,他要问问她关于解放妇女保管所的事；并且他又替刘小姐着急,她是所长,不应该失察到如此地步。

一天过去了,很快又很沉闷地过去了。

愁云罩落这县城,愈迫愈近。谣言似乎反少些,事实却亮出来了。县长派下乡的警备队,果然把西郊农协的执行委员捉了三个来,罪状是殴逐税吏,损害国库。县农协在一天内三次向县署请求保释,全无效果。接着便有西郊农协攻击县长破坏农民运动的传单在街上发见。接着又有县农协,县工会,店员工会的联席会议,宣布县长举措失当,拍电到省里呼吁。接着又有近郊各农协的联合宣言,要求释放被捕的三个人,并撤换县长。

目下是炎炎夏日当头,那种叫人喘不过气来的烦躁与苦闷,实亦不下于新春时节的洌凛的朔风啊！

宣言和电报的争斗，拖过了一天。民众团体与官厅方面似乎已经没有接近的可能，许多人就盼望党部出来为第三者之斡旋，化有事为无事。县党部为此开了个谈话会，举出方罗兰，胡国光二人和县长交涉先行释放西郊农协三委员；但是县长很坚决地拒绝了。当胡国光质问县长拘留该三人究竟有何目的，县长坦然答道：

"因为他们是殴辱税吏，破坏国税的现行犯，所以暂押县公署，听候省政府示遵办理。决不至亏待他们。"

"但他们担任农运工作，很为重要，县长此举，未免有碍农运之发展。"

方罗兰撇开了法律问题，就革命策略的大题目上发了质问。

回答是："该农协依然存在，仍可进行工作。"

似乎县长的举动，不是完全没有理由的了；方胡二人无从再下说词。

县党部的斡旋运动失败后，便连转圜的希望都断绝了；于是这行政上的问题，渐有扩展成为全社会的骚动的倾向。农协和工会都有进一步以行动表示的准备，而县党部中也发生了两派的互讦：胡国光派攻击方罗兰派软弱无能，牺牲民众利益，方罗兰派攻击胡国光派想利用机会，扩大事变，从中取利。

全县城充满了猜疑，攻讦，谣诼，恐慌。人人预觉到这是大雷雨前的阴霾。

在出席县农协，近郊各农协，县工会等等社会团体的联席会议时，胡国光报告县党部斡旋本案的经过，终之以很煽动的结论：

"县长将本案看得很轻，以为不过拘押了三个种田人，自有法律解决，不许民众团体及党部先行保释，这便是轻视民众！各位，轻视民众，就是反革命。反革命的官吏，唯有以革命手段对付他！民众是一致的。最奇怪的是党部里也颇有些人以为本案是法律问题，行政事务，以为社会团体及党部不必过问，免得多生纠纷；这些主张，根本错误,忘了自己责任,是阿附官厅,牺牲民众利益的卑劣行为。民众也应当拿革命手段来打倒他!"

就象阴霾中电光的一闪,大家都知道下面接着来的是什么东西;大家都知道胡国光所谓"革命手段"是什么意义,大家都知道胡国光所谓党部中也颇有些人是某某,大家又知道农协和店员工会近来汲汲准备的是什么事。虽然城里各街市不过多了些嘈杂的议论,但人人都感觉得雷云从近郊合围,不但笼罩了这县城,不但已见长空电闪,并且隐隐听得雷声了。

然而县长也出了告示:

> 西郊农协委员某某等三人煽动乡民,殴逐税吏,破坏国税……本县长奉政府明令制止轨外行动……现某某等三人在署看管,甚为优待,……自当静候省政府示遵办理……如有胆敢乘机生事,挑拨官厅与人民之恶感,定当严厉查办……至于聚众要挟,掀弄事变,本县长守土有责,尤所不能坐视,唯有以武力制止……

告示的反响是县党部及人民团体内的胡国光派更加猛力活动。各团体联衔发表宣言,明白攻击县长为反革命,并有召集群众大会之说;县党部亦因胡国光的竭力主张,发了个十万火急电到省里去。

翌日清晨,周时达跑到方宅,差不多把一位方罗兰从床上拖起来,气急败丧地说道:

"今天恐怕有暴动。县长已经密调警备队进城。你最好躲开。"

"为什么我要躲开呢?"

方罗兰慢慢地问,神色还很泰然。

"胡国光派要和你捣蛋,你不知道么?昨晚我从陆慕游口里听出这层意思。慕游近来完全受胡国光利用。不过他公子哥儿没有用,也没有坏心思。可怕的是林不平一伙人。"

"我想他们至多发传单骂我而已。未必敢损害我的人身安全。时达兄,谢你厚意关切,请你放心。我是不躲开的。"

"你不要大意。胡国光有野心。他想乘这机会鼓起暴动,赶走了县长,就自己做民选县长。他和你不对,他已经说过你阿附官厅,你是很危险的。"

周时达说的很认真,他的肩膀更摇得起劲。方罗兰不能不踌躇了;他知道所谓警备队,力量原是很小的,警察更不足道,所以胡国光派如果确有这计划,大概是不难实现的。

"陈中说起你们早就想办胡国光,为什么不见实行呢?现在是养虎遗患了。"周时达很惋惜地再接着说。

"就为的发生了县署捉拿农协委员的事,把那话儿搁起来了。"

又再三叮嘱赶快躲开,周时达匆匆去了。方太太只听了后半截的话,摸不着头脑,很是恐慌。方罗兰说了个大概,并且以为周时达素来神经过敏,胆小,未必形势真象他所说那样险恶呢。

"我只听得他连说赶快躲开,"方太太笑了笑说,"倒很着急,以为是上游军队①逼近来了。原来是胡国光的事,我看来不很象。"

"上游军队怎样?"

"那是张小姐昨天说起的。她有个表兄刚下来,说是那边已有战事;但是离我们这里还有五六百里水路呢!"

的确是眼前的事情太急迫了,五六百里外的事,谁也不去管它,所以方罗兰淡然置之,先忙着要去探听胡国光派的举动。他跑了几处地方,大家都说周时达神经过敏,胡国光决没有这么大胆。后来在孙舞阳那里,知道农民确在准备大示威运动,强迫县长释放被捕的三个人。大概县长已经得了这风声,所以密调警备队自卫。

然而孙舞阳却也这么说:

"胡国光这人,鬼鬼祟祟的极不正气;我第一次看见他,就讨厌。

---

① 上游军队,指当时的反革命的夏斗寅的部队。

都是上次的省特派员史俊赏识他,造成了他的势力。我看这个人完全是投机分子。史俊那么器重他,想来可笑。省里来的特派员情形隔膜,常常会闹这种笑话。只是你们现在又请省里派人了,多早晚才能到呢?"

"电报是大前天发的。"方罗兰回答,"不是明天,就是后天,可望人到。这也是胡国光极力主张,才发了这个电。"

孙舞阳忍不住大笑起来。她说:

"胡国光大概是因为上次省里来人大有利于他,所以希望第二次的运气了。但此次来者如果仍是史俊,我一定要骂他举用非人;胡国光就该大大地倒楣了!"

方罗兰很定心地别了孙舞阳,便到县党部。凑巧省里的复电在十分钟前送到。那复电只是平平淡淡的几句话,说是已令刻在邻县视察之巡行指导员李克就近来县调查云云。方罗兰不满意似的吐了一口气。县里的事态如此复杂严重,一个巡行指导员能指导些什么?

当天黄昏,县长密调的警备队有五十多人进城来,都驻在县公署。

一夜过去,没有事故发生。但是第二天一早,有人看见县署左近荒地里躺着一个黄衣服的尸身。立刻证明是一个童子团,被尖刀刺死的。纠察队当即戒严,童子团都调集在总部。喧传已久的示威大会,在下午就举行。久别的梭标队又来惹起那些看不惯这种怪样的街狗们的狂吠了。

大会仍旧在城隍庙前的空地上举行。近郊的武装农民,城里的店员,手工业工人,赶热闹的闲人,把五六亩大的空场挤得密密层层。胡国光自然是这个大会的主角。他提议:一为死者复仇,严搜城中的反动派;二要求县长立即释放被捕的三个人。热烈的掌声才一起来,会场的一角忽然发生了鼓噪,几个声音先喝"打",随即全会场各处都有应和。呐喊和嚷哭,夹着尘土,着地卷起来,把太阳也吓跑。胡国光站在两张桌子叠成的主席台上,也有些心慌。他催着林不平赶快带纠察队去弹压。他在台上看得很明白,全会场已然分为十几区的混战,人们互相扑打,不知谁是友谁是敌。梭标铁尖的青光,在密挤的混乱的人层上闪动;这长家伙显然无用武之地。嚷喊扑打的声音,从四面逼向主席台来,胡国光可真是有些危险了。

纠察队散开后,主席台前空出了一点地位;几个躲避无路的妇女就涌过来填补了这空隙。忽然一彪人,约有十多个,不知从什么地方打出来,狂吼着也扑奔主席台来。胡国光急滚下台,钻在人堆里逃了。妇女的惊极的叫声,很尖厉地跳出来。地下已经横倒了一些人,乱窜乱逃的人们就在人身上踏过。

等到梭标朋友们挣脱了人层的束缚,站在混斗的圈子外要使用那长家伙时,警察和警备队也赶到了,流氓们四散逃走。纠察队和群众捉住了三四个行凶者。群众打伤了十多个,主席台边躺着一个女子,花洋布的单衫裤已经扯得粉碎,身上满是爪伤的紫痕。有人认识,她就是解放妇女保管所的钱素贞。

事变过后半点钟光景,最热闹的县前街由商民协会命令罢了市。到会的农军都不回去,分驻在各社会团体担任守卫。同时,不知从那里放出来的两个相反的谣言传遍了全城:一是说农民就要围攻县署,一是说警备队要大屠杀,说反动派捣乱会场是和县长预先勾通的,所以直待事后方来了几个警备队,遮掩人们的耳目。

全县城渗透了恐怖。暮色初起,街上已经象死一般没有行人。市民们都关好了大门,躲在家里,等待那不可避免的事情的自然发展。

午夜后,人们从惊悸的梦魂中醒过来,听见猫头鹰的刷刷的凄厉的呼声;听见乌鸦的成群的飞声,忽近忽远的噪聒不休的哑哑的叫声,象看见了什么可怕的东西,不敢安眠在树顶。

太阳的光波再泻注在这县城的各街道,人们推开大门来张望时,街上已是满满的人影;近郊的武装农民就好象雨后的山洪,一下子已经灌满了这小小的县城。似乎"围攻县署"之说,竟将由流言而成为行动。

县公署的全部抵抗力只有不满一百名的警备队,仅能守卫县署。和城里大多数人家一样,县署大门也是关闭得紧紧的。

武装农民包围了县署后,就向正在开临时紧急会议的县党部提出两个条件,请转达县长。第一条件是立即释放被捕已久的三个人,第二条件是县长引咎辞职,由地方公团暂为代行职权。

——胡国光有野心,他要乘这机会,自己做县长。

这几句周时达的话,又浮现在方罗兰脑皮上了。他向胡国光看了一眼,见这黄瘦脸的人儿很得意地在摸胡须。方罗兰的眼光又移到林子冲和彭刚的脸上,也看见同样的喜气在闪跃。多数显然是属于胡国光一边。

"第一款,释放被捕的三个人,本来我们也主张;第二款,则似乎太过分了。而且近于侵犯政府的权力,尤为不妥。"

方罗兰终于慢慢地说了。他的眼光直射在常是渴睡样的彭刚的脸上,似乎是希望他清醒些,不要尽跟着别人乱跑。

"第二款的理由很充足。说是太过分,就有把县长当作特殊阶级看待的臭味,不合于民主思想。况且县长向来不满人望,昨天群众大会发生扰乱,又有串通反动派的嫌疑;他调警备队进城,不是想预备屠杀么?所以农民的要求是正当的。"

林子冲抢先着这么反驳。胡国光接上来加以补充道:

"社团共同维持治安,代行县长职权,自然是暂局。并无侵犯政府权力之处,政府当能谅解,方同志大可以放心了。"

"两位的话,未始没理,但是也要顾到事实;县署内还有一百警备队,有枪有弹。万一开起火来,胜负果不可知,而全城却先受糜烂了。"

方罗兰还是反对。他并不是一定回护县长,他只是觉得胡国光这投机分子要这么干,就一定不能赞成。

暂时的沉默。事实问题,尤其是武力的事实问题,确不能不使人暂时沉默。

"事实也有两方面，"胡国光奋然说，"县长果然未必肯见机而作，农民也何尝肯善罢甘休呢。我们党部总不能离开了大多数的民众，而站在县长一个人旁边。"

林子冲鼓掌赞成。方罗兰微微一笑，没有回答。

农民的代表又进来催促赶快和县长交涉。鼓噪的声音，象远处的雷鸣，一起一起地从风中送来。方罗兰恍惚已经看见了麻秸似密的梭标，看见火，看见血。

"县长肯不肯是另一问题，交涉必须先去办一办。"陈中第一次发言了。"我推举胡国光同志代表党部进县署去办交涉。"

渴睡的彭刚也睁大了眼表示赞成。

方罗兰看了陈中一眼，也举起手来。他知道胡国光一定不敢去，怕被县长扣留起来。大家的眼光都看定了胡国光。

果然胡国光不肯去。他红着脸转推方罗兰。

"不能胜任。"方罗兰摇着头简单地回答。

这是第二个事实问题了：谁愿去做代表和县长交涉。

互相的推让，拖过了不少时间。本来在会议桌上跳舞着的太阳光，也象等得不耐烦，此时她退出室外，懒懒地斜倚在窗前了。

"五个人都去！"

彭刚发见了大秘密似的嚷起来。他的渴睡眼闪出例外的清明气象。三个人都点头赞成。胡国光没有表示，他还是不肯去。

农民的代表已经催过五次了。一切应有的搪塞的话，都已搜尽用光；但现在，他们第六次又来了。五个人都象见了债主似的苦着脸。

胡国光瞥见来过五次的那人背后，又跟着一位短小的中山装人物；这准是外边农民等得不耐烦，加推举了来帮同催促的。事实显然很紧迫，怎么办？他想，五人同去，几乎是天经地义，无可驳难的；然而可恶之处也就在此：别人都不要紧，自己却很危险；他公开地骂过县长,他主动今天的事;他进县署去,岂不是探头虎口么?而此种为难的情形,又苦于不便公然说出来。

"这位是省里派来的,要见常务委员。"

进来过五次的人,指着身后的短小少年说。

五个人都跳了起来。呵,省里派来的?敢就是李克,特派员李克——不,移作特派员的巡行指导员李克?他们都觉得肩膀上已经轻松了许多;天大的事,已经有应该负责的人来负责,虽然是那么短小单薄的一个。他们五个人,一个一个都活泼起来,尤其是胡国光。

十分钟后,李克已经完全明了这五个人儿所处的困难;也很爽快地答应了进县署去办交涉,但先要和农协负责人有一度接洽。胡国光就自告奋勇,陪着李克去找农协委员。虽然他微觉得李克太冷,不多说话,似乎不如从前的史俊那样爽直;但是省特派员就是省特派员,胡国光当然一样地愿意躬任招待。

剩下的四位,望着李克的短小的背影,不约而同地松了一口气。他们在轻松的心情中,又悯然颇以这短小的貌不惊人的少年未必能任重致远为虑;但是一想到无论如何,他是应该负责的,也就释然了。他们四位很愉快地静候着好消息。

##

久已被捕的三个人释放了,县长照旧供职。

这都是李克的主张,胡国光本不满意;但是李克能指挥农协委员,胡国光也就没有办法,只能怀恨而已。农民解了县署之围后,胡国光就对店员工会的人说,李克太软弱,太妥协,这回民众是可惜地冤枉地失败了。

但假使胡国光知道李克此时袋中已经有一纸命令是"拿办胡国光",那么,他准是说李克不但软弱妥协,而且是反革命。

直到当天晚上,方罗兰和陈中告诉了胡国光的罪状时,李克才宣布查办的事；他那时说：

"胡国光原是贵县的三等劣绅,半个月前,有人在省里告他,列举从前的劣迹,和最近解放婢妾的黑幕。省党部早已调查属实,决定拿办,现在是加委我来执行。刚才已经请县长转令公安局长去拘捕了。明天县党部开会时,我还要出席说明。"

方罗兰和陈中惊异地点着头；也不免带几分惭愧。

"论起他混入党部后的行动来,"李克接着又说,"都是戴了革命的面具,实做其营私舞弊的劣绅的老把戏,尤其可恶的,他还想抓得工会和农协的势力,做他作恶的根据。这人很奸猾,善于掩饰,无怪你们都受了他的欺骗了。"

"不但善于掩饰,而且很会投机。记得本年春初店员风潮时,他就主张激烈,投机取巧,以此钻入了党部。现在回想起来,当时我们对于店员问题的态度太软弱,反倒造成了胡国光投机的机会了。"

方罗兰想起前事,不禁慨叹追悔似的说。

"软弱自然不行,但太强硬,也要败事。胡国光是投机取巧,自当别论,即如林不平等,似乎都犯了太强硬的毛病。"陈中表示了不同的意见。

李克微笑；在他的板板的脸上,可以看出一些不以为然的神气。他看着方罗兰,似乎等待他还有没有话说。

"软弱和强硬,也不能固执不变的,有时都要用；"看见方罗兰微微颔首后,李克又说了。"此间过去一切事的大毛病,还在没有明白的认识,遇事迟疑,举措不定。该软该硬,用不得当。有时表面看来是软弱,其实是认识不明白,不敢做,因为软弱到底还在做。有时表面看来是很强硬了,其实还是同样认识不明白,一味盲动。所以一切工作都是撞着做的,不是想好了做的。此后必须大家先有明白的认识。对于一些必行的事务,因为时机未至,果然不妨暂为软弱地进行,然而必得是在那里做,而不是忘记了做。"

李克冷冷地抽象地讲着,似乎看得很郑重。但这没味的"认识论"和"软硬论"很使方陈二人扫兴,谈话便渐渐地不活泼。陈中连蓄念已久要询问的省方政策也忘记问了,看见时候不早,便和方罗兰离开了那短小的特派员。途中,陈中轻轻对方罗兰说:

"此番省里来的人,比上次的厉害得多。可是太眼高。他说我们的工作一无是处,又批评我们认识不明白。好象我们竟是乡下土老儿,连革命的意义,连党义,都认不明白似的!"

方罗兰沉吟着点了一下头,没有回答。

但是认识不明白的例子立刻又来了。

胡国光居然脱逃,并且还煽动店员来反对李克。店员工会居然发宣言,严厉质问胡国光获罪的原因。县党部因此发表了关于查办胡国光的李克的报告,但店员工会仍旧开会,要求李克去解释报告中的疑点。开会前半小时,林子冲听得了一个不好的消息,特地找到李克,劝他不要去出席。

"他们今天那里是请你去解释,简直是诱你去,要用武力对付你。"

林子冲说的很认真,声音也有些变了,好象莫大的危险已在目前。

李克很冷静地摇着头,仍旧慢慢地穿上他的灰色布的中山装。

"这是千真万确的。你去的话,怕有生命危险!"

"你从什么地方听来这些无稽之谈?"

"孙舞阳特地报告我的。她又是从可靠地方得的消息。你要知道:孙舞阳的报告一向是极正确的。你没看见她那种慌张的神气!"

"纵然有危险,也是要去的。"

"你可以推托临时有事,派一个人代替出席。"

"不行!店员受胡国光迷惑已深,我所以更要去解释,使他们醒悟过来。"

"今天可以不去,以后你定个日期,约他们的负责人到县党部来谈谈就是了。"

李克很坚决地摇着头,看了看手表,慢慢地拿帽子来合在头上。

"既然你一定要去,"林子冲很失望似的叹息着说,"也应该有些儿防备的呀!"

"难道带了卫队去么?你放心。"

李克说时微笑,竟自坦然走了。

林子冲惘然站在那里几分钟,李克的坚决沉着的面容宛在目前。这使得林子冲也渐渐镇定起来,反自疑惑孙舞阳的报告未必正确,或者,竟是他自己听错了话;刚才太匆忙,只听得孙舞阳说了一句"他们要打李克",就跑了来了,说不定她的下文还有"但是"呢。

林子冲忍不住自笑了;反正他没事,便又望妇女协会走去,想找着孙舞阳再问个明白。

一点风都没有,太阳光很坚定地射着,那小街道里闷热得象蒸笼一般。林子冲挨着不受日光的一边人家的檐下,急步地走。在经过一个钉了几条麻布的大门的时候,听得男子说话的声音从门里送出来,很是耳熟;他猛然想起这好象是胡国光的声音,便放慢了脚步细听,可是已经换了妇人的格格的软笑声,再听,便又寂然。

好容易走到了妇女协会,不料孙舞阳又不在;却照例在房门上留一个纸条:"我到县党部去了。"林子冲满身是汗,不肯再走了,就坐在会客室里看旧报,等候孙舞阳回来。他翻过三份旧报,又代接了两次不知那里打来的找问孙舞阳的电话,看看日已西斜,便打算回去,可巧孙舞阳施施然回来了。

"好,你倒在这里凉快!李克挨打了!"

孙舞阳劈面就是这一句话。林子冲几乎跳起来。

"当真?不要开玩笑。"他说。

"玩笑也好。你自己去看去。"

孙舞阳说的神气很认真,林子冲不得不相信了;他接连地发问:怎样打的?伤的重么?现在人在那里?孙舞阳很不耐烦地回答道:

"没有说一句话就打起来。伤的大概不轻。你自去看去。"

"人在那里呢？"

"还不是在老地方，他自己的房里。对不起，不陪了，我要换衣服洗身了。"

林子冲看着孙舞阳走了进去，伸一个懒腰；他觉得孙舞阳的态度可疑：为什么要那样匆忙地逃走？大概自始至终的"打的故事"，都是她编造出来哄骗自己的。他再走进去找孙舞阳，看见她的房门关得紧紧的，叫着也不肯开。

林子冲回到县党部时，又知道孙舞阳并没哄他。李克的伤，非得十天不能复原。林子冲很惋惜他的劝阻没被采用，以至于此，可是那受伤的人儿摇着头说：

"打也是好的。这使得大多数民众更能看清楚胡国光是何等样的人。而且动手打的只是最少数。我看见许多人是帮助我维护我的。不然，也许竟送了性命了。"

"没等你说一句话，他们就打么？你到底不曾解释！"

"好象我只说了诸位同志四个字，就打起来。虽然我的嘴没有对他们解释，但是我的伤，便是最有力的解释。"

李克的话也许是有理的，然而事实上他的挨打竟是反动阴谋的一串连环上的第一环。林子冲曾在县党部中提议要改组店员工会，并查明行凶诸人，加以惩办，但陈中等恐怕激起反响，愈增纠纷，只把一纸申斥令敷衍了事。这天下午，县城里忽然到了十几个灰军服，斜皮带，情形极狼狈的少年，过了一夜，就匆匆上省去了。立刻从县前街的清风阁里散出许多极可怕的消息。据有名的消息家陆慕游的综合的报告，便是：有一支反对省政府的军队从上游顺流而下，三四天内就要到县；那时，省里派来的什么什么，一定要捉住了枪毙的。

许多人精密计算，此时县城里只有一个负伤的李克正是省里派来的。

可是另有一说，就大大不同了。这是刚从城外五星桥来的一位测字先生的报告；他睁圆了眼睛，冷冷地说：

"哼!该杀的人多着呢!剪发女子是要杀的,穿过蓝衣服黄衣服的人也要杀,拿过梭标的更其要杀!名字登过工会农会的册子的,自然也要杀!我亲眼见过来。杀,杀!江水要变成血!这就叫做青天白日满地红!"

测字先生的话,在第二天一早就变成了小小的纸条,不知什么时候,被不知什么人贴在大街小巷。中间还有较大的方纸,满写着"尔等……及早……玉石俱焚,悔之晚矣"一类的话。中午,同样的小方纸,又变成了传单,公然在市上散发了。全城空气一分钟一分钟地,越来越紧张。

傍晚,在紧急会议之后,县工会和农会命令纠察队出勤,紧要街道放步哨,并请公安局协助拘拿发传单和小纸条的流氓。大局似乎稳定些了。

李克知道了这些情形,特请方罗兰陈中去谈话。

"城中混乱的原因,"李克说,"大概有两个。胡国光派和土豪劣绅新近联合,自然要有点举动,此其一;上游军事行动的流言,增加了土豪劣绅的势焰,此其二。目下人民团体已经着手镇压反动派的活动,县党部也应该有点切实的工作。"

听了这话,方罗兰沉吟着;陈中先答道:

"县党部无拳无勇,可怎么办呢?"

"明天我们要开临时会讨论办法。"方罗兰也说了。

"开会也要开。最紧要的是党部要有坚决的手腕,要居于主动的地位,用纠察队和农军的力量来镇压反动派。明天开会,有几件事要办:一是立即拘捕匿伏城中的土豪劣绅及嫌疑犯,二是取缔流氓地痞,三是要求县长把警备队交给党部指挥——现在警备队成为县长一人的卫队是很不对的。"

李克说完了,眼睛看着方陈二位的脸上。两位暂时默然无言。

"拘捕城中的反动派,怕不容易罢?他们脸上又没有字写着。"

方罗兰终于迟疑地吐露了怀疑的意见。

"县长不肯交出警备队,却怎么办?"

陈中也忙着接上来说。

"检举起来,自然有人来报告。"李克先回答了方罗兰,他又转脸看着陈中说,"县长没有理由不让警备队来镇压反动派。万一他坚持不肯,可以直接对警备队宣传,使他们觉悟。再不行时,老实把这一百人缴械。"

方陈二人似乎都失色了。他们料来李克一定是创口发炎,未免神志不清,觉得再谈下去,还有更惊人的奇谈;于是他们相视以目,连说"明天开会就是",又劝李克不必焦虑,静养病体,便退了出来。

第二天上午,会是开了,李克的意见也提出来了;大家面面相觑,没有说话。哑场了可五分钟,做主席的方罗兰才勉强说:

"三条办法,理由都很充足,只是如何执行,不能不详细讨论。事关全局,县党部同人不便全权处决;鄙意不如召集各团体联席会,请县长也出席,详细讨论办法。各位意见怎样?"

列席的各位正待举手赞成,忽然一个女子面红气喘地跑进来。她的米色麻纱衫子的方领已经被撕碎,露出半个肩头。她的第一句话是:

"流氓打妇女协会了!"

屋子里所有的眼睛都睁得圆圆的,所有的嘴都惊叫起来。方罗兰还算镇静,拿右手背擦了擦额上的急汗,一面说:

"舞阳,坐下了慢慢地说。"

"我刚起身,在房里写一封信,忽然外边大嚷起来,又听得玻璃打破了,我跑出房去想看是什么事,就听得男子的怪声大喊打倒公妻,夹着还有女人的哭喊声。我知道不妙,赶快走边门,那知门外已经有人把守,是一个十八九岁的青年人。他拦住我……衣领也被他撕碎,到底被我挣脱,逃了出来。以后的事,我就不知道。"

孙舞阳喘着气,杂乱地说,她的雪白的小臂上也有几块红痕,想来是脱险时被扭拧所致。

"究竟有多少流氓?"

"穿什么衣服?拿家伙么?"

"妇女协会的人都逃走了么?"

"听得女子哭喊救命么?"

惊魂略定的先生们抢先追问着。但是孙舞阳摇着头,把手按住了心口,再也没有话了。

于是有人主张派个人去调查,有人说要打个电话去问问。

孙舞阳一面揉着心窝,一面着急道:

"赶快请公安局派警察去镇压呀!再说废话,妇女协会要被流氓糟蹋完了!"

这句话才提醒了大家:妇女协会大概还被流氓占领着。打过了电话,人们又坐着纷纷议论,悬猜流氓们有否对于女子施行强暴,问孙舞阳怎么居然脱险,拦住她的流氓是如何一个面目;把今天来的正事忘记得干干净净了。正谈的热闹,电话铃又尖厉地响起来。彭刚以为一定是公安局来回话,高高兴兴地跑过去接听,可是只"哦,哦"了两声,立即脸色全青了,摔下电话筒,抖着声音叫道:

"流氓来打我们了!"

"什么!公安局来的电话么?你听错了罢?"

方罗兰还算镇静似的问,可是大粒的汗珠早已不听命地从额上钻出来。

"不是公安局。……县农协关照……要我们防备。"

这当儿,党部里的勤务兵慌慌张张地跑进来,后面跟着同样惊惶的号房。勤务兵说,他在街上看见一股强盗,拖着几个赤条条的女人,大嚷大骂游行,还高喊:"打县党部去!"号房并没看见什么,他是首先接到勤务兵带来的恶消息,所以也直望里边跑。

这还能错么?勤务兵看见的。而且,听呀,呼啸的声音正象风暴似的隐隐地来了。犹有余惊的孙舞阳的一双美目也不免呆钝钝了。满屋子是惊惶的脸孔,嘴失了效用。林子冲似乎还有胆,他喝着勤务

兵和号房快去关闭大门,又拉过孙舞阳说道:

"你打电话给警备队的副队长,叫他派兵来。"

呐喊的声音,更加近了,夹着锣声;还有更近些的野狗的狂怒的吠声。陈中苦着脸向四下里瞧,似乎想找一个躲避的地方。彭刚已经把上衣脱了,拿些墨水搽在脸上,说是他曾经化装茶役脱过一次险。方罗兰用两个手背轮替着很忙乱地擦额上的急汗,反复自语道:

"没有一点武力是不行的! 没有一点武力是不行的!"

突然,野狗的吠声停止了;轰然一声叫喊,似乎就在墙外,把房里各位的心都震麻了。号房使着脚尖跑进来,张皇地然而轻声地说:

"来了,来了;打着大门了。怎么办呢?"

果然擂鼓似的打门声也听得了。那勤务兵飞也似的跑进来。似乎流氓们已经攻进了大门。喊杀的声音震得窗上的玻璃片也隐隐作响。房内的老地板也格格地颤动起来;这是因为几位先生的大腿不客气地先在那里抖索了。

"警备队立刻就来! 再支持五分钟——十分钟,就好了!"

孙舞阳又出现在大家面前,急口地说。大家才记起她原是去打电话请救兵的。"警备队"三字提了一下神,人们又有些活气了。方罗兰对勤务兵和号房喝道:

"跑进来做什么! 快去堵住门!"

"把桌子椅子都堵在门上!"林子冲追着说。

"只要五分钟! 来呀! 搬桌子去堵住门!"

彭刚忽然振作起来,一双手拉住了会议室的长桌子就拖。一两个人出手帮着扛。大门外,凶厉的单调的喊杀声,也变成了混乱的叫骂和扑打! 长桌子刚刚抬出了会议室,号房又跑进来了,还是轻声地说:

"不怕了! 纠察队来了! 正在大门外打呢。"

大家勉强松了口气。砰,砰! 尖脆的枪声从沸腾的闹声里跳出来。警备队已经来了,流氓们大概已经逃走了。

半点钟后,什么都明白了:大约有三十多人的一股流氓,带着斧头,木棍,铁尺,在袭击了妇女协会后,从冷街上抄过来攻打县党部;流氓们在妇女协会里捉了三个剪发女子——一个女仆和两个撞来的会员,在路上捉了五六个童子团,沿途鞭打,到县党部门前时,已经都半死了。后来在县党部门外,流氓被纠察队打散,并且被捉住了四五个。

这一个暴动,当然是土豪劣绅主动策划的,和胡国光有关系也是无疑的,因为被捉的流氓中有一个十八九岁的,人们认识他就是胡国光的儿子胡炳。他直认行凶不讳,并且说,在妇女协会边门口,强奸了一个美貌女子。

"哼!明后天大军到来,剪发女子都要奸死,党部里人都要枪毙。今天算是老子倒楣。明天就有你们的。"

这个小流氓很胆大地嚷着,走进了公安局的拘留所。

当天下午,近郊的农民进来一千多,会合城里的店员工人,又开了群众大会,把店员工会的林不平拘捕了,因为他有胡国光派的嫌疑,又要求立即枪毙上午捉住的流氓。但县党部毫无表示,也没有人到大会里演说。当时林子冲曾对方罗兰说:

"土豪劣绅何等凶暴!在妇协被捉的三个剪发女子,不但被轮奸,还被他们剥光了衣服,用铁丝穿乳房,从妇协直拖到县党部前,才用木棍捣进阴户弄死的。那些尸身,你都亲眼看见。不枪毙那五六个流氓,还得了么?党部应该赞助人民的主张,向公安局力争。"

然而方罗兰只有苦着脸摇头,他心里异常地扰乱。三具血淋淋的裸体女尸,从他的眼角里漂浮出来,横陈在面前;怨恨的凸出的眼珠,一动不动地看着他,象是等待他的回答。他打了个寒噤,闭了眼。立刻流氓们的喊杀声又充满了两耳。同时有一个低微的然而坚强的声音也在他心头发响:

——正月来的账,要打总的算一算呢!你们剥夺了别人的生存,掀动了人间的仇恨,现在正是自食其报呀!你们逼得人家走投无路,不得不下死劲来反抗你们,你忘记了困兽犹斗么?你们把土豪劣绅四个字造成了无数新的敌人;你们赶走了旧式的土豪;却代以新式的插革命旗的地痞;你们要自由,结果仍得了专制。所谓更严厉的镇压,即使成功,亦不过你自己造成了你所不能驾驭的另一方面的专制。告诉你罢,要宽大,要中和!唯有宽大中和,才能消弭那可怕的仇杀。现在枪毙了五六个人,中什么用呢?这反是引到更厉害的仇杀的桥梁呢!

方罗兰惘然叹了口气,压住了心底下的微语,再睁开眼,看见林子冲的两颗小眼珠还是定定地凝视着自己;忽然这两颗眼珠动了,黑的往上浮,白的往下沉,变成了上黑下白的两个怪形的小圆体;呵!这分明是两颗头,这宛然就是血淋淋女尸颈上的两颗剪发的头!"剪发女子都要奸死"这句话,又在他耳边响了。他咬紧了牙齿,唇上不自觉地浮出一个苦笑来。

突然一闪,两个面形退避了;依然是黑白分明的两个小圆东西。但是又动了,黑的和白的匆忙地来去,终于成为全白和全黑的,象两粒围棋子。无数的箭头似的东西,从围棋子里飞出来,各自分区地堆集在方罗兰面前,宛如两座对峙的小山;随即显现出来的是无数眼睛叠累成的两堆小山,都注视着横陈在中间的三具血淋淋的女尸。忿恨与悲痛,从一边的眼山喷出来;但是不介意,冷淡,或竟是快意,从又一眼山放散。砖墙模样的长带,急速地围走在两个眼山的四周,高叠的眼,忽然也倒坍下来,平铺着成为色彩不同的两半个。呵!两半个,色彩不同的两半个城呀!心底下的微语,突又响亮到可以使方罗兰听得:

——你说是反动,是残杀么?然而半个城是快意的!

方罗兰全身的肌肉突然起栗,尖厉的一声"哦"从他的嘴唇里叫出来。幻象都退避了。他定睛再看,只他一个人茫然站着,林子冲早已不知去向了。怀着异常沉重的心,方罗兰也慢慢踱回家去。

晚上,方太太在低头愁思半晌之后,对方罗兰说:

"罗兰,明天风声再不好,只有把芳华这孩子先送到姨母家里去了。"

一夜是挨过了。方罗兰清早起身,就上街去观察。出乎意料之外,满街异常沉寂;不见一个童子团,也不见一个纠察队。几家商店照常开着门。行人自然很少,那也无非因为时间还早。而赶早市的农民似乎也睡失了时,竟例外地不见一个。

方罗兰疑惑地往县党部走,经过王泰记京货店时,看见半闭的店门上贴着一条红纸,写了"欢迎"二字,墨水尚未大干。方罗兰也不理会,低了头急走。到了县前街东端尽头的转角,忽然一个女子的声音叫着他道:

"罗兰,你乱跑做什么?"

原来是孙舞阳。她穿一件银灰色洋布的单旗袍,胸前平板板的,象是束了胸了。

"我出来看看街上的情形。好象人心定了,街上很平静。"

方罗兰回答。惊讶的眼光直注射孙舞阳的改常的胸部。

"平静?没有的事!"孙舞阳冷冷地说。但仿佛也觉得方罗兰凝视着她的胸脯的意义,又笑着转口问道,"罗兰,你看着我异样么?我今天也束了胸了,免得太打眼啊!"

这种俏媚的开玩笑的口吻,把方罗兰也逗笑了;但是孙舞阳的改装,也惹起了方罗兰新的不安。所以他又问:

"舞阳,到底怎样了?我看来是很平静。"

"你还没知道么?"

方罗兰对着惊讶的孙舞阳的脸摇头。

"大局是无可挽回了。敌军前夜到了某处,今天一定要进城来。警察有通敌的嫌疑,警备队也有一半靠不住,城里是无可为力了。现在各人民团体的负责人,都要到南乡去。童子团和纠察队也全体跟去。怎么你都不知道?"

方罗兰呆了半晌,才说:

"到南乡去做什么呢?"

"留在城里等死么? 南乡有农军,可以保护。并且警备队也有一半愿去。"

"这是谁出的主意?"

"是李克的主意。昨晚上得了前线消息,就这么决定了。昨夜十二点钟后,把童子团和纠察队的步哨全体从街上撤回来,今晨四点钟就和各机关人员一同出城去了。"

"县党部呢? 我们多不知道。"

"林子冲是知道的。他也走了。我本要来通知你。"

"李克呢?"

"也出城去了。他的伤还没全好,不能不先走一步。"

"你呢?"

"我也要到南乡去,此刻想去通知刘小姐,叫她躲避。"

方罗兰就象跌在冰窖里,心的跳动几乎也停止了;可是黄豆大的汗粒,却不断地从额上渗出来。他竟忘记了和孙舞阳作别,转身便要走。

"罗兰,赶快和你太太出城去罢! 她也是剪发的! 下决心罢!"

孙舞阳又叫住了他,很诚恳地说。她还是很镇静地笑了一笑,然后走开。

方罗兰急步赶回家去,刚进了门,这就一惊:陈中和周时达站在客厅的长窗边,仰起了忧愁的脸看天;方太太低头靠在藤椅里。方罗兰的身形刚刚出现,客厅里人们的各式各样的听不清楚的话,就杂乱地掷过来。方罗兰一面擦着满头的冷汗,一面只顾自己说:

"可怕,可怕! 我得了可怕的消息!"

"是不是县长跑了?"陈中着急地问。

"跑了么? 我倒不知道。"方罗兰的眼睛睁得怪大的。

"跑了。刚才时达兄说的。"

"罗兰,你怎么出去了半天! 我们等得心焦极了。芳华这孩子,刚才张小姐替我送到姨母家去了。我们怎么办呢?听来消息极坏!"

方太太的声音有些颤了。方罗兰不回答太太,却先把孙舞阳的话夹七夹八述说了一遍,倒也没忘记报告孙舞阳胸部的布防状态。

"孙舞阳到底很关切。"方太太话中带刺抢先说,"罗兰,你快到南乡去罢。我是不去的。"

陈中和周时达都摇着头。

"梅丽,你又来挑眼儿呢。"方罗兰发急了,"你,怎么不去!"

"方太太,还是躲开一时为妥,只是到南乡去也不是办法。"

周时达慢慢地说,几乎是一个字摇一下肩膀。

"南乡去不过是目前之计。到那里再看光景。或者就走南乡到沙市去,那边有租界,并且梅丽的哥哥也在那边。"

两个男子都说大妙;方太太似乎也赞成了。

"中兄,你呢?"

方罗兰略为定心些了,擦干了最后一滴冷汗,对陈中说。

"他倒不要紧。"周时达代答,"其实,罗兰兄,你也不要紧;但是因为胡国光太恨你了,不能不小心些。听说此公已到了那方面了。"

方罗兰明白这所谓"那方面"是指上游来的叛军,很感触地吁了一声。

周时达仰脸看了看太阳光,就对方太太说:

"不早了!赶快收拾收拾就走罢!"

一句话还没完,张小姐跑了进来;她的白脸儿涨得红红的,她的乌黑的两个并列的圆髻,也有些歪乱。显然她是跑得太急了。

"敌军已经到了五星桥了!"

张小姐喘着气说。

"呀,五星桥么?离城只有十里了!"

陈中跳起来放直了喉咙喊。

"路上看见了朱民生,他说的。已经有人逃难。"

"我的芳华呢?"

方太太抓住了张小姐的手,几乎滴下眼泪来。

"好好的在姨母家了。梅丽,你放心。你和方先生怎样呢?"

"十里路也得有一个钟头好走,梅丽,不要慌。"

方罗兰勉强镇静,安慰太太。

方太太把要到南乡去的话,告诉了张小姐,又拉她同去。但是张小姐说:

"我本要到东门外姑母家去,我又没有剪发,不惹注意的。可是,你们既然要走,还是快走,恐怕城门要关。"

十二

方罗兰和太太终于找到了一座尼庵暂且歇息。

此地离县城南门,不过五里路,渐就停止的枪声,也还断断续续可以听得。方罗兰掩上了尼庵的大门,撩起蓝布大衫的下幅,就坐在观音龛前的一条矮板凳上,拉太太倚在他身边;两个人愁眉相对,没有说话。西壁的一根柱子上还贴着半截的"农民子弟学校第……"的白纸条,想来这尼庵自从尼姑嫁了人后曾经做过学校,但现在只留着空空的四壁而已。

因为惊怖和疲乏,方太太的脸色非常苍白,两眼更觉滞涩。并且那一件乡姑娘式的衣服,小而长的袖管裹在臂上,也使她颇觉得不自在。她很艰辛地喘着气,耳朵里还充满着繁密的枪声。况且她又看不见她的孩子了。所以虽庆脱险,她的心也还是沉重的。

野外的凉风,从佛龛背后吹来;树叶的苏苏的微语,亦复脆弱可怜。佛龛后是一个没有门的开在墙上的门洞。那外边便是一个小院子,有花木之类。可是连一声鸟鸣都听不到。

"梅丽,现在腰还痛么?刚才那一片枪声,的确可怕,就象是近在跟前似的,无怪你会跌了一交,委实是叫人心悸呀。"

方太太把手按在心上,只摇了一下头。

"现在不怕了,军队大概已经进城,至少今天是不至于下乡来了。此刻最多是十点钟,再走十几里路便可以到目的地。"

方罗兰再安慰太太,轻松地吐了一口气。他拿过了太太的小手,很温柔地握在自己的手掌里。

"不知道芳华怎样了。罗兰,我们算是没有事了,只是那孩子,我不放心。"

"不要紧的。在姨母那边,再妥当也没有了。"

"就怕兵队要抢劫,姨母家也难幸免。"

"大概不会抢劫的,他们也是本省人。"

方罗兰沉吟后回答。他何尝对于兵士的行为有把握,但愿如此而已。方太太却似乎有了保障,心宽得多了。她向四面看了看,说:

"张小姐催得太急,我忘记带了替换的小衣了。天气又是这样热。"

"不要紧,到了那边总有法子好想。"

"是不是明后天就上沙市去?"

"这个,明后天再看。"方罗兰颇觉踌躇了,"我还是党部里人,总不便一走了事。人家要议论的。但是你,梅丽,你,为安全起见,不妨先去。"

方太太默然。

从梁上坠落一只小蜘蛛来,悬挂在半空,正当方太太的头前。这小东西努力挣扎,想缩回梁上去,但暂时无效,只在空中摇曳。

两夫妻的眼,都无目地地看着这蜘蛛的悬空的奋斗。它的六只细脚乱划着,居然缩上了一尺左右,突又下坠两尺多;不知怎样的一收,它又缩上了,高出方太太的头足有半尺。于是不动了,让风吹着忽左忽右。

庵门外忽然来了轻微的脚音,方太太和方罗兰都怔住了。脚音迟疑地触着庵门口的石级,终于推着门进来了,是一个十分褴褛的小兵。方太太急把脸转向里边,心跳得几乎窒息。

"罗兰,是你们么?"

那小兵立刻扯落了头上的很大的直覆到眉际的破军帽,露出一头美丽的黑发,快活地说。方太太回过头来,觉得来人很面熟。方罗兰已经立起来喊道:

"舞阳,你把我们吓了一跳呢!想不到是你。"

孙舞阳很妩媚地笑着,就挨着方太太坐下,正是方罗兰原来的座位。

"梅丽姊,你看我的化装好不好?简直认不出罢?"

方太太看着孙舞阳白嫩的手缩在既长且大的一对脏衣袖内,臃肿不堪的布绑腿沾满了烂泥,下面是更破的黑袜套在草鞋内,也不禁失笑了。

"象是很象了,可惜面孔还嫌太白。"方罗兰说。

"本来还要弄得脏些,刚刚洗干净。现在是再白些也不怕了。"

孙舞阳说着伸了个欠,就把一件破军衣褪下来,里面居然是粉红色,肥短袖子,对襟,长仅及腰的一件玲珑肉感的衬衣。

"孙小姐,你什么时候出城的?"方太太问。

"军队进城后半点钟光景,我才出来。"

"听见枪声么?"方太太问这话时犹有余惊。

"怎么不听得?我还看见杀人。"

"城里抢劫么?"方太太慌忙问。

"不抢。只杀了几个人。听说也有女子受了糟蹋。"

"舞阳,你真险极了;怎么不早走?"方罗兰喟然说。

"刘小姐要我替她装一个假髻,所以弄迟了。幸而我早有准备,安然地出了城。刘小姐未免太书呆子气了。你想,兵们何尝专拣剪发女子来奸淫?说是要杀剪发女子,无非迎合旧社会的心理,借此来掩饰他们的罪恶罢了。梅丽姊,你说是不是?"

孙舞阳很锋利地发议论了;同时,她的右手抄进粉红色衬衣里摸索了一会儿,突然从衣底扯出一方白布来,撩在地上,笑着又说:

"讨厌的东西,束在那里,呼吸也不自由;现在也不要了!"

方罗兰看见孙舞阳的胸部就象放松弹簧似的鼓凸了出来,把衬衣的对襟纽扣的距间都涨成一个个的小圆孔,隐约可见白缎子似的肌肤。她的豪放不羁,机警而又妩媚,她的永远乐观,旺盛的生命力,和方太太一比而更显著。方罗兰禁不住有些心跳了。而这尼庵的风光,又令他想起张公祠。他连忙踱了几步,企图赶走那些荒唐无赖的念头。

"看见张小姐么?"方太太再问。

"没有。哦,记起来了,一定是她。我看见一个女人,又黑又长的头发遮住了面孔,衣服剥得精光⋯⋯"

"呀!"方太太惊叫起来。方罗兰突然止步。

"乳房割去了一只。"孙舞阳还是坦然接着说。

"在那里看见的?"方罗兰追问,声音也有些变了。

"在东门口。已经死了。横架在一块石头上。"

方罗兰叹了口气,更焦灼地走来走去。

方太太低呻了一声,把两手捧住了面孔。头垂下去,搁在膝头。

方太太再抬起头来时,首先映入眼帘的,是先前那只悬空的小蜘蛛,现在坠得更低了,似乎触着她的鼻头。她看着,看着,这小生物渐渐放大起来,直到和一个人同样大。方太太分明看见那臃肿痴肥的身体悬空在一缕游丝上,凛栗地无效地在挣扎;又看见那蜘蛛的皱酸的面孔,苦闷地麻木地喘息着。这脸,立刻幻化成为无数,在空中乱飞。地下忽又涌出许多带血,裸体,无首,耸着肥大乳房的尸身来,幻化的苦脸就飞上了流血的颈脖,发出同样的低低的令人心悸的叹声。

吹来一阵凉风,方太太不自觉地把肩膀一缩;幻象都没有了,依然是荒凉的尼庵。她定了定神,瞧着空空的四壁,才觉到方罗兰和孙舞阳都不在跟前了。她迟疑地立起来,向佛龛后望时,看见石榴树侧郁金香的茂叶后边,方罗兰和孙舞阳并肩站着,低声说着话,好象在商量什么,又好象有所争执。一缕酸气,从方太太心里直冲鼻尖;她抢前一步,但又退回,颓然落在原位上。

——侮辱!无穷的侮辱!早听了张小姐的话,就没有今天的侮辱!

方太太痛苦地想着,深悔当时自己的主意太动摇。她觉得头脑岑岑然发眩,身体浮空着在簸荡;她自觉得已经变成了那只小蜘蛛,孤悬在渺茫无边的空中,不能自主地被晃动着。

——她的蜘蛛的眼看出去,那尼庵的湫隘的佛堂,竟是一座古旧高大的建筑;丹垩的裂罅里探出无数牛头马面的鬼怪,大栋岌岌地在撼动,青石的墙脚不胜负载似的在呻吟。忽然天崩地塌价一声响亮,这古旧的建筑物齐根倒下来了!黄尘直冲高空,断砖,碎瓦,折栋,破椽,还有混乱的带着丹青的泥土,都乱迸乱跳地泻散开来,终于平铺了满地,发出雷一般响,然而近于将死的悲鸣和喘息。

——俄而破败的废墟上袅出一道青烟,愈抖愈长,愈广,笼罩了古老腐朽的那一堆;苔一般的小东西,又争竞地从废墟上正冒着的青烟里爆长出来,有各种的颜色,各种的形相。小东西们在摇晃中渐渐放大,都幻出一个面容;方太太宛然看见其中有方罗兰,陈中,张小姐……一切平日见过的人们。

——突然,平卧喘着气的古老建筑的烬余,又飞舞在半空了;它们努力地凝结团集,然后象夏天的急雨似的,全力扑在那丛小东西上。它们,奔逃,投降,挣扎,反抗,一切都急乱地旋转,化成五光十色的一片。在这中间,有一团黑气,忽然扩大,忽然又缩小,终于弥漫在空间,天日无光……

方太太嘤然一声长呻,仆在地上。

追　求

一

曼青的话音,愈慢愈弱,终于成为喃喃的自语,混失在客厅西侧围坐着的五六个青年的狂笑声里。他弹去了香烟头上的一段惨白色的长灰,颓然靠在椅背上,再没有话了。似乎忧哀压住了他的舌头,他只能用他那一双倦于谛视人生的眼睛来倾吐胸中的无限牢愁。

然而西侧的青年之群,却把他们的笑谈声瞻有了这整个的客厅;闭口音很多的粤语,轻利急溜的湘音,扁阔的笑声,和女子抢先说话的"快板"似的一串尖音,一个追逐一个在淡黄油漆的四壁内磕撞。

曼青好象是什么也没有听得,只把他的迷惘的眼光看定了对面的仲昭;香烟夹在他右手的中指和食指之间,袅出淡淡的青烟,熏黄了他的指甲。而仲昭呢,也在沉思,不大理会那近在咫尺间的喧闹。虽然他自己是一个很有定见,满怀乐观的人,可是曼青那种苦苦追索人生的意义而终于一无所得的疲倦的呻吟,也使他感得了无名的惆怅。他想起过去的多事的一年,真真演尽了人事的变幻;眼看着许多人突然升腾起来,又倏然没落了;有多少件事使人欢欣鼓舞,有多少件事使人痛哭流涕,又有多少件事使人惊疑骇怪几乎不敢相信自己的眼睛自己的耳朵,无怪这身为大时代中一小卒的曼青,要弄到悲怆不能自已了。他下意识地把支在椅臂上的左手向空一洒,象是扔去了一些什么;然后坚定地看着曼青的苍白色的面孔,想不出怎样去劝慰这位老同学。

西侧的青年之群,此时象放完了的花炮似的,突然沉寂了;满客厅里静荡荡地只有大时钟还在很神气地奔赴它的循环的前程。

仲昭松了口气。意外的刹那的静寂,象一阵寒风,在他的微微发胀的脑膜上吹去了一些什么。他看着曼青的眼睛,慢慢地说:

"只分别了一年,曼青,想不到你变做悲观了,在学校的时候,你是很有理想的,你是勇敢地看定了前面的憧憬,不顾一切地追求着;谁也料不到二三年前的张曼青就是今天的你呢!我真个万万想不到一年多的政治生活就把你磨成了这个样子。然而,曼青,这也并不是你特别脆弱,委实是世事太叫人失望了。你听着哪,到处是不满意的呼声,苦闷的呼声。就拿我们这同学会的朋友而论,你看西边他们这一伙,虽然有说有笑,象是极高兴,但是你假使过去和他们谈谈心,你就知道了。我常常想,要不分有这时代的苦闷的,只有两种人:一种是麻木蒙昧的人,另一种是超过了时代的大勇者。曼青,我相信你旧日的勇气终于会回来的。"

"勇气是要回来的,"曼青喟然说,把香烟尾抛在痰盂内,"然而已经换了方向。仲昭,虽然过去的一年生活,只给了我许多幻灭,可是我并不悔恨,我反而感谢这过去的一年。仲昭,你刚才不是说我在学校的时候是不顾一切地追求着我的憧憬么?是的,我们各人有一个憧憬,做奋斗的对象;但是假使你的憧憬只是一个虚幻的泡影的时候,你是宁愿忍受幻灭的痛苦而直前抉破了这泡影呢,还是愿意自己欺骗自己,尽在那里做好梦?在我,是宁愿接受幻灭的悲哀的。所以我恨过去的一年,同时也感谢这笑啼杂作,可歌可泣的一年。我的悲观——是的,我承认我现在有些悲观,却不在憧憬的消灭,而在我看出了现在的时代病。过去一年经验的代价,只这一点而已,只这一点而已……"

曼青的声音又渐渐细下去了,同时他低垂了头。

西侧的一群,此时又在杂乱地议论什么了。时常有一两句高亢的呼声,"我们不甘愿的!""我们还须向前进!"传到这里两位的耳鼓。

"仲昭，你知道什么是现在的时代病！"曼青突然昂起头来很兴奋地说，声音也响亮些了。"不是别的，就是我们常说的世纪末的苦闷。自然这是中国式的世纪末的苦闷。去年我经历了许多地方——那是已经对你说过的了，我就到处看见了这个病。我们——象某人所说的——浮浪的青年，有苦闷；但我们的苦闷的成分是幻灭的悲哀，向善的焦灼，和颓废的冲动。他们的苦闷却不同。他们的苦闷是：今天不知明天事，每天象坐针毡似的不安宁。没有一个人敢说他的命运有多久；人人只顾目前，能够抓到钱时就抓了来再说，能够踏倒别人时就踏倒了先吐一口气，人人只为自己打算，利害相同时就联合，利害冲突时就分裂；没有理由，没有目的，没有主义，然而他们说的话却是同样的好听。仲昭，你说还有办法么？叫人能不失望么？我有时简直怀疑我们民族的命运我们民族的能力了；我想不出理由来给自己辩护，说我们这老大民族竟有新生的精神，说我们能够解决我们自己的问题——谜样的中国问题。我甚至于不敢相信我们这民族有自己的目的；即使说是有目的，象现在一些太乐观太空想的人们所说，也还不是自己解嘲而已；或者是自欺欺人而已；即使是不欺，我也不敢相信有实现的可能性。"

曼青截住了话头，取出第二枝烟来燃着了。他转过头去，向西侧的那堆人瞥了一眼，却见那里的章秋柳也正在看他，遥掷他一个微笑。他又看见一个穿西装的人正低着头，飞快地写一些什么东西。

"你的观察是不错的。但是你的议论，我却不能赞成。曼青，为什么你不想到这些原是过渡时代应有的现象呢？人心摇惑原是每个大革命时代的副产物。这一个阶段，是不得不经过的。"

仲昭还是很乐观地说。

"有时我原也这么想，但又怕这也无非是无聊的自慰而已。即使这些是过渡时代应有的现象，那么，这过渡时代一定很长，或许永无终止——然而总还不至于绝望罢了。"

曼青沉吟有顷，然后回答。他伸一下懒腰，机械地看着客厅里的陈设。到这里同学会，他还是第一次。如果不是一小时前在路上遇见仲昭,他简直不知道旅沪的旧同学竟然有这个固定会址的同学会,更料不到会址的局面竟如此阔绰。客厅是在三层小洋房的第二层,颇为宽大,三面有窗,家具也很华丽,曼青和仲昭坐在东南角靠窗的沙发榻里。隔着一个环绕了圈椅的大菜桌,在客厅的西侧近窗处,就攒坐着很热闹地谈论的一群。

"这个会址每月的开支怕也不少罢?"

在半晌的沉默后,曼青看着仲昭说。

"总得二百五十元以上。成立了三个月,也花了一千多了。但是我们的旧同学现在大半是阔人了,这一点点数目,并不为难。他们花钱的人,是不愿意到这小地方来的,却便宜了我们几个穷小子。"

仲昭一面回答,一面站了起来,向客厅西侧走去,想听听那边的一群在议论些什么。他刚到了大菜桌旁边,人堆里早跳出一个尖俏的声音来欢迎:

"新闻记者来了。我给你材料!"

说这话的是章秋柳。她笑吟吟地伸直了身体,两只很白的手在胸前一上一下地揉摩。

"慢着!还没到发表的时期啦!"

低头写字的西装青年忙接着说;却又抽出右手来猛抓住了章秋柳前襟的衣边,用力一拉,章秋柳几乎跌倒。大家都哄然笑了。

仲昭知道他们这一伙又玩着什么把戏了;他随手拉出一把圈椅来坐坐,也笑着问道:

"发表还没到相当时期,旁听大概是准许的罢?"

"自然可以。并且欢迎你加入讨论。"

西装青年把自来水笔插在胸前的小袋里,抬起头来说;曼青这才看清楚就是曹志方。在学校的时候,曹志方比曼青低两级;然而因为他喜欢做事,差不多全校都认识他。现在隔开了两年多,曹志方还是从前的曹志方;固然不会苍老些,也仍是那么伉爽爱闹。

曼青不自觉地也走到这一群的旁边了。除了章秋柳和曹志方,还有二男一女。曼青都觉得很面熟,可是记不起他们的姓名来。

看见曼青过来,曹志方就睐着半只眼睛说:

"老张,听说你做了官了,怎么又肯屈尊来这里?这里,同学会,从没来过半个官;就是来了,也要吃我一顿臭骂。刚才看见你和王大记者同来,以为你们是接洽官场的什么要公来了,倒不便来招呼。好罢,既然今天光顾了,同学会的捐款是逃不了的了。"

"老曹,不要开玩笑,曼青做官做出一肚子气来,现在已经不做了。"

仲昭忙插进来加以说明。

"哦,也还有做官做厌了的人。老张,这就算你也是同志罢。坐下来谈谈。你大概不记得这几位的名字,我替你介绍。"

"密司章是向来认识的,其余的三位也都很面熟。"

曼青接着说,带几分不自在地笑了一笑。

曹志方好象没有听得,还是指着说:"章秋柳,有名的恋爱专家。"又指着穿琥珀色旗袍的女子说:"王诗陶,三角恋爱的好手……"

"不许你瞎说!"章秋柳拿起王诗陶的手来要掩曹志方的嘴,"我来介绍。那是徐子材,顶刮刮的政治工作人员,可怜他现在不挂武装带,只穿得一身破洋服,几乎连老婆也快要让渡给别人了!"

曼青和仲昭都忍不住笑了出来。

"当真连老婆也快要让渡了!"徐子材却板着脸很认真地引进了自己,"只可惜不活动的老婆,销路不很好。"

"你又来侮辱女性了!"王诗陶和章秋柳齐声抗议。

"还有一位是龙飞,永远演恋爱的悲剧。"曹志方指着一位穿长袍的少年说。"他们三位,王龙章是这里著名的情场三杰,比黄埔三杰,还要响啦!"

"都是老同学。"仲昭也凑着说。"张曼青,想来大家都知道这个名字。他是前天刚到了上海的。"

"我们知道。现在先讲正事,刚才我们谈了半天,谈出一个主意来了。我们打算组织一个社。"

曹志方异常严肃地说,眼光在众人脸上掠过,最后停留在曼青那里,似乎先要探询他的意见。

"是的,我们要组织一个社。"章秋柳抢着说。"我们这一伙人,都是好动不好静的;然而在这大变动的时代,却又处于无事可做的地位。并不是找不到事;我们如果不顾廉耻的话,很可以混混。我们也曾想到闭门读书这句话,然而我们不是超人,我们有热火似的感情,我们又不能在这火与血的包围中,在这魑魅魍魉大活动的环境中,定下心来读书。我们时时处处看见可羞可鄙的人,时时处处听得可歌可泣的事,我们的热血是时时刻刻在沸腾,然而我们无事可做;我们不配做大人老爷,我们又不会做土匪强盗;在这大变动时代,我们等于零,我们几乎不能自己相信尚是活着的人。我们终天无聊,纳闷。到这里同学会来混过半天,到那边跳舞场去消磨一个黄昏,在极顶苦闷的时候,我们大笑大叫,我们拥抱,我们亲嘴。我们含着眼泪,浪漫,颓废。但是我们何尝甘心这样浪费了我们的一生!我们还是要向前进。这便是我们要组织一个社的背景。"

听了这一番慷慨激烈的话,曼青只是点着头,他虽然有些悲观,虽然倦于探索人生的意义,但亦何尝甘心寂寞地走进了坟墓;热血尚在他血管里奔流,他还要追求最后的一个憧憬。不过组织什么社一类的事,他却看透了;他见过许多会许多社,除了背后有野心家想利用的,算是例外,其余的还不是刚开了成立会便唱挽歌么?他是不愿意再干这些徒劳无益的事了。他早已想过,在这无事可为的时候,却有一件事是他所能做,应该做,而且必须做;他认定这便是他的最后的憧憬。

因此他对于曹志方的询问的眼光,和章秋柳的热烈的议论,只是微笑地点着头,没有半句话。

"说得痛快极了。秋柳,你这番话,就算一篇宣言罢。只是这个社是做些什么事业的呢?"

仲昭很认真地热心地问。

章秋柳还要开口,却被龙飞拦住:

"漂亮的小姐,不许你再演说了,时间宝贵。仲昭,你问社的事业么？我们有过详细的讨论,老曹都记下在那里。"

"我也都记在脑子里,"王诗陶说。"第一,我们要出版一种杂志,发表主张,批评时事。第二,我们要做社会运动……"

"第三,我们要团结方向相同的人。"

徐子材也加进来说一句;双手作了个拥抱的姿势,几乎把章秋柳揽入怀里。

"还有第四呢!"曹志方从衣袋中摸出一张纸来看看。"第四是:不许再到跳舞场,不准拚命喝酒,不准发狂恋爱——秋柳,是不是?不准再闹三角恋爱——诗陶,你得记着。龙飞也不准再演恋爱的悲剧。但也许可以演恋爱的喜剧。章程上却没有明文。哈,哈!"

仲昭和曼青都忍不住大笑了。

"老曹又来开玩笑,该打!"章秋柳装作很生气的样子。

"章程上应该加一条,不准开玩笑。"龙飞笑着说。

"那还成个章程么?不再玩笑就是了。我们谈正事。老张,老王,你们的意见怎样哪?"

曹志方说时挺一下身体,眼睛看定了曼青和仲昭。

曼青此时心头挤着无数的感想。他知道这伙人确是焦灼地要向上,但又觉得他们的浪漫的习性或者终究要拉他们到颓废堕落;如果政治清明些,社会健全些,自然他们会纳入正轨,可是在这混乱黑暗的时代,象他们这样愤激而又脆弱的青年大概只能成为自暴自弃的颓废者了;王女士的三角恋爱,龙飞的恋爱的悲剧,他都不很明白,但章女士之善于恋爱,他却是亲身领教过的;他回想到在学校时的生活上的一段微波,他不禁悚然,他觉得自己也还是幸而免于浪漫的;他又想到现在的青年无论如何总还是纯洁的,热烈的,因而他更加确信自己目前的憧憬是唯一的有意义的出路。在迷惘的感念中,他忘记了自己,忘记了眼前的许多人,直到仲昭的话声惊觉了他。

"你们的主意很好,我自然没有什么不赞成。可是我整天忙着报馆里的事,怕未必对于你们有什么帮助。并且不许再到跳舞场一层,我先就办不到;并不是我喜欢那些地方,为的是既然当了新闻记者,不能不到各处去跑跑。"

"特准你到跳舞场就是了!"

曹志方几乎没等仲昭说完,就很爽快地喊了出来。

龙飞对王诗陶做了个鬼脸,章秋柳在徐子材耳边轻轻地说了一句。徐子材就冒冒失失地高声叫道:"打倒迭克推多①!"

"老徐!"曹志方急转过脸来说,"你又来温习你的政治工作人员的老调了! 你们要老王进来,自然也要特许他到跳舞场,说过不准开玩笑,你先来犯规则了。"

章秋柳把面孔捧在手里,忍住了笑;随即她又抬起头来看着曼青的脸说:

"曼青,怎么你老不说话?"

嘴边浮出一个寂寞的微笑,曼青还是没有话。

"曼青是比你们还苦闷些,他很消极。和我们的怀疑哲学家差不多呢。"

仲昭又从旁加以说明;同时,那位怀疑哲学家的枯瘠的身体,胡须养得很长的三角式的狭脸,炯炯的目光,冷气冲人的苦笑,短而锐利的话语,都一一浮现在仲昭的心上了。他不自觉地向曼青望了一眼,似乎将他和心上的人形作一比较。

"然而我还没绝望。"曼青终于发言了。"略感得几分疲倦,是有的;然而还没绝望。人生是多方面的,我们的出路不止一条;在阴霾的包围中,我看见一线的光明;在许多路走不通时,我寻出最后的一条路;对于现在失望了的时候,我把希望寄托给将来。我并未绝望。我的勇气是要回来的,不过已经换了方向。我真心地说,组织什么社一类的事,已经引不起我的热心。并不是觉得这些事没有意思,我只是厌倦了。我追逐过许多憧憬,但现在全部幻灭了;团体生活也是其中之一。现在我要把我剩余的勇气和精神来追逐最后的一个憧憬,来打通我们最后的一条出路。我也诚意地劝你们姑且来考虑一下我

---

① 英语 dictator 的音译,意即"独裁者"。

所走的方向是不是值得我们把心血去浇灌的。"

"算了！你不赞成立社。"

曹志方很不高兴地截住了曼青的话语。

"曼青,你始终没有说明白你自己的主意呢！你的最后的一条路是什么？是组织暴动罢？哈,可惜你不行,和我差不多！"

章秋柳斜倚在龙飞的肩头,很有兴味地追问;她的柔媚而又带刺的声音,把在场的一群人都逗笑了。

"不是。我的最后的憧憬,最后的出路,是教育！"

曼青却十二分认真地回答。

教育？这个怪冷的名词在目前的场合出现,真是太兀突了;而且又是多么无聊！教育,教育;人们嚷着至少有二三十年了,然而有的是什么？有的是一个极大的遁逃薮。前清的举人秀才,洋翰林,青年会伟人,甚至失意的政客,都来办教育。在一般出入政学两界的人,办教育也和出洋考察一样,成为下台的代名词了。难道曼青也学得了这个秘诀么？曹志方他们想着都忍不住笑到滴下眼泪来。便是仲昭也有几分纳罕,至少以为曼青是愈变愈迂阔了。

"你们觉得我的话太奇怪罢？"曼青慢慢地很严肃地接着说,"其实没有什么奇怪。一个人到了老年——我是比方说,一个人到了老年,觉得自己的一生快就完了的时候,回顾着自己的过去,看见种种过误,种种错失的机会,都是无法挽救了,便会希望他的儿子不再象他自己一样;他把全部的壮志,全部的希望都寄托在儿子身上。我现在差不多就有这样的心情。我觉得我们这一代是无可挽救,只能希望下一代了。但是我所以拣定教育做我的最后的憧憬,却还有更深刻的原因,更坚强的理由。过去的一年经验告诉我,虽然社会如此的黑暗,政治是如此浑沌,但是青年的革命情绪并不低落。是的,青年！愈年青的人愈勇敢,愈热烈,愈革命。中学生比大学生可爱,小学生又似乎更强。愈小的,愈狠！这是一个事实。中华民族的前途,操在他们手里。现在有许多人自居为青年的导师,其实是梦想罢哩！青年终必要走上他们自己的历史的路,谁也不能引诱他们到别的地方！"

曼青委实是很兴奋了,额上渗出几点汗珠,苍白的面颊也微泛红色;他略一停顿,举起左手来向空中一挥,用力地重复一句:"他们终必要走上他们自己的历史的路呢！"

"而他们自己的历史的路是:十七八时要改造社会,二十七八时与社会推移,三十七八时跟在社会背后,四十七八时从后面拉住了社会！"

从客厅门边来了这一串冷冷的声音。

曼青的心突然一缩;平举的左手,不知不觉垂了下来。大家的眼光都转向门边,虽然他们——除了曼青——听着那声音早知道来者是谁！

"又是我们这怀疑派哲学家来了！这黑影子！"

王诗陶很扫兴地自语着。

一个枯瘠的人形,从门边移到大菜桌的一端时,曼青才认出来就是同班的史循,可是已经怎样地衰颓啊！虽然他的脊骨还是直挺挺的,他的步武也很轻捷,他的前额并没多少皱纹,只不过是多了一部乱蓬蓬的胡子,只不过是枯瘠而已。但是"衰颓"已经成为这个人的特有的气味,正象粗豪是曹志方的特有气味。

史循拣了章秋柳身旁的椅子坐下,把他的一对细而有神的眼睛轮流地审察各人的面孔。

"哦,史循,两年工夫在你却就是二十年,几乎认不得你了。"

曼青惘然轻声地说;他看见这位枯瘠的人和明艳丰腴的章秋柳并坐在一处,成为一个强烈的对照,又感触着人生无常的忧哀了。将来的章秋柳终不免要成为现在的史循,或许更坏。

"不过留长了胡子,我并没老啊。可是,曼青,你现在是主张教育救国论了。"

听了"教育救国论"这名词,王诗陶和章秋柳又笑起来。

"并不是什么教育救国论,"曼青分辩着,"曹志方他们要立社,我的意见以为还是教育方面有我们的出路。"

史循很冷峭地摇着头,没有回答。

"怀疑,怀疑;你是什么都怀疑,连你自己是不是史循也在怀疑罢!"

徐子材不耐烦地叫起来。

"怀疑比反革命还要坏些;反革命的凶焰可以助长革命,怀疑却只散布阴沉沉的死气。"

曹志方也十分愤懑地接着说。

"与其怀疑,还不如颓废罢! 颓废尚不失为活人的行动。"

龙飞抱住了王诗陶的腰,高声嚷着。

章秋柳一手推开了椅子,拉住史循,就跳起 tango① 来说:

"哲学家,怀疑的圣人! 这是 tango,野蛮的热情的 tango,欧洲大战爆发前苦闷的巴黎人狂热地跳着的 tango! 你也怀疑么?"

笑骂和狂乱,同时在这暂得宁静的客厅里爆发起来了,对象是怀疑的史循。徐子材突然站起来,作了个"立正"的姿势,却又右手按住了龙飞的肩胛,左手抓得了王诗陶的臂膊,对着章秋柳喊道:

"来呀! 情场三杰! 我们来打破这怀疑的黑影子罢! 用我们旋风般的热情来扫除这怀疑的黑影子罢!"

五个人把史循包围在核心;笑着,嚷着,跳着,搅成了一团。

曼青睁大了惊异的眼,呆呆地看着;他猜不透那五个人对于史循的举动是恶意呢抑是戏谑,但随即唤起了一个久远久远的印象;孩提时受到黑暗和恐怖的侵袭时正也是这么大叫大喊着以自壮的。他觉得完全了解章秋柳他们对于这位怀疑的史循的畏惧的心理了。他闷闷地嘘了口气,却听得仲昭的安详的口音似乎在对自己说:

"又是对于怀疑哲学家的攻击了。这是每次遇见时照例的仪节。"

史循已经从包围中逃了出来。在略远的一张椅子坐下后,他依然冷冷地把他那一对细而有神的眼睛轮流地审察各人的面孔。

---

① 英文,即"探戈"舞。

"怀疑家,你大概已在怀疑刚才的一闹是不是真有其事罢?"

章秋柳大笑着说,一条腿尚悬空半翘,作跳舞的姿势。

"另一个问题我在想。"史循回答。"我想自杀,但又怕只成了滑稽电影里的故事;手枪子弹打进嘴里去,却仍旧象可可糖一样地吐了出来了。"

回音似的起来的是一片纵声的笑。

"得了,看电影去罢。百星还在映'党人魂',我们再去看一次罢。"

曹志方这几句话从笑声中透出来。

"什么时候开映?"王诗陶问。

"第二次是五点三十分。"

"只剩二十分钟了,马上就去。"章秋柳看着表说。

龙飞和徐子材连声说"快去",一阵风似的就把两位女士卷了出去。章秋柳到门边时回头对曼青笑了一笑,很妩媚地说:

"曼青,我就住在这儿三层楼;明天上午你来谈谈罢。"

"还有立社的事,也到明天再谈。"

曹志方接着说;但是脚步杂乱地落在楼梯上的声音早把他这句话压平了。客厅里只剩下王仲昭他们三个,都没有说话。大时钟还是毫无倦态地走它的循环的路程,西斜的太阳光很留恋地吻着火炉架上的一张画片。

曼青在回味章女士临去时的一笑。只有他自己知道这淡淡的一笑中包含着无限旧情;他想起一年多前那个机缘凑合的黄昏,想起了当时章女士的每一句话,每一个摄人心魂的动作,以及他自己的沉醉的心情。那时候,正值他满眼是希望,满身是劲,而章女士呢,也似乎没有现在这么浪漫;他们谈论革命的发展,民众的觉醒,将来的希望,终于谈到恋爱。在水银样的月光下,章女士的脉脉含情的眼光总没离开过曼青的面孔,而她的胸部又是那样地微微地颤动,她的话语又是那样地婉曼而多暗示;这时的情景,任何人不能自持! 当她低声诉说,虽然有许多男同学和她好,可是她没有爱人,曼青忍不住拥抱了她的温软的身体,吮接了她的鲜红的嘴唇。然而,仅此而已,仅此而已,第二天,曼青就为了党国的大事离开了学校,离开了章女士,直到现在。彼此音讯不通,这月下的一幕,只象一个梦,不敢回忆的一个梦。现在忽又重逢,纵使章女士还是当日的章秋柳,纵使她的两次倩笑还含着无限的深情,可是曼青却已不是昔日的曼青。人生真是多么变幻啊!在刹那的回忆中,曼青所唤起的,却不是温馨的旧爱,而是辛酸的感伤了。他不知不觉叹了口气,转脸看着仲昭和史循说:

"唉,只是短短的一年,只是短短的一年,然而我们的旧同学都已经变了样子。章秋柳明艳犹昔,只怕性情也有些不同了罢!"

仲昭不置可否地点着头。

"刚才我说我认定最后的憧憬是教育,似乎你们以为我太迂;仲昭,实对你说,近来我的思想,在各方面都有了变动。从前我喜欢紧张热烈的生活,现在相反了。现在我要静的不见近功的刻苦的生活。这可以说是我目前生活态度的趋向。因此我不赞成他们的社,因此我要投身教育。我觉得我这新的生活态度把我的许多观念都改造过了。即如在恋爱方面,现在我的理想的爱人是温柔沉默,不尚空谈,不耻小事的女子;象我们的女同学那样的志士气概,满身政治气味,满口救国救民,所谓活动的政治的女子,我就不大欢喜了。"

曼青不能自已地继续着说,竟没觉到默然坐在那边的史循的脸上正浮出一个令人发悸的苦笑。

仲昭却觉到了,他看着史循说:

"我们的哲学家有什么意见?"

"我看见的,只是循环而已。人性有循环,一动一静。"史循简峭地回答。

"又引起了你的循环论了。"仲昭笑着说。"但是,老史,你的话未免太冤枉了曼青。他不是动极思静,他是看见了太多的不满意,有激而然罢了。"

"你看见了许多不满意么?曼青!大概你所见的,也只是表面。不然,你不会又把教育当作新憧憬。"

"当真的,曼青,我也不赞成你入教育界,你还是也来干新闻事业罢。"

"如果教育也无可为,新闻事业难道会好些么?笔尖儿早就让位给枪杆子了。"曼青不服气似的反驳。

"仲昭主张的,本来就是新闻救国论。"

史循又冷冷地送来了这一句。

"哈,哈!你又给我题了新名儿了。何必定要牵涉到救国的大问题呀。曼青,现在果然谈不到什么舆论的尊严,或是言论的自由!可是我以为就个人立身择业而言,比较地还是新闻界有些意思。但只是个人择业而已,谈不到救国救人的大问题。近来我很讨厌这些大帽子的名词;帽子愈大,中间愈空。我以为切切实实地先须救自己。把自己从苦闷彷徨中救出来,从空疏轻率中救出来。要做一个健全的人,至少须要高等的常识,冷静的头脑,锐密的观察,忍耐的精神;我所以喜欢新闻界,就因为新闻记者的生活可以把我自己造成为这样的一个人。"

"那么仲昭,"曼青说,"你是把新闻界当作做人的学校了,却不是你的生活的憧憬。没有憧憬的生活是空虚的生活;你总得另外有一个憧憬?"

仲昭微微一笑,没有立刻回答;在他的向空凝瞩的眼前,浮出一个身材苗条的女子,纤白的手指上微沾些白粉笔的细屑,正捏着一张新闻纸细心地读着,嘴角上停留住个嘉许的笑容。

"我现在是卑之无甚高论,"仲昭把眼光移到曼青脸上,很安详地说,"我暂时摒弃了一切高远的,伟大的,免得幻灭。我只选定了一个在许多人看来是毋须那样用力追求的对象作为我的生活的憧憬。而新闻事业就是达到这个目的的途径。"

曼青不甚了解似的点着头,可是也不再问了。

"然而这个,当然是目前的事;人生追求的对象,一定很多。我不过先拣了最近的一个——在我也是最神圣的一个,作为我现在努力的目标。"

仲昭兴冲冲地继续着说,他自觉得脸颊微微发热,快乐的希望在他全身血管里迸跳;他又看见那苗条的艳影卓然立在他面前,遮蔽了一切,成为他的全宇宙,全生活了。

来了个短短的沉默。

终于史循的声音象午夜的远处钟声震动了曼青和仲昭的耳膜:

"姓张的,要追逐新的憧憬,教育;姓王的,正努力于自己认为神圣的对象;姓曹姓章的五六个人要立社,不甘于寂寞;姓史的,却在盘算着如何自杀。但在怀疑者看来,都不过是怀疑罢了!"

二

从同学会出来,仲昭便往报馆去。他在霞飞路上走着,意态很是潇洒。曹志方他们的苦闷,张曼青的幻灭,史循的怀疑,在仲昭看来,都不过是一种新闻材料,并未在他心灵上激起什么烦恼。新闻记者的常和丑恶的现实接触的生活,早已造成了他的极冷静的——几乎可说是僵硬的头脑;即使有时发生感慨,至多亦不过象水面的一层浮油,摇漾片刻之后,也就消散了。然而这,又并非说他是麻木地生活着。不是的,他确是有计划地做他的生活的工作的。他的自意识,也许比任何人都强些。他是习惯于三思而后行的人;在学校时,大多数同学热心于国家大事,他却始终抱定了"不要把事情看得太容易","不要理想太高"的宗旨,他以为与其不度德不量力地好高骛远而弄到失望以后终于一动不动,还不如把理想放得极低,却孜孜不倦地追求着,非到实现不止。他就是这么一个极实际的人。所以他而有一个目标在追求,那就是他的全世界全人生,他用了全心力奔赴着,不问其他。

现在仲昭的憧憬就是时时刻刻盘踞在他心头的女影。一个多月前,在一处游艺会里仲昭第一个遇见了这位女性。那一天,是全省中等以上各女校的联合游艺会,真所谓有女如云,然而只有一位穿素色衣裙的,身长腰细,眉尖微颦的女子,走进了仲昭的心,并且永远赶她不去。那时仲昭简直不知道她姓甚名谁。如果永久不知道,倒也罢了;不巧的是第二天就有一个同事报告她的姓名是陆俊卿。更不巧的是那同事竟和她同是嘉兴人,有一面之雅。最不巧的是那同事非常爱管闲事,竟把他们俩介绍了。于是平静的仲昭的心开始有波澜了;天降下这位女士来试验仲昭的能力,试验他有没有魄力来追求这第一个憧憬。

他们的交谊渐渐浓密了,同时他们的困难问题也展露了。陆女士有老父——一个太会替儿女操心的老父,思量着他的女婿该是一个非常人。而陆女士自己也正是她父亲的女儿,有的是大志和孝心。所以在他们认识以后不久,仲昭就看出来,除非他自承怯弱,抛弃了这憧憬,不然,他不得不做一个非同等闲的人。为的陆女士曾经表示过,新闻事业是最有意思的对于社会的服务,仲昭便决定在新闻界上露头角;他进新闻界还不到三个月,当初以为这只是一种职业,至多亦不过可以锻炼身心而已,但现在则新闻事业成为他达到憧憬的阶梯。他非得在新闻界中成为一位名记者不可了。他自知他这动机是纯洁的,——不为名,不为利,而为爱;他又自知这也不是幻想,他有把握。

就为的要实现他的美满的恋爱的憧憬,仲昭现在轻松地在霞飞路上走着,奔赴他的岗位。残阳曳长了他的影子,在人行道上的榆树中闪动。街心悬空电线上的路灯,也已放了光明。

"夜报呀,看夜报!《江南夜报》!"

卖晚报的孩子的吆喝声邀住了仲昭。他买了一份,就翻出第四版新闻来,一面走,一面看。刺目的五个头号字"又一绑票案",诱引着仲昭去看那一条新闻;而同时他想到了自己的报,自己的第四版,以及他上给总编辑的意见书了。一星期前,他把改革自己的第四版新闻的详细计划,正式提出来,可是至今尚未得总编辑的回答。

"许是他老人家忘记了罢!"仲昭焦灼地想。他觉得总编辑太不把他的事放在心上。第四版新闻原不过是社会上的一些龌龊的琐事,在总编辑看来,或者正是报上的一块烂肉,徒因别家报上也有,姑且让其存在,至于整顿扩充,那就未免多事了;也许总编辑的置之不理,就是这个暗示罢?虽然仲昭的计划里竭力抬高这些丑恶的琐事的身价,称之为"全市的脉搏",以为由此可以测见社会的健康的程度,但是总编辑或者正在那里暗笑他的夸大狂罢?"烂肉"也好,"脉搏"也好,仲昭本不想做一家报馆的忠臣,大可俯仰随俗,不事纷更,但想到既然为了恋爱的缘故,一定要在报界露头角,便不能不使他所主编的一栏有些特色,然而不懂事的总编辑竟象是在那里故意作难了。

仲昭不免有些忿忿了,巴不得立刻到报馆,找着总编辑问个明白。他跳上一辆人力车,只说了"望平街"三个字,就一叠声催着快跑。

进了报馆,仲昭直奔编辑室,帽子还没除下,就把手指按在电铃上,直到一个胖茶房趿着鞋闪出在他面前。

"总编辑来了么?"

"没有。早得很哩!"

茶房的口吻也似乎不很尊敬这位第四版编辑,至少以为仲昭这样早就问总编辑有没有来,是大大的冒失。

仲昭闷闷地吐了口气,看编辑室里,静荡荡的只有几张桌子,大时钟正指着六点十分。隔壁的校对室内却有几位等着吃报馆里夜饭的校对先生在那里有声无气地闲谈。实在是太早了一些,正象他的同事彭先生常说的"还可以下两盘象棋再动笔"。

但是各人的桌子上却已经堆着许多信件。仲昭拿起了自己桌子上的一叠,把几个油印的快邮代电搁开,就坐下来拆阅四五封写着"本埠新闻编辑先生大启"的来信。第一封是某公司的,很简短的几句,要求勿再披露他们的经理被绑的新闻;第二封是某工厂的事前预防,在说了一大段理由后,归结于"所有敝厂工人罢工消息,千乞勿予登载,至纫公谊";第三封信寄自某路某公馆,说是:"报载敝宅日前盗劫,损失现金二千元,并架去十八岁使女一名等等,全属子虚;此后如续有谣传,务请屏斥勿录。"仲昭皱着眉头,鼻子里哼了一声,随手将那三封信撂在一边,仰起了头,看着天花板纳闷,他不愿意再看剩下的两封信了;他可以断定还是那一套"请勿"的老把戏。他想,每天总有这等样的信好几封,这也乞勿披露,那也务请屏斥,还有什么好的新闻剩给第四版?盗劫,绑票,罢工还不是很重要的新闻么?这里藏伏着一个根本的社会问题,这就是"全市的脉搏",这在社会意义上,比某要人坐汽车撞伤了鼻梁,委实是重要得多;然而前者的事主不愿意声张,后者的事主却自己送来了连篇累牍的"碰鼻子"新闻。报馆记者实做了"收发",丝毫没有选择新闻的自由。这就是新闻事业,这就是记者生活!仲昭不禁违反本心似的怀疑起自己的职业来了。

他又想起某公馆的盗案来。因为是白昼抢劫至四小时之久,并且掳人,简直开了盗案的新记录,所以事后他亲自去考察过;他亲耳听得事主的家里人详述强盗的人数服装,以及他们的从容不迫的胆大的搜劫,可是现在来信却倒说是"全属子虚",是"谣传"了!案情的严重和事主的太畏怯,都暗示着劫案的背后有一个重大问题;难道这也轻轻地放过,轻轻地诿之于谣传么?

仲昭愈想愈闷,怀疑的黑潮在他心里鼓荡了。象一个受了委屈的孩子,他盼望立刻涌出一个亲人在他面前,让他尽情诉说胸中的抑塞。然而没有。编辑室里只有灰白色的四壁和哑口的家具,他拿起笔来,想把愁怀对他的亲爱的陆女士发泄一下,但写下两三行,猛然一转念,他又把信笺撕碎了。他悲痛地在心里自责道:为什么竟如此脆弱?一切困难阻碍该是早在意料中的,为什么要怀疑失望?把这种脆弱的丑态给陆女士看,岂不是对自己的希望宣告了死刑!呵,人生的路原来不如想象中那样地平坦,只有极懦怯的人才是只看见一块尖石头遂废然思返;这种人是不配有憧憬的。看呀,陆女士的美丽的影子在前招引着呢!她是生活的灯塔!

仲昭不再胡思乱想了,决定等总编辑来时办一个好交涉;他回复了轻快的心情,跑到校对室里找那几位校对先生闲谈去了。

晚饭后,编辑室里渐形热闹;除了第一版编辑主任,似乎一切人都已到齐,大时钟打了八下,排字房也开始催稿了;但各位编辑含着香烟,架起了腿,尽管热心地谈论最近的大香槟票。仲昭已经发了通讯社的稿子,只等几个特约的专访。第三版编辑一面忙着谈"香槟",一面拿了大剪刀在外埠的快报上嗤嗤地剪材料。他有一个习惯——还不如说是他的办事日程;八点以后剪外埠各报,九点以前发完,九点以后就不知去向,直到十一点半再来看看最后的一次快信邮差有没有第三版的材料,他这一天的工作就此完了。

直到十一点以后,才听说总编辑来了。当仲昭走进那总编辑室的时候,迎面而来的一句话就是:

"仲翁,你的计划书,我已经看过了,佩服佩服。可是要实行的话,我们还得从长讨论,从长讨论,那是和报馆的经济状况有关系的。是不是?仲翁,经济问题第一要顾到,第一要顾到。"

总编辑看着仲昭,笑吟吟地说;他的左手的两个指头夹住一枝香烟,右手从一堆旧信里拣出一张纸来轻轻地扬着。仲昭认得这就是他的计划书。

"添两个外勤记者,似乎所费也不多?"

仲昭用商榷的口吻回答,就在近旁的一张椅子上坐了。

"不错。假定每人月薪五十元,总共也不过一百元。可是,可是,仲翁,第四版是人们忽视的,忽视的;我们下这么大本钱,费了许多心力,读者也未必见好。是不是?前天有人介绍一个政治访员来,尚且因为经济关系把他谢绝了。"

仲昭的满腔希望立刻萎缩一半;果然不出他的所料,总编辑把第四版视为无足轻重,犯不着多花钱。仲昭觉得这种心理比真真没有钱更可怕,他须得先战胜了这个不合理的成见。

"总编辑的话何尝不是呢,"仲昭很严肃地说,"人们忽视第四版是个事实,但这是错误的事实,我们应该用力去校正的。我的改革计划便是针对着这一点。本报现在适用新编辑法,把本天的重要事件都登入第一二版去了,留给第四版的尽是些本埠社会琐闻,因此更难引人一看,但也因为这个原因,第四版非改革不可。我的计划书里说得很明白,第四版的中心材料:一是社会的动乱,包括绑票,抢劫,奸杀,罢工,离婚,等等;一是社会的娱乐,包括电影,戏剧,跳舞场等等。这相反的两方面都反映着现代生活的迷狂,是诊断社会健康与否的脉搏。可是眼前所有的这些材料,都不是特意搜探来的,是被动地受供给,而不是主动地去搜寻。所以只觉得是一堆讨厌的垃圾,没有多大的新闻价值,更没有半分的社会意义。自然这也难怪。一般本埠访员并没有什么社会学的知识,又没有尖利的眼光;他们看不见事件的背影,找不到事件的核心。我们现在要使这个垃圾堆放光彩,就不能专靠几个老访员,非用外勤记者不可了。我主张至少用四个外勤记者,就打算分配在四方面,有系统有计划地去搜集新闻。一个月以后,我们的第四版,便可以成为最有意义的现实社会的实录。"

"哦,哦;你的计划很不差,不差;我早已说过。但目前的困难问题是经济能力问题,这是个无可奈何的事实,是不是?"

总编辑半闭了眼说;仲昭的议论,显然不能鼓舞他起来。

"那么,第四版的改革问题,不必再提了?"

仲昭追进一句,很露着不高兴的神气。

"那个,迟早要仰仗大才的啊,能改革,自然还是改革的好,迟早要仰仗大才的。我们慢慢地来筹划罢。此刻,姑且维持原状,是不是?"

总编辑敷衍着说,一面把手指按在电铃钮上了。

"如果单是经济为难,不妨把第四版的助理编辑裁了,腾出这笔开支来聘请外勤记者。我的工作加重些倒不要紧。"

仲昭表示了大大的让步了。

"那也不必。"总编辑沉吟有顷,方才回答。"那也不必。为此打破了一个人的饭碗,也是怪可怜的。我们慢慢地另外想法罢。"

现在仲昭看了出来:根本问题还是总编辑不愿意改革第四版,或至少以为改革是多事;所谓"慢慢设法"不过是搪塞而已。仲昭简直有点生气了。

"请编辑第一版的那位王先生来!"

总编辑回过头去对进来的茶房说。

"近来常接外边的信,要求不登某项新闻——今天就有五封,都是些绑票劫案和罢工的新闻。我们怎么办呢?"

仲昭转了方向又问;虽然他料得到将有怎样的答案。

"自然不登,免得多生枝节。是不是?"

"那么,材料更加缺乏了。"

"这个不妨,不妨。反正各报都是一样,都不会登的。登了反多麻烦。"

总编辑说时微微地一笑,似乎把自己的新闻办到和别家报纸一样就是莫大的成功,就是新闻事业的秘诀。

仲昭也苦笑着站起身来。总编辑接着又说:

"罢工新闻尤其要慎重登载。太登多了就有赤化的嫌疑,赤化的嫌疑。至于厂方自己来要求不登,当然更其应该不给披露了。"

仲昭只点了点头,就走了出来。他到今天方才知道总编辑的办报宗旨是"但求无过",至多是但求不比别家坏;并且他们的对象也不是社会上的读者,而是报界的同业;他们的新闻的使命不是对社会传达消息,而是对别家报纸的比赛,为的是别家报上有这么许多新闻,所以自己也不得不有,如果各报能够协定了只出一张空白,他们准是很乐意的罢? 仲昭忿忿地想着,拖着一对腿,懒懒地走向编辑室。

坐在自己的办事桌前,仲昭捧着头默想。但是他不能想,耳朵里的血管轰轰地跳着,发出各种不同的声浪;这里头,有史循的冷澈骨髓的讽刺,有曹志方他们的躁闷的狂呼,有张曼青的疲倦的呻吟;这一切,很残酷地在他的脑壳里纵横争逐,很贪婪地各自想完全占有了他。似乎有一张留声机唱片在他脑盖骨下飞快地转着,沙沙地放出各人的声调;愈转愈快,直到分不清字句,只有忒楞楞的杂音。忽然,象是脑子翻了个身,一切声音都没有了,只有史循的声音冷冷地响着:人生是一幕悲剧,理想是空的,希望是假的,你的前途只是黑暗,黑暗,你的摸索终是徒劳,你还不承认自己的脆弱么? 在你未逢失意的时候,你象是个勇者,但是看呀,现在你如何? 你往常自负是实际的人,你不取太奢的希望,但是现在看呀,你所谓实际还不过是虚空,你的最小限度的希望仍不免是个梦!

仲昭抬起头来,撮着嘴唇嘘了口气;同时把身子一抖,似乎想挥去那个悲观怀疑的黑影子。他自己策励自己;我们的生命的线中本来有光明的丝,也有黑暗的丝,人生的路本来是满布了荆棘,但是成功者会用希望之光照亮了他的旅途,用忍耐的火来烧净了那些荆棘。又似乎在驳斥幻觉中的史循的议论,他想:世上何尝有天生的勇者,都是锻炼成的呀;眼前的小顿挫,正该欢迎。太如意的生活便是平凡的生活。太容易获得的东西便不是贵重的东西。既然还不能一步一步地走,不如先走半步,半步总比不走好些。他又责备自己:一切本在意料中,何必如此神经过敏?你不是对于世事的蜩螗已经很能冷然处之而不悲观么?为什么遇到自身上的小小阻碍就不能动心忍性?

这么反省着,仲昭忍不住独自微笑了;他觉得适才的烦扰太没有理由;他应该再实际些,把理想再放低些,把他的改革第四版的计划再缩小些,先走了这么半步再说。总编辑并未决然反对,先做半步未必没有希望。与其坚持原议,弄成一动不动,倒不如另作一个最低限度的改革计划,求其实行。改革事业无论大小,都是性急不来的,只好灰色些,一点一滴地设法,可不是么?

从报馆里出来,仲昭又回复了他的轻松的心情了。他在凉爽的夜气中回家去,一路上就在考虑如何缩小第四版的改革计划,使成为总编辑看来也未始不可一试。他回到家里,立刻就起草他的新计划,直到午夜二时方才上床。

第二天,仲昭接到了陆女士的一封信,其中有这么一段话:

……自从接到了十七日的信,我就天天盼望报纸上的新计划;每天的报一到我手里,我就先看第四版。但是每次只有空的期望。第四版直到如今还未实行改革。仲昭,这是什么缘故呢,难道你取消了你的计划么?我想来一定不是的。大概是进行上有什么困难罢?你的主张,你的办法,在我看来,都是很好,该不至于有人反对罢?即使有些阻碍,我相信你的精神和毅力总可以把它们排除的。也许这十天来,你正在忙着这个呢!我盼望你的计划早早实现。你说将来的幸福,全在你的事业有无成就;你不是说过不止一次,而且上次的信里也有这句话的么?我懂得你的意思呢!你这样尊重我父亲的意思,我是很感激的。不过父亲也不是固执的人。他的,也是老人对于小辈应有的期望。仲昭,我相信你也是了解的。前天,父亲回家了,我希望你能够来我家一次,和父亲见见。星期六此间有庆祝胜利的会,校中放假一天,报馆里想来也是休息的罢;你能不能在这一天来呢?……

仲昭把这信读了两遍,又拿到嘴唇上亲着。多么甜蜜的一封信呀,给他希望,给他力。虽然因为自己的新闻计划不能立刻全部实现,有负心爱人的期待,不免使他怅然而又赧然,但是一想到爱人是如何地信任着他的能力,便从心底里发出骄傲的笑声来了;虽然总编辑的冷淡的嘴脸不大好受,但是一想到爱人也灼见他的困难,那就已经得到了莫大的慰借了。现在仲昭自觉得是世界上最幸福的人了;他愉快地冥想着陆女士的春装该是如何的轻艳,象她那样玉立亭亭的身段,穿了薄绸的衫子,让和风来吹扬她的襟袂,是多么醉人呀!他又推想陆女士的父亲,该是怎样的一个老者,是温蔼的,抑是威严的?他匆匆地翻日历,数着一张一张的纸片,一,二,三……离开陆女士约定的日期还有四天!不管报馆里是否有一天的休息,他是决定去了。他希望这四天并作一天过去,他又希望这四天长到象四年,以便他把第四版改革得十分完善,带了这新成功去,作为赘见。

他决意要在这可宝贵的四天内,尽可能地刷新他的第四版的面目。因为不耐烦等到晚上十一点,在下午二时他就找上了总编辑的家里了。把隔夜做好的新计划递给总编辑看过以后,仲昭很安详地说:

"这个新计划的目的,就是想在报馆的经济能力的范围内把第四版弄些活气出来。依这计划,外勤记者暂时可以不添;关于社会的动乱方面的新闻,如绑案罢工之类,既然不便多登,我们就维持现状,先用力来整顿社会的娱乐一面的材料。目下跳舞场风起云涌,赞成的人以为是上海日益欧化,不赞成的人以为乱世人心好淫,其实这只表示了烦闷的现代人需要强烈的刺激而已。所以打算多注意舞场新闻。"

"很对,很对,不过太便宜了各舞场,代他们登义务广告了。"

总编辑点着头,徐徐喷出一口香烟,笑着说。

"还有离婚事件,近来也特别多;这又是一个重大的社会现象,很值得注意。但是除了涉讼的离婚案还有记载,此外登一条广告宣告离婚的,可就没有新闻上的记录了。我们也应该据他们的广告去探访,给它详详细细登载出来。"

"这——也未始不可。然而总得谨慎,谨慎;免得惹人质问。"

"编辑上的细目,譬如材料分配,改换排式,变更字体,——我都写在计划书内,大概没有什么办不到罢?"

"大致可以办到,但是,"总编辑看着计划书说,"你要用仿宋字和方体字的题目,却有些为难。仿宋字要去买,价钱就不轻;方体字是现刻,如果用多了,报馆里只有一个刻字人,又怕赶不及。字体一层,还是将来再换罢。"

仲昭料不到在这里还有阻碍,但是他很聪明地不再坚持了。他已经取了让步政策,从一步变为半步,现在便也不惜再慷慨些。

"还有一层,"总编辑又看着仲昭的计划书,慢慢地说,"仲翁,你不是想按日登载各舞场的概略么?这也是一种有用的系统材料,很好很好。可是你打算特约人来投稿,我以为大可不必。由报馆给各舞场送一封通函去,请他们自己写一点来,岂不是更方便么?替他们鼓吹的事,难道他们不愿意么?如果请别人做,他们又要嫌记载不实,写信来要求更正,很是麻烦,麻烦。"

仲昭睁大了眼,不解总编辑何以如此怕麻烦。他忍不住不说:

"我也知道请他们写一点来,是轻而易举,却就怕的他们写来的尽是些版版的官样文章,没有兴趣,没有价值。"

"宁可官样文章罢。投稿而加上特约两个字,那些投稿家又要奇货自居了。究竟也不过是些平平常常的东西。"

总编辑说着把香烟尾掷在烟灰盘里,似乎是斥去了那些投稿家。仲昭看着那香烟尾埋进了烟灰里,觉得他的半步之半步的计划又缩小了几分之几了。他抬起眼来看着总编辑的光油油的面孔,仿佛看见那上面有两个大字是:"省钱!"他正想分辩他所特约的人未必趁火打劫,可是总编辑又接着说了。

"你的计划书上又说起打算不登各商店送来的'新到各货'的消息,以为没有新闻价值;话何尝不是呀,可是他们都在本报上有广告,我们不能不应酬一下,现在姑且仍旧挤在第四版里,待将来我们扩充半张'本埠增刊'时再移出来罢。"

仲昭的背脊骨冰冷了。他觉得总编辑的蚕食主义要把他的改革计划连根啮断了。他早已半步半步地退让,现在似乎是退到无可再退了。他不得不作最后的坚持:

"那么,第四版的地位就不够了。既然不能不登,把他们移在报屁股上罢。这些原来是报屁股上的材料。"

"不能。报屁股上向来不登新闻,人家也未必愿意。仍旧登在第四版,你把他们排在最后就是了。反正不是天天有的,大概不至于挤落别的材料。"

仲昭还想说这是材料纯驳与否的问题而不是挤落的问题,却见总编辑已经伸了个懒腰站起来,笑着说:

"总而言之,你现在的计划,比较地是有实行的可能了。我的意见,大致就是刚才说过的几点——一时想着的,就只这几点;也许陆续还想出要商量的地方,今晚上再谈罢。"

仲昭看来再争也无益,含含胡胡地又敷衍几句,便跑了出来。他本来预定见过总编辑后要到三四个地方去接洽投稿的事,现在倒觉得惘惘然无事可为了;特约投稿办法既然通不过,难道他还要到四处去拉稿子么？他站在路旁踌躇了一会儿，想到同学会去，又想去找张曼青谈天，最后决定回家写信给陆女士。

他并没对陆女士说起他的困难。他是要留着面谈。况且，在事情尚未成功的时候，就向人家诉说艰苦，也似乎近于懦怯罢？在陆女士面前，仲昭是决不肯这样丢脸的。他是打算把第四版改革得象个样子的时候，然后从头细说他所遇到的阻碍，犹如一位将军必得在既奏凯旋以后方肯发表他战斗中的危急的过程，并且喜欢把敌人吹得过分可怕，好衬托出自己的勇武善战。而且抱定了"理想不要太高"的哲学，仲昭对于目前的第二次顿挫，却也毫无感慨了。虽然自己的最低限度的计划又被总编辑修改得更低，虽然半步政策已经降为半步之半步，但是潜伏在他血管里的容忍的本能，已经使他觉得这第二次的失败的打击确没有第一次那样地敏感了。可以说他是已经习惯了失败，也可以说他确是从失败中磨炼出一些勇气来了。他现在的自信则是：踏过了失败的堆，一寸一寸的，一分一分的，他终有完全成功之一日；所不能无怅怅者，在四天后会见陆女士时，怕未必能带了什么成功去了。然而也不是绝无补救，他想；尽他的能力，该可以在短短的四天内先使第四版有一点特色。他可以到各舞场去走走，写一点半批评半报告式的"印象记"——假定是"上海舞场印象记"罢；在这里，他可以用他的锐利的观察，缜密的分析，精悍的笔锋，来吸引社会的视线。这个，既不用花钱，又不会引起人家来质问的麻烦，在总编辑方面一定是无词可借再来阻挡了。

当下仲昭很高兴地先来支配自己的时间；从晚上八点钟起算，八至十在报馆里编辑第四版，十至次晨三时巡游各舞场，以后是睡眠，那么"印象记"的写作只得放在次日下午了，"好罢，就这么办。"仲昭对自己说，一面把新制定的时间表录入怀中记事册。

晚上八点到了报馆，在同事们的架起了腿的高谈声中，仲昭埋头在稿子里，急匆匆地涂抹修改。他发了一个稿子，就向墙上的大时钟望了一眼；他的手指运动着红笔，心里却在布置他的巡游各舞场的最经济的路线。时间慢慢地过去，他桌上的稿子也慢慢地少下去，终于只剩三四张废稿了。九点五十分,他已经发了新闻次序单。他愉快地伸了个懒腰,又把预定的路线再想一遍,便站起身来,飘飘然出了编辑室。

"王先生!请慢走一步,有几句话要和您说!"

这很低然而很沉着的唤声,把仲昭止住在楼梯边。仲昭回头看时,原来是自己的助理编辑李胖子。仲昭疑惑是稿子上还有问题,可是这位小胖子气嘘嘘地拉着他向会客室走,低声地反复地说着一句话:

"王先生,有几句体己话要对您说啦。"

在会客室坐定以后,李胖子把身子挪近了仲昭,堆出一脸笑容,简直不让仲昭开口,就低声地郑重地慢慢地说:

"王先生,您是全知道的啦,我是北方人,是啦,我是北方人,到上海来混一口饭吃。前清时代,我还是个贡生啦,不骗您,王先生,我真是贡生啦,可是,民国世界,翰林进士全都不中用,我这贡生,也就不用说啦。可怜我只在这儿混一口苦饭。王先生,您是全知道的啦,我家里人口多而又多,咳,……"

李胖子就象背书似的,把他家里窘况滔滔滚滚地诉说出来,简直没有仲昭发言的余地。仲昭十分不耐地听着,心里纳罕,以为李胖子是发了神经病了;不然,就是要借钱。他看着表上已经是十点二十分,就硬生生地截断了李胖子的话,问道:

"究竟有什么事,请你直截了当地快说呀!"

李胖子似乎浑身一跳,呆起了胖脸,惊疑地瞅着仲昭,足有三分钟,然后吞吞吐吐地说:

"王先生,您自然全都明白啦,过活是真难!您最是软心眼儿的,您总得担待一些我这走黑运的人,我一世忘不了您的好处!"

"咳,不用说这些话了,究竟你有什么事?直到此刻,我还是不明白。"

"王先生,您自然全都明白啦,您最是好心眼儿的……"

"实在我不知道你为的什么事!"

"王先生,您还在冤我啦!嘻嘻!"

"究竟什么事,赶快说哟,我还有事呢!"

"听说您不要助理编辑,要用外勤记者……"

"没有的事!"

仲昭决然地否认;他这才明白了李胖子诉苦的原因了。

"有的,有的;王先生,您别冤我啦。我到这上海,也有五六个年头儿了,上海话我亦听的懂,什么大世界,小世界,花世界,我全都去过啦。王先生,就请您改派我做一名外勤记者罢。"

仲昭忍不住笑起来了。他很奇怪,为什么李胖子知道这些事。

"那简直是谣言了,谁告诉你的?"

"编第一版的王先生说的。不是谣言。总而言之,求您改派我做外勤记者罢,您如果不答应,我就没有命啦!"

仲昭看表上已经是十点五十分了;可是李胖子苦苦地缠住了,不让他走;仲昭觉得这个人又可笑又可怜,又和他说不明白;末了只得切切实实地对他说:

"本来有这个意思,现在已作罢论了;请你只管放心罢,你的位置是决不会丢的! 今天我实在还有要事,明天再谈。"

李胖子还象不大相信。仲昭抽身就逃出了会客室。

但是在会客室外,又遇见排字人来找他来了。第四版的稿子还差一些,须得补发。仲昭皱了眉头,跑进编辑室,好容易才找出一篇稿子来,正要涂改,茶房又进来对他说,"总编辑请去谈话。"仲昭再看手腕上的表,不多不少,正是十一点三十分。他心里抱怨着:偏偏今天有这许多意外事!

幸而总编辑并没很多的话,只说官厅又有命令,罢工新闻应慎重登载。

仲昭走出报馆的大门时,仰天松了口气,心里说:

——真所谓不如意事常八九;预定的计划,即使是最小的,要在十点钟出去这么一点小事,也难得完满实现。人生的路中就是这么多错失么?

此后直到仲昭回家睡在床上,总算没有什么波折。在愉快的疲倦中,仲昭的唯一希望就是经过了甜蜜蜜的六小时的休息,苏生过精神来做"印象记"的第一篇。但在清晨五时左右,滂沱的雨声就将仲昭惊醒,他猛然跳起来。房内光线很弱,他以为总是阴雨的缘故,后来看表,才知道早得很,便又睡下。这一次,却消纳了整个的上午。

所以第一篇"印象记"的动笔,已在下午三时。檐溜声还在淙淙地响着。空气异常潮闷。仲昭最怕这种天时。他把笔杆拈在两个指头间摇动,回忆昨夜在舞场中的见闻。不知怎的,思绪忽东忽西的,总不能集中。昨夜他到了好几个舞场,见的很多,听的很多,然而此时茫茫漠漠的唤不起强烈的回忆。此时在他脑膜上赶不去的,只有章秋柳!她的妖娆的姿态,她的锋利的谈吐。昨晚是在闲乐宫遇到的。没有龙飞跟在她背后,也没有徐子材象马弁似的不离左右。她对仲昭说了许多话——热情的,愤慨的,颓唐的,政治的,恋爱的,什么都有。只这些话,现在填满了仲昭的脑壳。就把这些话写出来罢?那又不行。不象"印象记",况且人家也不认识这位章秋柳;她不是舞女,也不是伟人。把她的谈话作为"印象记"的开端,似乎不合体例。仲昭本要在舞场中找到一些特殊的氛围气:含泪的狂笑,颓废的苦闷,从刺激中领略生存意识的那种亢昂,突破灰色生活的绝叫。他是把上海舞场的勃兴,看作大战后失败的柏林人的表现主义的狂飙,是幻灭动摇的人心在阴沉麻木的圈子里的本能的爆发;他往常每到舞场,便起了这种感想,然而昨夜特意去搜求,却反而没有了,却只见卑劣的色情狂,丑化的金钱和肉欲的交换了。这些,显然不是他的"印象记"的材料,只有一个章秋柳,象征了他的目标,然而把她写上去以代表一切,又似乎不相称罢?

象悬挂在空中无从着力似的挣扎着,仲昭几次把笔尖落在纸面上,可是终于写不出一个字。他几次掷去了笔,恨恨地想:难道在这一点小事上也藏匿着理想与事实的不能应合么?难道平日所见的舞场上的特殊的氛围气却不多不少只是自己的幻觉么?也许当真是幻觉罢?

于是史循的怀疑的影子又偷偷地掩上来了。仲昭似乎受了一击,斗然全身的肌肉都缩紧了。他放下笔,在房里一来一回地走着;他努力制住自己的思想的激荡,他不敢再想,他怕的再想下去当真要沉没在怀疑的深坑里了。

——看来"印象记"是做不成了?未必。还有三小时留着。材料呢?努力搜索枯肠罢,材料不合用又怎样?加一些曲解么?姑且把章秋柳不露名地写进去罢?

在亢进的感情的烟雾消散后,仲昭又这样无聊地自问自答。当然他不肯就此搁笔不做"印象记",那是关系着他的未来的幸福,那是有陆女士的倩影在无形中催促他呢!他再坐下,提起笔,很郑重地在白纸上先写了题目;他侧着头又凝想了几分钟,慢慢地竟写下去了:"在炮火的包围中,我们听得批娅娜①的幽声……"突然他停笔回过头去,什么!有人进来了。曹志方的粗壮的喉音已经震动了全房的潮湿的空气。

"老王,躲在家里干么?你这里二房东的女用人真可恶,她说你不在家!"

曹志方嚷着跳进来,手里拿着柄大雨伞,索索地还在滴下黄豆大的水珠。他径自坐在仲昭的对面,向桌子上的稿纸瞧了一眼,便呶着嘴说:

"这些无聊的文章做它干么?我们谈正事要紧,昨天下午我们都在同学会里等你,直到天黑也不见你的影子;你真的贵忙哩!今天下了雨,小章知道你的脾气,下雨不出门。你看,这么大的雨,我专诚拜访,二房东的女用人还想骗我,怎叫我不生气!老王,你真是太舒服了,坐在家里干这个玩意儿!"

"你说是有正事,到底也得先说正事呀!"

"正事就是前天讲过的立社,昨天我们商量得更详细了;第一先须有个通讯地址,大家都主张要你来担任这份儿,我特地来和你接洽的。"

---

① 英文 piano 的音译,意即"钢琴"。

仲昭点了一下头表示许可,但也不能不问:

"通讯地址大概就是转信了,是不是?"

"多半是转信,但也许还有别的事,此刻说不定。"

"你何妨先说几件,让我看看是不是我能够担任的。"

"老王,你这话可就怪了!我怎么能够未卜先知!"

仲昭忍不住笑了;他觉得曹志方虽然热心,却始终是胡里胡涂,不知道要办一些什么事;他还是空空洞洞地什么办法都没有。

"目下第一件事是找人。"曹志方接着很郑重地说,"这就不容易。找得到的人,未必和我们意见一致;象张曼青,我们就不愿再去找他了。"

"你们后来又会着曼青么?"仲昭很盼切地问。

"没有。只有小章和他谈过,他已经在什么中学——咳,怪名字,记不起来,总之,是在中学校当教员了。他不赞成我们的办法,他还劝小章不要干呢!所以昨天下午,小章就有点变样子;老王,你说怄气不怄气?"

曹志方说着鼓起了腮巴,捧过案头的茶壶来,嘴对嘴,咽咽地就灌;似乎非此不能压下他一肚子的闲气。仲昭又想起了昨夜在舞场中看见章秋柳的情形了:她是短袖的藕色衫子,满口酒气。象这样子,确不是想刻苦地做什么正经大事的。

"然而小章只是女人心活罢了,"曹志方放下茶壶又说。"倒不是不热心。我最不高兴的,是龙飞。他又象真,又象假;咳,这小子,光景只会演恋爱的悲剧了。老王,你知道么?前天,龙飞又演了一出恋爱的悲剧呢,咳,这小子,没救!"

提到了龙飞的恋爱悲剧,仲昭总是忍不住要笑;他不知道龙飞有过几回恋爱的悲剧,他只记得现在听到的已经是第五次或是第六次。他笑着问:

"前天么?前天什么时候?"

"就是我们去看电影的时候。他和小章一处坐,小王在他前排。休息十分钟的时候,他和小王胡闹,后来电灯又灭了,他伸过手去想拧小王的大腿——咳,这小子,没救。不料伸到小王邻座的一个女客身上去了。凑巧那女客又和她的男子一同来的,当时以为是自己男人的手;后来却发觉了,自然就闹起来啦!不是小章对付得好,龙飞简直的不了!咳,这小子!"

两个人都呵呵大笑了。曹志方突然收住笑容,又接着说:

"他们就是这么浪漫的!我最恨浪漫,我没有情史。可是他们反倒说我刚愎自用,说我包办一切。老王,你想,不是我负责任,这么大的雨,谁肯来找你?"

仲昭微笑地点着头;曹志方的热心肯干,他是素来佩服的,但曹志方的莫名其妙的瞎上劲,也是他素来佩服的。

"老曹,我究竟还有点不明白,要做事为什么定要立社?以我的见闻而言,没有一个社不是一场无结果的。事情没有办,大家先怄闲气。"

"立社无非团结起来力量大些。一个人办不动社会的大事。这些原是老调。小王另外有个意见;她说借了团体的力量可以防止个人的颓废和堕落。老徐的看法是:时局刻刻会突变,不能不先有些准备。老王,是不是这几句话也还有些道理?"

仲昭默然点着头。

"我呢,一向是热心做事的,"曹志方接着再说,"照我的脾气说,就不大喜欢那种扭扭捏捏的办法。老王,你不知道我肚子里闷的怪呢!我最最看不惯那种不阴不阳的局面!现在真是沉闷,就好比今天早上的天气。刚才倒下了一场大雨,再有雷,有大风,那就更痛快。我就是喜欢痛痛快快的,如果我没有了钱,我是不喜欢借的,我宁愿饿死;不然,就做强盗去!这世界,会抢钱的就是英雄好汉;大家都抬了各式各样的招牌去抢钱。可是我老曹就不喜欢这种扭扭捏捏的抢,我要抢时,干脆地就去做土匪!那天小章说'我们又不会做强盗土匪',哼,小章不会,我可是很会。现在我还是耐着性子扭捏一会,要是闷到受不住,老王,我真会干出来呢!"

曹志方睁大了眼睛,突然拍一下桌子,站起来将手中的雨伞向空一挥,水点簌簌地散下来,洒了仲昭一头。

"赞成你的主意。可是你还没做土匪,我倒先已经受了牺牲。"

仲昭干笑着竭力把话说成诙谐些。一种无名的扰动,袭来在他心头了;这两天来他受的牢骚,忽然约齐了似的翻腾起来了。

曹志方不理会仲昭的话,向窗外望了一眼,很生气地说:

"可不是,大雨又过去了,越来越沉闷。老王,没有事了,明天见。"

仲昭目送着倒提了雨伞的曹志方大踏步出了房门;他闷闷地嘘了口气,把两臂交叉在胸前,在房里来回走着。然后,他站在窗前望着天空。雨是没有了,风也不动,一片沉闷的灰色占领了太空,低低地就象是压在人们的头顶。杂乱的思想在他心里回旋:曹志方他们几个人的个性如此不同,如何能共事?曼青已经做教员,不知他担任的是什么功课?章秋柳今晚还到跳舞场不到?自己的"印象记"究竟能不能做成功?且看今晚有没有合式的材料?第四版的改革不知何日方能实现?陆女士的恋爱究竟有没有把握?……

在这一串疑问中,仲昭只得了一个结论,就是他的"印象记"看来今天是一定做不成。他只能希望明天了,有希望总会成功!对于第四版的改革,对于陆女士恋爱的憧憬,他都抱了锲而不舍的永远希望着的精神去干。但是一句话终于又浮上了他的心:

"真所谓不如意事常八九;预定的计划总难得完满实现。人生的路中就是这么充满了错失么?"

然而能够永远把希望放在将来的人,终是有福的。仲昭这晚上是很顺利地实行了他的时间支配表:九点钟就出了报馆的门。第二天居然做成了"印象记"的第一篇,虽然比他最初想象中的"印象记"似乎减色些。他的困难的挣扎不曾全部落空。

三

接连三天都是顶坏的天气。太阳光忘记了照临大地,空间是重淀淀的铅色。湿热的南风时时吹来；吹到老年人的骨节里引起了酸痛，吹到少年人的血液里使他们懒散消沉。人们盼望一场痛快的大雨，但是没有；他们在睡梦中会听得窗外淅淅沥沥地响着，但是第二天起来看时，依旧是低低的灰色的麻木的天空。

仲昭到陆女士家里去的一天，那就更坏了；空气非常潮闷，从早晨起，又下着牛毛雨，全市象浸在雾气中。一切物件都是湿漉漉的腻着手指。在那些污秽的小巷里，所有的用旧了的家具，臭虫大本营的板壁，以及多年积存的应该早在垃圾堆里的废物，都联合着喘气——一种使人心悸的似腥又似腐的恶气。史循所住的，恰就是这么一个去处。那天从同学会回来后，他就躲在他这窝里，没有出去过。这几天来，除了送饭给他的二房东的小女儿，他简直没有见过第二个人面。也没有说过一句话。他只是躺在床上沉思。他把过去的种种，未来的种种，全都想完了。他都有了结论。不敢想，而且想过几次并没什么解决的，是他的现在。这就是他现在的自杀问题。似乎对于自杀的本身已经没有多大的怀疑了，现在他还不能无踌躇的，是自杀的方法。上吊，投水，枪杀，服毒，甚至于割破大动脉让血流尽的传统的颓废派的自杀，总之，凡是人类所曾用过的方法，他都想过，但都以为不妥。不妥的原因，一半是他总有点怀疑于此等自杀法之是否可靠，一半却也觉得总不免痛苦。他常常想，他这人，已经受尽了人世的苦恼，如果在辞世的一刹那间还要尝一尝最后的苦味，他是不肯的。况且上吊或许遇救，投水更有被人捞起来的可能，枪杀呢，难免只受了伤，并且也没有枪。自杀不成而反多经验了痛苦，在他看来是大大的不合算。至于服毒等等，自然更痛苦了。他也曾想到：不如写了几张共产党标语跑到马路上去张贴，让人家捉去枪毙；但一转念，还是不妥，或者人家以为他并未直接参加暴动，并不杀，却把他监禁起来，那就更难受了。

现在史循仰面躺着，眼光定定地射在乌黑的天花板上，考虑他最近发见的自杀方法；这是昨夜梦醒后忽然想到的。还没象现在这样消极的三个月前，他在某处办事——他最后一次的涉世——曾经从一个当军医的朋友处要了一小瓶哥罗芳在这里呢;用麻醉剂自杀,岂不是最哲学的最艺术的自杀么?从前为的动手术,医生给史循用过哥罗芳;哥罗芳麻倒时的趣味,是史循永远不能忘记的。那将就麻醉时的浑身骨节松解样的奇趣实在比什么都舒服。他从军医朋友处要了一点哥罗芳,也就是想再尝尝那种沉醉的滋味,他时常把鼻子凑在瓶口上作一个深呼吸,直到身子象要浮起来了,然后仰后靠在椅背上,领略那两三分钟的飘飘然的醉意。这样的常常使用着,一小瓶的哥罗芳也几乎升化完了;现在总该还留得一点足够一个人自杀罢?他慢慢地起来,从床底下拉出手提箱来,果然把那个小瓶找到了,还剩着一茶匙左右的无色透明的液体在瓶里动荡。他揭开瓶盖试嗅一下,依然是异常芳冽。

小瓶捏在手里,他重复躺在床上。他惘然看着这个精致的差不多一块钱大小的扁圆的玻璃瓶,突然忆起这小瓶的历史了。原是个装香水精用的小瓶,买来时可不是还有一只玫瑰红的细羊皮做面子,蜜色软绸衬里的小匣么?上好的法国香水!不是他想送给所崇拜的周女士的么?但是,礼物还没送给,周女士已经另有所属。他不能再想这段伤心史了!这是他生命上最大的打击!

史循冷冷地叹了口气,用劲握住这个小瓶。另一段旧事又浮上他的意识:

他看见自己在一个旅馆的头等房间内,五六个妖艳的女子,从二十多岁以至十四五的,从小脚的以至天足的,排坐在他跟前,都对着他挤眉弄眼。好象他说了声"全要",于是这些女子又都格格地笑起来。于是她们窃窃私语,似乎在争论什么,又象是互相推诿。终于她们一齐跑到房外的洋台上。只剩下方脸浓眉将近二十岁的一个;她很风骚地笑着,走过去偎在他的怀里,挽住了他的颈脖。……

史循眼皮一跳,幻象没有了。他的嘴角上显出一个苦笑。浪漫!风狂的肉感追求!这都在认识周女士以前。然而在失去了周女士以后,便连这种样的颓废的心情也鼓动不起来。从此他坠入了极顶的怀疑和悲观。现在他又要用这纪念悲痛的盛过香水精的小瓶里的毒剂送自己到永远的休息。

"永别了！如梦的浮生，谜一样的人生！我永远抛弃你们在无人的境地了！不高兴再来猜你这谜了！"

这么喃喃地自语着，他踉踉跄跄跑出了他的房间。

大约半小时以后，史循走进了一个医院；他本想住旅馆，但转念后却又选定了医院。他不愿在自己的住处自杀是早已决定了的，他不忍连累他的二房东，尤其不忍使一日三次送饭给他的小姑娘永久留下一个恐怖的印象。因为已是午后三时，医生们都不在院；史循自说是来疗治盲肠炎的，就开了个病房。看护妇请他在病历牌上写姓名，他就写了个假的。为什么他不说出自己的真姓名来呢？他不愿冒充忧世愤时的志士，他也不愿朋友们知道他的结局，他只愿悄悄地离开这世界，象失踪似的，给人家一个永远的不明白。

看护妇出去后，史循把门上了闩，就躺在床上；他掏出一块手帕，叠为四层，将小瓶里的哥罗芳全数倒在上面，然后拿这手帕严密地蒙住了自己的鼻孔和嘴巴。他双手按在手帕上面，同时用力深呼吸。一缕颇带凉意的甜香从喉头经过，注入他的胸部，立刻走遍了全身，起一种不可名说的畅快。这是他屡次经验过的。但随即有些新的异样的来了。他觉得身体已经离了床，一点一点地往上浮；他看见天花板慢慢地自行旋转；他又听得无数的声音充满了他的耳管，似乎是很近很响的，又似乎是远远的轻微的。他仍旧用力深呼吸。身子更浮得高了，象是已经贴着天花板，他只见一团疾转的白光了，耳朵里也换了一种单调的嗡嗡的声音；他觉得身体的各部分正在松解融化，又感得胸膈间有些胀闷。于是，时间失了记录，空间失了存在。他再不能看见，再不能听见，似乎全身都已消散，只有一个脑子还在，他还有意识。他意识到现在是沉下，沉下，沉下，加速度地沉下！忽然象翻了个身，便什么都没有了，连意识也完全消灭。

沉寂占有了这病室。史循的枯瘠的身体，象入睡似的躺着，嘴鼻上的手帕已经落在一边；他的脸很红，他的眼睛还是睁得大大的，但已是死的没有神光的眼。病室外，看护妇的伶俐的脚音，时远时近地咯咯地响着。窗外是一片灰色的天。一匹苍蝇飞到史循的鼻尖上,用它的舌头舔了许久,然后很满足地举起它的两条后脚来慢慢地自相搓着……

一股强烈的亚莫尼亚气象在史循的意识上打了一针,他突然回复过知觉来。他看见红红绿绿的颜色在眼前迸跳,他又听得嘈杂的声音在耳边响。他的胸膈间,象有一团东西在猛撞着要出来。又一股强烈的亚莫尼亚气从他鼻子里灌进来,他全身一震,手自然而然地举起来向脸上一抹,却被另一只很温软的手按住了。他这才听得一个声音说:"好了!醒过来了!"他这才看见许多人围绕了他。可是他闭了眼,不愿意看。一个很熟的声音又在他耳边叫起来:

"史循,史循!好了些罢?认识我么?"

这几个字是从温香的女性的口里发出来的,带着亲热和爱怜,史循忍不住睁开了眼睛。不是别人,却是章秋柳呢!她坐在床沿,史循的一只手在她手里;站在她身边的,是先前请史循写姓名的那个看护妇,好奇似的凝视章秋柳的面孔。

"秋柳!你怎么——来的?"

史循挣扎着说出了这一句,他的胸部还是很胀闷,象压着一块大石头,透不过气来。

"我们把她找来的。大概就是你最愿意见的罢!"

史循才觉得还有一位医生站在床边。

"现在人是醒过来了。可是,章女士,你总该明白这位史先生为什么要自杀;假使他的衣袋里没有那张你们同学会的卡片,再如果他醒不过来的话,这桩无头案真叫我们为难了!这和敝院的名誉很有关碍的呀!"

医生气冲冲地继续着说;他显然拿章秋柳当作史循的关系人,或者竟是史循自杀的原因了。

"这位朋友是有神经病的,不是刚才我已经说过了么?有一些儿神经病。"

章秋柳勉强笑着回答。

"哈,神经病!他告诉了我们一个假名字,也是神经病么?他用了多量的哥罗芳,如果不是那块,那块手帕先已掉下,他准定是没救的。他锁了房门,看护妇以为他是睡着了。幸而我早一步回院,不然,恐怕再过几个钟头也未必会发觉呢。"

史循默默地听着,心里抱怨自己的办事太疏忽;如果刚才用绳子把手帕扎在嘴上,岂不是好?

"现在我也不多说了,好在人已醒过来;就算是神经病的话,本院不收疯子,章女士,请你另行设法罢。人是交给你了!"

医生结束了他的责备,招呼着看护妇,大踏步去了。章秋柳皱了眉苦笑着,没有话语。

"秋柳,你怎么来的?"史循又提起了这个问题。

"他们在你衣袋里找着一张同学会卡片,就到吕班路来询问;恰好我在同学会里,听他们说是有人自杀,我当即猜到了你。果然是你!"

章秋柳站起来走了两步,向病房门外望了一眼,又接着说:

"这里医院的人们真可恨。他们把你当作仇人,以为你是害了他们了!他们对于一个自杀的人,一点同情心都没有;他们所以救你,只为的要卸脱自身的干系!"

史循的回答是淡淡地一笑。章秋柳仍在床沿坐下,看着史循的脸又说:

"那天你说要自杀,今天果然自杀了!但是,史循,无论你怀疑悲观到如何程度,生命总是可以留恋的罢?我们自然不惜一死,但又何必自杀呢?"

史循摇着头,低声叹了口气。章秋柳的温柔恳切的口吻,颇使他感动;而况她的笑容,她的眼睛,她的肥大的臀部,常常令史循想起周女士。

"在尚能享受生活的愉快的人,"史循又叹了一口气,慢慢地说,"自然觉得生命无论如何是可以留恋的。象我,至多不过再活一年二年罢了。对于世事的悲观,只使我消沉颓唐,不能使我自杀;假使我的身体是健康的,消沉时我还能颓废,兴奋时我愿意革命,愤激到不能自遣时,我会做暗杀党。但是病把我的生活力全都剥夺完了。我只是一个活的死人。秋柳,这样的生活,还值得留恋么?"

史循停止了话,很艰难地喘着气,汗粒从他额上渗出来。看见章秋柳的眼眶里似乎已经噙着泪珠,便象感触了电流似的,他努力挣起半个身体来,抓住了章秋柳的手,一字一字地顿着说:

"秋柳——以前,我曾经爱过,象你这样的,一个人。为了这爱,我戒绝了,浪漫;我,看见,一些光明。但现在,什么都——完了,完了!"

他松了手,颓然落在枕头上,眼睛也闭了。章秋柳心里一跳,用手去扶他的头,他开了眼又挣扎着加上一句:

"现在,我的病,使我不能,再有半分的,希望!"

他的眼皮慢慢地阖上,呼吸渐渐地微弱,鼻尖上透出几粒冷汗。

章秋柳惊惶得不知所以,她捧住了史循的面孔,只是唤着,声音也发抖了:

"怎么了?史循,怎么了,怎么了!"

但是史循只微微地摇一下头,没有话,也没有睁开眼来。

章秋柳看来不妙,急步跑出病房想找医生,但在楼梯边一个人拦住她,递过一张纸来。章秋柳匆匆地瞥了一眼,看见纸上写的是:"……急救手续费大洋五十元。头等病房一天,大洋六元……"她恨恨地把纸一团,锐声喊道:

"医生在那里?病人不好了!"

一个看护妇也从旁闪出来了。章秋柳吩咐她赶快找医生来,就跑回病室去。她又是着急,又是生气,沉重的脚步打在地板上,把床内的史循惊醒了;他开眼望着章秋柳,露出很感动的一笑。

章秋柳这才松了口气。一会儿,医生也来了,神气很难看;他在史循面上望了一眼,拉过史循的手腕去按了按脉息,就懒洋洋地说:

"没有什么,没有什么!他是倦了,让他睡一下就是。"

医生出去后,章秋柳低着头默想她手里的纸团上的那个问题。

她决不定是否应该给史循知道,不给他知道又有什么办法?最后她得了个主意,不如先去找王仲昭商量一下。她看着史循说:

"医生说你倦了,你且睡一会罢。今晚上你总是住在这里了。回头我再来看你。"

史循点了一下头;麻醉剂给他的生理上的疲倦,使得睡眠成为他现在唯一的需要。

章秋柳到街上时,一阵急雨忽然倾下来,天空反而开朗些,凉的雨点打在她脸上似乎给她一服清神剂,她的胀而且重的脑子顿时轻松了许多。她猛然记起前夜在跳舞场里会见仲昭,说是今天要到嘉兴去;她看手腕上的表,正指着五点二十五分,便断定仲昭还没回来。这可怎么办呢?也许他是乘夜车,那就非到晚上十一点半不能到,也许他要到明天回来。总之是缓不济急了。章秋柳焦灼地想着,在急雨中打旋,完全不觉得身上的薄绸衫子已经半湿,粘在胸前,把一对乳峰高高地衬露出来。她只觉着路上的行人很古怪,都瞪着眼睛对她看。她想:让史循自己去解决这个问题么,看来史循未必有此力量。她自己呢,罄其所有也还不够;找别的朋友罢,一个一个朋友的名字在她脑膜上移过,她只是摇头。最后,她想到了张曼青;"或者曼青还有办法,"她聊以自慰地对自己说,就钻进了一辆人力车。

在车里坐定后,章秋柳方才知道自己的衣服是全湿了,空气侵袭她的嫩肌肤,她又几乎发抖了。她不能不先回去换衣服,于是招呼车夫改道到吕班路。进了同学会的大门,她就跑上楼去,却在二层楼的客厅门边,看见一个人坐在沙发里看报,她快活得叫起来:

"哈,曼青!原来你在这里呀!"

曼青回头来看见章秋柳那样地狼狈,忍不住笑了出来。

"正有事要找你。史循自杀了!"

章女士只加了这一句,把莫名其妙的张曼青剩在那里,她就一溜烟似的跑上三层楼去了。曼青半信半疑地踌躇了一会儿,慢慢地也上楼去;他推开章秋柳的卧室的小门,刚伸进了半个身体,猛觉得眼前一亮,裸呈在他面前的,是章秋柳的雪白的肌肤。曼青下意识地缩

回身子来,却听得里面笑着说:

"对不起,等一下罢。"

曼青觉得心有些跳荡了,他企图镇定下去,努力猜想着史循为什么要自杀,章秋柳为什么这样狠狈。正在迷乱地想着,章秋柳开了门请他进去了,她已经换了一身淡青色夹小紫花的荷兰布的衣衫。

说过了史循自杀的经过后,章秋柳就把那张团得很皱的纸条递给曼青:

"那医院真可恶,竟会开出这种账来。我还没对史循说过。看来他是没有钱的,我们替他设法。曼青,你能担任多少?"

"只是我身边有的,也不够这数儿。"

曼青看着那张纸说。

"我可以拿出二十元,余下的你能担负了去么?"

章秋柳说着就把两张钞票放在曼青手里。

曼青很感动地点着头;他把章秋柳的钱收好,站起来说:

"我立即到医院去把这件事办好。秋柳,你还出去么?"

章秋柳摇头,很娇慵地歪在自己床上,温润的眼光在曼青脸上掠过,似乎是说:"但是你也要再回来的呀!"曼青了解似的一笑,便匆匆地走了。

现在,雨已经停止,天色却当真的黑下来。窗外树上,几只麻雀啾啾地叫着。章秋柳懒懒地歪在枕头上,左手支颐,右手折弄衣角。他忖量着史循的那一番话。真料不到史循也有浪漫的历史,也演过恋爱的悲剧。他是一个"曾经沧海"的人。但是艰苦的经历并不能磨炼出他一副坚硬的骨头,反把他的青春的热血都煎干,成为一个消极者,一个怀疑派。也许这多半是因为他有病,生理上的痛苦影响成精神上的颓唐罢?除非是大勇的超人,谁不是为了一点生理上的不健康而损害了心理上的愉快?想到这里,章秋柳看着自己的丰腴红润的肉体,不禁起了感谢的心情,似乎有一个声音在她心里说:

——章秋柳呀,你是有福的哟!你有健康的肉体,活泼的精神,等着你去走光明的大道!你应该好生使用你这身体,你不应该颓废!

颓废时的酒和色会消融你的健康。你也会象史循一样的枯瘠消沉。你会象一架用敝了的机器,只能喘着喘着,却完全不能工作,到那时,你也会戴了灰色眼镜,觉得人生是无价值了。章秋柳呀,两条路横在你面前要你去选择呢!一条路引你到光明,但是艰苦,有许多荆棘,许多陷坑;另一条路会引你到堕落,可是舒服,有物质的享乐,有肉感的狂欢!

她委决不下。她觉得两者都要;冒险奋斗的趣味是她所神往的,然而目前的器官的受用,似乎也舍不下。虽然理智告诉她,事实上是二者不可得兼,可是感情上她终不肯牺牲了后面的那一桩。正如她对史循所说"我们自然不惜一死",她对于死,的确没有什么畏怯,但是要她在未曾尝遍了生之快乐的时候就死,她是不很愿意的。从前她也曾这么想,先吃尽了人间的享乐的果子,然后再干悲壮热烈的事罢;可是现在看见了史循的殷鉴,她又怕待到吃尽了享乐的果子时,她的生命力也就消失了。

很失望似的将两手捧住了头,她又苦苦地自责;为什么如此脆弱,没有向善的勇气,也没有堕落的胆量?为什么如此自己矛盾?是爹娘生就的呢,抑是自己的不好?都不是的么?只是混乱社会的反映么?因为现社会是光明和黑暗这两大势力的剧烈的斗争,所以在她心灵上也反映着这神与魔的冲突么?因为自己正是所谓小资产阶级知识分子,遗传,环境,教育,形成了她的脆弱,她既没有勇气向善也没有胆量堕落么?或者是因为未曾受过训练,所以只成为似坚实脆的生铁么?

但一转念,她又觉得这种苛刻的自己批评,到底是不能承认的。她有理由自信,她不是一个优柔游移软弱的人;朋友们都说她的肉体是女性,而性格是男性。在许多事上,她的确也证明了自己是一个无顾忌的敢作敢为的人。她有极强烈的个性,有时且近于利己主义,个人本位主义;大概就是这,使得她自己不很愿意刻苦地为别人的幸福而牺牲,虽然明知此即光明大道,但是她又有天生的热烈的革命情绪,反抗和破坏的色素,很浓厚地充满在她的血液里,所以她又终于不甘愿寂寞无聊地了此一生。

这样无结果地想着,她的眼皮很重地慢慢地阖下了。然而一串问题仍在她的昏瞀的脑子里旋转:就是这样的无希望么?就是这样的没落,终于无挽救么?就这样的得欢笑时且欢笑,送去了可宝贵的生命么?……她张大嘴打了个呵欠,眼睛里有些潮润了;突然一件事转上心来。那天商量着立社的时候,王诗陶不是有几句很警策的话么?她说:"我们都不是居心自暴自弃的人,我们永不会忘记牺牲了一己的享乐,追求大多数的幸福,只是环境不绝地来引诱我们颓废,而我们又是勇气不足,所以我们成了现在的我们。环境的力量太大了,脆弱的个人是无论如何抵抗不了的,我们须得联合起来奋斗,用群的力量来约束自己,推进自己。"这是王诗陶的自白,也是各人的自白;是王诗陶的希望,也是人人的希望。不错呀,用群的力量来约束自己,推进自己!

章秋柳从床上跳起来,跑到书桌边,提起笔来在一张纸上写道:

  以前种种,譬如昨日死;以后种种,请自今日始;刻苦,沉着,精进不休;秋柳,秋柳,不要忘记你已经二十六岁;浪漫的时代已经过去,切实地做人从今开头。

写到这最后的一句,她的笔停止了;脚步声到她门前而止,门轻轻地开了一半,露出微笑的曼青的面孔。

曼青自然是来报告已经办好了史循的事。当半小时前,他离开了章女士后,就有一股无名的力在他心里敦促他赶快回来。回来干什么呢?曼青似乎自己分辨:自然是报告看望史循的结果。所以他到了医院,付过了医费,并且知道史循还在沉沉的睡乡,他就立即赶回来了。而且在来去的途中,他坐在人力车上,也不是无所事事的;纷繁的思想在他心上往来起伏;似乎比车轮的转动还要快些。旧的印象和新的感触,混合在一处;而且也象车轮一般,这些旋转的感想是有一个轴,那就是章秋柳。

"这件事算是告了个段落了。但史循终究还要第二次自杀。"

听了曼青的极简略的报告后,章秋柳这样肯定地说。

"哦——哦。"

曼青含胡地应着,眼光注在章秋柳刚才写过字的那张纸。这几句章秋柳的悲痛的忏悔,正和她慷慨解囊料理史循的事件一样,很使曼青感动。他默默地看着章秋柳的一对美目。他有太多的话语挤在喉头,反而无从说起。章秋柳也没有话,微蹙了眉尖,似乎也在沉思。

"秋柳——"

在短短的静默以后,曼青开口了,声音有些异样。

章秋柳心里微微一跳,睁大了眼等待曼青的下文。然而没有。曼青依旧只是惘惘然地看她。他的眼光,流露了他心中的扰乱,因而他的沉默比千百句话语还要有力量。章秋柳象料着了什么似的微微一笑,同时眼眶边也泛出了淡淡的红潮。

根据了她的经验,章秋柳很知道一个男子在这种时候的心情;而且经验也使她熟习了如何对付的方法。当她第一次接受男性方面此等热烈的然而迟疑不定的眼光时,她确实也是异常地骚动;似畏怯又似暗喜的情绪爬遍了全身,心房突然猛跳了几下以后便似乎不动了,胸口象是有重物压着,不能自由呼吸,并且也不敢呼吸。这使她感到了近乎晕眩的奇趣。但是第二次第三次时,这神秘的感觉便一点一点变为滞钝。而她也不复扰乱,只是泰然地有意无意地等待男性方面的情绪的自然发展了。在章秋柳的记忆中,似乎那许多渐就平凡化的经验中尚有一次是再唤起了第一次经验的几乎全部的奇趣的,便是张曼青离校前夕和她独对的半小时。而现在,却就是这个男子,却就是那么一个困人天气的黄昏!

章秋柳觉得脸上热烘烘了,手心里透出一片冷汗,心头象有千百个蚂蚁爬过。她斜睨了曼青一眼,又象是带着几分含羞,把两只手掩在脸上,微仰起了头,往后靠在椅背。

曼青心里是同样的扰乱,却是不同的方向。旧印象在他是已经很暗淡;在他此时眼中,这章秋柳已非旧日的章秋柳,而是个全新的章秋柳,是热心帮助史循,痛切忏悔过去的章秋柳;旧的章秋柳早已不能唤起他的幻想,新的章秋柳却正燃起了他的热情,他觉得现在这自誓要"刻苦",要"沉着",要"切实做人"的章秋柳正合于他最近的理想的女性。然而他还不免有点顾忌;究竟章秋柳是否有心,他自己不是一个浪漫的人,赖皮涎脸的勾当是他所不愿,并且不取。果然他和章秋柳曾有小小的纪念,但在两性行动解放的今日,这算得什么呢!这已是久远久远的事了。现在如果拿这一点把柄去嬲着她,岂不是无聊?

"曼青,史循也有过一个爱人!"

终于是章秋柳先开口了。她平衡了身体,脉脉含情地看着曼青的脸。在曼青看来,似乎这句话的反面就是:曼青,你有爱人么?

"然而我却不曾有过呢!"

曼青不自觉地脱口说了出来。

章秋柳愕然,但随即抿着嘴笑了一笑,低声说:

"当真么?我不信呢!曼青,你在外边办了一年事,难道就没遇到个可意的女子?现在各机关的女职员是这样的多!"

"当真没有。"曼青很困窘似的回答。"怎么你不信?"

"我信。但是,曼青,你有没有亲近过女人的身体?"

曼青心里一跳。他辨不出这一问是有意呢无意,好意呢恶意。可是章秋柳笑盈盈地接着说下去了:

"也象今天的一个黄昏,大概还要晚些,月亮在上面看得很分明,曼青,你那时曾经拥抱过一个女人的洁白的身体。曼青,象做了一个梦,梦醒后,没有了那女人,没有了你!"

曼青不禁冷汗直流了。他觉得章秋柳的话里有怨意。他回想当时自己的行径,很象个骗子,骗得了女子的朱唇,随后又把她遗弃。他负着重罪似的偷偷地望了章秋柳一眼,但在薄暗的暮光中,他辨不出她的气色,只看见她的唇上还是浮着温柔的笑容。

他不知道应该怎样回答。他极愿拥抱着她,请她宽恕他的已往,请她容纳他现在的热情,可是又不敢冒昧;他深怕她只有怨恨,并无爱意。然而他又听得她继续说：

"你是消失在茫茫的人海中了,然而你又突然出现了,你又突然出现了!"

章秋柳反复讽咏这最后的一句,站起来把一双手按在曼青肩头。她的眼光是如此温柔,她的声音似乎有些发抖,她的手掌又是这样的灼热,曼青不能再有迟疑的余地了;他抓住了章秋柳的手轻轻地揉捏着,就拉她近来,直到两颗心的跳动合在一处。章秋柳微笑着半闭了眼,等候那震撼全心灵的一瞬,然而没有。她的嘴唇上接受了一吻,但是怎样平凡的一吻呀,差不多就等于交际场中的一握手。旧日的印象是唤不回来了,过去的永久成了过去!

在曼青方面却觉得全身的细胞都在跳跃,全身的血液在加速度奔流。

章秋柳异样地笑了一声,仿佛是叹息,慢慢地从曼青的拥抱中脱离出来,坐在原处,低了头看着自己的脚尖。脸上的红晕已经褪落,胸部也没有波动;她很可爱地默坐着,似乎在沉思。然后她抬起头来,浅笑仍旧缀在唇边,对兴奋而且迷乱的曼青瞟了一眼。曼青感觉得这一瞥中包孕着无限情绪;是含羞,又是怨嗔,也还有感伤。

"曼青,你为什么要去做教员呢?"

还是章秋柳先发言,声音里颇挟着一些不自然的气分,似乎是勉强找出这句话来打破难堪的沉寂。

"因为除了教育,无事可为。"

曼青机械地回答着;他很想说些别的话,例如"我爱你"之类,但不知怎的,他总是格格然说不出口。

"我不赞成呢!"章秋柳轻声笑着说。"曼青,我不赞成你去做教员。为什么不找些热烈痛快的事来做呢?"

"何尝不是。"曼青很感动地回答,把身子挪近些,"但是,秋柳,那些事是痛快热烈的?现在只有灰色罢哩!灰色!满眼的灰色,何曾有所谓痛快热烈的事!"

章秋柳娇憨地笑着,拿过曼青的一只手来合在自己的手掌中,很活泼地接着说：

"曼青,你又牵涉到大事情上去了。现在我们不谈那些。你看,朦胧的暮色里透出都市的灯火,多么富于诗意。"

曼青向窗外看时,果然一簇一簇的灯光已经在雨后的薄雾一般的空气中闪耀了；窗外的榆树,静默地站着,时时滴下几点细小的水珠。

"在我看来,"章秋柳接下去说,"人生到处有痛快热烈的事情。曼青,刚才你拥抱我,你熨贴着我的胸脯,吮接我的嘴唇,你是不是痛快热烈的？"

说这话时,章秋柳的神色极严肃,但当她看见曼青愕然不知所答,她又吃吃地艳笑起来了。曼青心里一跳。章秋柳的笑是冶荡的,但也是带刺的。

不等待曼青的回答,章秋柳又滔滔地往下说了：

"我是时时刻刻在追求着热烈的痛快的,到跳舞场,到影戏院,到旅馆,到酒楼,甚至于想到地狱里,到血泊中！只有这样,我才感到一点生存的意义。但是,曼青,象吸烟成了瘾一般,我的要求新奇刺激的瘾是一天一天地大起来了。许多在从前是震撼了我的心灵,而现在回想来尚有余味的,一旦真个再现时,便成了平凡了。我不知道这是我的进步呢,抑是退步。我有时简直想要踏过了血泊下地狱去！"

章秋柳霍然立起来,捧住了曼青的面孔,发怒似的吮着他的嘴唇,直到曼青的惊愕的眼光变成了恐惧,然后放了手,狂笑着问道：

"曼青,这在你,到底是平凡的,还是新奇的呢？"

于是章秋柳颓然落在椅子里,双手掩在脸上,垂着头,不动,亦没有声音。

曼青睁大了眼,呆呆地看着她。房里现在是很黑了,幸而有窗外射进来的路灯光,还能分辨出物件的粗大的轮廓。章秋柳蜷曲地坐在那里,白茫茫的很象一团烟气。异常地寂静,只有窗外树叶的苏苏的细声。曼青苦闷地想着,不明白章秋柳的突兀的态度是什么原因。各种的解释,通过他的脑筋,都没有结论；后来他勉强找得一个在他看来是最近似的,以为这是史循的自杀事件激乱了章秋柳的心灵。"可不是么? 看见朋友自杀而激成了神经错乱,是常有的事。"曼青这么想着,对于章秋柳的爱怜,更深了一层。

他倚在章秋柳的椅背,轻轻地摇着她的肩胛,低声唤道:

"秋柳,你还是躺着歇一会儿罢。你受了刺激,你太兴奋了!"

章秋柳抬起头来,一双美目熠熠地溜转。

"是新奇的呢,还是平凡的?"

她低声说着,似乎只给自己听,就走到窗前去倚在窗棱上望着天空。

曼青断定章秋柳一定是神经错乱了。他跟着也走到窗前,捏住了她的手腕,很温柔地再说:

"秋柳,你是病了,你是神经错乱了! 躺着歇一会儿罢。"

回答是一片荡人心魂的软笑。曼青没有办法似的焦灼地注视章秋柳的面孔,却见她的气色很安详,跟平常一样秀丽,并没异样。

"曼青,你才是神经过敏了。"章秋柳笑定了回答。"我没有病呢。我只觉得肚子里有些空落落,我们出去吃饭,好不好?"

曼青迟疑一下,也就答应了。

直到八点多钟和章秋柳分手,曼青竭力避去凡是带着感情的话,为的恐怕又引起了章秋柳的类乎神经病的举动。而章秋柳呢,也象已经忘了一切,吃着,谈着,笑着,和平常一样。曼青觉得很放心了。但是回到了自己的寓处,静静地独坐了一会以后,曼青忍不住又想着日间的事。他将章秋柳的话一句一句回忆出来,细细咀嚼;他又把章秋柳的态度重新加以考量。他自己发问,自己回答,又自己驳去了;一会儿他觉得章秋柳是一个多愁善感的神经质的女子,但另一观念又偷偷地掩上心来,章秋柳又变成了追逐肉体的享乐的唯我主义者。他暴躁地忽而在满屋子踱着,忽而直挺挺地坐下,头脑里有些昏昏然,腰背也感得疲乏,然而终于得不到明了固定的观念,只是他的理想的女性的影子——那刻苦,沉着,切实做人的理想的女性的影子,却渐渐地模胡了。

四

　　从嘉兴回来后,王仲昭愈加觉得"希望"是不负苦心人的。他在嘉兴的陆女士家里只逗留了四小时,但这短短的四小时,即使有人肯用四十年来掉换,王仲昭也是断乎不肯的。在这四小时内,他和陆女士有了更深一步的了解,他给陆女士的父亲一个很美满的印象;这四小时,他的获得真不少! 他不但带回了一身劲,并且带回了陆女士的一个小照,现在就高供在他的书桌上。

　　并且嘉兴之行,又使得王仲昭的意志更加坚定,他更加深信理想不要太高,只要半步半步地锲而不舍;他的才气也更加发皇,他又想得了许多改革新闻的新计划。只要有机会,他便要拿这些新计划再和总编辑商量,再把他的事业推进这么半步。至于他的"印象记"呢,在第八篇上他就搁笔了;搁笔也好,这本是特地为嘉兴之游壮壮行色的,并且应该说的话差不多已经说完,大可善刀而藏。他现在只把第二次修正而得总编辑同意的半步之半步的改革第四版的计划,很谨慎地先求其实现。他现在的新闻目标是男女间一切的丑恶关系。他的理论的根据是:离婚事件的增多,以及和奸诱奸之"报不绝书",便表示了旧礼教与封建思想之内在的崩坏,是一种有价值的社会史的材料。因此即使是很秽亵的新闻,向来只有小报肯登载的,王仲昭也毅然决然地尽量刊布了。

　　他的第四版当真有了特色,他的努力并非徒劳。

　　在第四版渐渐改换色彩的时候,山东半岛上正轰起了一件大事,社会的视线全移向济南事件。仲昭却洋洋如平时,很能遵守党国当局的镇静的训令。那一天,他从家里出来,照例地往同学会去。这是个上好的晴天,仲昭洒开大步,到了吕班路转角,看见章秋柳象一条水蛇似的袅袅地迎面而来。这使得仲昭突然想起了陆女士;两个人走路的姿势实在太象。他微笑地冥想着,脚下慢了;章秋柳却已经看见他,掷过一个媚笑来。

"秋柳,这几天看见曼青么?"

当他们俩走在一处的时候,仲昭随随便便地问。不料章秋柳的眉梢倏地一动,似乎是出惊的样子,但随即泰然回答:

"前天还见过——怎么,你近来没有会过他么?"

"是的。该有一星期了罢。"仲昭两眼一转,算是在那里计算日子。"简直是一星期多。从嘉兴回来后,就没有见过他。"

章秋柳轻轻点头,咬嘴唇笑着。她想来这是第五次听得仲昭提起他的嘉兴之行;近来仲昭计算日期,一定离不了"嘉兴回来后"这插句,似乎他已经采取了古代人的从大事算起的纪时法。章秋柳虽然不知道嘉兴和仲昭有什么关系,但看这情形也料度着几分了。

"几次想去找他,总抽不出时间来,路又太远。"

仲昭接着说。他并不觉得章秋柳的媚笑里含着一些异样,他反而又觉得章秋柳的笑容也有几分和陆女士相象。

"你是到同学会去罢,没有人在那里。"章秋柳半转了身体,送过一个告别的眼波;但当她看见仲昭颇露踌躇之色,便又接着说,"我到法国公园去。如果你没有事,就同去走走罢。"

仲昭本来无可无不可,便让章秋柳挽住了他的左臂,走过了华龙路。

公园里简直没有什么游客。他们在大树的甬道中慢慢地走着,忽东忽西地随便谈论,后来章秋柳提起了史循,她说:

"仲昭,好象我告诉过你关于史循自杀的事?"

"说过。大概是我从嘉兴回来后第三天的晚上,我们在桃花宫会着了,你说起过一句。我很想去看望他,却又不知道他住在什么地方。"

又是"从嘉兴回来后"! 章秋柳忍不住笑了。她对仲昭瞟了一眼,问道:

"仲昭,嘉兴和你有什么关系,不妨对我说说么?"

仲昭微笑着摇头。

"大概总是恋爱关系了?"章秋柳追进一句,那口气宛然象是姊姊追询弱弟的阴私。

"秋柳,你到底先讲了史循的事呀!那天你只说了不详不尽的一句。"

"哈,王大记者!我供给你新闻材料,你拿什么回报呢?"

仲昭只是笑嘻嘻地看着章秋柳,没有回答。

"就拿你的嘉兴秘密来做交换条件好么?"章女士很快意地格格地笑着,"史循的自杀,不论在原因,在方法,都是十分奇妙,这交换条件只有你得的便宜。"

仲昭无可奈何地点着头。但是章秋柳不肯就说,她拣了大树下的一张藤椅子给自己,叫仲昭坐在旁边的木长椅上,然后开始讲述史循的故事。她描写得如此动人,仲昭感得了心的沉重,太阳也似乎不忍听完,忽然躲进一片云彩里,树叶们都轻轻叹息,满园子摇曳出阴森的空气。

"史循说他曾经恋爱过象你一样的女子么?"

在低头默想片刻以后,仲昭轻声地问。

章秋柳很严肃地点一下头。

仲昭望着天空,又对章秋柳看了一眼,忽然笑起来,很快地说:

"秋柳你看是不是,史循是恋爱着你呢?"

章秋柳淡淡地不承认似的一笑,可是有个什么东西在她心里一拨,她猛然得了个新奇的念头:竟去接近这个史循好不好呢?如果把这位固执的悲观怀疑派根本改造过来,岂不是痛快的事?岂不是奇迹?

"秋柳你不要介意,我不过说笑话,究竟史循住在那里?我很想去看他。"

仲昭看见章秋柳默然深思,以为她是生气,便转变了谈话的方向。

章秋柳随口回答了史循的住址,又不作声了;她的眼波注在地上,似乎想要数清地上的沙粒究竟有多少。刚才的那个新奇的思想完全将她包围了。她想:这不是自己爱史循,简直是想玩弄他,至少也是欺骗他;是不是应该的? 第一次她回答自己:不应该! 但一转念,又来了个假定;假定自己果然可以填补史循从前的缺憾,假定自己的欺骗行为确可以使史循得到暂时的欣慰,或竟是他的短促残余生活中莫大的安慰,难道也还是不应该的么?"欺骗是可以的,只要不损害别人!"一个声音在章秋柳的心里坚决地说。她替自己的幻念找得了道德的根据了。然而张曼青的面容突然在她眼前一闪。"也许张曼青却因此而痛苦呢!"她回忆最近几天内曼青的态度,想推测曼青是不是会"因此而痛苦"。她并不是特对于曼青负有"不应使他痛苦"的责任,她只是好奇地推测着。但是没有结论。最近曼青的神情很古怪,时常追随在她左右,时常象是在找机会想吐露几句重要的话,而究竟也不过泛泛地无聊地谈一会而已;他对于章秋柳是日见其畏怯而且生疏了。

"听说徐子材近来生活困难,是不是?"

仲昭搜索出一句话来了;章秋柳的意外的沉默,很使他感得不安。

"也不知道什么缘故,他只是特别窘。"

章秋柳机械地回答,仍旧惘惘然望着天空。一片云移开,太阳光从树叶间洒下去,斑斓地落在章秋柳的脸上。她从那些光线里看出来,有张曼青的沉郁的眼睛和史循的乱蓬蓬的胡子。

"我替他想过法子,"仲昭鼓起兴致接着说,"介绍他到几处地方投稿。可是,不知道怎么一回事,他的文章说来说去是那几句话,颠颠倒倒只是十几个标语和口号。人家都退回了原稿。秋柳,你看是不是,政治工作把老徐的头脑弄坏了,他只会做应制式的宣传大纲,告民众,这一类的文章了。好象他就让这么一束口号和标语盘踞在脑袋里,把其余的思想学理都赶得干干净净了。真是怪事呢!"

仲昭说到最后一句,伸了个懒腰,沿着章秋柳的眼波,也望望天空,似乎要搜寻出她那样专心凝视的到底是什么东西。但是除了半遮半掩的阳光和几片白云,没有其他特别的东西。几只小鸟在树上啾啾地叫,啪啪地扇着翎毛。

"哦,哦,口号标语……真是怪事呢!"

章秋柳忽然锐声叫起来。仲昭的话,她有一半听进去,却都混失在她自己的杂乱的思想里,只有那最后一句清清楚楚在她脑膜上划了道痕迹,就从她嘴里很有力地反射了出来。而这尖音,也刺醒了她自己。她偷偷地疾电似的向仲昭望了一眼,看见他的惊讶的神气,就笑着掩饰道:

"可不是怪事?这世界原来充满了怪事呢!"

仲昭忍不住放声笑了。章秋柳心里一震,但这笑声却替她的纷乱的思想开辟出一条新路。她想:我理应有完全的自主权,对于我的身体;我应该有要如何便如何的自由;曼青怎样,可以不问,反正我的行动并不损害了他,也并不损害了谁。似乎是赞许自己这个思想似的,章秋柳也高声笑了。

他们俩意义不同地各自笑着,猛然有第三个笑声从树背后出来。仲昭和章秋柳都吓了一跳,同时回过头去,两个人形从他们背后伸出来。仲昭不禁脸上热烘烘了,因为其中的一个正是他刚才议论着的徐子材。

"龙飞,你这小子真坏!"

章秋柳带笑喊着,扭转身子,打落了从后面罩到她胸前的一双手。

"你们真会寻快活!"

徐子材轻轻地咕噜了一声,就把身体掷在仲昭坐的木长椅的一端。他的阴暗的脸色,加重了仲昭的忸怩不安。他抱歉似的注视徐子材的面孔,考虑着如何加以解释;可是徐子材倒先发言了:

"老王,你想,该不该生气?老曹太专权,简直是独裁!"

"我们明天不睬他!"龙飞倚在章秋柳背后的树上说。

"什么事呢?"仲昭问,私幸徐子材的生气是另有缘故。

"我猜得到,是不是为了他的条子,要我们明天下午在同学会谈谈?"

章秋柳微笑地说,先睃了徐子材一眼,然后又回眸看看龙飞。

"老曹预先和你商量过么?"徐子材问。

"一定没有的。"龙飞看见章秋柳摇头,就抢着说,"王诗陶也说不知道。"

"你们也不要单怪老曹。大家都不管事,自然只好让他来独断独行了。老曹这人是热心的,不过太鲁莽而已。龙飞,你尤其不配说话。你只会在影戏院里闯祸,你只会演恋爱的悲剧,你只会跟在王诗陶背后,象一只叭儿狗;究竟她也不曾给你什么好处!无怪老曹要骂你'太乏',想起来真不好意思呢。"

章秋柳说;她仰起了头,斜过眼去看着龙飞,用手指在自己脸上抹了两下。仲昭和徐子材都笑起来。龙飞却不笑,也没脸红,只是淡淡地说:

"好,你尽管骂罢。好小姐,你再骂呀!我就喜欢你骂我,自然是因为你给我的好处太多了。"

徐子材简直放声狂笑了。章秋柳鼓起了两个小腮巴,很生气的样子,可是嘴角边尚留着一痕笑影。仲昭恐怕有更不雅的事出来,引起人家注意,不等他们再开口,就插进来很认真地问:

"究竟明天有什么事?"

"知道他什么事!"徐子材回答,冷笑了一声,"老曹就是那么乱七八糟的,他有什么事呢,有什么办法呢?"

"我想你们总得把责任先来分配一下,各人都负了责,自然不至于甲埋怨乙浪漫不管事,乙又埋怨甲独裁了。前些时候,老曹叫我顶个通信址;照现在这情形,如果有信来,我就不知道应该交给谁。"

"就交给章小姐罢,"龙飞半真半假地说,特别把"小姐"二字叫得很响。

"你也乱出主意来了!"徐子材极不满意地嚷起来。

"所以明天大家谈谈也是必要的,"仲昭接着说,"明天下午几点钟呢?"

"好象是三点钟。"章女士懒懒地回答。"对于这件事,我老实有些厌倦了。没有什么意思。有时想想很高兴,觉得是无可事事中间的一件事,有时便以为此种拖泥带水的办法,实在太腻烦,不痛快。两个星期过去了,还是没有一点眉目!"

阴影掩上了他们的心。

"几乎忘记了!"章秋柳忽又大声说,"仲昭,你的条件还没履行呢!"

"你已经猜着了,何必再说。"

仲昭很狡猾地回答。忍不住的满意的微笑又堆在他的嘴边了。

"详细情形呢?"

"将来你自然知道。"

徐子材和龙飞的好奇的眼光从仲昭脸上移向章秋柳,便匆匆地回过去再看着仲昭。龙飞正要开口,却见仲昭已经站起来,对章女士说:

"明后天,我给你看一个照相。现在再会了。"

他又微微一笑,转身便走;抄过路角的时候,还听得章女士的笑音和龙飞的连声的急问:"是不是恋爱? 是不是恋爱?"

仲昭走出了公园,倒又感觉得无聊。太阳光已经颇有威力,微风也挟着窒息的热意,宽阔的马路又是耀眼般白;仲昭感得几分躁热了。他到公园门前路中间的电灯柱边站着,向四面望望,似乎为了辨认方向,又似乎为了选择他的去路。电车疾驰的声音从那边霞飞路上传来;隆隆隆,渐曳渐细,消失了。汽车喘气着飞驶过去,啵,啵,放出一股淡灰色的轻烟,落在柏油路上,和初夏的热气混合成为使人晕眩的奇味。除了这些,一切是睡眠般的静寂。公园门首的越捕,把警棍挟在腋下,垂着头懒洋洋地靠在一棵树干上;那样子,漫画家见了是要狂喜地拔出笔来的。

仲昭嘘了口气,似乎想赶走那压迫的沉闷。他向华龙路上慢慢地走去。这里,菩提树的绿荫撑住了热气,仲昭觉得呼吸轻松了许多。各种杂念也象浮云一般在他心上移动了。首先他想起了章秋柳所说的史循的失恋故事。"哦,因为失恋,所以消极悲观,所以要自杀么?"

他机械地想:"世间的女子大抵是奶油一样的;远远地看去,何尝不是庄严坚牢,可是你的手指一摸,她就即刻软瘫融解了。"他的身体微微一震,突然意识到刚才的思想太无赖,太辱没了他的陆女士了;不是她也是个女子么?"但自然也有例外。"他反驳似的安慰自己。可是他又想起了有人说过:"女子差不多是无例外地常常会爱上天天见面的男子,即使这男子的人品并不算得高妙。女子又差不多是无例外地常常会失身于最胆大的能利用极小机会去拥抱她的男子,即使她意中另有理想的丈夫。"忽然一个幻象在他眼前一闪。他仿佛看见陆女士在前面轻盈缓步,一个不认识的男子笑嘻嘻地跟着。"呵哟!"仲昭轻声喊起来,突然站住。小方砖的人行道已经走完,前面横着一条马路。他略一踌躇,向右转,又机械地运动他的脚。现在他愈想愈乱了。他觉得陆女士确有被人夺去的危险;他又自悔那天在嘉兴和她游烟雨楼时,曾有一个绝好的机会,为什么不胆大一些,先付了恋爱的"定洋"。他又想起那天在陆女士家里看见一个男子,好象面目也还不讨厌,并且是陆女士同校的教员;这个男子准定是天天追随着陆女士不肯放松,象一个贪婪的苍蝇一样。

仲昭焦灼得几乎要发狂了。他看见面前有一辆人力车,就跨上去,机械地不自觉地说了一句什么,便闭目仰后靠在车背上。

迎面来的凉风,吹得他的绸领带霍霍地飞舞,打在他的耳朵旁。仲昭睁开眼来,看见自己坐着一辆快跑的人力车,此时正走在一条宽阔的石子路上,两旁却是金黄的菜畦,他不禁怪声叫起来了。

"这是什么地方?"仲昭出惊地问。

"姚主教路哪!不是到火车站么?徐家汇火车站?"

仲昭这才记起,坐上那人力车时,正昏昏地想着嘉兴,大概是脱口说了"火车站"三个字,以至有此误会。他自己笑起来了。

"弄错了。回去!我要到望平街大英地界。"

"没有照会。"车夫放下了车,摇着头,气咻咻地说。

仲昭把一个双银毫丢在车垫上,一言不发,就往回走,到路北的一根红柱子下等候向北去的电车,他默然望着天空,心里责备自己的太易激动,竟近于神经瞀乱。他冷静地追忆刚才的思想和举动,更加看轻自己了。他痛苦地自责道:无论如何,陆女士决不是那样的轻浮的女子,自己未免过虑;但即使不幸而果如所臆度,那也是一个教训,适足以增长自己的经验,磨砺自己的气魄。何必张皇自扰,一至于此!

这样痛切地反省着,仲昭自视又颇伟大了;他觉得便是刚才的可笑的扰乱也成为品性发展时必要的过程了。

突然当当的铃声惊醒了他的沉思。一列电车停在路中央。仲昭下意识地动着脚步,却见电车早又开走了。他略一迟疑,便也慢慢地跟在电车后面,迎着半西斜的太阳光,走回家去了。

在他的寓处,有两封信等候他:一封是曹志方的,请他明日到会;又一封是张曼青的,说是下星期二他的学校内有学生的辩论会,请仲昭去参观。仲昭随手把两封信搁在一边,在房里踱了几步,然后拿起一本《求阙斋日记》躺在藤椅上看着。这部书是陆女士的父亲的赠品,仲昭本来不以为奇,但现在却觉得很有意思,一直看到电灯放光。

仲昭到了报馆里,就看见办公桌上有总编辑的一个字条:"新闻发完后,务请少待,有话面谈。"似乎早已料着是什么事,仲昭得意地微微一笑。而坐在对面的助理编辑李胖子,大概先已看过这个字条,并且也象是猜度到为的是什么,时常睒着半只眼偷看仲昭的脸色。

仲昭专心编稿子,并没理会李胖子的怪样子。况且,研究李胖子的鬼脸,也未免太无聊。可是,到十一点后会见了总编辑,仲昭方始恍然于李胖子的怪相是有原因的。总编辑的"务请少待,有话面谈。"却不是仲昭所想象的好消息——第四版的改革,而是不满意于仲昭最近的编辑方针。当下总编辑很客气,然而很坚定地说:

"近来第四版的新闻很有趣味,很有趣味。但是,仲翁,似乎有点儿那个——有点儿……哦,态度上欠严肃,是不是?报纸总是报纸;不是小说;大报的本埠琐闻栏总还是大报,不是小报,仲翁,是不是?听说外边很有议论。仲翁,那些话,你自然听不到的。外边流言的出发点自然是妒忌,妒忌。可是——近来外国人和中国官厅都认真查禁《性史》和淫书,有几家小报也受了影响,我们得格外谨慎,及早检点检点。是不是?"

"外边的议论是怎样的呢?我竟完全不知道。"

仲昭故意追问,虽然他猜想得到如果外边当真有议论时,该是一些什么话。

"他们自然是妒忌,妒忌。"总编辑挤细了一对多肉的眼睛,把下颚一缩,干笑着回答。"不过,话也说得有理,我们应当择善而从;是不是?他们说,我们的第四版成了性欲版。有人还做了个统计,据说,最近五天内,第四版的新闻共有六十三则,六十三则,性欲的占了六十四则,六十四则;吓,六十四则,据说是某天的新闻中间排了条广告,也是性欲的,哈,哈。仲翁,你倒留意计算一下看。"

"那真是诬蔑了!"仲昭奋然说,"每天都有别的新闻,怎么好说全是性欲的!况且,新闻是新闻,不是我们凭空捏造的。"

"自然外边人是言之过甚。但是,空穴来风,仲翁,你也是太登多了。以后总得注意。"

仲昭默然。总编辑取一枝香烟来燃着,微仰起头喷出一圈一圈的白烟。仲昭觉得这些烟圈每一个里有着李胖子的圆脸,低能的,卑鄙的,然而有一双沾沾然自足的幸灾乐祸的眼睛,似乎常是在说:"哦,你能干人,也有这么一个斤斗呀!"

"多登是事实,"仲昭慢慢地说。"但也不是随便多登,我是有用意的;既然人家不了解,我来做一段文章解释一下罢。"

"那个不妥!"总编辑几乎跳起来说。"文章的措辞便很为难;语气重些呢,象是和外边人斗气辩驳了,轻些呢,又类乎自己认错。仲翁,对于这一类事,最巧妙的方法是静以处之,只要从今天起把性欲的新闻少登,就是了。"

仲昭再三分辩有做文章之必要,但总编辑无论如何不赞成。

这一次,仲昭却觉得很烦恼。他努力要革新,而总编辑执意要保守,麻木敷衍的空气充满着全报馆;在这样的环境内奋斗,恐怕只有徒劳罢。理想早已半步半步地缩小,现在所剩的几乎等于零;过去的劳力何曾有半点成效？太空想虽然不能成事,太实际又何尝中用呀！仲昭闷闷地回到寓处,躺在床上,又拿起《求阙斋日记》来看;分明是一字一字地,一句一句地,一行一行地,从他眼里进去,但到了脑膜上就换成别的东西。革新,保守,半步半步地缩小,太空想,太实际……这些断句,反复地无结果地在他心头追逐。他撩开《求阙斋日记》,扭灭了电灯,试想入睡,然而那些断句逼拶着不肯甘休。一团杂乱的冲突的思想,又加进来包围他。觉得向右躺着不舒服,他翻过身去向左;他想:"看来新闻界是无可为了。如果把心力用在别处,何至一无成就,或者早可以使陆女士的父亲惊叹了。"他几乎决定要不干报馆的事了,但以后的职业问题又使他踌躇,做教员么？当书局的编辑员么？想来都不很有趣。

觉得向左躺着也是同样地不舒服,他又翻回右侧。

"然而对报馆辞职也不过表示了自己的失败！"他继续地想。"况且在陆女士的父亲,甚至于陆女士看来,也是无意识的举动;或许竟以为是少年人轻率,浮躁,无定见,无毅力的暴露。还好意思再去见他们么！"这最后一句,仲昭几乎高声喊了出来;他恨恨地咬紧了牙关,直到黄色的火星在眼前乱迸。

这么着一直到快天明,他翻了千百个身,然而翻来翻去只有那几句话跟着他,激怒他,揶揄他。后来,仿佛无赖的女人滚在地下撒泼似的,他自己承认是卑怯无用的人,是一个自视俨然的色厉而内荏的人,他不配有美妙的憧憬。这样的自己否认倒等于零,果然把先前的烦扰他的断句们赶走了,但使他更痛苦。终于是一句简单的话,把极端疲倦的他提出了苦闷,送进睡乡去:"呸！无事自扰,算什么呢！"

醒来时已经是下午,仲昭一面起身,一面再拾起隔夜的问题来研究。他先想到应该写一封信给陆女士,诉述自己的困难,暗示着要对报馆辞职的意思;但后来一转念,仍以为不妥。而退半步的政策又在他心中活动了。他想:从辞职的问题退半步,先请假,给总编辑一个"取瑟而歌"的意思;这样,既不操急,也不麻木,可说是最适中最实际的办法了,但是请假得找人代理。他记起了徐子材,他又记起了今天下午他们的会议。

象溺水的人抓住了一块木板似的,仲昭匆匆地跑到同学会去要抓住徐子材,出乎他的意外,同学会的客厅里冷清清的没有一个人。大时钟正指着三点四十分,仲昭迟疑了一会,便走上三层楼找章秋柳。在楼梯头,他听得章秋柳的房里有低低的笑声。他的脚下有些犹豫了,但是章秋柳已经开出门来探视。

"你是来到会么?来得太迟了!"

章秋柳带笑说,她的眼眶边似乎比平时红些。一个男子的头也在她背后探出来,却是龙飞。

仲昭微笑着点一下头,走进房去。他看见了龙飞那种不尴不尬的神气,便又想起怪耳熟的"恋爱的悲剧"这句话;但他此时又觉得章秋柳颊上的红晕似乎是说明龙飞现在演的或者是"恋爱的喜剧"了。

"会是开过了,也可以说没有开成;一闹散场。老曹和老徐冲突起来,都流了血呢!可说是意外,但也是意中事。你想,他们两个人都是那种怪脾气,都是只看见自己,不看见别人的,不打怎样散场呢?"

龙飞平板地说着,满露出"不干我事"的神气。

"论这件事,老徐的错误多些。老曹虽则未免独断独行,但他的心是好的。他是一个鲁莽的热心人。老徐说他别有野心,自然是太冤枉了老曹。"

章秋柳接着说,眼睛看定了仲昭,似乎是征求他的同意。

"终免不了一场闹!"仲昭微喟说,"社的事就此完了。也好。"

"社的事并没完!打过就算了。只是老徐的手扭脱了骹,大概要有一星期的休息。"

龙飞还是平平淡淡地说。他走到章秋柳旁边,臂膊交叉在胸前,就靠在章秋柳坐的椅背上。章秋柳霍地立起来,对龙飞睒了一眼,懒懒地走到床前,半侧着身体躺下,用左手支持了头。但随即又坐起来,冷冷地说:

"没完?倒好象你对于社事是很热心似的!你平日不问社的事,

但是刚才你又帮着老徐攻击老曹,似乎你也是顶喜欢办事,却被老曹抢了职权去。现在一哄而散,眼见得什么社是一场梦了,你倒又说社的事并没完,象是个很勇敢很坚定的人了。我替你想想真不好意思!"

"骂得好! 你呢?"龙飞毫不忸怩地涎着脸说。

"我么? 我早已说过,我厌倦了这个事了。干,不干;都是爽爽快快的一句话。最讨厌的是不说不干,也没真干;开会的时候顶会说话,开过了会便又不闻不问;尽说别人专权包办,自己却一动不动。龙飞,这就是你的态度!"

这最后的一句极尖利,象是掷过来一把刀,连仲昭也不免心里一跳。但龙飞还是若无其事地嘻嘻地假笑着,章秋柳懒懒地又躺下去了。

仲昭觉得有点不安;似乎章秋柳的闪闪四射的词锋也波及到他这无辜者了。并且他又失去了此来的目的,徐子材既然出了事,光景是不能代替编辑新闻了。可是他还要问个明白:

"老徐扭脱了骱么? 没有什么大妨碍罢?"

"大妨碍是不会的。"龙飞很快地回答。"只是他前天刚刚接洽好替某人编辑一种小刊物,多少可以捞进几个钱来救救穷,不料却出了这一回事,动不得笔。"

"甲一个刊物,乙也一个刊物;所以我们的立社出刊物更其见得是无聊!"

章秋柳插进来说;从床上跳起来,走到窗前,望着天空。

"也不尽是无聊! 到底鼓动一点空气。"

龙飞软软地反驳着,也走到窗边站在章秋柳的背后。章秋柳回过身来,噗嗤地笑了一声,看着龙飞的脸说:

"你又象是个积极者了! 可是你从不看刊物,从没写过一篇文章!"

"小姐,怎么专门和我作对? 是不是你觉得刚才你太吃亏!"

龙飞很得意地说,做了个鬼脸。

"呸！什么话！"章秋柳很含几分嗔怒了。她走到仲昭身边,似乎有话,但又转身直向床前走去,把身体掷在床里。

大家都没有话。仲昭在低头默想。龙飞倚在窗前很狡猾地独自笑着。

"仲昭,好久不见你上跳舞场了;你的'印象记'就此搁笔了么?"

章秋柳在床上翻了个身,装作很高兴的样子说。她不等仲昭回答,就继续讲她自己最近几天在舞场内的所见所闻。仲昭随口回答了几句。他们的话都象是特地搜寻出来的,空浮的。龙飞在旁听着,时时插进一两句俏皮话撩拨章秋柳。她都避开了不睬。

又过了一会儿,仲昭便先走了。

房门再关上后,龙飞走到章秋柳跟前,想拉她起来。章秋柳一摔手,生气似的翻身到床的那一头去了。龙飞顽皮地笑着,挪过一步,乘势伏在她身上,嘴里说:"不要装模做样!"但是章秋柳用力把他推开,霍地跳起来,跑到窗前凛然地站定,脸上一点笑意都没有。龙飞很没趣地也站了起来,出惊地看着她。

两个人对看了几秒钟,都不出声。

龙飞迟疑地向章秋柳走,在离她两尺光景的时候,他说:

"那些地方得罪了你?你忽然恨我!"

"为什么我要恨你呢?你还不配受我恨!你叫人讨厌!"

是凛然的回答。

"可是你刚才并不讨厌我。刚才你爱我!"

"哼!那个,你叫做爱么?你配受人的爱么?"章秋柳几乎是锐呼,脸色也变了。

"不爱,你为什么让我亲嘴?"

"那也无非是我偶然喜欢这么做,譬如伸手给叭儿狗让它舐着。"

龙飞心里象吹过了一阵寒风,他并不怒,但是更畏怯地看着章秋柳的小嘴。

"可是你倒自以为得胜了,"章秋柳接着说,"以为你可以要挟我,可以随时来纠缠我,这你简直是做梦!你叫人讨厌!"

"恋爱——终究是——神圣的呢。"龙飞哭丧着脸说。

"你尽管自己去神圣罢!休想把这两个字来束缚我。在我,无所谓爱,只有一时的高兴。象你那样姝姝然的小丈夫,使我连一时的高兴也会立刻冷却。"

龙飞很难受地呆呆地站着,眼光注在地上,一遍一遍地喃喃自语道:

"我就这么永远演恋爱的悲剧,永远演恋爱的悲剧!"

章秋柳不睬他,慢慢地走到书桌前坐下了,就看郑振铎译的《灰色马》。

五

张曼青教书的学校里举行第三次的辩论会了。题目是曼青出的。一星期来,他为这件事很高兴。他指导甲乙两组的学生如何去搜集材料,又参预他们的演习,很忙了几天。学生们的精神很好,又肯苦心预备,曼青预料这一次的成绩一定比前两次更好。

这一天上午,从清早到正午,曼青象跳舞师似的不曾停过脚趾。他刚到了甲组的学生处,乙组的学生又来找他了;他打电话给预约的评判员,请他们早些来;他又要督率校役布置会场。午饭后,一切都准备完成,专等三点钟开会了。曼青这才在自己房里伸伸腿,松一口气,可是号房又来报"有客",他又巴巴地跑了出去。

来人是王仲昭,格外使得曼青高兴;他笑吟吟地引着仲昭到了自己房里,很愉快地说:

"仲昭,足有两个星期不见面了。实在忙得很。半年来第一次忙,也是半年来第一次心境愉快。青年真可爱。他们的精神真好。等一下你听他们的辩论,你就知道了。所以,仲昭,我还是劝你也来干教育事业。"

仲昭微微一笑,就坐在堆满书籍的桌子前的一个藤椅里,桌上的书籍,有中文的,也有英文的,似乎都是些历史。一本英文书,摊开了平放着，书页上有些蓝色铅笔的记号，指出其中的警句。仲昭翻过来看书名是《Primitive Culture①》，一本研究初民生活的著作。

"你教的什么功课？怎么玩起这些老古董来了。"

仲昭把那书照原样放着，看着曼青说。

"担任的功课是世界史，"曼青替仲昭倒过一杯茶来，自己燃着了一枝烟，用力吸进一口，然后回答。"所以有时也要看看这些书找点材料。"他又吸进了一口烟，接着说，"本来请我教'三民主义'，我就觉得很为难，恰好学生不满意前任的历史教员，我就和他对调了。"

"你倒喜欢教历史？"

"历史也有历史的难处，但无论如何说的全是事实，不至于睁开眼说谎。况且是世界史，参考容易，说话也自由。如果是中国近代史，我就不干。第一是材料困难。照理，现代史的材料是报纸；但是中国的报纸，就没有正确的史料的价值。仲昭，你是个报馆记者，自然很知道报界的内幕。哦，近来，你的第四版新闻很有意思。"

"你说是很有意思罢，然而总编辑不满意。"

仲昭很牢骚地说。这在曼青真是第一次看见，所以很有些诧异了。

"我本想辞职。"仲昭慨然接着说，"但一想辞职反是屈伏，是失败，所以又取消了辞意。我现在还是韧干，一点一点地来。但这几天，第四版的编辑态度到底让步了一些。"

曼青很同情地点着头；一句老话，"还是教育界好些，"已经冲到牙关，又被他捺住了；他觉得此时对仲昭说这个，便似乎是嘲笑他的失意了。他忽然想起另一件事来，匆匆地跳起来往外走，一面说：

"仲昭，你坐一下；我介绍一个人和你见见。"

"如果你还有事，也尽管请自便罢。"

仲昭随口回答着，也站起来走到室隅的书架前看书名。这里的

---

① 英文，意即"原始文化"。

书,大都是社会科学的,仲昭很熟悉。一本簇新的《Whether China?①》吸引了他的注意。他抽出来翻着目录看,心里机械地在想:中国,中国,倒在那边呀?向左呢向右?有你中间的路么?他放过了目录,随手揭到书尾,似乎想找出最后一章的结论来看,却听得曼青已然在门边。仲昭下意识地回头看时,不禁全身一跳。曼青身边站着一位女士,那宛然是陆女士呀!

"朱近如女士。也是这里的教员。"曼青微笑地介绍。

仲昭睁大了眼,疑惑是自己的耳朵出了毛病;分明是陆女士,怎么会姓朱?但是立刻他的疑团打破了;他听得这位女士的声音,他知道确不是陆女士而是另一个了。

"就是王仲昭先生么?久仰!"朱女士含笑地说。

仲昭镇定了心神,很客气地周旋了几句,同时在端详这位朱女士的丰姿;他慢慢地看出来,虽然和他的陆女士极相象,却有许多的不相同。两位都是颀长,肥臀,细腰,但陆女士似乎要更多一点娉婷的姿态;而在同样的鹅蛋脸上,朱女士的鼻尖是显然太尖锐了一点儿,口边也没有陆女士那样的笑涡;弯弯的眉毛和略大的眼睛可说是二人的最相似之处,然而眉目间的表情却又绝对不同了,朱女士有其柔媚,陆女士有其英俊;在眉尖的微微一蹙时,那差异就更大了,陆女士在此等候所有的摄人的不胜幽怨的风韵,朱女士却完全没有,只构成了平板的愁容。可是最大的分别还在嗓音。仲昭不解何以朱女士的嗓音和她的容貌竟如此不相称,她那扁阔而略带哑涩的口音即在柔和小语的时候也会引起沉重悒塞的不快感。

朱女士坐在仲昭对面,把一个侧形向着曼青;她很娴熟礼节似的问起仲昭的近况,称赞他编的报纸,时时把眼光掠在曼青的满意的脸上。仲昭立刻看出来,这一对儿中间已有了相当程度的交互吸引了。

渐渐他们的谈话引到了辩论会。仲昭不专对何人地漫然问道:

"可不是,我还没知道今天辩论的题目是什么?"

---

① 英文,意即"中国往何处去?"

"今天的是:'世界第二次大战将在何处爆发?'一个政治的历史题。"曼青很高兴地回答。"甲组是主在近东的,世界的火药库巴尔干半岛;乙组是主在远东,谜样的中国。这里也就包含着最近济南事件在国际政治上的影响了。"

"好题目,这一定是你的手笔了?"

仲昭说,眼光先向朱女士的很有礼貌的笑容一瞥,然后落在曼青脸上。

曼青很客气地然而很得意地点着头微笑。

"学生也都说这题目好呢,为的是材料丰富,范围阔大,甲乙两组都容易立论,他们不喜欢上次的题目——'清共的根本方法';他们说想来想去只有报纸上常见的几句话,好象是无须乎辩论似的。"

朱女士很委宛地说,可是她的不作美的声带,使她的辞令减色不少。

"上次的题目就是前任历史教员出的。"曼青看着仲昭说,然后又向朱女士递去个微笑,补足了一句道,"今次的题目,他还是不赞成呢!"

"他有什么理由不赞成?"

"那是故意和曼青立异,因为学生不欢迎他,却欢迎曼青。"朱女士低声加以说明。

"但是他的表面理由却说是太空! 仲昭,这么一个全世界人都在关心着的问题还说是太空,吓!"

朱女士也附和着表示了慨叹的意思。

"象这一类的人,现在极多;没有一点远大的眼光!"

仲昭接着说;心里却忽然有了些妒意。他想:究竟曼青的运气好些,能够立刻战胜了环境的困难,并且恋爱方面也象是不久就可成功,虽然朱女士的人品也许比不上陆女士。他惘然翻着还在他手里的那本英文书,似乎很热心地要明白它的内容。

窗外有几个人影闪动,隐约地还可以听得低声小语;大概是校中的学生。室内的两个男子都没有注意。但是朱女士却感得局促不安,仿佛是被侦缉的逃妇。她的游移惶惑的眼光注在曼青的脸上,似乎在说:"听得么?那是来窥伺我们的。"

此时曼青和仲昭又谈着同学会方面的事了。曼青以为曹志方他们一群人的破裂是当然的事;他说他们除了各人都感得寂寞这一点是共通的,此外各人间满是冲突,所以团结立社简直是梦想。仲昭又提起了章秋柳。这个女性的名字很使朱女士注意。

"哦,哦,她也是一个怪人。"曼青沉吟地答着,随即把话岔开,似乎是怕谈到她。自从史循自杀那天他对于章秋柳有过一次幻想后,他心中就有了这句话:她是个怪人。最初,他还企图去了解她,但后来见得要了解是全然地不可能,便怕敢想到她。现在呢,他自认是不应该再想到她了。他的理想的女性的影子早已从章秋柳那里褪落,渐次浓现在朱女士的身上了。

似乎要印证他的感念,曼青下意识地向朱女士望了一眼,却好和她的疑猜的注视相接触。一种忸怩惶恐的意识立刻就来了。这是无理由的扰动,曼青自己也不明其所以然;只是本能地觉得在这位长身的女性前又想到章女士,是一件不应该的事——近乎亵渎。

三个人意外地沉默着,象是已经说完了话。

窗外的人儿似乎已经走了,从大讲堂传来了喧嚷声和掌声。曼青看手腕上的表,正是一点四十分;他伸了个懒腰,起来说:

"还有一个多钟头。我们先到会场去看看罢。"

他们到了那足容二百人的大讲堂时,本校的学生已经挤满了,来宾也到的不少。他们三个在讲台边的一排特别椅子里坐了,就有两三个人踱过来和曼青闲谈,无非是济南事件怎样,今天天气倒好……一类的话。接着又来了一个四十来岁穿西装的绅士,高声地把许多半批评半恭维的话,掷在曼青脸上;他们一面谈着,一面走到讲堂的中部去了。仲昭觉得没有什么话可和朱女士闲谈,便仰起了面孔瞧会场中的标语,一会儿又瞧着会场里的攒动的人头。一个女子的婀娜的背影正在椅衎中间徘徊,吸引了仲昭的注意。他不禁心里想:"怪了!怎么今天看见的女子全有些象陆俊卿!"但现在那女子转过身来了,她是章秋柳。

章秋柳已经看见了仲昭,也看见了坐在仲昭旁边的朱女士。她微微一笑,就走过来;她的蹑着脚尖的半跳舞式的步法,细腰肢的扭摆,又加上了乳峰的微微跳动,很惹起许多人注目。她象一个准备着受人喝采的英雄,飘然到了特别椅子前面。

"密司陆,几时来的?"

章秋柳向仲昭掷过了一个俏媚的微笑,回答他的让坐的礼意,就抓住了朱女士的手,很亲热地说,似乎是多时的老朋友了。朱女士愕然一跳。

"秋柳,你认错了人了!"仲昭急急地插进来说。"这位是朱女士,这里的教员,曼青的同事!"

"当真?怎么和你那天给我看的照片里的陆女士完全是一模一样,竟有这样相象的两个人!可是,密司朱,你真是可爱,请你原谅我的冒失,我喜欢和你做朋友,就同陆女士一般。"

朱女士不得主意似的笑着;不多时前,她听得曼青和仲昭谈着"秋柳",现在却就看见这位被呼为"秋柳"的女子了,她觉得很奇怪;她偷眼望曼青,却见他和那位西装绅士正在低声密谈,还没有知道这里多了一位来客。

仲昭对朱女士介绍了章秋柳,把谈话的兴趣鼓动起来。但似乎在章秋柳的豪宕的气概前变成了羞怯似的,朱女士只是有问必答地应酬着,失了她的娴熟礼仪的常态。并且疑云也一团一团地从她心里浮上来。她果然不明白章秋柳和仲昭的关系,她更觉得章秋柳很亲热地叫着曼青的名字是很刺耳的。不可名说的酸意,渐渐在她心里浓厚起来了。

章秋柳却很自在地说笑着。今天她格外美丽活泼;她的话语,又爽利,又婉曼,又充满着暗示;她的顾盼多情的黑眼睛,她的善于挑起爱怜的眉尖,又都象是替她的音乐似的话语按拍子;她的每一个微扬衣袂的手势,不但露出肥白的臂弯,并且还叫人依稀嗅到奇甜的肉香。朱女士觉得全会场的男子的眼光都集中在这位妖冶的同性的身上；本能的女性的嫉妒，化为奇异的烦躁，爬遍了她的全身，而尤其使她不快的，是她自己的陪坐在侧似乎更衬托出章秋柳的绝艳来。朱女士并不是生的不美丽，然而她素来不以肉体美自骄，甚至她时常鄙夷肉体美，表示她还有更可宝贵的品性的美；可是现在，她竟俚俗到要在一个不相干的场合和一个不相干的女子斗妍！这个感念成为自觉的时候，又加重了朱女士的愤恨，好象全是章秋柳害了她使她竟如此鄙俗。她觉得坐椅上平空长出许多刺来，不能再多耐一刻儿了。她正待走开，曼青却已回到她跟前，有那位西装绅士很伟岸地站在背后。

"仲昭。这位是金博士，社会心理学专家。今天辩论会特请的评判长。"

曼青很庄重地说，闪开半个身体，献出那位博士的高身材；同时他的堆满笑容的脸孔慢慢地从仲昭这边转向金博士，在说到最后一个字时却和博士面对面地微一领首。然而也就在这时候瞥见了章秋柳含笑地坐在朱女士肩旁，他不觉心里一震，所以那"长"字的声音便有些异样了。

金博士振起他的教授座的辩舌，引进了自己；他说是"神交已久"，他接着便称赞仲昭的新闻眼光是合于他们社会心理学家的理论的，他很恭维仲昭苦心经营的第四版新闻。

"曼青，你见我也在这里，奇怪么？我知道你们有辩论会，特地来观光。我新得了个好朋友，你们的密司朱。"

章秋柳向曼青说，又回眸对朱女士笑了一笑。

"呀，呀，欢迎之至，我忘记请你了。"

曼青支吾地答着，装出正在静聆金博士的高论的样子。朱女士也象是真在那里恭听，但不时从眼梢上丢给章秋柳一两个似乎是冷笑的瞥视，仿佛说："你自然不会懂得博士的高妙议论。"

金博士现在说到了仲昭的"印象记"：

"真是一篇好文章。理论之正确，观察之缜密，都是现在少见的；加以文字尤其精采，引人入胜，兄弟自从见了大作后，也对于这个问题写了一点；那自然是纯理论的，和大作却是异曲同工。下期的《社会科学月刊》上大概可以登出来。只是仲昭兄的'印象记'为什么又半途搁笔，很可惜！"

"金博士太过誉了，"仲昭满心愉快而又谦虚地说，"随笔杂感之类的文字不过作为报纸上的补白而已，岂敢和谨严的大作比较呢！至于半途搁笔，也就和刚才所说第四版不能更多登性欲新闻是同一原因。"

金博士很惋惜地微微颔首。乘这机会，曼青表示了希望金博士从学理方面赞助仲昭的新闻编辑方针的意思；金博士微笑地搓着手。忽然章秋柳插进来说：

"仲昭那几篇文章自是佳作，但也不能说没是几分流于主观罢？跳舞场，我是差不多每晚上去的，在我自己，真有仲昭所说的那种要求刺激，在刺激中略感生存意味的动机；然而在一般到跳舞场的人，怕未必然罢！他们只看作一种时式的消遣。"

金博士疾转脸向着章秋柳，浓眉一挺，露出惊怪的神气。

"学者们的理想自然是可贵的，"章秋柳坦然又接着说，"但他们太喜欢在平凡的事实上涂抹了理想的金色，也是不很科学态度的事罢？"

金博士皱着眉头干笑了一声，虽然还极力保持着绅士态度，但那一股怫然的神情已经不能遮掩了。朱女士张大了眼，忧虑着这位博士的赫怒，但心里未尝不乐意章秋柳的将要受窘。

"秋柳，你又喜欢开玩笑了。好在金博士也很有 fair play 的度量①。"

曼青勉强笑着装出主人的排解的身分来，暗中却扯了一下章秋柳的衣角，警告她须得小心说话。这都被朱女士看在眼里了；她的脸上立刻泛出忿妒的红色来，她从极坏处猜想曼青和章女士中间的关系了。

---

① 英语，意即"绅士式的雅量"。

"金博士请不要见笑,我是随便说说,也是随便引用了某大学者的一句话而已。现在剩给我们的言论自由只限于不涉政治的学问上了,我们应该尽量享用这小小的一些自由。金博士,想来你也是这个意见?"

章秋柳很妩媚地笑着说;她的大方而又魅惑的语音落在金博士脸上,很有效地扫除了这位学者的愠色,现在他也哑然笑了。

"章女士是跳舞场的实验主义者,"仲昭向着金博士说,竭力想造成浓厚的诙谐空气,"所以我敢代她要求她的意见被考虑;但章女士同时又戴着愤世嫉俗的颜色眼镜,所以我又敢代她声明她的意见是不免带几分病态的。总而言之,章女士的见解不失为社会心理学者金博士的好材料,我又敢担保金博士是一定欢迎的。哈,哈。"

"欢迎,哈,哈。如果实验主义的章女士愿意带我到她的实验室,自然更欢迎了。"

章秋柳嫣然一笑,并没回答;朱女士的十分难看的脸色已经使她注意到。她觉得朱女士的眼光对自己有敌意,对曼青有怨疑;她的女性特有的关于这一类事的锐敏的感觉便料到了曼青和朱女士中间已有怎样的关系。她为曼青庆幸,但也觉得朱女士的没来由的醋劲太可笑。她起了一个捉弄朱女士的念头。

"曼青,你的观察是怎样的呢?"章秋柳故意很亲热地说,"我曾经带你到实验室去过。那时,你在沉醉中,有怎样的感觉? 细腰的拥抱,耳鬓的磨擦,给你的是肉感的狂欢呢,抑是心灵的战栗? 嘻,怎么你的脸色变了? 怎么你象一个闺女似的腼腆起来呀! 到跳舞场去玩玩,有什么要紧? 王大记者和金博士都证明这不是下品的性欲冲动而是神圣的求生存意识的刺激了。我们正在青春,需要各种的刺激,可不是么? 刺激对于我们是神圣的,道德的,合理的!"

金博士赞许似的点着头,仲昭微笑,曼青忸怩地望着会场里的人头,盼望有什么事故出来打断了这可怕的谈话;他不能回答,又不敢不答。他偷窃似的疾电似的向朱女士瞥了一眼,他几乎惊叫出来。朱女士的灰白的脸色中透出了恚怒的青光了!

"秋柳,你又来和我开玩笑了;过分的玩笑有时会生出想不到的坏结果。"

曼青吃吃地说,努力想消除朱女士的怀疑,同时向章秋柳连丢了几个哀求勿再多言的眼色。他很想立刻抽身走开,但又怕反而证实了自己的心虚,况且如果章秋柳再有不稳的话语,便连自己解释的机会都没有,一定要使得朱女士的猜疑更深一层。他只好大胆地挺身站着,用一种革命家上断头台的精神支撑着自己,提起了今天辩论会的题目,故意很热心然而毫无意义地和金博士讨论。

章秋柳胜利地微微一笑,捉弄一下象朱女士那样的褊窄傲慢的人儿,她觉得是最痛快的;但是曼青的局促也使她感到了几分抱歉,她对于曼青并无恶意。过去的浪漫的微波又在她心里动荡;她回想到史循自杀那天傍晚时她和曼青的一段事,以及此后五六天内曼青对于她的又爱又怕又失望的复杂矛盾的心情。那时在几次谈话中,章秋柳听出了曼青的意思,知道他所崇拜的理想的女子是如何的样子。现在她不禁向朱女士切实地睃了几眼,却只在这个颀长的外表尚好的人身上看出了浅薄,庸劣和窄狭。象大姊姊留心弱弟的幸福似的,章秋柳忽然可怜起曼青来,想给他一个警告了。

此时在会场的一角有人招呼金博士,截断了他和曼青的谈话;乘这机会,章秋柳就轻轻地对曼青说:

"曼青,过来,有几句话要和你说。"

她又向朱女士看了一眼,便慢慢地走向讲台的后方。曼青略一迟疑,也跟了过去。

"秋柳,刚才你说话太随便了,几乎闹出事来。"

曼青先开口,凝视着章秋柳的眼睛。

"放心。密司朱很有容忍的度量,决不至于在许多人面前闹笑话。"

"唔,唔;这个么?也使我很窘。但我是指你和金博士的冲突;这位博士脾气很大。今天他是特请的评判长,我们不好意思得罪他。至于你说我们到跳舞场,那是小事,不过给学生们听得是要借此造谣罢了。"

"那么,给朱女士听得倒并不妨碍么?"

章秋柳说时噗嗤地一笑;她斜过眼去望朱女士,见她正和仲昭谈话,但是她的不安宁的神色却充分证明了她的心是向着这边,忿忿地在侦察。

曼青跟着也很快地望了一眼,可是他看不出朱女士的内心的妒火,以为她的安详态度是真的,觉得心里轻松了许多;他坚决地回答：

"秋柳,我和朱女士的关系尚在水平线以下。"

章秋柳抿着嘴笑,露出"何必骗我"的神气。

"当真的,我没有对她说过爱,一次也不曾有过。我何必骗你?在别的方面,或者我是不能了解你,但在这一点上,我相信我是了解的,所以如果我和她有爱情,决不瞒你。"

"但是你的下意识活动却充满了爱恋朱女士的气味。"

现在是曼青默然微笑了,似乎在说:"这个,我是老实承认的。"

"但是朱女士的爱你,却已经超过了下意识的范围;她是很明显地自觉着,她见了任何女子都会发生妒意,她已经把你视为她的所有品。"

"未必罢?你也不免戴了颜色眼镜。"

曼青犹豫地回答,忍不住又向朱女士望了一眼。

"我的是极正确的观察。曼青,你的情绪上有缺陷,你不能抓住了女子的热情初动时的机会表示你的爱,你是属于羞怯的一类。所以等到你自认是可以谈到爱的时候,象朱女士那样的女子早已热烈到要扑在你怀里了。"

曼青的脸上泛出红晕来了,他反而觉得不好意思。

"但是我现在特地要对你说的,却是另外一件事。"章秋柳接着说,"你谈起过你的理想的女子,你现在自然以为朱女士是合于理想了,可是在我看来,全然不是;你的恋爱将使你受到很大的痛苦。我这意思,或者你不能了解,然而我不能不说,因为你在我的印象中是一个老实的正派的人,我不忍见你发生困难。"

曼青迷惑地看着章秋柳,不知道怎样回答。两个人沉默地对看了几秒钟,然后章秋柳很温柔地笑了一笑,微微颔首,似乎说:"你记着我的话罢,"便翩然自去。

忽然一声怪耳熟的冷笑惊醒了曼青。他探索似的把眼光掠过全会场,看见朱女士的侧形在会场的左门口一闪,又仿佛看见她的郁怒到难以克制的脸色和微微发抖的嘴唇。他的心突突地跳了,本能不容他再多思索,就也奔向朱女士通过的那个门追上去。

朱女士并没回顾,但似乎也料到追赶来的是谁,她更快地跑。穿过了一条短的走廊,便是她的卧室,此时静悄悄地一个人都没有。她冲进了自己的房,便要将门碰上,可是曼青的一只脚已经塞进,她便走到书桌边,背向着曼青,同时在细细地喘气。

曼青将房门轻轻关上,惘然立着,想不出怎样开始谈话。

"你这么追赶我,被人家看见了,算什么呢?"

朱女士喘着气说,并没转过身来。

"近如,我是一时着急,心里胡涂了;幸而没有人看见。"

曼青移前一步,很引罪似的轻轻地答着。暂时的沉默。大会堂里的器声隐隐传来,谁也不去注意。朱女士慢慢转过身来,忽然抬头看定了曼青的面孔,似乎要看到他的心里。现在她的脸色平静些了,只有眉尖上还透露出十分的怨恨。曼青记起了刚才章秋柳的话,很想大胆地表示自己的心曲,然而拗不过本能的拘束,终于又是朱女士先发问了:

"有什么事呢?请赶快说罢,你在这里多耽搁了,很会惹起人家议论的;你自然不算什么一回事,我却不愿意听别人的闲话。"

"我要对你解释一下关于章女士的事。"

"吓,我是不相干的。你倒应该向她解释一下关于我的事。"

"我和她没有关系。"

"你们有没有关系都和我不相干!"

朱女士说的很沉着,又转过身去,背向着曼青,表示很生气的样子。

"然而我为我的人格计,也不能不向你解释明白。"

"算了!我不怀疑你的人格;况且我无须过问你的人格。再见罢。"

朱女士的本来略带哑涩的嗓音此时简直成为极难听的粗厉的沙声了。她本以为曼青此来,一定是倒在她脚边,求她饶恕,求她爱他,却不料只是这么淡淡的几句话!失望和嫉妒的情绪混合在一处,使她又悲痛又愤怒;她几乎想跳起来责骂曼青为什么先前要打动她的处女的平静的心坎,成了精神上的始乱而终弃的悲剧。但是在曼青这面,却觉得朱女士的声音是犷悍的可怕,他深悔自己的冒昧,他想来一向原不过是较亲密的友谊,未必就有了爱的程度,所以今日之举,未免太污辱了朱女士的女性的庄严了;他完全噤住了,他不敢再说一句话,并且不知道如何再说一句话。

"请你赶快出去罢!你为什么一定要让人家看见,当作笑话,破坏我的名誉!"

朱女士恨恨地说。这惨厉的声音使得曼青毛发直竖了。

"我们中间就此完了么?"

曼青悲叹似的问;第一次声音发抖,并且向前移动一步,差不多接触着朱女士的身体。他的急促的呼吸,嘘在朱女士颈间,拂动了她的短发。然而朱女士坚持着不动,也没有回答。

"不过我再对你说,我和章秋柳虽然是同学兼朋友,却没有关系。"

曼青低声再加一句,下决心要走了。突然朱女士又转过身来,几乎撞入曼青的怀里。从"章秋柳"三字引起的妒火,现在是到了白热的程度,使朱女士决心要不论如何把曼青抓在自己手里,争这一口气。她丢下了女性的矜持的贞静的假面具,率直地问道:

"你究竟爱不爱我呢?"

曼青万料不到有这么一句,睁大了眼,一时没有回答;但随即他疑惑是朱女士和他开玩笑了,只淡淡地反问道:

"还须先问你爱不爱我?"

"满学校的人早已在那里切切私议,我是不能不爱你了!"

朱女士低声说;很委屈似的斜睨着曼青,两圈淡淡的红晕在她眉梢慢慢地透出来。她半扭着腰肢,拓开了双手,似乎在等待曼青的拥抱。

"我在道德上也不能不爱你!"

曼青坚决地说。忽然章秋柳刚才劝告过的一句话在他心头一闪,打落了他的拥抱朱女士的勇气,只捧起她的手来吻了一下。此时远远地有铃声霍浪霍浪响了,报告辩论会将要开始,等待曼青去做主席。

再拿起朱女士的手来吻了一下,曼青便挽着她的臂膊,走出房来;但到了那短短的走廊时,朱女士轻轻地洒脱了手,让曼青先走几步,一前一后进了大会堂。

六

辩论会进行到一半时,章秋柳就先走了。她讨厌那些无聊的辩论,并且朱女士的态度也使她心里作恶。现在她从老西门经过,想到萨坡赛路探视王诗陶的病况。天气的热,老西门一带的污秽湫隘的街道,加以喧闹的车辆和行人,完全具备了可以使一个神经衰弱者发晕的条件,章秋柳虽然不是神经衰弱,但她此时心绪十分恶劣,看着灰色的环境,便也异常不耐。尤其使她憎嫌的,是街角巷口的宣传队和一小堆一小堆的听众。这些热心的爱国者把交通遮断,车辆是未必能够过去了;章秋柳忿然下了车,混在人丛里挤。然而也不中用。她出了一身臭汗,还是只走得十多家门面。

一小堆的人挡在面前,完全过不去了。章秋柳姑且歇一下脚,拿着手帕揩拭额上的汗珠。这里有一个人在讲演,章秋柳并没注意,却想着朱女士:这么一个外貌很不差的人,谁知道竟是开不得口的;一开口就叫人讨厌,单是她的嗓音就很刺耳。

忽然面前的人堆里跳出鼓掌声来。演讲者被这么奖励着,分外兴高采烈,声音也就特别响亮了。章秋柳猛觉得这个声音很熟。她抬起头来看时,料不到竟是曹志方在那里高高地站着演说。曹志方也已经看见了她,又用劲地狂喊了几句,便在热闹的鼓掌声中退下来。

"小章,上那儿去?好多天没见过你的影子呢!"

曹志方犹有余勇地嚷着,从人堆里强挤出来,直冲到章秋柳身边,两个手背急匆匆地轮替着揩拭额上的汗水。

"我要到王诗陶那里去。老曹,你是当了宣传队么?"

"哈,听说小王有病,我也看她去罢。我么?我是客串。"

曹志方狂笑着用一对臂膊开道,引章秋柳从人丛中挤出来。

"我知道今天有反对济南事件的街头演讲,"曹志方一面走,一面说,"特地跑出来看热闹。小章,他们这把戏玩的没有劲儿!我,不客气就来个客串。你瞧!这样的热天替他们白干,就算我老曹真是闷的慌了!"

章秋柳很妩媚地对他笑了一笑,没有回答。

那边街角上有两个捆着小白布旗的人儿从人堆里挤出来,便下街去了。可是那一堆听众却还没散,十来个脑袋蠕蠕地动着,嚷嚷地似乎在议论什么。曹志方拉住了章秋柳的臂膊,很得意地说:

"小章,待五分钟罢。看我再来一个客串。"

象一头猫,他跳在那人堆里,放开他的煽动的话匣子了。章女士站在人圈子外边很耐心地等着。她并没听得曹志方的演说词,另外的许多事很复杂地不连贯地占据了她的思想:朱女士和陆女士太相象了,曼青的理想大概要归泡影,可不知仲昭的憧憬将来怎样?王诗陶病了快有两星期,听说是怀孕,那不是活受罪么?于是她又想起了王诗陶的纠葛不清的恋爱和自己的在污泥中挣扎似的生活,她的感伤的少妇的心怀就充满了寂寞和荒凉。"人生但求快意罢了。"她苦闷地想,"我这生活究竟是快意呢,抑是无聊?"她不愿否定自己的行为,但是也不得不承认所谓快意者,到过后思量仍不过是悲凉而已。她完全沉入了杂乱矛盾的思想里,忘记有曹志方,忘记十字街头的喧扰了。

"呔,好大胆的共产党! 敢来扰乱后方秩序么?"

章秋柳被这近在耳边的吆喝声惊醒时,许多肩胛,臂,腿,已经撞在她身上。人们的退潮将她卷着冲过了十多家门面,没有她回顾瞻望的余闲。她不知道是什么事,但直觉地感到曹志方是一定出了事了。她本能地急走了几步,将近方板桥时方才立定,遥望先前曹志方客串的地点,只有疏朗朗的两三个闲人没事似的呆呆地站在那里。她很想跑回去探询一下,但终于转向西门路而去,不管曹志方的下落。

到了西门路和萨坡赛路转角处,突然曹志方又出现在面前,对章女士伸了伸舌头,低声地说:

"小章,客串碰了钉子,现在上王诗陶那儿去罢!"

章秋柳觉得脸上一阵热,只回答了一个轻盈的倩笑,没有说话。

"住在家里闷得慌,出来走走又碰钉子;小章,这样的日子真难过! 他们要反日,我说了几句老实话,好,便是共产党,捣乱后方! 小章,你看我的手脚也还不错,我打倒了一个,就溜走了。打那些混蛋真有趣!"

曹志方兴高采烈地接着说。章女士微笑点头,仍旧没有回答。此时他们已经走到一家门前,章女士推开了门,要让曹志方先进去。

"小章,我还要去赶热闹;替我代望望小王罢。听说她受了点委屈,当真的么? 我替她报仇。真是闷得慌;我只想弄些事来消遣一下。"

曹志方忽然又变卦,没等章秋柳回答,便掉转身子跑走了。

凝望着曹志方的背影,章秋柳眼眶里有些潮润了;她自己也不懂得为什么缘故心里是如此酸软。但这情绪只一闪就消散,当她看见了王诗陶的病容和潦倒窘困的情形,她又转而为忿激了。

素来活泼鲜艳的王诗陶,此时映在章秋柳的眼里简直是换了一个人了。她的嫩颊上失去了旧日的桃红色,她的眼角边新添了许多细皱纹,她的眼光也没有从前那样妩媚撩人而是迟疑不定颇带些阴凄凄的味儿。然而这些——惊心的美之衰落,并不使章秋柳悲伤,只使她更加愤愤。她想起许多朋友的青春的生命都被灰色的环境剥蚀尽了,只剩下一些渣滓;王诗陶不过是许多中间的一个例而已。

王诗陶的病一半是为怀孕,又一半却为的悲悼她的新死的爱人东方明;她约略讲过了爱人的恶消息后,又喘着气说:

"现在我最悔恨的,是一个月前我们最后一次的聚会时,我还给他一些不快。我并不想替自己辩护,但我不能不说龙飞对于这点应该担负大半的责任。这个人真讨厌。只要你给过他一次的温存,他就老是粘着你,不问你现在的处境是怎样。我和他的事早已过去了一年,况且当时我就对他说,虽然也爱着你,却不忍使东方明失恋,那时,我是克制了感情,斩断了三角恋爱的锁镣的。秋柳,那时我并没把身体给龙飞,他应该把我完全忘却。可是这一次我和东方明再来上海,可巧又碰到了他了。他无聊到天天来和我纠缠。接着东方明受命令要下乡去,分别的时候,他对我说:'我本来不必去,但我自己要去,如果我牺牲了,我不反对你再爱别人,可是,希望你好好抚养我们的还没出世的孩子。'秋柳,他那时落了眼泪呢!现在他是没有了,我再也看不见他了!"

王诗陶把面孔扑在章秋柳的膝头,肩胛起了波动,显然是在抽咽。

"真是死了么?咳!"章秋柳也忍不住心酸,但愤气随即冲上来,她锐声接着问:"现在你打算做什么呢?你又有了孩子!"

"现在么?"王诗陶昂起头来很快地说,"上星期我还是悲痛,悔恨消沉,你看我憔悴得可怜!可是前天起,我不悲观不消沉了,我转为积极!"

章秋柳也很兴奋地点着头,紧紧捏住了王诗陶的手,刚才曹志方的一句话又回到她心头来。她看着王诗陶的失血的然而坚决的面孔,轻轻地问道:

"可是你又有了孩子,却怎么办呢?"

"这件事使我为难。我想要把这未成形的小生命打掉,但是一想到这是他的唯一的留在世上的纪念,唯一的我和他中间的纪念,我又没有勇气下辣手了。有几个朋友也不赞成这个办法。秋柳,在这斗争尖锐的时代,最痛苦的是我们女人,有了孩子的女人尤其痛苦;然而我终觉得孩子是要的,他们是将来的希望。我们的生命是有限的,我们的斗争却是长期的,孩子们将来要接我们的火把。"

"可是目前怎样?这不是一星期两星期可以完了的事,这将拖累你到五年六年。这五六年,你有什么打算呢?"

章秋柳很镇定地说。她心里颇以为王诗陶不彻底。一个女子还没受到怀孕的神秘的启示时,是不会了解将做母亲者的心情的。

"将来的事,谁也料不定,但我们总是从乐观方面着想的。"

"你这话亦就等于自慰而已。我只问目前应该怎样?必须怎样?我是不踌躇的,现在想怎么做,就做了再说。我劝你下决心,打掉这个还没成形的小生命罢!"

章秋柳很激怒地说;她的眼光里有一些犷悍的颜色,很使人恐惧。

王诗陶低了头,没有回答。她也曾想到一些极没出息的念头。比如:将就着嫁给一个随便什么人,依赖他的经济供给,把孩子养大,然而,能够供给她经济要求的男子一定不是属于她的穷朋友的一伙的,思想上一定有冲突,她的意见和理想一定不被尊重……于是她又觉得还是把孩子打掉,海阔天空去过奋斗的生活,她叹了口气,惘然说:

"两全的事,是没有的;多盘算的结果,或者竟是一步不能走。"

章秋柳微微一笑,站起来伸一个懒腰。暂时的沉默。

"秋柳,近来你做些什么?因为这病,我和你不见也就十多天了。"

王诗陶勉强振起精神说。

"吓,正所谓贱体粗安,乏善足陈。你还有高远的志向,将来的希望,我是什么都不要,什么都没有。理想的社会,理想的人生,甚至理想的恋爱,都是骗人自骗的勾当;人生但求快意而已。我是决心要过任心享乐刺激的生活！我是象有魔鬼赶着似的,尽力追求刹那间的狂欢。我想经验人间的一切生活。有一天晚上我经过八仙桥,看见马路上拉客的野鸡,我就心里想,为什么我不敢来试一下呢？为什么我不做一次淌白,玩弄那些自以为天下女子皆可供他玩弄的蠢男子？诗陶,女子最快意的事,莫过于引诱一个骄傲的男子匍匐在你脚下,然后下死劲把他踢开去。"

说到这最后的一句,章秋柳提空了右腿,旋一个圈子,很自负地看着自己的袅娜的腰肢和丰满紧扣的胸脯,她突然抱住了王诗陶,紧紧地用力地抱住,使她几乎透不出气,然后象发怒似的吮接了王女士的嘴唇,直到她脸上失色。

"诗陶,你说！"章秋柳锐声呼,"我们两个连合起来,足可颠倒所有的男人！"

于是她放开手,把自己掷在王诗陶的床里,摊开了两臂,一句话也没有了。

王诗陶只在那里发怔。从章秋柳那几句话,她忽然想到了另一件事。她走到床前坐下,很郑重地说：

"秋柳,你知道赵赤珠的事么？"

章秋柳闭着眼摇头。

"她已经实行了你刚才说的话；她做过——淌白。"

"什么！有了同志！"章秋柳跳起来很兴奋地喊。

"但她是另一原因,另一动机,她是为贫穷所驱使。"

章秋柳很失望似的笑了一笑,又躺了下去；她料不到一个极好的题目却只有如此平凡的内容。但王诗陶显然没有懂得她的意思,仍旧接下去说：

"她和她的爱人穷到半个铜子都没有了,又找不到职业；赤珠便想出这个极自然的办法来。她说：主张是无论如何不变的,为的要保持思想的独立,为的要保留他们俩的身体再来奋斗,就是做一二次卖淫妇也不算什么一回事。"

"不算什么一回事！"

章女士跳起来抓得了王诗陶的手,很赞许地说。

"我听她说,我几乎要哭了;她这态度是可敬的,然而究竟太惨了。她的行为,虽然在理性上可以自安,但在感情上,我就不懂得她怎么能够不痛苦呢?可是,你不能不佩服她的精神。"

王诗陶说到后来的几个字,声音非常低,她把面颊靠在章秋柳的肩头,身体微微地颤动了。

"为什么要痛苦呢?"章秋柳奋然说,"她有极光明的理由做她的行为的后盾,她有极坚固的道德上的自信,她是决不会感得痛苦的。只有彷徨动摇的人,在矛盾悔恨中过生活的,才会感到痛苦。"

"那么,你也会——做这件事?"

王诗陶昂起了头,细看着章秋柳的面孔,迟疑地说。

"我的脾气不同。我如果到了这境地,我是要打死了几个敌人然后自杀!"

"那么,在你看来,为了一个正大的目的,为了自己的独立自由,即使暂时卖淫也是合理的,道德的,是不是?"

"是!只要她能够坚决地自信!"

王诗陶微喟了一声,颓然倒在床里,再没有话了。她心里很痛苦地承认章秋柳的话是对的。

初夏薄暮的飘风从窗外吹来,翻弄着墙上的日历。王诗陶住的是人家的亭子间,很小很低,单是那张颇为阔大的木床已经占了一半地位。章秋柳向窗前的小桌子看了一眼,就立起来说:

"明后天再来看你。如果你有什么困难,我一定帮忙。"

章秋柳回到自己的寓处后,心里的悒闷略好了几分,但还是无端地憎恨着什么,觉得坐立都不安。似乎全世界,甚至全宇宙,都成为她的敌人;先前她憎恶太阳光耀眼,现在薄暗的暮色渐渐掩上来,她又感得凄清了。她暴躁地脱下单旗袍,坐在窗口吹着,却还是浑身热辣辣的。她在房里团团地走了一个圈子,眼光闪闪地看着房里的什物,觉得都是异样地可厌,异样地对她露出嘲笑的神气。象一只正待攫噬的怪兽,她皱了眉头站着,心里充满了破坏的念头。忽然她疾电似的抓住一个茶杯,下死劲摔在楼板上;茶杯碎成三块,她抢进一步,踹成了细片,又用皮鞋的后跟拚命地研碎着。这使她心头略为轻松些,象是已经战胜了仇敌;但烦躁随即又反攻过来。她慢慢地走到梳洗台边,拿起她的卵圆形的铜质肥皂盒来,惘然想:"这如果是一个炸弹,够多么好呀!只要轻轻地抛出去,便可以把一切憎恨的化作埃尘!"她这么想着,右手托定那肥皂盒,左手平举起来,把腰肢一扭,摹仿运动员的掷铁饼的姿势;她正要把这想象中的炸弹向不知什么地方掷出去,猛然一回头,看见平贴在墙壁的一扇玻璃窗中很分明地映出了自己的可笑的形态,她不由地心里一震,便不知不觉将两手垂了下去。

——吓!扮演的什么丑戏呀!

让手里的肥皂盒滑落到楼板上,章秋柳颓然倒在床里,两手掩了脸。两行清泪从她手缝中慢慢地淌下。忽然她一挺身又跳起来,小眼睛里射出红光,嘴角边浮着个冷笑,她恨恨地对自己说:

"好!你哭了。为了谁,你哭?王诗陶哭她的爱人的惨死,哭她的肚子里的孩子的将来。然而你,章秋柳,你是孤独的,你是除了自己更无所谓爱,国家,社会,你是永远自信,永远不悔恨过去的,你为什么哭?你应该狂笑,应该愤怒,破坏,复仇,不为任何人复仇,也是为一切人复仇!丢了你的舞扇,去拿手枪。"

于是,她托着下颏很迷惘地想这样想那样,杂念象泡沫似的一个一个漾出来又消灭,消灭了又漾出来;从激昂的情绪一步步转到了悲观消沉,突又跳回到兴奋高亢。终于她屈服似的叹了口气,痛苦地想道:"完了,我再不能把我自己的生活纳入有组织的模子里去了;我只能跟着我的热烈的冲动,跟着魔鬼跑!"

然而无名的憎恨依然支配她。烦躁依然啃啮她的心。无理由地出气似的把上身的小衫倒剥下来,她就翻身向着墙壁躺下了。恰在此时,一个人闯进来,气咻咻地嚷着:

"真是,那些混蛋,混蛋!"

章秋柳听出声音来,知道还是那个曹志方。女性的本能的自觉,使她心里一跳,随手拉过一条线毯来遮过了上半身。房里光线很暗,曹志方并没理会到章秋柳的状况,只顾坐下来发牢骚!显然是他后来的赶热闹或客串,大概又碰了钉子。

"算什么呢!都是气破肚子的事!哦,小王的病怎样?"

曹志方结束着说;看定了床里的章秋柳,似乎也觉得有什么异样了。

"只是有了孩子,并不是什么病。"章秋柳回答,一动也不动。

"哼,孩子,又是孩子!常常听见说你们生孩子!"

曹志方毫没来由地谩骂着。同时便走到床边站定了。

章秋柳只回答了一个冷笑。她又想起了王诗陶所说的赵赤珠的事;虽然她很称赞赵赤珠的办法,但想到时却也不免心里有一种嗅着腐鱼的气味似的感觉。她是一个很倔强的人,旧道德观念很薄弱,贞操的思想尤其没有,然而有一种不可解释的自尊心,和极坚固的个人本位主义,所以总觉得赵赤珠的手段是自己太吃亏。

忽然曹志方异样地笑了一声,毫不犹豫地抢前一步,便揭去了章秋柳上身的线毯。章秋柳惊叫起来,本能地疾翻了个身,紧紧地平伏在床上。她的一颗心象是骤然冰冻似的停止了,但立刻又几乎作痛地剧跳起来;可是再一秒钟,听得了曹志方的十分轻蔑的纵笑声时,她的心虽然还是那样剧跳,却已不是恐怖而是愤怒。

"哈,小章你怕!你这解放的女士!"

曹志方很侮蔑地嚷着,若无其事地反倒退后一步,又哈哈地纵声笑了,那态度很象是戏弄一头猫。

就同回声似的,章秋柳平跳起来,坦然挺直了身体,和曹志方面对面地看了二三秒钟,她的眼睛里灼灼地射出愤怒的红光。然后用劲地"哼"了一声,她转过身去,随手拿起床沿的单旗袍披在身上。在暗淡的光线下,曹志方依稀看见两颗樱桃一般的小乳头和肥白的椎形的座儿,随着那身体的转移而轻轻地颤动。他忍不住心里忽然热烘烘起来了,但他的态度忽而转为严肃,一种很纯正的爱慕的情绪在他眼里流出来,他命令似的说:

"小章你应该爱我!"

这回是章秋柳很轻蔑地纵声笑了。她转过脸来,带几分滑稽的意味问道:

"为什么我应该爱你?"

"因为——因为,不知怎地,我忽然爱你。"

"但是可惜我忽然顶不爱你。"

"你不爱,也不打紧。然而我们还是应该结合在一处。"

"为什么呢?"

"不为别的,就因为你是个有胆量,有决断,毫没顾虑,强壮,爽快的女人;我老曹呢,却就是这样的一个男人。"

章秋柳忍不住笑了,她觉得这几句质朴的恭维话很受用。向她求爱的男子们,从没一个会说这样的击中她心坎儿的话语。但是她并不因此而对于曹志方便发生了爱。她一向觉得曹志方缺少一种叫人欢喜的风趣,现在也还是这个意见。可是她好奇地再问道:

"从那些地方你证明你是那样的一个男人呢?"

"要什么证明!我自己这么确信着就完了!"

曹志方那种俨然的态度倒使得章秋柳不好意思再笑了;她不置可否似的微微颔首,没有回答。

"新近我得了个好主意。两个人去做,自然比一个人去做要好些。要找个伙计却不容易。我看得你倒还中意。既然你是女人,当然的咱们就成了夫妻。"

曹志方很神秘地说,眯着半只眼睛,很是得意的样子。

"什么好主意?"

"你先答应了我的要求,我自然告诉你。"

章秋柳在鼻子里笑了一声。她想:"曹志方居然也会捣鬼。"但她这人,正如曹志方所说,是有胆量,毫没顾忌的,所以就爽爽快快地回答道:

"就做你的老婆也不要紧,你快说!"

"说出来却是平平常常的,我要去做土匪。"

章秋柳沉默地看着曹志方的油亮晶晶的面孔,不表示什么态度。

"你想,小章,"曹志方接着说,"除了做土匪,还有更快意的事么？土匪在中国,不算是坏东西！土匪头儿是在野的官呢！我的家乡就是民匪不分,官匪也不分的。可是,我并不想借土匪这条路去做官,我只想出一口闷气,痛快地干一下。"

"你几时下这决心的？"

"就是现在。"

章女士淡淡地一笑,走到房门边扭亮了电灯,没有说话。

"怎样？你有没有补充的意见？"

"没有。"

"你自然是全部赞成了？"

"全部赞成。但是我自己不在内。我不想做土匪。还没到时机。更妥当些说,在我的一面,这个思想尚未成熟。老曹对不起,只好暂时少陪。"

曹志方疾跳到门边,很粗暴地用左臂一挥,将章秋柳推到房中间,涨红了脸喊：

"不行,你休想逃走！我不会吃了你！"

章秋柳坦然笑着,走到窗前,很温婉地说：

"你误会了我的意思了,我是对于你的做土匪暂时少陪。"

"什么理由？"

曹志方愤愤地问,走到章秋柳面前,睁圆了眼睛看她。

"没有理由,也不用说多大的理由；简单的一句话,现在,我不。"

"哼,简单的一句话,你怕！"

"更简单的一句话,你也不过是说说高兴而已。你想好了怎样去做没有？"

这一句话倒使得曹志方意外地沉静了。和别的事一样,他对于目前这件事也是只有意思而并无办法的。他苦思似的在房里踱了几步,然后回到章秋柳面前,抓住了她的手,很正式地问道：

"如果我有了办法,你跟我去么？"

章秋柳摇头,但又接着说:

"跟么?我素来不喜欢跟人的。至于我自己对于这一件事,到我觉得眼前的生活全然没有兴味的时候,也许就去。但现在我有一件事正在进行,一件完全是好奇冲动的事,可是我很有兴味。"

"咄!你是只配受人玩弄的,你不配干大事!"

曹志方怒喊了,他的手指用劲箍紧来,象一把铁钳,几乎要揉碎章秋柳的嫩白的手掌。他看见她的嘴唇失去了血色,她的右手无效地来援助那被钳住的左手,她呻吟着,她扭着腰肢,全身摇摆,渐渐地蹲下去;她是痛的几乎要发晕。于是曹志方满意似的放了手,也不再看章秋柳,也不再说一个字,大踏步自己走了。

章秋柳捧住通红的手,又躺在床里,很生气。虽然肉体上并没损失什么,但精神上她觉得是完全失败了。她是惯常受男子的谄媚的,她从没见过象曹志方那样自大的求爱者;她不大明白曹志方来时的居心,但无论如何,她的美艳的肉体似乎并不能颠倒曹志方却是不可否认的事实。她的可以玩弄一切男子的自信心,在这里是动摇了,她感到了针刺一般的痛苦和焦灼。

而况她又被误解。想到那嚷嚷然没遮拦的曹志方的嘴巴以后将怎样地在四处宣扬她的懦怯,章秋柳尤不胜其忿恨了。她对曹志方说"现在我有一件事正在进行",这倒是真话。这就是要把怀疑派的史循改造过来。三四天前她着手进行,颇感到些困难;幻灭太深的史循一时难以复活。但这却激成了章秋柳的更大的决心。

"将来总有一天叫大家知道我章秋柳是怎样的一个人!"

章秋柳终于愤愤地想,似乎十分有把握的样子。

七

晨七时左右,王仲昭从怪梦中跳醒来;他揉着倦眼,望窗上看一看,知道时间尚早。在平时,他总是翻了个身,再睡,直到九点多钟然后离床;但今天他的神经异常兴奋,便例外地早起了。这几天来,仲昭心里很是愉快,因为金博士的论文对于他的新闻编辑方针有了拥护,所以总编辑也刮目相看,一变了从前的固执,颇有任凭仲昭放手干去的形势了。久经波折的改革新闻计划毕竟能够实现,虽然不是了不得的大事,而在仲昭此时却的确非常快心,不亚于革命成功。至于今天的异常兴奋,又另有其适当的原因:昨晚他接到了陆女士的一封信,知道陆女士的父亲对于他们的恋爱已经同意,并且主张两星期后先举行订婚礼。

当下仲昭很快地从床上爬起来,忍不住独自笑着。生活对于他是太美满,运命对于他是太优待了。他梦想不到希望之实现,竟如此其快!他一交跌入了幸福里,自己倒有点难以相信这一切都是真实的事了。他一面穿衣服,一面就从枕下摸出陆女士的那封信来,宁神敛气地再读一遍。可不是,明明白白这么写着:

> ……昨天姨母到家里来了。和父亲谈起我的事,姨母说:"俊儿的大事也该办了,好让二姊姊在地下安心。"仲昭,提起了已故的慈母,父亲没有一次不悲怆的,我看见他的老眼里噙着眼泪了。后来父亲就问我的意思。仲昭,你想,我能够怎么说呢?我又何必说什么呢?父亲是再明白没有的人。看见我没有话,父亲微微笑着,想了一想,便说:"王仲昭也是个有为的青年,如果你自己合意,就此了却我的一桩心愿,也好。"所以我们的事情是决定了。父亲又说两星期后先行订婚礼,那时——你自然要来一趟;待学校放了暑假再结婚……

仲昭再揉一下眼睛,复校似的一字一字地念着最后的两句;同时他又想起昨夜的可笑的梦,真是一个无理由的梦!在那梦里,他"发见"陆女士的这封信原来是章秋柳的和他开玩笑的伪作。在那梦里,他曾忧虑地想:"但愿是一个梦,"现在果然证明不过是一个梦!仲昭第三次揉一下眼睛,过分谨慎地再辨认信上的笔迹。难道还会错到那里去么？确是陆女士的特异的手书。他于是忍不住哈哈地出声笑了，无端滴了两点眼泪。

在极端的兴奋中，他洗好了脸，就伏在案头写回信。当他写着初次使用的"俊卿吾爱"四个字，下意识地又笑起来，并且随手取过案头的陆女士的小照来接一个吻。他看着照片中的陆女士，便忽然想到了曼青的爱人朱女士，又记起了曼青前天兴冲冲特地跑来报告他和朱女士将要结婚的喜信的情形。那时仲昭确有些暗妒，但现在则觉得应该是曼青妒忌他了。两个出奇地极相象的女子中，仲昭有了那更好的一个，还不该被妒羡么？而况又是那么艰难地获得的，这意义，这喜悦，也就更大！仲昭觉得有将自己的幸运夸示朋友的必要了，便另取了一张信笺，想先给曼青去一个报告。可是写不到一行字，他又自笑起来，他意识到自己的太幼稚了。他急急地撩开了手里正写着的那一张纸，又拈过已经写好"俊卿吾爱"的信笺来，定了定心，慢慢地恭谨地写下去。

终于把两封都写好，仲昭就亲自出去，都寄了快信。于是象击破了一切敌人以后的英雄似的，仲昭反又感得寂寞无聊了。他站在早晨的马路上，计算着将要，而且应该做些什么。但是只有些大事件的大日子，充满在他脑子里。"自己的订婚礼将在两星期后，"他想，"曼青的结婚又是在后天，那么，今天，明天，做些什么事呢？"他委实不能离开他自己目前的大事件而自由思索了，他的思绪刚刚发动，便自然而然地转到了订婚结婚等等；正象有名的过去的政治工作人员徐子材不能离开标语口号一样，现在仲昭也没法不从陆女士这条线索上去思想去行动了。所以踌躇了半晌以后，他决定去找章秋柳谈谈，报告自己的得意事件。

但是到了同学会时，仲昭却又后悔起来。他觉得时间实在太早。虽然这么迟疑着，他到底走上了三层楼，心里作最后的决定：如果房门开着便进去，不然，还是回到二层楼客厅去看报罢。

幸而章秋柳的房门果然开着；她披了睡衣，高高地坐在窗台上眺望。

"我看见你来的。怎么这样早?"

章秋柳回眸对仲昭一瞥,应酬似的说;便又看着窗外,温理她的眺望。

"这样早? 因为有一件事要报告你。"

仲昭郑重地说,就坐在章秋柳书桌前的椅子里。

"是不是王诗陶的可怜的消息? 是不是你看见她半夜里在马路上——"

仲昭惊愕地看定了章秋柳的嘴巴,等候她说下去;然而她竟停止了,也迟疑地看着他。在她的眼光里,有一些异样的色彩,似乎是愤怒,又似乎是悲悯。

"喂,半夜里在马路上,什么? 难道也是自杀?"

仲昭等了一会儿没有回答,只好追问了。

"哦,原来你没有见过王诗陶?"

仲昭用力地摇头。

"那么,就不用再提了。请你先讲你的事罢。"

章秋柳懒洋洋地说,回过头去又向空中凝视了。但是仲昭却看出来,章秋柳并不眺望什么,只是在那里沉思,在那里借眺望来掩饰她心头的烦闷。

"我实在不知道王诗陶的消息,一点儿也不知道。"

"不知道也罢。可是,你对于她的感想是怎样的?"

仲昭微笑沉吟着,似乎在斟酌他的答辞。但是章秋柳已经接着说下去:

"如果你向来对于她的感想是无所谓好亦无所谓坏,那么,她最近的故事一定要求你取一个决定的态度了;骂她也好,称赞她也好,不骂又不称赞却是不可能。"

"究竟她发生了什么事?"

仲昭很焦灼地问;他的心中一动,直觉地感到大概是关于恋爱方面的,然而转念一想,又以为不象。假使是恋爱方面的事,章秋柳的口吻不至于如此神秘。

"既然你全无影响,还是不要寻根究柢罢。"章秋柳还是懒懒的,不肯说明。她顿了下,又加着说;"她的事使人愤慨,又使人悲悯! 在我,却觉得闷! 不,更妥当地形容起来,是窒息,是嗅到了死尸的腐气时的那种惨厉的窒息。"

章秋柳突然从窗台跳下来,趿着拖鞋在房里来回地走。

仲昭的眼光机械地跟着章秋柳的脚步,心里却在猜度王诗陶的秘密,也感到了无名的阴暗,几乎将此来的目的完全忘记了。

"曼青快就要结婚了;有请柬给你么?"

章秋柳意外地说,用左脚踵作为圆心,旋了个圈子,站在仲昭的面前。

仲昭点头,表示知道,骤然觉得心里清凉起来了。

"仲昭,你觉得朱女士人品如何?"

"也是个可爱的人。"

仲昭回答,但是不免暗暗诧异,为什么今天章秋柳如此喜欢议论别人的短长。

"看来是个也还可爱的人。"章秋柳微笑地校正他。"仲昭,你听得曼青讲过他的理想中的女性么? 不很记得了? 我是记得明明白白的。曼青的理想对不对,是另一问题,然而现在的朱女士却是无论如何不合于他的理想的。我曾经公开地对曼青说过,似乎并没能够引起他的注意。他到底把这个似是而非的朱女士认为他的真正理想了。仲昭,你知道么? 曼青是谨慎过分的人,对于朱女士这事件,他一定有过不少的考虑,但终于不免受了似是而非的欺骗。命运就是这么爱播弄人的!"

仲昭嘻开嘴笑着,表示了颇为赞同的意思;因为朱女士和陆女士的模样儿太象了,所以每逢听到对于朱女士的批评,仲昭大都是无条件赞同的。他这种不自觉的似乎近于幸灾乐祸的不名誉的心理,也许是初见朱女士的时候就发生,不过以后却跟着他和陆女士间爱情的进展而同时生长,几乎成了正比例。

"命运就是这么播弄人的。"章秋柳重复一句,又接着说,"想来真也奇怪,朱女士会和你的陆女士那样地相象,比一家的姐妹还象些。仲昭,你从没讲过你的对于女性的理想。也许你的陆女士不至于似是而非。我盼望你有更好的运气。"

章秋柳吃吃地艳笑了。她翩然转过身去,旋一个半圆形,然后她又纵身坐在窗台上,凝眸看着天空,并没注意到仲昭的脸色已经有了些变化。

仲昭不提防章秋柳忽然说到他身上,心头蓦地受了这冷冷的一鞭,差不多透不转气来,然而一股热烘烘的东西随即在他心里作了个最猛烈的反攻,使他脸上红到耳根。他勇敢地立起来说:

"决不会的!我相信我的决不会!"

然后他又放底了声音,象是对自己说:

"一个人悬了理想的标准去追求,或者会只得了似是而非的目的;因为他的眼睛被自己的理想所迷,永远不能冷静地观察。我不先立标准,我不是生活在至善至美的理想世界的野心者,我不是那样的空想家;我只追求着在我的理性上看来是美妙的东西。我是先由冷静的眼光找出美在这里在那里,然后尽力以求获得。所以在我,可以有失败,却不会有失望;但现在我是确实地胜利了。"

仲昭向章秋柳走进一步,注视她的面孔,似乎要求他的理论被承认。

"我不怀疑你的胜利。但胜利之后仍旧可以有失望!"

章女士笑着说,带几分强辩的神气了。

仲昭摇头,摆出不愿多说废话的样子;他倒退一步,仍坐在原地方,轻轻地好象对自己说:

"怀疑!怎么成了史循派呢?怪事!"

章秋柳很温柔地对仲昭看了一眼,忽然笑起来。从史循这名字引起她的一个有趣的思想,她说:

"后天,我们到吴淞去 Picnic①,你是一定要到的。我介绍你见一

---

① 英语,意即"野餐"。

个有味的朋友。"

"后天？那不是张曼青结婚的日子么？"

"他的结婚是下午三时，我们上午到吴淞去。这一次的 picnic 是特地为了那位新朋友举行的。所以仲昭，你非到不可。"

"还有什么人？"

"大概是些熟人。三五个时常见面的朋友，譬如徐子材，龙飞。"

"那位新朋友是你的新朋友么？哈，想来也象是个结婚式了。"

"到那时你自然知道。不过那位新朋友也就是熟人。"

仲昭好奇地看着章秋柳的闪闪的得意的眼睛，觉得这位女士今天很神秘。但不喜多问是他素日的脾气，而且肚子里也有些空落落了，所以又谈了几句，便起身要走。

"后天你乘上午七点半的车到炮台湾，我们在那里等你。不要忘记了带一瓶 Port Wine① 去，两瓶更好。"

章秋柳追到房门边叮嘱着，又神秘地笑了一笑，仍旧回到窗台上坐着眺望。

一片浮云移开，金黄色的太阳光洒了章秋柳一身；薄纱的睡衣似乎成为透明，隐约可见她的胸部正在翕翕地动。可怕的印象，现在又包围了她。前天晚上，她在街上看见一男一女挽着腰走过，仿佛那女子的姿态很象王诗陶；这原不是值得奇怪的事，可是那时章秋柳却忽然记起了王诗陶说过的赵赤珠的事件，便无理由地起了联想。第二天，她特地去探询王诗陶，提起了隔夜的所见，王诗陶竟一口承认了；她说，她所以不惜如此糟蹋自己，完全为了肚子里的孩子，并且也是为了这未来的孩子，她不得不及早就这么干，以后月份多了是应该休息着将养的。虽然王诗陶说话的态度很勇敢，可是声音里带着哽咽。那时章秋柳曾经回答了什么话，现在是完全不记得了；她只记得，从离开了王诗陶直到今晨，她被两种情绪不断地逼拶着：愤激和悲悯。她想："无非为了几个钱！"但是现在要解决这问题，她也没有能力。

---

① 英语，意即"葡萄酒"。

借了读书的题目住在上海,半年内她已经向数千里外的老母要了两次钱,现在是一天窘似一天,她自己也不知道以后的三四个月怎样过去,所以更无从说起帮助别人了。

章秋柳闷闷地嘘一口气,睁大了眼,惘然看着那一轮刚从浮云中露出脸来的太阳。渐渐地她觉得头脑有些晕眩了,她跳下窗台,疾退行了几步,扑身倒在床里,缩做了一团。她把面孔贴着薄棉被的绸面,得救似的领受这丝织物特有的冷滑;但是她的心里还是烦躁得很,她又跳了起来,赤着脚在房里来回走着。

"咄,真奇怪!我从来不曾执着一件事,象现在这个样子。"她冷峭地自问。"这便是我的潜伏的怯弱根性的暴露么?然而这是无理由的。然而王诗陶处境之惨苦却也是不可磨灭的真实。便是这悲惨的事实引起了极端的同情心,以致自己失了常态么?"

于是象找得了行为的理论立场似的,章秋柳渐渐镇静了。可是王诗陶的痕迹还不能就此消灭。

她看手表,已经将近十点,便跳起来换了衣服,匆匆出去。

她是去找史循。自从自杀不成,史循便换过寓处,住一个较好的房间,隐遁似的比从前更少出来,可是悲观怀疑的色彩却一天一天地褪落了,他自说现在是他思想上的空白时期;他每天在自己的房内坐着,躺着,踱着,不做什么事,也不想什么事。似乎只有一个单纯的生活意志在那里支使他睡觉,起来,吃,喝。而这单纯的生活意志又不能说是从他自己心里发出来,而是章秋柳的热烈的生活欲的反映;但这有累积性,日见其浓厚,所以最近几天来,史循从前的豪兴大有复活的气势。此时他正找出搁置已久的保安剃刀来刮胡子,恰好章秋柳来了。

微微地笑着,章秋柳就坐在史循对面,看他的敏捷的手法。一枚法国名厂的剃胡子用的香皂,直立在桌子角,象是个警戒的步哨。章秋柳以艺术家鉴赏自己得意的杰作的态度审视着史循的新刮光的面孔。这原是一张不很平凡的脸,虽然瘦削了些,却充满着英俊的气概,尤其是那有一点微凹的嘴角,很能引起女子的幻想。这两道柔媚的曲线,和上面的颇带锋棱的眼睛成了个对比,便使得史循的面孔有一种说不出的可爱。

章秋柳悠悠然睇视这新发现,竟忘记了说话。

"旧日的丰姿,也还有若干存在呢!"

史循持着剃刀,对了镜子,歌吟似的说。

章秋柳吃吃地笑起来;她微昂了头,向窗外望了一眼,仍旧没有说话。

"但是旧日的豪情能否完全复活,那可不知道了。"

史循加了一句,唇边露出一个苦笑,慢慢地把剃刀揩干净,收进盒子里。

"怎么你总是恋恋于旧日的这个那个?"章秋柳开始说。"过去的早已死了,早已应该死了。旧日的史循,早已自杀在医院里;这眼前的,是一个新生出来的史循,和过去没有一点关连。只有这样,史循,你才能充分地领受生活的乐趣。"

"你的话何尝不是。但我这身体无论如何总还是旧有的那一个;这里就留着过去生活斗争中的大大小小的创痕。"

史循用手指着自己的左肋下,说明这里依旧时时作痛,但似乎立即感到又是说到颓丧里去了,他勉强笑了一声,跑到床边拿出一瓶酒来,很高兴地喊道:

"有白兰地呢!喝一杯罢。"

章秋柳笑着点头,站起来帮助开瓶塞。虽然刚才史循的话抉示了一个不可否识的真实,会使她心里一跳,此时便也完全消散。他们把瓶塞挖去,就拿过茶杯来满满地倒了两杯。史循呷了一大口,咂着舌头,说:

"已经差不多有半年没喝白兰地;还记得去年最后一次的痛饮,是在九江的旧英租界。一瓶三星白兰地也卖到二元二,印花税要二元五六,中央票作四折用……"

"又讲到旧事了!"章秋柳打断了他的话头,"无论如何不能忘记么?"

史循拿起杯子来又喝了一口,淡淡地笑着回答:

"不忘记是自然,要忘记反须时时留意;心里惦念着:'忘记罢!忘记罢!'自然口头是'忘记'了,但心里却是加倍的'不忘记!'"

章秋柳瞅了史循一眼,低下头去把嘴唇搁在杯缘;杯里的酒平面就萎缩似的低落了一些。她慢慢地抬起头来说:

"我们不谈忘记不忘记了。后天你得起早,我们到吴淞picnic去。"

"单是我们两个么?"

"还有些别人。我都已约好了,你不用管;他们也不知道有你。"

"目的是消遣?"史循又问,喝了三口酒。

"不是。要大家来认认这新生的史循。"

回答是纵声的大笑,然而随即象切断似的收住了笑声,史循把他的长头发往后一掀,冷冷地说:

"但新生的史循能不能长成,却还是一个疑问!"

章秋柳眼皮一跳。这冷冷的音调,语气,甚至于涵义,都唤起了旧史循的印象。过去的并不肯完全过去。"过去"的黑影子的尾巴,无论如何要投射在"现在"的本身上,占一个地位。眼前这新生的史循,虽然颇似不同了,但是全身每个细胞里都留着"过去"的根,正如他颏下的胡子,现在固已剃得精光,然而藏在不知什么地方的无尽穷的胡根,却是永远不能剃去,无论怎样的快刀也没法剃去。于是象一个艺术家忽然发见了自己的杰作竟有老大的毛病,章秋柳怏怏地凝视着史循的渐泛红色的面孔,颇有几分幻灭的悲哀了。在史循方面,完全不分有这些感念。他微笑地一口一口地连喝着白兰地。仿佛受了暗示,章秋柳也不知不觉举起杯子来连喝了几口。

"他们也是后天去么?"

史循忽然出奇地问,又倒满了第二杯酒。

章秋柳不很懂得似的看定了史循的面孔。

"虽然 picnic 是后天举行,但我们何妨今天就去;我记得炮台湾有一个旅馆,大概是海宾旅馆罢,很不错。我们就去住在那里,过了后天再回来。我以为应该尽兴地乐一下,那才算是不虚负了新生的史循……哦,怎么你不放量喝酒?"

象回声一般,章秋柳立即衔着杯子边喝了一口;史循的提议很使她鼓舞了,她兴冲冲地站了起来,但忽而一件事兜上她的心,她又软软地坐下,低着头喝酒。

"今天一定去罢!我还有这个。"史循很敏捷地从衣袋里掏出一叠钞票来一扬,似乎已经猜着章秋柳的心思,"这些纸也得想法子花去。"他把钞票仍旧放进袋里,又接下去说,"本是去年借给了朋友的,早已不打算收回;前天想到既然还要活几天,还是要用,便又去讨了回来。"

和普通喝了酒喜欢饶舌的人一样,史循现在是说话很多了,满房里反响着他的声音。章秋柳却不多开口。不知道什么原因,怅惘横梗在她心头,烈性的白兰地也不能将它消融。而这怅惘的性质又是难言。加以酒精的力量使她太阳穴的血管轰轰地跳,便连稍稍沉静地考虑也不可能。

史循并没注意到章秋柳的阴暗的心情。在第二杯酒喝了一半时,他摇摇身体立起来,隔桌子抓得了章秋柳的手,拉过来按在自己的胸口。在这里固执地剧跳的,是他的心。章秋柳微微一笑。

"你知道它为什么如此扰动不定?"

史循轻轻地说,放下了章秋柳的手,颓然落在座位上。

章秋柳还是微微笑着;心里想:"恋爱的惯用方式来了。"在或一种理由上,她早就以为此种恋爱方式很可笑,但此际出自复活的史循之口,却也觉得还有意思,因此她保持着鼓励史循勇气的情笑,等候他的下文。

"原因是平常得很:爱你,但又不敢爱你,不愿爱你。"

章秋柳并无惊异的表示。

"这是感情和理智的冲突。两星期来,每逢你出现在我眼前,这个冲突也跟踪着来了。你去后,它也消灭。要是我还能够发狂似的爱你,那就什么问题都没有;但想来我未必还有那样的活力了。"

又喝了一口酒,史循走到章秋柳跟前,左手挽住了她的细腰,就将红喷喷的瘦脸偎着章秋柳的肩胛。章秋柳轻轻地抚弄他的头发,想不出一句妥当的回答,但她知道沉默有时比说话更有力量,所以不再思索,只转过脸去注视史循的侧面,象要给他一个亲吻。

"然而无论如何吴淞是今天一定去!"

史循蓦地坚决地说,跑到床边拿起帽子来合在头上。

他们到了炮台湾时,史循的酒意全然退了,依旧不多说话。他们在江边坐了多时,看匆忙地进口出口的外国兵舰和商船。晚上,半个月亮的银光浸透了炮台湾的时候,他们坐在旅馆的游廊前。淞沪火车隆隆的声音来了又去,江中送来汽笛的宛转悠扬的哀叫,附近大路上的陆军步哨时时发出一两声的喝问。除了这些,一切是入睡样的寂静。他们两个只偶尔交换了短短的无关系的几句,没有热烈的谈话。一种沉默的紧张,在他们中间扩展着。章秋柳是两个中间比较镇静的一个,她不过带几分好奇的意味,抱着"看它怎么来"的态度,微感不安地期待着。史循却颇为忐忑了。他自己很明白这不是未曾经验者的虚怯,而是曾经沧海者的唯恐自己又不能扮演成恰到好处的那种具有责任心的焦灼。

旅馆附近的学校打过了就寝的钟,淞沪火车的最后一班也到了;当短促的一阵喧嚣渐渐死灭了后,便显出加倍的寂静,风吹到皮肤上也颇觉到冷;史循和章秋柳如果再在游廊逗遛,便见得可笑了,他们互相看了一下,神秘地笑着,慢慢地走回房去。

"我们忽然在这里,想起来有些发笑。"

房门关上了后,章秋柳软软地笑着说。

史循拿起章秋柳的手来按在自己嘴唇上,没有回答。

"现在,你的问题,解决了没有?"

章秋柳又嘲笑似的问,将半个身体挨靠着史循,很伶俐地用食指在他胸口戳了一下。

"可说是已经解决了。"

史循轻声地回答,同时便将章秋柳揽在怀里,在她的颈间印了一个吻。象有一团火在他心头爆炸开来,他立刻觉得全身发热,他的勇气涨大到了最高度。他异样地笑了一笑,很敏捷地放开了章秋柳,就跑到房角的短屏后面。他在这里脱了外面的衣服,再走出来时,章秋柳已经站在窗边的衣橱前面,很骄傲地呈露了莹洁的玉体,但却是背面。史循急步向前,在相距二尺许的时候,章秋柳转过身来,史循突然站住,脸色全变了。他看见了章秋柳的丰腴健康的肉体,同时亦在衣橱门的镜子中认识了自己的骨骼似的枯瘠!这可怕的对照骤然将他送进了失望的深渊,他倒退了两步,便落在最近的沙发里,颓然把两手遮掩了脸。

"怎么?忽然病了么?"

章秋柳摇着史循的肩膀,很焦灼地问。

史循摇头,两手依然遮掩了脸。

忽然他站了起来,定睛看着章秋柳,苦笑了一声,却很镇静地说:

"适可而止,——哎,秋柳,从前我是极端反对什么适可而止的,我要求尽兴,痛快;结果呢,热极而冷,跌进了怀疑和悲观的深坑。但是现在,既然你的旺盛的生活力引导我走出了这深坑,我想,你我之间还是适可而止罢。快乐之杯,留着慢慢地一口一口地喝罢!"

史循说完,就拿起章秋柳的手来,轻轻吻了一下,转身就跑出去了。

章秋柳惘然半晌,然后取一件衣服披在身上,也走出房去。

她先到那游廊上。

清凉的月光照着他们坐过的两张椅子。万籁无声,只有阶下乱草丛中时时传来了几声锵锵的虫鸣。

"史循!"她轻声唤着。没有回应。

她在游廊上徘徊,同时咀嚼着史循刚才那番话。"适可而止!"——她在心里念这四个字,可是她想不明白为什么史循的情绪只在几分钟之间就有了这样的忽起忽落的变化。

"史循!"她又一次轻声唤着。依然没有回应。

她懒懒地再回房去,却看见桌子上放着一张字条:

秋柳,我已经另外开了一个房间,在楼下。明天再见,祝你晚安!

章秋柳把纸条团皱,扔在痰盂里,和衣倒在床上就睡着了。

第二天上午,史循的左肋部忽然剧痛到不可忍耐。自然这是老病,史循自己并不重视,因而章秋柳也颇坦然。但他们到底立即回了上海。史循有一种惯服的药,在炮台湾是买不到的。

服药以后,史循的肋痛就减轻了许多。第二天,已经完全好了。章秋柳还有点不放心,打算通知朋友们,把到炮台湾野餐的日期改一下。但是史循不肯。于是他们俩如期赴约。

列车到站时,下来很少的几个旅客。首先是三个不认识的挂皮带的"武装同志",然后是龙飞象一只老鼠似的钻了出来。他伸长了颈子,只向远处张望,徐子材也下来了,也摹仿龙飞的举动。最后是王仲昭,他看见了站在另一个车厢的车门边笑着不作声的章秋柳。

"秋柳,在这里!"仲昭招呼着,但同时也看见了章秋柳背后的崭然一新的史循,不由得惊异地喊道:"呀,是你么?史循!变了样了,哈,哈!"

龙飞和徐子材转过身来,也都笑了。龙飞对章秋柳做一个鬼脸,倒并没说话。他们五个人会意似的互相看了一眼,便由徐子材当先,走出了车站,到江边的草地上。

"章小姐,你请我们老远地跑来,难道茶点也不备么?"

龙飞再忍不住不说了。

"不忙,自然有呢。可是你的在那里? 仲昭,你手里的东西不是龙飞的罢?"

章秋柳很尖利地说,不等任何人的回答,她就翩然跑走了。

仲昭把手里的东西解开来;这里有两瓶酒和几个荷叶包。徐子材也从破洋服的口袋里掏出了两个纸袋。他们四个随便坐在草地上,徐子材和龙飞就攒住了史循问话。仲昭记起那天章秋柳的神秘的话语,便好象是知道了一切的细情,心里想道:"恋爱的魔力真不小,能够把怀疑派的史循也改变过来。"

徐子材不厌求详地询问史循自杀时的感觉,几次把龙飞的已经到了嘴唇边的话打了回去。

"自杀的经验,不过如此。我们不谈过去,谈些现在的事罢。"

后来史循淡淡地说,很想就此结束了这无聊的询问。

"可不是!老徐,请你让别人也说几句话哪。史循,你现在不是怀疑派了?不然,就是小章变成了怀疑派?不管你们什么派,你和小章是结合了,今天就是你们的结婚式,是不是?"

龙飞好容易得个发言的机会,便急急地说了一大堆。

"我是猜到了几分,所以带着酒来贺喜。"

仲昭没有开过口,此时也插进来说。

"当真么?史循和小章结婚。那才是奇事中的奇事!"

徐子材不很相信似的说,凝视着史循的剃得光光的下巴。

但史循只不置可否地笑了一笑,随手抓过一瓶酒来,很巧妙地在身旁一块尖石上敲去了瓶颈,便凑在嘴上喝了一口。他的态度非常老练,又是非常滑稽,王仲昭他们看着都笑起来。

那边是章秋柳又来了,背后跟一个人,捧着满满的一盘,酒,汽水,点心,杯子,什么都有了。草地上顿时更加热闹起来。但似乎大家都忙于吃喝,暂时地没有话。史循很热心地喝酒。他的敲去瓶颈的手段成为大家注目的奇迹。徐子材取一瓶汽水,也学着史循的方法在尖石上敲。豁浪一声,瓶从腹部破了,汽水喷了徐子材一脸。

"你不行。非得喝过五百瓶以上,你是学不会我这把戏的!"

史循的冷峭的声音从众人的狂笑中冒出来。

"想不到你还是浪漫派的老同志。"

徐子材拿手帕揩面孔,干笑着回答。

"但也是新近才回复了浪漫派的党籍。章小姐,你们两个的联合战线是怎样成功的,一定要公开给我们听听。不肯么?那是——"

"那是——什么?你说!"章秋柳很锋利地切断了龙飞的含着几

分无聊的威胁的话。她看定了龙飞的面孔,慢慢地又加着说:"我可以告诉每一个人,但一定不喜欢有你在面前的时候说。"

"不说也不要紧,我仍旧有法子打听出来。"

"打听出来的未必可靠呢,也许人家骗骗你;最好的法子还是自己想象一下,发明出一套事实来。"

史循大笑地接着说,又敲去了一个酒瓶颈。

龙飞也淡淡地笑了一声,露出"何必打趣我"的神气。

"并不是说笑话呢!"仲昭很郑重地加进来,"关于恋爱的事,永远不会有正确的自叙传,反是想象可以摸着真相。我的朋友方先生做了些小说,有人说他的人物和事实太想象了,以为社会上没有那样的人;但是另有些朋友却抱怨他,说是公开了他们的阴私。有一位云少爷硬说其中有一位女性便是他们常说起的云小姐的化身。又有一个朋友更详细地指出书中某人就是某人,说是要替方先生小说中人物做一篇索引。如果当真做好了发表出来,真是不得了!"

"我就不相信竟会有那样的巧合。"徐子材摇着头说。

"每人喝一杯酒罢。不谈联合战线!便是这名词,现在也不时髦了。"

章秋柳站起来说;一口气喝干了手里的一杯。咽咽的声音陆续起来,接着便是酒杯和酒瓶的磕撞。无条理的谈话又开始了,五个人都放开喉咙嚷着笑着。忽然象乐器断了弦,五张嘴一齐沉寂了。车站上刚到一班车,送来了机车头的脱力似的喘气。太阳躲进一叠灰色的云屏,风吹到脸上便觉得凉快了许多。徐子材将腿一伸,躺直在草上,就呜呜哑哑地唱起"店主东"来。

"老徐正是英雄潦倒,不下于当年的秦琼!"

龙飞高声说,象是嘲笑,又象是感慨;并且也摆出失意英雄醇酒妇人的态度来,捞捕得章秋柳的手腕,便异样地狂笑了。酒力把他的脸烘得通红,笑眼挤成了两条细缝,大有演一幕恋爱悲剧的神气。章秋柳此时却是意外地温和;她使一个反手,拉住了龙飞的臂膊,命令似的说:

"起来罢！你这落魄的英雄不会唱,总该会跳!"

龙飞当真站起来,野马一般地乱窜乱跳着。史循和仲昭忍不住笑出眼泪来。史循一口气灌下半瓶酒,摇摇头也跳了起来,将空瓶掷在江中。但是,脚下忽然一软,他又蹲了下去,乘势躺在草上。他觉得胸膈间象有一个东西要跳出来,而喉头也作怪的发痒。他闭了眼,用力呼吸一下,想呕出胸间的什么东西,同时猛嗅得一股似香非香的气味;他再睁开眼来,却见章秋柳站在他头旁,也把空酒瓶向空掷去。他的眉毛被章秋柳的衣缘轻轻地拂着,就从这圆筒形的衣壳中飘来了那股奇味。他看见两条白腿在这绸质的围墙里很伶俐地动着,他心里一动,伸臂想抱住这撩人的足踝。骤然一阵晕眩击中了他,似乎地在他身下裂了缝;他努力想翻个身,但没有成功,腥血已经从他嘴里喷出来。

仲昭首先发见这意外,只惊叫了一声,说不出话来。章秋柳此时刚掷出了第三个空酒瓶,全神注在她的运动上,并没知道脚边已经出了事。等到仲昭第二声惊呼时,她低头一看,她也象受了一下猛击似的仆在地上了。

徐子材和龙飞也赶过来,帮着仲昭,乱哄哄地将史循扶起来。章秋柳呆呆地坐在地上,瞪大了一双眼,似乎在思索;忽然象想通了什么,她又高声狞笑了。史循的脸很惨白,却还安详,血红的眼珠向四下里溜转。

"秋柳,这里有没有医院?"

仲昭急促地问。

章秋柳摇头,但突然跳起来向车站方面飞跑,一面说:

"我去弄一架汽车来!"

等到章秋柳从旅馆里开了汽车来时,史循的脸色倒好看些了;他始终没有一句话,也不呻吟。当汽车载着他们五个开始回上海的时候,史循的嘴唇动了几动,似乎有什么话,但是汽车的声音太响了,大家都没有听明白。

他们五个挤在飞驶的汽车上,一句话也没有,只交换了几次疑问的眼光。仲昭惘然想起了下午张曼青的结婚礼,不禁在心里自问道:"他们总不至于也有意外罢?然而无常的运命,窥伺在你左右,你敢说一定不会有么?"

仲昭心里异常阴暗起来了。

八

虽然史循急病的惊人消息由仲昭他们带到了张曼青的结婚礼堂内,但是这庄皇的婚礼毕竟在始终如一的愉快和美满中过去了。新夫妇的快乐的心田就好比一团烈火,无论什么阴影,投上去就立刻消灭。虽然三天以后,张曼青又从仲昭那里知道了史循的死耗,但连声惋惜以后,也就把这件事情忘记了;他的心里充满了恋爱生活的甜味,绝对排斥一切气味不同的分子。

然而也不能说就此毫无波折。太美满的生活成为平淡时,一些些小的波折,有时竟是必要的。曼青结婚后第一星期中便表现了这样的生活上的空气转换。大约是第五天早晨,这新结婚的一对中间发生了小小的龃龉,不,应该说是误会。曼青无意中提起了史循死后的章秋柳,微露望念的神气。朱女士冷笑了一声,无限的妒意立刻堆聚在眉梢眼角。曼青也觉得了,很抱歉似的笑着,转换谈话的方向。但是朱女士不肯放过,她歪过头去,避开了曼青的眼光,冷冷地说:

"现在她是单身一个人了,你应该去安慰她的寂寞呀。"

曼青怔住了,想不到夫人是穷寇犹追的,而且那语意又是多么不了解他的人格!自从那天辩论会后,朱女士也曾有一二次问起章秋柳,但象现在那样近于泼悍的举动,却是从前所没有的。曼青未始不承认"妒为妇人美德",然而朱女士的不免滥用职权,也使他很觉得快快了。

"近如,你也太多心了。"曼青不得不分辩几句,可是语气很温柔。"两个都是旧同学,从死的一个想到活的一个,也是人之常情。难道你还不知道我的心!"

"自然是旧同学,所以去安慰她,也是应该的;不过,曼青,你自问良心上是否还有一两件事是不能对我说的?"

朱女士现在是看定了曼青的面孔说的,虽然她的措辞并非不宛转,可是她的奇怪的嗓音却使曼青听着便觉得牙龈发酸。而况回答她这句话,在曼青确有为难。他不是常常准备好了撒谎的人,良心上他也是不愿对夫人说谎的,那么,直说他自己和章秋柳的经过罢,可是又总觉得不甚敢;因此他竟忸怩,沉吟,流露了非常情虚理屈的神色。

"哈,流弹,打中了敌人的要害了!"

朱女士用最扁阔的声音说,同时很得意地笑了。

曼青忍不住心里一阵作恶。他不很明白这是因为夫人的嗓音呢,抑是因为那可憎的语意,但他直觉地感到夫人之所以追寻他的过去秘密,似乎不是发源于由爱成妒的心理,而是想得到一个能够常常挟制他的武器。

想到这里,曼青不但忘记了分辩,反而很伤心地叹了一口气。

"何必发愁呢! 我并不是不可理喻的人,我不肯闹出笑话来,使大家难堪。时候不早了,上学校去罢。"

朱女士又抚慰似的说,然而那种如愿以偿的暗自满足的神情却也充分地流露在她的眉目间,和她的声音里。

曼青惘然拿起了他的黄皮文书夹,跟着夫人机械地走了。虽然幸而搁置了那个可怕的问题,似乎觉得背上轻松了些,但是新的不可名说的不快却愈积愈厚地压在曼青的心头。后来在讲堂上借时事题目发了一顿牢骚后,方才泻清了积滞似的舒畅起来,朱女士也象忘了刚才的事,亲爱温柔的生活便又恢复了。可是曼青从此更加不敢承认他和章秋柳曾有过些微的交情。他断定了夫人实是个多疑善怒尖刻的人,虽然人情世故把她磨炼成表面上的温柔和宽大。

渐渐地又发见了朱女士对于政治的盲目了。曼青现在虽然不喜欢政治热的女子,但在政治方面完全懵懂的女子也是同样地不甚乐意。朱女士每天所关心的,是金钱和衣饰;每天所议论的,不外乎东家的白猫跑到西家偷食,被西家的主妇打了一顿,某教员和校长顶撞,恐怕饭碗难保,某女友已经做了局长夫人,诸如此类的琐细的闲文。她每天所烦恼的,无非是裁缝多算了她半尺衣料,某太太对于她的一句无心话该不至于有芥蒂等等。她和曼青的思想全然不起共鸣,他们是分住在绝对不同的两个世界里。

对于这一切,曼青只能惊讶;他想:难道从前自己是瞎了眼睛,竟看不出这些破绽? 但转念后,却也承认自己是咎有应得;他要一个沉静缄默的女子,然而朱女士的沉静缄默却正做了她的浅薄鄙俗的护身符。

曼青觉得他的理想女性的影子在朱女士身上是一天一天地暗淡模胡起来了。但是朱女士已经成了他的"神圣的终身伴侣",社会的习惯和道德的信条都不许他发生如何出轨的念头,他只能忍受这重荷。同时,"自慰"这件法宝也在他心里活动。他盼望不再发见朱女士的更多的弱点。他又推论到环境对于个人的关系,以为朱女士的浅薄琐屑,都因为她从前的环境差不多就是这样的环境,现在有他自己在那里旦夕熏陶,改变也是容易的。

在朱女士方面,这些"对不住人"的感想是丝毫没有的;曼青自然也觉到。因此他渐渐又以为自己的"求全责备"是不应该,特意地自认满足起来。两星期很快地过去了,他们的共同生活不能不说是愉快的生活。

第三星期的第三天,学校方面却发生了一些事。

前任的历史教员和曼青对调了功课后,仍然不得学生的拥护;那一天他出了个题目算是临时考试,不料全班的学生有一大半交了白卷,一小半却离开正题,做了骂他的文章。这位教师气极了,要求校长把全班学生开除出去。因此校长召集教员会议,考虑这件事。那位教师理直气壮地说明他的要求的三大理由:第一是学生们蔑视党义的功课,罪同反革命;第二是学生们侮辱师长,如此桀骛不驯,即使现在不入"西歪"①,将来要做"西歪"也是难免的;第三是学生们既然

---

① "西歪",C.Y.的音译,"共产主义青年团"的略称。

做不出文章,便是不堪造就,应当淘汰出去——这不清校。这第三项理由似乎艰深一些,所以他特加以精辟的说明:

"党要清,学校也要清;反革命的分子要清出党去,不能造就的学生当然也要清出校去。如果让不能造就的学生留在校里,便是本校前途的危机。这不是兄弟一人的事,是大家的事,是本校的生死关头。希望大家严重注意。"

没有人说话,有事也没有人反对;情形很可以解释作"默认"。

曼青觉得办法不妥,提出了几个疑点。他以为学生们的举动果然类乎"同盟怠工",有破坏学校规则的嫌疑,但全班开除的处分也未免太严厉了一些;他又指摘第二项理由是以"莫须有"的罪名加人,有失爱护青年之旨;最后他又论到"不堪造就"的问题:

"学校对于成绩太坏的学生,本有留级的处分,可是一项功课成绩不佳还不能决定他的留级的命运,何得以'不堪造就'断定了他们的终身?而且学生的成绩不好,教师方面在良心上也该有教授方法失败的自觉的责任,不能以全班开除了事的!"

曼青的话还没完,那位教员已经用劲地在鼻子里"哼"了一声。他立刻回答了一篇极蛮横的反驳,其中很有些对于曼青个人的讥刺。曼青不肯让步。并且其余诸教员的默默作"壁上观",也加重了他的不平,他不顾坐在他身边的朱女士的惶恐的脸色和屡次的蹑足示意,很固执地和他的前任教员对抗。会议的秩序几乎被他们两个扰乱了,做主席的校长只好使出排解手腕来将本问题付表决。自然是"全班开除"的原提案由大多数的赞成而通过了。

听着他的对手的嘲笑似的鼓掌声,曼青气的快要发抖。尤其使他发闷的是朱女士的两次都没举手的那种不左不右袒的态度。他忿忿地和夫人同回家去,在路上就准备好了责问夫人的话语;不料到家后反是夫人先发言抱怨他的"强出头",说是何必为了一班不相干的学生引起大多数同事的恶感。

"那么,你以为他们的办法是对的了?"

曼青盛气地对着夫人说。

"我也觉得他们的办法太严了一点儿。"

"既然如此,你为什么不赞成我的办法?"

"嗳,你何必将一肚子怒气都出在我头上!我的不举手也是为了你呀。你已经和他们有了恶感,再加上一个我,难道更好些么?现在我守了中立,将来你和他们还有个转圜的线索。我劝你凡事敷敷衍衍,何苦这样认真!"

曼青低了头,暂时不响;对于夫人的爱护他的微意,他未始不感得一种甜味,但是不能承认夫人的思想和态度是正当。他和缓了语气,慢慢地说:

"近如,你把他们一班人的好感看得这样重!现在我看得雪亮,他们都是无聊的人,并不是真心来办教育,借此混饭罢了。我们要和他们保持好感,我们自己也成了最无聊的人!我是极不愿意和这班人妥协的。"

"但是既要在这里做教员,就不好太得罪了人,弄成很孤立。"

朱女士很坚持地说,带些可怜曼青不懂世故的神气。

"我简直想不当教员,现在我知道我进教育界的计划是错误了!我的理想完全失败。大多数是这样无聊,改革也没有希望。"

"换别的事做,也很好。"朱女士倒意外地赞成了曼青的意思。"本来当教员是饿不死吃不饱的饭碗,聊胜于无而已。曼青,你本来在政界办事,还不如仍旧回政界去罢。"

曼青睁大了眼,看着他的夫人;他觉得夫人的话异样地不受用,但因那个"做什么事好"的问题正在他脑子里转动,他便含胡地放过了那一点不受用,接着说:

"你以为政界是好些么?"

"自然也不免要受点闲气——我知道出来做事是到处要受点闲气的,但无论如何,比做教员受气,总是值得些。你去问问他们,谁愿意老是干这黑板粉笔生涯,只要有一条缝,谁都愿意钻进官场里去!"

朱女士现在是微笑着了,她自觉这几句出色的话是她半生经验的结晶。

曼青脸上却有些变色了。他听来夫人是愈说愈不对,他真料不到这样浅薄无聊的话会从这个可爱的嘴巴里说出来。然而他又自慰地想:这是因为夫人爱怜他的受闲气,是一种愤激的话。但他到底不放心似的郑重地又问:

"近如,难道我们做事单为的养活一张嘴么?"

"不为生活,又为了什么?天下扰扰,无非为了口腹!"

不料朱女士竟爽爽快快地这么回答,曼青再没有话可说了;他很失望地低了头,觉得眼前是一片荒凉。自慰的法宝宣告了破产,曼青方始完全认明他所得到的理想的女性原来不过是一件似是而非的假货。

他默然踱了几步,人类天生的第二种的排解愁怀的能力又在他心里发生作用:那就是放开一步的达观思想。失望了而又倦于再追求的人们常常会转入了达观。现在曼青也象达观派哲学家研究人生问题似的,完全用第三者的态度来思索自己的失败的缘故了。他惘然想:"现在是事业和恋爱两方面的理想都破碎了,是自己的能力不足呢,抑是理想的本身原来就有缺点?"他得不到结论。关于事业方面,他记起了王仲昭他们都反对他入教育界;关于恋爱方面,他记起了那天辩论会时章秋柳曾说过朱女士不是真实的理想。难道自己的辨识力真不及他们么?他有些不甘自认。终于彻悟似的,他记起了美国历史家房龙的有名的《人类的故事》最末一章的题目:《正如永远是这样的》。可不是么?正是永远是这样的!

"曼青,还是再去做官罢。现在北伐胜利,和去年此时情形不同了。"

朱女士看着沉思中的曼青,轻声地说。

曼青干笑了一声,并不表示什么意见。他又踱了几步,便在书桌前坐下,拿起笔来写一封信。但是刚写到一行多,他瞥见了前天寄到的一张王仲昭和陆俊卿订婚的通知柬带着玫瑰色的微笑静静地躺在一堆书上。突然他想起仲昭曾说过,这位陆俊卿女士和他的朱女士模样儿十分相象。一个奇怪的念头撞上了他的心:"相象的两个人也许就是代表一真一假罢？这里的一个已经发见出来是假的,那么,别一个应该就是真的罢!"他不知不觉搁下了笔,站起身来,似乎要立刻去看个明白,可是朱女士的声音打断了他的冥想。

"你就写信去辞职么？何必这么性急!"

朱女士站在曼青旁边很温和地说,显然她是误会了曼青的辞职的意思了。

曼青机械地一笑,随手把信纸团了,丢在字纸篓里。他坐下来重温刚才的思想,便决定去找仲昭谈谈。

此时大约有三点钟。稀薄的云块把太阳光筛成了没有炎威的淡金色;偶尔有更厚的灰色云移过,便连这淡金色的光线也被遮掩,立刻使地上阴暗了一些。曼青顺路先到同学会。只有徐子材和龙飞懒洋洋地在客厅里看报。曼青和这两位本来很泛泛,没有什么可谈,却想到了章秋柳,他正要走上三层楼,龙飞叫住他说：

"小章早已搬走了,而且很秘密,不知道她在什么地方。"

曼青觉得很扫兴,出了同学会。便找到仲昭的寓处。仲昭正穿好衣服,拿着帽子,似乎要出去。他看见曼青进来,便把帽子放下,又脱去了华达呢的单大衣,很高兴地说：

"没有什么事,不过去望望章秋柳;我们先谈谈罢。"

"你知道她住的地方么？"

曼青随口地问着,很疲倦似的落在一个椅子里。

"本来也不知道,刚才得了她的来信,要我去一趟。她住在医院里。"

"大概是病了。"

"却又不说是病呢。有点奇怪。她这人做事就是这么难以捉摸的!"

曼青微微颔首;如梦的旧事又跟着"难以捉摸"这一句话来了。他脸上的颓唐气色也渐渐地浓厚起来,颇使仲昭唤回了初见时的印象。

"夫人没有一同出来么？"

仲昭含笑又问,忍不住向案头的陆女士的照相看了一眼。

曼青的回答却是一个颇使仲昭惊异的苦笑。他打算将自己对于夫人的感想尽量倾吐一下,他此来的目的原是这个。但不知什么缘故,现在他又觉得难以出口了;在略一踌躇以后,他到底只说起了学校中开除全班学生的事。

"从前我们在学生时代,总以为不远的将来我们的小兄弟一定比我们快活,然而今天的他们一定又在羡慕我们的时代还是比较地自由了。人生就是这么矛盾颠倒!"

听完了曼青的话,仲昭慨叹地说。

"最可痛的是从前主张青年权利的我们,在今天竟参预了压迫青年的行动!仲昭,我不愿分担这罪名。我打算辞职!我的最后的憧憬,现在也成了泡影,很快地成了泡影。章秋柳不是常说的么?要热烈,要痛快!现在她已经住在医院里,既然不是有病,那就有点避嚣习静的意味了。要在医院里找痛快热烈的事,光景是不会有的罢?刚果自信的章秋柳也终于不免在命运的面前举起了白旗。仲昭,我真是愈想愈怀疑愈消沉!"

曼青不能自已地说了一大段。还有一句话被他捺住在喉头:"所以,仲昭,你也未必竟成了例外。"他觉得不应该在这个尚戴着玫瑰色眼镜的人面前说这句不祥的话,但又痒痒地忍不住,到底在顿了一顿以后,用反面的口吻接着说:

"所有我们这几个朋友的运命都已经看得见了,我希望你的,仲昭,应该是不至于这么暗淡,这么荒凉!"

仲昭笑了一笑,露出"义不容辞"的神气。他以为曼青的抑塞全因学校内的事,他实在并没知道曼青对于新婚的夫人也有同样的失意,但是他的陆女士的影子自然而然很夸炫地浮出来:翠蓝色的绸旗袍裹在苗条的身体上,正是三天前看见时的装束,那时在她音乐一般的谈吐内闪耀着的高洁勇敢的光芒,真可使懦怯者也霍然奋发。那时,仲昭曾戏呼她是北欧的勇敢的运命女神的化身;有这么一个祝福的运命女神拥抱他,难道他的前途还会暗淡荒凉么?

仲昭沉吟似的闭了眼睛,很愿意和他的女神的倩影多一刻温存,然后他睁开了眼,对曼青很谦逊然而满意地说:

"曼青,我是很实际的人,我不取大而无当的架空的奢望;据我的经验,唯有脚踏实地,半步半步地走,才不至于失望。在我们的事业中,阻碍是难免的,我们不能希望一下跳过这障碍,跳的时候你会跌交;最实际的方法是推着这阻碍向前进,你逼着它退后,你自己就有了进展。我不大相信扫除阻碍那样的英雄口吻,没有阻碍能够被你真真地扫除了去。曼青,就你的事说,我就不赞成辞职,除非你确认教育已经不是你的憧憬,甚至不是达到另一憧憬的手段。"

曼青沉吟着没有回答。仲昭的实际主义,半步政策,他是听得过许多次了,但现在却使他发生了新感触;辞职的决定,又在他心里动摇起来,他想来辞职确是示弱,并且以后的生活也成问题。但是依旧干下去,真会有仲昭所说的那样最后的成功么?

"我们同去望望章秋柳,怎样?"

仲昭看出曼青的阴暗的心情,就换了题目说。

曼青眼睛一转,似乎也有迟疑,但随即他的主意决定了:

"请你代我望望她罢。我还有别的事,不能够去。"

同时辞职问题在他心里也得了决定,他打算姑且听着仲昭的劝告,再去试试。这是冠冕堂皇的表面的理由。实在呢,又象三个月前初离政界时一般,他很感得疲倦,鼓不起精神再追索第二次的最后的憧憬了。而这个心情慢慢地又磨平了他对于夫人的不满。

曼青负着空虚的慰借自去了,仲昭便到章秋柳所住的医院。

章秋柳好好的完全没有病容,只不过神色间略带些滞涩,似乎有什么噩兆在威胁她的灵魂;她还是很活泼地对仲昭笑了一笑,柔声地说:

"原来没有什么事。因为太寂寞了,找你来谈谈解闷。"

仲昭不很相信似的微笑着,在窗前坐了,随口答道:

"你自己要到医院里习静,现在又说太寂寞了!"

章秋柳对仲昭看了一眼,忍不住高声地笑了,很象是真心愉快的样子。

"习静？你怎么会想得出这样有趣的两个字？"

笑定了后，章秋柳故意郑重地说；那一种极力装出来的闲暇的态度，很可以使一个细心人知道她心里实在有些怪腻烦的事。

"这是曼青的发明。你象逃债似的躲进了一个医院，竟没有告诉半个人，那情形就有点类乎习静了。你是个怪人。"

"哦，是曼青么！他近来怎样呢？"

章秋柳把左手支颐，靠在枕头上，曼声地说，继续她的扮演的态度。仲昭现在也看出来了。他注视着章秋柳的面孔，好一会儿。然后回答：

"他遇到一些不很开心的事。但是，秋柳，直捷地先说你的事罢，何必多绕话弯子，你不惜泄露了藏身的秘密找我来，一定有些事！"

章女士笑了一笑。这不是她常有的那种俏媚的笑，而是掺些苦味的代替叹息的那种笑。她从床上跳起来，走了几步，淡淡地说：

"无非是要问问你有没有熟识的靠得住的妇科医生。"

仲昭耐心等候似的看着她的面孔。

"那就从头都告诉了你罢。"章秋柳很快地接下去。"史循临死的时候对我说，他以前患过梅毒，叫我注意。前几天我觉得有点异样，就进这里医院来。第一天，我就不喜欢那个医生。他恐吓我。现在差不多住过了一星期，他天天来麻烦我，但是我看来这个坏东西是不会治病的。所以今天我想起来请你介绍一个靠得住的医生。"

仲昭不说有，也不说没有，只悯然点着头。

"也许只是我的心理作用，我没有毒；但这个医生说了许多话来恐吓我。"

章秋柳又加着说，回过来倚在床上。

"多经过一个医生的诊验，自然更好。相熟的医生倒有一个，可惜不是花柳专门；或者请他转介绍一位，行不行呢？"

仲昭很替章秋柳担忧似的轻声说。他觉得这位好奇的浪漫的女士的前途已经是一片黑暗，最悲惨的幻象就和泡沫一般，在他意识中

连串的泛出来。可是章秋柳却还坦然,就同闲谈别人的事情似的转述医生对于她的恐吓;最后很兴奋地说:

"最可恶的医生便是这么一味地危言耸听,却抵死不肯把真相说出来。我不怕知道真相,我决不悲伤我的生命将要完结;即使说我只剩了一天的生命,我也不怕,只要这句话是真实的。如果我知道自己的确只有一天的生命,我便要最痛快最有效地用去这最后的一天。如果我知道还有两天,两星期,两个月,甚至两年,那我就有另外的各种生活方法,另外的用去这些时间的手段。所以我焦急地要知道这问题中的梅毒在我身上的真相,仲昭,也许你听着觉得好笑。这几天我想的很多,已经把我将来的生活步骤列成了许多不同的表格,按照着我是还能活两天呢,或是两星期,两个月,两年!仲昭,我说是两年!我永远不想到十年或是二十年。太多的时间对于我是无用的。假定活到十年二十年,有什么意思呢?那时,我的身体衰颓了,脑筋滞钝了,生活只成了可厌!我不愿意在骄傲的青年面前暴露我的衰态。仲昭,你觉得我的话出奇么?你一定要说章秋柳最近的思想又有了变动了。不错,在一个月内,我的思想有了转变。一个月前,我还想到五年六年甚至十年以后的我,还有一般人所谓想好好活下去的正则的思想,但是现在我没有了。我觉得短时期的热烈的生活实在比长时间的平凡的生活有意义得多!我有个最强的信念就是要把我的生活在人们的灰色生活上划一道痕迹。无论做什么事都好。我的口号是:不要平凡!根据了这口号,这几天内我就制定了长长短短的将来的生活历。"

章秋柳长笑了一声,从衣袋里拿出一叠纸来轻轻地扬着,又加了一句:

"所以在这梅毒的恫吓中,我要知道我的日子究竟还有多少!"

于是她象放宽了的弹簧似的摊在床上,没有声音了。

"据这么说,我保荐的医生的责任是很重的。"

在短短的沉默后,仲昭带几分诙谐的意味说。正在人生的幸运时间的他,对于章秋柳的思想只觉得怪诞。他是把"辽远的将来"作为万事的大前提的,他相信人们因为有希望在将来,才能生出勇气来执着于现在;所以章秋柳的既不希望将来也不肯轻轻放过现在的态度,又是他所不能十分了解的。

"虽然不一定要负责预言或是保险,却需要一点诚实。"

章秋柳笑着回答;从床上跳起来,在房里旋了一个 Char – leston①式的半圆。这急遽的动作,使她的从中间对分开的短发落下几缕来复在眉梢,便在她的美脸上增添了一些稚气,闪射着浪漫和幻想的色彩。她轻盈地走到仲昭面前,拍着他的肩膀,很认真地问:

"仲昭,我这生活态度,你是不很赞成的罢?"

"没有什么不赞成,但我自己却不能这么干。"

章秋柳把头往后一仰,掀开了拂在眉际的短发,从仲昭身边引开去,又用跳舞的姿势走了几步,然后转过身来说:

"便是那位可怜而又勇敢的王诗陶也不赞成我这思想。她也是死抓住将来,好象这个支票当真会兑现。和我共鸣的,是史循。他意外地突然地死了。然而他的死,是把生命力聚积在一下的爆发中很不寻常的死!"

一阵狂风骤然从窗外吹来,把半开着的玻璃窗重碰一下,便抹煞了章秋柳的最后一句话的最后几个字。窗又很快地自己引了开来,风吹在章秋柳身上,翻弄她的衣袂霍霍作响。半天来躲躲闪闪的太阳,此时完全不见了,灰黑的重云在天空飞跑。几粒大雨点,毫无警告地射下来,就同五月三日济南城外的枪弹一般。

仲昭是很怕雨的,允许章秋柳明天再来给回音,就匆匆地走了。

雨点已经变成了线,然后又象一匹白练似的泻下来。

仲昭躲在人力车的胶布篷里,在回家去的路上。一滴一滴的水珠从布篷的前额落到当面的挡布上。很匀整而且有耐心。仲昭惘然看着这单调的动作,无穷尽的杂念也从他心头慢慢地滴下来了。最初来的是章秋柳,这位永远自信的女士永远耀着傲气的圆脸宛然就

---

① 英文,即"却尔斯登舞"。

是这些亮晶晶的水点。但是立刻变了。布篷的湿透的前额现在是轮替着滴下仲昭所有的熟人的面相来了。仲昭很有味地看着,机械地想:"他们都是努力要追求一些什么的,他们各人都有一个憧憬,然而他们都失望了;他们的个性,思想,都不一样,然而一样的是失望!运命的威权——这就是运命的威权么?现代的悲哀,竟这么无法免避的么?"仲昭想到这里,自己也有些黯然了;但是此时对面来了一辆汽车,那车轮冲开路面的一阵薄薄的水衣时,发出胜利的波噬的声音,威严地飞过去了。仲昭继续地想:"但是现在是人类的智力战胜运命战胜自然的时代,成功者有他们的不可摇动的理由在,失败者也有他们的不可补救的缺点在;失望者每每是太空想,太把头昂得高了一些,只看见天涯的彩霞,却没留神到脚边就有个陷坑在着!"

于是仲昭撇开了失望的他们,想到自己的得意事件;他计算离暑假还有多少日子,而且也不免稍稍想远了一点,竟冥想到快乐的小家庭和可爱的孩子了。他是这样地沉醉于已经到手的可靠的幸福,竟不知道车子已到寓所门外,竟忘记了下车。

当他把他的被快乐涨大了的身体塞进自己房门的时候,二房东的女仆递给他一封信。这是报馆里的信封。仲昭随手把信搁在书桌上,先脱下很受了几点雨的大衣和帽子,照例向案头的陆女士的照相看了一眼,象一个从街上回来的母亲先要看一看她的小宝贝是否好好地睡着。一点儿差池都没有,陆女士微笑地站在镀金边的框子里,照旧地十分可爱。仲昭忍不住拿过相来亲了个嘴,恭恭敬敬放回原处,然后很潇洒地拿过报馆里送来的信,慢慢地拆开来。原来是一封电报,谢谢报馆里的人,已经替他翻好。

突然那张电文从仲昭手里掉下来。他的心象要炸裂似的一跳,接着便仿佛是完全不动了。墙壁在他眼前旋转,家具乱哄哄地跳舞。经过了可怕的三四秒钟,仲昭方才回过一口气来,抖着手指再拾起那张电报来,突出了眼珠,再看一遍,可不是明明白白写着:

俊卿遇险伤颇,甚危,速来。

仲昭下死劲回过头去,对陆女士的照相望了一眼,便向后一仰,软瘫在坐椅上。一个血肉模胡的面孔在他眼前浮出来,随后是轰轰的声音充满了他的耳管;轰轰然之上又有个尖厉的声音,似乎说:这是最后的致命的一下打击!你追求的憧憬虽然到了手,却在到手的一刹那间改变了面目!

附　　录

写在《蚀》的新版的后面

《幻灭》等三部小说,写于一九二七年秋至一九二八年春。都是陆续在《小说月报》上发表的。一九二七年的大革命,由于蒋介石的反共叛变而告挫折。《幻灭》和《动摇》的背景正是一九二七年春夏之交,"武汉政府"蜕变的前夕,发生在湖北地区的矛盾和斗争;那时候,湖北地区虽然还维持着统一战线的局面,可是反革命势力已经向革命势力发动反攻,而且越来越猖獗,"马日"事变后,"武汉政府"终于抛却假面具,走上反革命的绝路了。

一九二七年八月,我从武汉回到上海,一时无以为生,朋友劝我写稿出售,遂试为之,在四个星期中写成了《幻灭》。那时候,只有《小说月报》还愿意发表,叶圣陶先生代理着这个刊物的编辑。可是,在那时候,我是被蒋介石政府通缉的一人,我的真名如果出现在《小说月报》将给叶先生招来了麻烦,而且,《小说月报》的老板商务印书馆也不会允许的;为了能够发表,就不得不用个笔名,当时我随手写了"矛盾"二字。但在发表时却变为"茅盾"了,这是因为叶先生以为"矛盾"二字显然是个假名,怕引起注意,依然会惹麻烦,于是代我在"矛"上加个草头,成为"茅"字,"百家姓"中大概有此一姓,可以蒙混过去。这当然有点近乎"掩耳盗铃",不过我也没有一定要反对的理由。

为什么我取"矛盾"二字为笔名？好象是随手拈来,然而也不尽然。"五四"以后,我接触的人和事一天一天多而且复杂,同时也逐渐理解到那时渐成为流行语的"矛盾"一词的实际;一九二七年上半年我在武汉又经历了较前更深更广的生活,不但看到了更多的革命与反革命的矛盾,也看到了革命阵营内部的矛盾,尤其清楚地认识到小资产阶级知识分子在这大变动时代的矛盾,而且,自然也不会不看到我自己生活上、思想中也有很大的矛盾。但是,那时候,我又看到有不少人们思想上实在有矛盾,甚至言行也有矛盾,却又总自以为自己没有矛盾,常常侃侃而谈,教训别人,——我对这样的人就不大能够理解,也有点觉得这也是"掩耳盗铃"之一种表现。大概是带点讽刺别人也嘲笑自己的文人积习罢,于是我取了"矛盾"二字作为笔名。但后来还是带了草头出现,那是我所料不到的。

前面说过,《幻灭》的写作时间一共化了四个星期。那时候,我的妻子生病,我是在病榻旁边一张很小的桌子上断断续续写起来的。那时候,凝神片刻,便觉得自身已经不在这个斗室,便看见无数人物扑面而来。第一次写小说,没有经验,信笔所之,写完就算。那时正等着换钱来度日,连第二遍也没有看,就送出去了。等到印在纸上,自己一看,便后悔起来;悔什么呢？悔自己没有好好利用这份素材。

《动摇》却是在"有意为之"而不是"信笔所之"的情况下,构思和写作的。大概化了一个半月的时间。但构思时间占了三分之二。《动摇》比《幻灭》长些,可是实在的写作时间(构思时间除外),也不过二十多天。后来,我知道,构思时间两倍或三倍于写作时间,倒是正常的。《追求》连构思带写作,共化了两个月。那时候,我是现写现卖,以此来解决每日的面包问题,实在不可能细细推敲,反复修改。印出来后,自己一看,当然有些不满意,有时是很不满意,可是这时候如果再来修改谁也不肯再付钱,而我又家无余粮可以坐吃半月一月,因此,只好这样自慰:下次写新的作品时注意不要再蹈复辙了罢。但不幸的是,依然屡蹈复辙,直到二十多年后写《霜叶红似二月花》,也是预支了钱,限期届满,非交稿不可,匆匆赶出来,没有再看一遍就送出去了。主观意图和客观条件就是常常这样矛盾的。

我今天来回述这些琐屑的事情,并不想借此来辩解自己的小说没有写好乃不是自己之过。自知之明,向来还有一点(这应当感谢我的故世已久的母亲在我童年时对我的教育)。我回述这些琐事,用意只在说明:当我有了可能修改旧作的时候,我却又有另一种的矛盾心理。这就是当一九五四年人民文学出版社打算重排这三本小说的时候,曾建议我修改其中的某些部分;那时候,我觉得不改呢,读者将说我还在把"谬种流传",改呢,那就失去了本来面目,那就不是一九二七——一九二八年我的作品,而成为一九五四年我的"新作"了。这"矛盾"似乎颇不易解决。当时我主张干脆不再重印,但出版社又不以为然。结果我采取了执中方法,把这三本旧作,字句上作了或多或少的修改,而对于作品的思想内容,则根本不动。至于字句上的修改,《幻灭》和《动摇》改的少,仅当全书的百分之一或不及百分之一,《追求》则较多,但亦不过当全书的百分之三。三本书原来的思想内容,都没有改变,这是可以和旧印本对证的。这样修改后,也印行了三年。现在,出版社有出作家们的《文集》的计划,把我也算一个,而且又向我提议:《幻灭》等三书的修改部分是否可以回复原状?这一次,我很快就决定了答复:不必再改回去了!用意不是掩饰少年时代作品的疵谬,因为一九五四年那次的修改本来没有变动原来的思想内容。用意乃在表示:我认为一九五四年出版社的建议(特别对于某些章段中的描写),基本上是对的;过去我这样认为,今天我还是这样认为。

我对于《幻灭》等三书有过自我批评,见于一九五一年出版的《茅盾选集》的自序。这篇自序现在收进这个文集[①]的第二卷,作为附录。

茅盾　一九五七年十月三日于北京

[①] 此处"文集"指的是《茅盾选集》,四川人民出版社,一九八二年。

补充几句

《幻灭》、《动摇》、《追求》等三书,一九三〇年初改由开明书店出版时,即合为一册,总名曰《蚀》,前有照片,发型为分头,脸微向左侧,又有一"题词",刊于扉页。"题词"全文如下:

> 这三篇旧稿子是在贫病交迫中用四个月的工夫写成的;事前没有充分的时间以构思,事后亦没有充分的时间来修改,种种缺陷,及今内疚未已。
> 现在仍无奈何以老样子改排重印,对于读者,不胜歉然;命名曰《蚀》,聊志这一段过去。
> 生命之火尚在我胸中燃炽,青春之力尚在我血管中奔流,我眼尚能谛视,我脑尚能消纳,尚能思维,该还有我报答厚爱的读者诸君及此世界万千的人生战士的机会。
> 营营之声,不能扰我心,我唯以此自勉而自励。

这是《蚀》的开明初版,我手头有的开明第十版已无此照片和题词。

我将《幻灭》第三篇合为一卷而题名曰《蚀》,除了上面"题词"中讲到的意思,尚有当时无法明言的:意谓一九二七年大革命的失败只是暂时的,而革命的胜利是必然的,譬如日月之蚀,过后即见光明;同时也表示我个人的悲观消极也是暂时的。

《幻灭》等三篇题目都是人的精神状态,总名为《蚀》,则为自然现象,正象继《蚀》而写于日本的《虹》这题名也是自然现象,一九三二年笔写的《子夜》这题名也是自然现象。

茅盾　一九八〇年二月四日

中短篇小说

诗与散文

一

青年丙再向桌上的鲜花瞬了一眼，嘴边浮出个满意的微笑，继续在房中踱着。他的眼光注在自己的脚尖，跟住那黄皮靴的狭长的亮头忽起忽落。他仿佛看见靴尖的每一翘送，便飘起了一朵彩霞，一朵粉红色的鲜花，正是表妹送来的现在搁在书桌上的那样的鲜花。

他忍不住又醉醺醺地微笑了，因为他看见脚尖上飘浮出来的花朵现在也幻出迷人的笑靥来；他立刻辨认得这可爱的笑靥就是占据了他的全心灵的表妹的容貌。占据了他的全心灵？"全"——心灵么？青年丙此时是毫无愧怍地自信着。当两星期前初次遇见表妹的时候，他便在心里对自己说："到底来了，一个抓得住我的心灵的女子！"那时，他象烦渴到眼中冒火星的人骤然畅饮了清泉，象溺水的人抓得了一块木板。"灵魂洗了个澡！"他用这句话来形容自己心境上的甜美清快。而冰雪聪明的表妹也似乎早已窥见他的隐衷；所以今天送来鲜花的时候，她那微风振幽篁似的可爱的声音对他说：

"丙哥，你喜欢这些白玫瑰么？希望你只看见洁白芬芳的花朵，莫想起花柄上的尖利的刺罢！人生的路上，有洁白芬芳的花；也有尖利的刺，但是自爱爱人的人儿会忘记了有刺只想着有花！"

那时他的眼睛也湿了，他的心里膨胀着铭感，他的喉头被快乐挤满，竟说不出一句话。如果不是这样端丽温柔的表妹，他一定要直前拥抱了，用无数的亲吻来代替回答；然而在天女样的表妹跟前，他只能噙着眼泪遥送感谢的热忱。他时时觉得在表妹前他便变成了高尚圣洁些，似乎他的隐秘的罪眚也减轻了压迫了。

这刹那的闪电似的回忆，使他止步在书桌前；他惘然低下头去在那束白玫瑰上轻轻地印了一个吻，然后转身对一面大衣镜看着。

在镜子里对他展笑的，是一个修短合度，丰韵潇洒的少年；一对不大不小的眼睛，凝睇时荡漾出幽波，瞬动时燃炽着情热；玲珑的口辅，便是不语的时候也象有温柔絮语在低低倾诉。

青年丙忍不住独自笑出声来。象他这样的俊伟的人物该算是不辱没了表妹罢？并且亦唯有象他这样的人物才能懂得什么是女性的精神美罢？他自己真难自信曾有一时竟会颠倒于一个徒有肉体的女子！他想来那该是一个梦。清醒的他是决不会那样庸劣卑污的罢！

突然他看见镜子里的他的身后探出个人头来了。黑而多的头发，长的眉毛和长的眼睛，眉目之间的红晕，半开的笑口，都象电流似的通过他全身，使他震了一下。他本能地退后一步，同时心里说："自然只是幻觉而已。难道会是真的她又来了么？"然而镜子里的人头亦引前一步，半嗔半怨的目光从镜子里射定了他。这宛如一道烈火，烧毁了他的空想的网，又引燃了他的愤怒。他霍地转过身来，便和一位身材苗条的妇人面对面了；他皱了眉，睁大了眼睛，似乎是气得说不出话来。

二

"我知道你的心已经变了，我知道你十分讨厌我——十分，正好象你从前的十分爱我；可是我不肯放松你。你们那些新名词，我全不懂；我没有学问，没有思想，没有你们那些新的思想，我是被你们所谓绅士教育弄坏了的人；可是我知道有我自己。如果我是不乐意，从前你休想近我的身体；如果我还是乐意你，现在你也休想一脚踢开我，我不能让你睡在别个女人的怀里!"

这是从玫瑰一般可爱的嘴唇里吐出来的尖针似的话语。青年丙禁不住心头发抖。他的挑衅的眼光现在萎缩了,偷偷地从长眉毛间滑下去,经过了虽嗔犹媚的小口,弯弯的下颏,半袒露的白缎子似的胸颈,终于停留在薄纱衫下轻轻地跳动的一对小阜的尖顶。于是有别一滋味的颤抖蓦地兜上了心头。

"哎,何必多说这些废话呢?"

青年丙希求和解似的说,同时在心里打了个寒噤。他自恨这一次又被抓住了。他无论如何挣不脱身。他近来才意识到自己的脆弱:即使是已经彻骨地恨着眼前这个迷人的女子,却没有能力抵御她的魅惑。在背后时,他几次决意要丢开她,甚至不惜演悲剧;但是一见了面,他就只剩得"但愿她莫再来惹我"的苟安而惶恐的心情了。再经过几分钟,他又将无助地倒在她脚下,象一个可怜的俘虏。他现在唯一的遁路是不看见她。又有个渺茫的希望则是想从表妹那里得些力量;"该是表妹的圣洁的灵魂来将我拔出这可怖的烦恼罢?"他常常这么想。

"废话,我想来我应该多使用我的舌头才好呢。可是不许你多说话!我不是空话喂得饱的。我要实实在在的事儿!就是你第一次要求我的时候所说的实实在在的事儿。"

这尖媚的声浪打断了青年丙的怅惘的思索。女子一面说,一面微微笑着,用左手揽住了青年丙的肩胛,随即伸过猩红的小口去,在他颊上啄了几下。

大衣镜映出这一对偎倚着的人儿的面容是:男子脸上有"没奈何"的神气,女子嘴角浮着胜利的微笑。

"怎么你总是这几句话?"丙软弱地企图抗议了。"桂,这些话从你的嘴里说出来,多少总有点不相宜罢?"他慢慢地抚弄桂的头发,接下去说:"你怨我变了心,你怨我没有从前那样的待你亲热,你甚至说我已经十分讨厌你;桂,你这些猜测究竟对不对,我不愿意多分辩,但是桂,你也得自己知道你近来确已变了,大大的变了。你是一天一天的肉感化,一天一天的现实化,一天一天的粗浅化,哎,桂,你是太快地进了平凡丑恶的散文时代了。"

回答是长声的荡人心魂的冶笑。

"男女间的关系应该是'诗样'的——'诗意'的;永久是空灵,神秘,合乎旋律,无伤风雅。这种细腻缠绵,诗样的感情,本来是女性的特有品。可是桂,不知你怎地丧失了这些美点了;你说你要'实实在在的事儿',你这句话,把你自己装扮成十足的现实,丑恶,散文一样;——用正面字眼来说,就是淫荡……"

丙的议论不得不中途停止了。小小的清脆的"拍"的一声,报告桂的肥手掌正落在丙的嘴巴上,而且乘势握着那两片红唇,不让它们再鼓动了。丙似乎突然一惊,但随即坦然自若地把眼光斜到右边,看一下书桌上的玫瑰花;他心里盼望有一场恶闹——一场可使他们俩不能再晤见,不好意思再晤见的恶闹,同时却亦未始不感得温软的胸脯的熨帖又是难以割舍,徘徊在这矛盾的情绪间,他不敢正视桂,只偷偷地向大衣镜瞥了一眼。然而大衣镜中映出来桂的面容,并没生气;她反而得意地笑着,更紧紧地抱住了丙。她很妩媚然而又威严地说:

"不许你再开口了!为的你太会说谎。"

"什么谎?可是你也不能不承认你近来自己的变相!"

"你说的什么变相,我不承认。我只知道心里要什么,口里就说什么。你呢,嘴里歌颂什么诗样的男女关系,什么空灵,什么神秘,什么精神的爱,然而实际上你见了肉就醉,你颠狂于肉体,你喘息垂涎,象一条狗!我还记得,就同昨天的事一样,你曾经怎样崇拜我的乳房,大腿,我的肚皮!你的斯文,清高,优秀,都是你的假面具;你没有胆量显露你的本来面目,你还想教训我,你真不怕羞!"

又意外地笑了几声,桂突然将丙推在近旁的沙发上,自己就跨坐在他膝头。她的眉梢泛起了两片红晕,她的眼睛有些潮湿。这在平时往往会引起丙的兴奋,但现在则桂的一番话似乎很伤了他的自尊心,所以他身受着这样肉感的女性的爱抚,并不觉得愉快,反象是被侮辱了似的。他很想发作一下,然而没有足够的勇气;他只好委屈地忍受。

这种神情,自然躲不过桂的锐眼;她胜利地笑了起来,又轻声说:

"你们男子,把娇羞,幽娴,柔媚,诸如此类一派的话,奉承了女子,说这是妇人的美德,然而实在这是你们用的香饵;我们女子,天生的弱点是喜欢恭维,不知不觉吞了你们的香饵,便甘心受你们的宰割。在学校的时候,老师们也教导我们要知道娇羞,幽娴,柔媚,我崇拜这三座偶象,少说也有十年,直到两个月前才被你打破了!你……"

"我?我打破了你的?"

青年丙急口插进来分辩。他真心确信并没做过这样的事。桂俯下头去在丙的嘴唇上轻轻地咬了一口,同时长眉毛一挺,格格地艳笑着说:

"还不是你么?如果我那时不打破那三座偶象,我,一个体面人家的寡媳,怎么会倒在你——一个寄住在家里的少年的怀抱呀?你,聪明的人儿,引诱我的时候,唯恐我不淫荡,唯恐我怕羞,唯恐我有一些你们男子所称为妇人的美德;但是你,既然厌倦了我的时候,你又唯恐我不怕羞,不幽娴柔媚,唯恐我缠住了你不放手,你,刚才竟说我是淫荡了!不差,淫荡,我也承认,我也毫没羞怯;这都是你教给我的!你教我知道青春快乐的权利是神圣的,我已经遵从了你的教训;这已成为我的新偶象。在这新偶象还没破坏以前,我一定缠住了你,我永不放手!"

更没有回答了。和她的宣言一致,桂现在是取了更热烈的旋风似的动作,使青年丙完全软化,完全屈伏。

黑暗渐渐从房子的四角爬出来,大衣镜却还明晃晃地蹲着,照出桂的酡红的双颊耀着胜利之光,也照出丙的力疾喘气的微现苍白的嘴角。

三

电灯亮时,青年丙颓然躺在床上,光着眼看帐顶。苗条身材的女子已经去了,然而书桌角上,和玫瑰花并排地,还留有一方浅绿色的印花手帕,很骄蹇地躺在那里,似乎就是女主人的代表,又象是监视青年丙的坐探。

多色的轻烟和飘浮无定的金星,尚挂在青年丙眼前,象东洋式的烟火。他觉得身下的床架还是在渐渐地渐渐地向上浮;他又觉得软瘫无力的四肢还是沉浸在一种所谓晕眩的奇趣里。同时也有个半自觉的意念在他的甜醉的脑膜上掠过:比从前何如?近来他每次和桂有了沾染时,总忍不住要发生这个感想——妥当些说,是追问。他在晕眩的奇趣中也常常半意识地这样自问。然而每次都使他出惊的,是永不曾有过否定的消极的答案。他委实找不出理由来说今不如故;他不能不承认每次的经验都和第一度同样地酣美,同样地使他酥软,使他沉醉。所不同者,第一度时还有些新鲜的惊喜的探险的意味,因而增加了说不明白的神秘的美感。这在第二度时已经褪落至于几乎没有,现在则自然完全消失了。每次追想到这一点,他总不免有些惆怅;他称这第一度为"灵之颤动",称以后的为"肉的享宴"。

"再给我一次灵之颤动罢,——如果能够再有那样一次,够多么好!"

这样的话,青年丙也曾对桂说过。现在他已经企图要在表妹处觅取所谓"灵之颤动"了,但是间或想起了桂不无歉然的时候,他仍旧自以为假使桂能够给他"灵之颤动"象第一度那样,或者他未必"多此一举",再舍近而求远罢。

青年丙的眼光落在书桌角的玫瑰花上;一阵惶恐的情绪蓦地兜上心来了。玫瑰的蓓蕾好象就是表妹的笑靥;而花柄上的刺,也仿佛就是表妹笑中的讥讪。他赶快转过脸去,暗暗噫了口气。"我的行为是不道德的么？"他忍不住自问。他的在此等时的第一念大都是属于桂，他觉得既然已经全心灵爱着表妹，就不应该再和桂有往来；仍旧接受桂，便是欺骗了桂。"以前的事，自可不论；但现在还和她沾染，至少是太欺负了她罢？"青年丙十分真诚地忏悔。此时他不但没有憎恨桂的意思，反倒可怜她了；他痛骂自己是堕落到极顶的懦夫，他承认自己的态度是两面欺骗。

他自暴自弃似地翻过身去，把脸孔对着墙壁。他的心头象是压着一块铅，他的眼眶有些红了。他痛苦地承认，象他这样的人，果然不配爱表妹，也不配被桂所爱。他认识了自己是如何的脆弱，没有向善的决心，也没有作恶的勇气。他直觉到自己将来的不可避免的失败；他恍惚看见表妹冷冷地掉头自去，他又看见桂怒容戟指向着他。

青年丙瞿然一跳，两眼睁得大大地，什么幻象都没有了。他慢慢地用手背来拭去了额上的几滴冷汗，较为镇静地反省着。暂时怔了半响，空荡荡地毫无感念，然后他拾起了愁思的端绪。他从桂的"怒容戟指"想到了桂近来的情意以及他自己对于桂的态度。他在心里分辩说："从前爱她，现在不爱她，这在道德上成问题么？说是现在既不爱她，就不应该再和她有沾染么？不错！然而她自己要来苦苦地缠住我，又有什么办法？说我拥抱她时候却在想念别人，便是欺骗的行为么？但是她却赖有此欺骗而感到快乐呢！如果能使人幸福，便是欺骗也该不算坏事罢？而况不是我居心要欺骗她。这是她迫得我不能不欺骗呀！"于是青年丙觉得眼前一亮，心头也轻松了许多。他翻过身去，突然那艳丽照眼的玫瑰花束又引起了他的不安；一大串问题象乱箭似的攒在他心头了："可是这岂非成了欺骗表妹么？这该不会使表妹也感到快乐罢？欺骗在桂那方面，即使不算是坏事，但在表妹这方面，至少不能算是好事罢？"于是他觉得已经损害了表妹的什么权利；似乎他从表妹那里偷了什么东西转给了桂了。

他反复自问，又自己作答；他刚以为自己的一切行动并没损害了谁，但转念一想又觉得这实在是主观的自解嘲，别人家决不会如此存想的。再过一会儿,他又勇敢地确信自己的不错,并且以为别人家的如何看法是大可不管了。他迷惘地机械地想着,尽绕着一正一反的圈子;直到后来不再能思索,只有"正""反"两个观念在脑膜上霍霍地闪烁。

忽然弹指声轻轻地从门上来了;轻轻地,然而象地震似的撼动人心。青年丙赶快跳起来开了门。门外是一片黑暗。对照着房里的光亮,使这门口宛如个无底的深洞。颀长的一个白的人形,直立在黑洞中央,凝然不动。青年丙惊愕了几秒钟,便悄悄地上前一步,牵引那白的人形从黑洞口到光线下。他的全身细胞都在快活地发跳,然而他的舌头蜷伏着不敢摇动;他疑惑只是一个快意的好梦。

默然相对了半晌,还是他先挣扎出一句话:

"桂奶奶!听候您的盼咐!"

回答是幽然的一声低叹;可是长眉毛梢也淡淡地引起了红晕了。

这都象电流那样快,那样有力,通过了青年丙的全躯壳,从脑海以至最渺小的脑神经纤维,都在发胀,都在戛戛地跳跃。他伸出左手去轻轻地围绕了她的腰;他畏怯地企图要使那软绵绵高突的只有一层轻纱罩护着的胸脯贴到他自己的心头;他的被醉意醺朦胧了的眼睛看见无数小金星从她的眉目间,鼻孔里,口辅边,乃至颈际发梢,泡沫似的浮出来,飞满了全房子。他又看见同样的泡沫在他自己身上迸射出来,也耀着金光。然后他又听得袅袅的管弦和锽锽的金鼓在不知什么地方响出来,也充满了全房子。

"生命的舞蹈呀!灵魂的舞蹈呀!"

在陶醉中,他这样想。然而他也没有忘却问一句要紧话:

"白天我已经失望了!你是那样的峻拒?"

"你怨不怨?"

"但现在是感多于怨了。"

他不知道怎样才能表示他的感激,他的愉快,他的兴奋;他发狂似的汲取感官的快乐。然后,在旋风样的官能刺激的顶点,他忽然象跌入了无底的深坑……

他惊跳着醒过来,第一眼便看见并排地蹲在书桌角的绿手帕和玫瑰花。他呆呆地望了半响,然后低声嘘一口气。他想:"便是好梦,也去得太匆匆!不可再得的灵之颤动只能在梦中再现了;然而梦亦去的太匆匆呀!"

梦中的诗样的情趣,金色的泡沫,全都消散了,只有灰暗沉重的现实,压在他心灵。

四

玫瑰花束已经萎了,绿手帕依旧并排地蹲在旁边。再过去是一封已经撕开了口的信,很局促沮丧地斜躺在左侧,似乎不曾受到任何样的欢迎。

房里没有人。太阳从西窗里进来,独自在花褥单上跳舞。

忽然房门轻轻地开了。青年丙昂起了头进来,颇有些自得的神气。他刚从一个朋友那边来,带的半天欢喜在心里。朋友是旧同学,现在正当"裘马轻肥",对青年丙说了许多"借重"的话。论到用世的才调,青年丙是当仁不让的;现在他向大衣镜立正,对镜中人微微颔首一笑,便宛然是纵横捭阖,手挥目送的风云儿的姿势。他看着镜中人的挺得直直的胸膛,便想到朋友身上的斜皮带。他扭转身子向左向右顾盼了一会儿,他忍不住那踌躇满志的微笑浮上眉梢。

然而他的眉头倏地皱紧了。他看见那影子似的苗条女子的面容又出现在镜子里了。她,她又跟着钉着来了!青年丙盛气转过身去,斜眼睨了一下,摹仿他的朋友看勤务兵时的神气。

"爱,何必生气呢?也犯不着生气呀!"

意外地俏媚温柔的口吻使他脸上的皮不得不放松了一些些。虽然此时他有老朋友的一番"借重长才"的话头在心窝支撑,因而也就出奇地镇定些,但是惯了的唯恐又被抓住的畏怯,又已经象薄雾似的展布开来了。

"我是来请罪的。我今天想明白了。丙少爷,直到今天我才明白呢!"

接着是极妩媚地一笑。青年丙茫无头绪地看着她。

"昨天我说了些什么话呢?我真是发疯罢?那些话,都不是我应该说的。现在我明白过来了。我是个'未亡人',没有什么活人的快乐幸福可说的;可是,丙少爷,你给了我一个月光景的快乐。这大概已经是太多了。再不知足,再要钉住你,就是太不自量了罢?今天我是明白过来了。"

现在青年丙的脸纹完全展平了。一丝的惭愧,从他心深处摇曳而上,渐渐到了脑膜,可是未及在两颊上表白出来,就被老朋友的"借重"格住了,并且慢慢地被压了下去。

"哦,哦;那个——"

他只能含胡地回答;看着桂的发粉光的圆脸和乌溜溜的俏眼睛,便觉得更其迷惘,难置答词。同时,那种意外遇赦的惊喜交并的情绪,确也压住了他的舌头。

"所以今天我是来请罪。今天是最后一次到这房里。今天,再让我最后一次叫你丙;以后是——仍然是丙少爷了。我也希望最后一次听你叫我桂。"

声音是简直有点迷人了。过去的最珍贵的时间,突又复活在青年丙心上了。他又看见金色的泡沫从桂身上翻腾着飞出来,他又觉得自己全身的细胞都在跳动了。他蓦地绕住了桂的细腰,把嘴凑上她的。

"不,不;不能再这样了。已经太多了!"

桂扭转头去说,同时拨开了腰间的丙的手臂。

"这也是最后一次都不行么?"

青年丙颤着声问,依旧把手缠到那熟习的腰间去。他心里的感想很复杂,但没有一个浮现到他意识上,所以他只是单纯的跟着血的冲动。

"自然不行！"

"一次也不能再多么？"

"已经嫌太多时，便是半次也不行！况且，你如果想着了桌子上的玫瑰花是什么人的，那就知道半次的半次也不能再有了。你看，玫瑰花已经焦了；你不应该让它们枯死的呀！"

很敏捷地脱离了丙的扭缠，桂斜倚在门楣，把右手托住了下颏。她的胸脯微微波动，她的眼睛有些红，她的小嘴唇却变了白。这一切，青年丙都没注意到。他的眼光正跟着桂的话声转到书桌角，于是那个怪可怜相地躺着的信封映进了他的眼帘。他立刻认出这是表妹的信！他攫了过来时，看见封口已破，便不自觉地举眼望着桂一瞧。

"丙少爷，再会了。"

桂异样的笑了一笑，就和影子似的退出房外，随手将门带上。

一个感想霍霍地在丙心上闪动。他恍然于桂今天的态度转变的原因了；他断定是桂先拆开了他的信，他又断定是信中的消息使桂不得不放弃了死缠住的妄想。对于桂的竟去，他原有几分不舍，然而亦未始不感到释去重荷似的爽快。他微笑地抽出信纸来，看了两行，忽然脸色变了。信是很简短：

> 表哥：明天要跟父亲到北平去了。行色匆匆，不能面辞为歉。请你也不必来送。因为从此刻起，就有许多事要办，并且还有几处地方要去辞行。
>
> 　　　　　　　　　　　　表妹启

信笺是掉落在地上了，青年丙呆坐在床上，痴痴地看着大镜子。

镜子映出房门慢慢地开了一条缝，桂的恶意的但是迷人的笑脸，端端正正嵌在缝中间，对着床上瞧。青年丙象触电似的直跳起来，一步跳到门边，想捉住了这迷人的笑容。但是门已经关了，只有吃吃的艳笑声被关进在房里。这笑声象一条软皮鞭,一下一下的打在青年丙的心窝。他再不能支持了,脚下一挫,就让书桌抵住了背脊。

房门又意外的很快地开了。同时房里的电灯也亮了出来。桂庄严地站在门框中,电灯光落在她的头发上和嘴唇上,闪闪地耀着。

"什么时候也到北平去呢,丙少爷?"

回答是扑到门前抱住了她。这一回,她并没拒绝,只是屹然立着,脸上冷冷地没有一些表情。青年丙不觉嗒然垂下手去。

"散文该不再是你所希罕的罢?我也不想再演喜剧做丑角呢!"

随着这冷冷的声音,桂飘飘然去了。

青年丙懊丧地把两手掩了面孔。他不知道怎样才好,他觉得地板在他脚下摇动。然后,一个新理想撞上了他的心。他慢慢走到大衣镜前,立正,两眼疾向前一望,便很神气的举手到额角,行一个军礼。他似乎是第三者的评判人,对镜子里的自己微微一笑,"尚称满意"地点一下头。同时,从他的嘴角流出了下面的几个字:

"还不如到老同学处,'帮'他的'忙'罢;——那便是'史诗'的生活呢!"

一九二八年十二月十五日

林家铺子

一

林小姐这天从学校回来就撅起着小嘴唇。她摜下了书包,并不照例到镜台前梳头发搽粉,却倒在床上看着帐顶出神。小花噗的也跳上床来,挨着林小姐的腰部摩擦,咪呜咪呜地叫了两声。林小姐本能地伸手到小花头上摸了一下,随即翻一个身,把脸埋在枕头里,就叫道:

"妈呀!"

没有回答。妈的房就在间壁,妈素常疼爱这唯一的女儿,听得女儿回来就要摇摇摆摆走过来问她肚子饿不饿,妈留着好东西呢,——再不然,就差吴妈赶快去买一碗馄饨。但今天却作怪,妈的房间明明有说话的声音,并且还听得妈在打呃,却是妈连回答也没有一声。

林小姐在床上又翻一个身,翘起了头,打算偷听妈和谁谈话,是那样悄悄地放低了声音。

然而听不清,只有妈的连声打呃,间歇地飘到林小姐的耳朵。忽然妈的嗓音高了一些,似乎很生气,就有几个字听得很分明:

——这也是东洋货,那也是东洋货,呃!……

林小姐猛一跳,就好象理发时候颈脖子上粘了许多短头发似的浑身都烦躁起来了。正也是为了这东洋货问题,她在学校里给人家笑骂,她回家来没好气。她一手推开了又挨到她身边来的小花,跳起来就剥下那件新制的翠绿色假毛葛驼绒旗袍来,拎在手里抖了几下,叹一口气。据说这怪好看的假毛葛和驼绒都是东洋来的。她撩开这件驼绒旗袍,从床下拖出那口小巧的牛皮箱来,赌气似的扭开了箱子盖,把箱子底朝天向床上一撒,花花绿绿的衣服和杂用品就滚满了一床。小花吃了一惊,噗的跳下床去,转一个身,却又跳在一张椅子上蹲着望住它的女主人。

林小姐的一双手在那堆衣服里抓捞了一会儿,就呆呆地站在床前出神。这许多衣服和杂用品越看越可爱,却又越看越象是东洋货呢!全都不能穿了么?可是她——舍不得,而且她的父亲也未必肯另外再制新的!林小姐忍不住眼圈儿红了。她爱这些东洋货,她又恨那些东洋人;好好儿的发兵打东三省干么呢?不然,穿了东洋货有谁来笑骂。

"呃——"

忽然房门边来了这一声。接着就是林大娘的摇摇摆摆的瘦身形。看见那乱丢了一床的衣服,又看见女儿只穿着一件绒线短衣站在床前出神,林大娘这一惊非同小可。心里愈是着急,她那个"呃"却愈是打得多,暂时竟说不出半句话。

林小姐飞跑到母亲身边,哭丧着脸说:

"妈呀!全是东洋货,明儿叫我穿什么衣服?"

林大娘摇着头只是打呃,一手扶住了女儿的肩膀,一手揉磨自己的胸脯,过了一会儿,她方才挣扎出几句话来:

"阿囡,呃,你干么脱得——呃,光落落?留心冻——呃——我这毛病,呃,生你那年起了这个病痛,呃,近来越发凶了!呃——"

"妈呀!你说明儿我穿什么衣服?我只好躲在家里不出去了,他们要笑我,骂我!"

但是林大娘不回答。她一路打呃,走到床前拣出那件驼绒旗袍来,就替女儿披在身上,又拍拍床,要她坐下。小花又挨到林小姐脚边,昂起了头,眯细着眼睛看看林大娘,又看看林小姐;然后它懒懒地靠到林小姐的脚背上,就林小姐的鞋底来磨擦它的肚皮。林小姐一脚踢开了小花,就势身子一歪,躺在床上,把脸藏在她母亲的身后。

暂时两个都没有话。母亲忙着打呃,女儿忙着盘算"明天怎样出去";这东洋货问题不但影响到林小姐的所穿,还影响到她的所用;据说她那只常为同学们艳羡的化妆皮夹以及自动铅笔之类,也都是东洋货,而她却又爱这些小玩意儿的!

"阿囡,呃——肚子饿不饿?"

林大娘坐定了半晌以后,渐渐少打几个呃了,就又开始她日常的疼爱女儿的老功课。

"不饿。嗳,妈呀,怎么老是问我饿不饿呢,顶要紧是没有了衣服明天怎样去上学!"

林小姐撒娇说,依然那样拳曲着身体躺着,依然把脸藏在母亲背后。

自始就没弄明白为什么女儿尽嚷着没有衣服穿的林大娘现在第三次听得了这话儿,不能不再注意了,可是她那该死的打呃很不作美地又连连来了。恰在此时林先生走了进来,手里拿着一张字条儿,脸上乌霉霉地象是涂着一层灰。他看见林大娘不住地打呃,女儿躺在满床乱丢的衣服堆里,他就料到了几分,一双眉头就紧紧地皱起。他唤着女儿的名字说道:

"明秀,你的学校里有什么抗日会么?刚送来了这封信。说是明天你再穿东洋货的衣服去,他们就要烧呢——无法无天的话语,咳……"

"呃——呃!"

"真是岂有此理,那一个人身上没有东洋货,却偏偏找定了我们家来生事!那一家洋广货铺子里不是堆足了东洋货,偏是我的铺子犯法,一定要封存!咄!"

林先生气愤愤地又加了这几句,就颓然坐在床边的一张椅子里。

"呃,呃,救苦救难观世音,呃——"

"爸爸,我还有一件老式的棉袄,光景不是东洋货,可是穿出去人家又要笑我。"

过了一会儿,林小姐从床上坐起来说,她本来打算进一步要求父亲制一件不是东洋货的新衣,但瞧着父亲的脸色不对,便又不敢冒昧。同时,她的想象中就展开了那件旧棉袄惹人讪笑的情形,她忍不住哭起来了。

"呃,呃——啊哟!——呃,莫哭,——没有人笑你——呃,阿囡……"

"阿秀,明天不用去读书了!饭快要没得吃了,还读什么书!"

林先生懊恼地说,把手里那张字条儿扯得粉碎,一边走出房去,一边叹气跺脚。然而没多几时,林先生又匆匆地跑了回来,看着林大娘的面孔说道:

"橱门上的钥匙呢?给我!"

林大娘的脸色立刻变成灰白,瞪出了眼睛望着她的丈夫,永远不放松她的打呃忽然静定了半响。

"没有办法,只好去斋斋那些闲神野鬼了——"

林先生顿住了,叹一口气,然后又接下去说:

"至多我花四百块。要是党部里还嫌少,我拼着不做生意,等他们来封!——我们对过的裕昌祥,进的东洋货比我多,足足有一万多块钱的码子呢,也只花了五百块,就太平无事了。——五百块!算是吃了几笔倒账罢!——钥匙!咳!那一个金项圈,总可以兑成三百块……"

"呃,呃,真——好比强盗!"

林大娘摸出那钥匙来,手也颤抖了,眼泪扑簌簌地往下掉。林小姐却反不哭了,瞪着一对泪眼,呆呆地出神,她恍惚看见那个曾经到她学校里来演说而且饿狗似的盯住看她的什么委员,一个怪叫人讨厌的黑麻子,捧住了她家的金项圈在半空里跳,张开了大嘴巴笑。随后,她又恍惚看见这强盗似的黑麻子和她的父亲吵嘴,父亲被他打了……

"啊哟!"

林小姐猛然一声惊叫,就扑在她妈的身上。林大娘慌得没有工夫尽打呃,挣扎着说:

"阿囡,呃,不要哭,——过了年,你爸爸有钱,就给你制新衣服,——呃,那些狠心的强盗!都咬定我们有钱,呃,一年一年亏空,你爸爸做做肥田粉生意又上当,呃——店里全是别人的钱了。阿囡,呃,呃,我这病,活着也受罪,——呃,再过两年,你十九岁,招得个好女婿。呃,我死也放心了!——救苦救难观世音菩萨!呃——"

二

第二天,林先生的铺子里新换过一番布置。将近一星期不曾露脸的东洋货又都摆在最惹眼的地位了。林先生又摹仿上海大商店的办法,写了许多"大廉价照码九折"的红绿纸条,贴在玻璃窗上。这天是阴历腊月二十三,正是乡镇上洋广货店的"旺月"。不但林先生的额外支出"四百元"指望在这时候捞回来,就是林小姐的新衣服也靠托在这几天的生意好。

十点多钟,赶市的乡下人一群一群的在街上走过了,他们臂上挽着篮,或是牵着小孩子,粗声大气地一边在走,一边在谈话。他们望到了林先生的花花绿绿的铺面,都站住了,仰起脸,老婆唤丈夫,孩子叫爹娘,啧啧地夸羡那些货物。新年快到了,孩子们希望穿一双新袜子,女人们想到家里的面盆早就用破,全家合用的一条面巾还是半年前的老家伙,肥皂又断绝了一个多月,趁这里"卖贱货",正该买一点。林先生坐在账台上,抖擞着精神,堆起满脸的笑容,眼睛望着那些乡下人,又带睄着自己铺子里的两个伙计,两个学徒,满心希望货物出去,洋钱进来。但是这些乡下人看了一会,指指点点夸羡了一会,竟自懒洋洋地走到斜对门的裕昌祥铺面前站住了再看。林先生伸长了脖子,望到那班乡下人的背影,眼睛里冒出火来。他恨不得拉他们回来!

"呃——呃——"

坐在账台后面那道分隔铺面与"内宅"的蝴蝶门旁边的林大娘把勉强忍住了半响的"呃"放出来。林小姐倚在她妈的身边,呆呆地望着街上不作声,心头却是卜卜地跳;她的新衣服至少已经走脱了半件。

林先生赶到柜台前睁大了妒忌的眼睛看着斜对门的同业裕昌祥。那边的四五个店员一字儿摆在柜台前,等候做买卖。但是那班乡下人没有一个走近到柜台边,他们看了一会儿,又照样的走过去了。林先生觉得心头一松,忍不住望着裕昌祥的伙计笑了一笑。这时又有七八人一队的乡下人走到林先生的铺面前,其中有一位年青的居然上前一步,歪着头看那些挂着的洋伞。林先生猛转过脸来,一对嘴唇皮立刻嘻开了;他亲自兜揽这位意想中的顾客了:

"喂,阿弟,买洋伞么?便宜货,一只洋卖九角!看看货色去。"

一个伙计已经取下了两三把洋伞,立刻撑开了一把,热剌剌地塞到那年青乡下人的手里,振起精神,使出夸卖的本领来:

"小当家,你看!洋缎面子,实心骨子,晴天,落雨,耐用好看!九角洋钱一顶,再便宜没有了!……那边是一只洋一顶,货色还没有这等好呢,你比一比就明白。"

那年青的乡下人拿着伞,没有主意似的张大了嘴巴。他回过头去望着一位五十多岁的老头子,又把手里的伞撅了一撅,似乎说:"买一把罢?"老头子却老大着急地吆喝道:

"阿大!你昏了,想买伞!一船硬柴,一古脑儿只卖了三块多钱,你娘等着量米回去吃,那有钱来买伞!"

"货色是便宜,没有钱买!"

站在那里观望的乡下人都叹着气说,懒洋洋地都走了。那年青的乡下人满脸涨红,摇一下头,放了伞也就要想走,这可把林先生急

坏了,赶快让步问道:

"喂,喂,阿弟,你说多少钱呢?——再看看去,货色是靠得住的!"

"货色是便宜,钱不够。"

老头子一面回答,一面拉住了他的儿子,逃也似的走了。林先生苦着脸,踱回到账台里,浑身不得劲儿。他知道不是自己不会做生意,委实是乡下人太穷了,买不起九毛钱的一顶伞。他偷眼再望斜对门的裕昌祥,也还是只有人站在那里看,没有人上柜台买。裕昌祥左右邻的生泰杂货店万牲糕饼店那就简直连看的人都没有半个。一群一群走过的乡下人都挽着篮子,但篮子里空无一物;间或有花蓝布的一包儿,看样子就知道是米;甚至一个多月前乡下人收获的晚稻也早已被地主们和高利贷的债主们如数逼光,现在乡下人不得不一升两升的量着贵米吃。这一切,林先生都明白,他就觉得自己的一份生意至少是间接的被地主和高利贷者剥夺去了。

时间渐渐移近正午,街上走的乡下人已经很少了,林先生的铺子就只做成了一块多钱的生意,仅仅足够开销了"大廉价照码九折"的红绿纸条的广告费。林先生垂头丧气走进"内宅"去,几乎没有勇气和女儿老婆相见。林小姐含着一泡眼泪,低着头坐在屋角;林大娘在一连串的打呃中,挣扎着对丈夫说:

"花了四百块钱,——又忙了一个晚上摆设起来,呃,东洋货是准卖了,却又生意清淡,呃——阿囡的爷呀!……吴妈又要拿工钱——"

"还只半天呢!不要着急。"

林先生勉强安慰着,心里的难受,比刀割还厉害。他闷闷地踱了几步。所有推广营业的方法都想遍了,觉得都不是路。生意清淡,早已各业如此,并不是他一家呀;人们都穷了,可没有法子。但是他总还希望下午的营业能够比较好些。本镇的人家买东西大概在下午。难道他们过新年不买些东西?只要他们存心买,林先生的营业是有把握的。毕竟他的货物比别家便宜。

是这盼望使得林先生依然能够抖擞着精神坐在账台上守候他意想中的下午的顾客。

这下午照例和上午显然不同:街上并没很多的人,但几乎每个人都相识,都能够叫出他们的姓名,或是他们的父亲和祖父的姓名。林先生靠在柜台上,用了异常温和的眼光迎送这些慢慢地走着谈着经过他那铺面的本镇人。他时常笑嘻嘻地迎着常有交易的人喊道:

"呵,××哥,到清风阁去吃茶么?小店大放盘,交易点儿去!"

有时被唤着的那位居然站住了,走上柜台来,于是林先生和他的店员就要大忙而特忙,异常敏感地伺察着这位未可知的顾客的眼光,瞥见他的眼光瞥到什么货物上,就赶快拿出那种货物请他考较。林小姐站在那对蝴蝶门边看望,也常常被林先生唤出来对那位未可知的顾客叫一声"伯伯"。小学徒送上一杯便茶来,外加一枝小联珠。

在价目上,林先生也格外让步;遇到那位顾客一定要除去一毛钱左右尾数的时候,他就从店员手里拿过那算盘来算了一会儿,然后不得已似的把那尾数从算盘上拨去,一面笑嘻嘻地说:

"真不够本呢!可是老主顾,只好遵命了。请你多作成几笔生意罢!"

整个下午就是这么张罗着过去了。连现带赊,大大小小,居然也有十来注交易。林先生早已汗透棉袍。虽然是累得那么着,林先生心里却很愉快。他冷眼偷看斜对门的裕昌祥,似乎赶不上自己铺子的"热闹"。常在那对蝴蝶门旁边看望的林小姐脸上也有些笑意,林大娘也少打几个呃了。

快到上灯时候,林先生核算这一天的"流水账";上午等于零,下午卖了十六元八角五分,八块钱是赊账。林先生微微一笑,但立即皱紧了眉头了;他今天的"大放盘"确是照本出卖,开销都没着落,官利更说不上。他呆了一会儿,又开了账箱,取出几本账簿来翻着打了半天算盘;账上"人欠"的数目共有一千三百余元,本镇六百多,四乡七百多；可是"欠人"的客账，单是上海的东升字号就有八百，合计不下二千哪！林先生低声叹一口气，觉得明天以后如果生意依然没见好，那他这年关就有点难过了。他望着玻璃窗上"大放盘照码九折"的红绿纸条，心里这么想："照今天那样当真放盘，生意总该会见好；亏本么？没有生意也是照样的要开销。只好先拉些主顾来再慢慢儿想法提高货码……要是四乡还有批发生意来，那就更好！——"

突然有一个人来打断林先生的甜蜜梦想了。这是五十多岁的一位老婆子，巍颤颤地走进店来，手里拿着一个小小的蓝布包。林先生猛抬起头来，正和那老婆子打一个照面，想躲避也躲避不及，只好走上前去招呼她道：

"朱三太，出来买过年东西么？请到里面去坐坐。——阿秀，来扶朱三太。"

林小姐早已不在那对蝴蝶门边了，没有听到。那朱三太连连摇手，就在铺面里的一张椅子上坐了，郑重地打开她的蓝布手巾包，——包里仅有一扣折子，她抖抖簌簌地双手捧了，直送到林先生的鼻子前，她的瘪嘴唇扭了几扭，正想说话，林先生早已一手接过那折子，同时抢先说道：

"我晓得了。明天送到你府上罢。"

"哦，哦；十月，十一月，十二月，一总是三个月，三三得九，是九块罢？——明天你送来？哦，哦，不要送，让我带了去。嗯！"

朱三太扭着她的瘪嘴唇，很艰难似的说。她有三百元的"老本"存在林先生的铺里，按月来取三块钱的利息，可是最近林先生却拖欠了三个月，原说是到了年底总付，明天是送灶日，老婆子要买送灶的东西，所以亲自上林先生的铺子来了。看她那股扭起了一对瘪嘴唇的劲儿，光景是钱不到手就一定不肯走。

林先生抓着头皮不作声。这九块钱的利息，他何尝存心白赖，只是三个月来生意清淡，每天卖得的钱仅够开伙食，付捐税，不知不觉就拖欠下来了。然而今天要是不付，这老婆子也许会就在铺面上嚷闹,那就太丢脸,对于营业的前途很有影响。

"好,好,带了去罢,带了去罢!"

林先生终于斗气似的说,声音有点儿梗咽。他跑到账台里,把上下午卖得的现钱归并起来,又从腰包里掏出一个双毫,这才凑成了八块大洋,十角小洋,四十个铜子,交付了朱三太。当他看见那老婆子把这些银洋铜子郑重地数了又数,而且抖抖簌簌地放在那蓝布手巾上包了起来的时候,他忍不住叹一口气,异想天开地打算拉回几文来;他勉强笑着说:

"三阿太,你这蓝布手巾太旧了,买一块老牌麻纱白手帕去罢?我们有上好的洗脸手巾,肥皂,买一点儿去新年里用罢。价钱公道!"

"不要,不要;老太婆了,用不到。"

朱三太连连摇手说,把折子藏在衣袋里,捧着她的蓝布手巾包竟自去了。

林先生哭丧着脸,走回"内宅"去。因这朱三太的上门讨利息,他记起还有两注存款,桥头陈老七的二百元和张寡妇的一百五十元,总共十来块钱的利息,都是"不便"拖欠的,总得先期送去。他抢着指头算日子:二十四,二十五,二十六——到二十六,放在四乡的账头该可以收齐了,店里的寿生是前天出去收账的,极迟是二十六应该回来了;本镇的账头总得到二十八九方才有个数目。然而上海号家的收账客人说不定明后天就会到,只有再向恒源钱庄去借了。但是明天的门市怎样?……

他这么低着头一边走,一边想,猛听着女儿的声音在他耳边说:

"爸爸,你看这块大绸好么?七尺,四块二角,不贵罢?"

林先生心里蓦地一跳,站住了睁大着眼睛,说不出话。林小姐手里托着那块绸,却在那里憨笑。四块二角!数目可真不算大,然而今天店里总共只卖得十六块多,并且是老实照本贱卖的呀!林先生怔了一会儿,这才没精打彩地问道:

"你那来的钱呢?"

"挂在账上。"

林先生听得又是欠账,忍不住皱一下眉头。但女儿是自己宠惯了的,林大娘又抵死偏护着,林先生没奈何只是苦笑。过一会儿,他叹一口气,轻轻埋怨道:

"那么性急!过了年再买岂不是好!"

三

又过了两天,"大放盘"的林先生的铺子,生意果然很好,每天可以做三十多元的生意了。林大娘的打呃,大大减少,平均是五分钟来一次;林小姐在铺面和"内宅"之间跳进跳出,脸上红喷喷地时常在笑,有时竟在铺面帮忙招呼生意,直到林大娘再三唤她,方才跑进去,一边擦着额上的汗珠,一边兴冲冲地急口说:

"妈呀,又叫我进来干么!我不觉得辛苦呀!妈!爸爸累得满身是汗,嗓子也喊哑了!——刚才一个客人买了五块钱东西呢!妈!不要怕我辛苦,不要怕。爸爸叫我歇一会儿就出去呢!"

林大娘只是点头,打一个呃,就念一声"大慈大悲菩萨"。客厅里本就供奉着一尊瓷观音,点着一炷香,林大娘就摇摇摆摆走过去磕头,谢菩萨的保佑,还要祷告菩萨一发慈悲,保佑林先生的生意永远那么好,保佑林小姐易长易大,明年就得个好女婿。

但是在铺面张罗的林先生虽然打起精神做生意,脸上笑容不断,心里却象有几根线牵着。每逢卖得了一块钱,看见顾客欣然挟着纸包而去,林先生就忍不住心里一顿,在他心里的算盘上就加添了五分洋钱的血本的亏折。他几次想把这个"大放盘"时每块钱的实足亏折算成三分,可是无论如何,算来算去总得五分,生意虽然好,他却越卖越心疼了。在柜台上招呼主顾的时候,他这种矛盾的心理有时竟至几乎使他发晕。偶尔他偷眼望望斜对门的裕昌祥,就觉得那边闲立在柜台边的店员和掌柜,嘴角上都带着讥讽的讪笑,似乎都在说:"看这姓林的傻子呀,当真亏本放盘哪!看着罢,他的生意越好,就越亏本,倒闭得越快!"那时候,林先生便咬一下嘴唇,决定明天无论如何要把货码提高,要把次等货标上头等货的价格。

给林先生斡旋那"封存东洋货"问题的商会长当走过林家铺子的时候,也微微笑着,站住了对林先生贺喜,并且拍着林先生的肩膀,轻声说:

"如何?四百块钱是花得不冤枉罢!——可是,卜局长那边,你也得稍稍点缀,防他看得眼红,也要来敲诈。生意好,妒忌的人就多;就是卜局长不生心,他们也要去挑拨呀!"

林先生谢商会长的关切,心里老大吃惊,几乎连做生意都没有精神。

然而最使他心神不宁的,是店里的寿生出去收账到现在还没有回来,林先生是等着寿生收的钱来开销"客账"。上海东升字号的收账客人前天早已到镇,直催逼得林先生再没有话语支吾了。如果寿生再不来,林先生只有向恒源钱庄借款的一法,这一来,林先生又将多负担五六十元的利息,这在见天亏本的林先生委实比割肉还心疼。

到四点钟光景,林先生忽然听得街上走过的人们乱哄哄地在议论着什么,人们的脸色都很惶急,似乎发生了什么大事情了。一心惦念着出去收账的寿生是否平安的林先生就以为一定是快班船遭了强盗抢,他的心卜卜地乱跳。他唤住了一个路人焦急地问道,

"什么事?是不是栗市快班遭了强盗抢?"

"哦!又是强盗抢么?路上真不太平!抢,还是小事,还要绑人去哪!"

那人,有名的闲汉陆和尚,含胡地回答,同时睒着半只眼睛看林先生铺子里花花绿绿的货物。林先生不得要领,心里更急,丢开陆和尚,就去问第二个走近来的人,桥头的王三毛。

"听说栗市班遭抢,当真么?"

"那一定是太保阿书手下人干的,太保阿书是枪毙了,他的手下

人多么厉害!"

王三毛一边回答,一边只顾走。可是林先生却急坏了,冷汗从额角上钻出来。他早就估量到寿生一定是今天回来,而且是从栗市——收账程序中预定的最后一处,坐快班船回来;此刻已是四点钟,不见他来,王三毛又是那样说,那还有什么疑义么?林先生竟忘记了这所谓"栗市班遭强盗抢"乃是自己的发明了!他满脸急汗,直往"内宅"跑;在那对蝴蝶门边忘记跨门槛,几乎绊了一交。

"爸爸!上海打仗了!东洋兵放炸弹烧闸北——"

林小姐大叫着跑到林先生跟前。

林先生怔了一下。什么上海打仗,原就和他不相干,但中间既然牵连着"东洋兵",又好象不能不追问一声了。他看着女儿的很兴奋的脸孔问道:

"东洋兵放炸弹么?你从那里听来的?"

"街上走过的人全是那么说。东洋兵放大炮,掷炸弹。闸北烧光了!"

"哦,那么,有人说栗市快班强盗抢么?"

林小姐摇头,就象扑火的灯蛾似的扑向外面去了。林先生迟疑了一会儿,站在那蝴蝶门边抓头皮。林大娘在里面打呃,又是喃喃地祷告:"菩萨保佑,炸弹不要落到我们头上来!"林先生转身再到铺子里,却见女儿和两个店员正在谈得很热闹。对门生泰杂货店里的老板金老虎也站在柜台外边指手划脚地讲谈。上海打仗,东洋飞机掷炸弹烧了闸北,上海已经罢市,全都证实了。强盗抢快班船么?没有听人说起过呀!栗市快班么?早已到了,一路平安。金老虎看见那快班船上的伙计刚刚背着两个蒲包走过的。林先生心里松一口气,知道寿生今天又没回来,但也知道好好儿的没有逢到强盗抢。

现在是满街都在议论上海的战事了。小伙计们夹在闹里骂"东洋乌龟!"竟也有人当街大呼:"再买东洋货就是忘八!"林小姐听着,脸上就飞红了一大片。林先生却还不动神色。大家都卖东洋货,并且大家花了几百块钱以后,都已经奉着特许:"只要把东洋商标撕去了就行。"他现在满店的货物都已经称为"国货",买主们也都是"国货,国货"地说着,就拿走了。在此满街人人为了上海的战事而没有心思想到生意的时候,林先生始终在筹虑他的正事。他还是不肯花重利去借庄款,他去和上海号家的收账客人情商,请他再多等这么一天两天。他的寿生极迟明天傍晚总该会到。

"林老板,你也是明白人,怎么说出这种话来呀!现在上海开了火,说不定明后天火车就不通,我是巴不得今晚上就动身呢!怎么再等一两天?请你今天把账款缴清,明天一早我好走。我也是吃人家的饭,请你照顾照顾罢!"

上海客人毫无通融地拒绝了林先生的情商。林先生看来是无可商量了,只好忍痛去到恒源钱庄上商借。他还恐怕那"钱猢狲"知道他是急用,要趁火打劫,高抬利息。谁知钱庄经理的口气却完全不对了。那痨病鬼经理听完了林先生的申请,并没作答,只管捧着他那老古董的水烟筒卜落落卜落落的呼,直到烧完一根纸吹,这才慢吞吞地说:

"不行了!东洋兵开仗,上海罢市,银行钱庄都封关,知道他们几时弄得好!上海这路一断,敝庄就成了没脚蟹,汇划不通,比尊处再好的户头也只好不做了。对不起,实在爱莫能助!"

林先生呆了一呆,还总以为这痨病鬼经理故意刁难,无非是为提高利息作地步,正想结结实实说几句恳求的话,却不料那经理又逼进一步道:

"刚才敝东吩咐过,他得的信,这次的乱子恐怕要闹大,叫我们收紧盘子!尊处原欠五百,二十二那天,又是一百,总共是六百,年关前总得扫数归清;我们也算是老主顾,今天先透一个信,免得临时多费口舌,大家面子上难为情。"

"哦——可是小店里也实在为难。要看账头收得怎样。"

林先生呆了半响,这才呐出这两句话。

"嘿！何必客气！宝号里这几天来的生意比众不同,区区六百块钱,还为难么？今天是同老兄说明白了,总望扫数归清,我在敝东跟前好交代。"

痨病鬼经理冷冷地说,站起来了。林先生冷了半截身子,瞧情形是万难挽回,只好硬着头皮走出了那家钱庄。他此时这才明白原来远在上海的打仗也要影响到他的小铺子了。今年的年关当真是难过:上海的收账客人立逼着要钱,恒源里不许宕过年,寿生还没回来,知道他怎样了,镇上的账头,去年只收起八成,今年瞧来连八成都捏不稳——横在他前面的路,只有一条:"暂停营业,清理账目！"而这条路也就等于破产,他这铺子里早已没有自己的资本,一旦清理,剩给他的,光景只有一家三口三个光身子！

林先生愈想愈仄,走过那座望仙桥时,他看着桥下的浑水,几乎想纵身一跳完事。可是有一个人在背后唤他道:

"林先生,上海打仗了,是真的罢？听说东栅外刚刚调来了一枝兵,到商会里要借饷,开口就是二万,商会里正在开会呢！"

林先生急回过脸去看,原来正是那位存有两百块钱在他铺子里的陈老七,也是林先生的一位债主。

"哦——"

林先生打一个冷噤,只回答了这一声,就赶快下桥,一口气跑回家去。

四

这晚上的夜饭,林大娘在家常的一荤二素以外,特又添了一个碟子,是到八仙楼买来的红焖肉,林先生心爱的东西。另外又有一斤黄酒。林小姐笑不离口,为的铺子里生意好,为的大绸新旗袍已经做成,也为的上海竟然开火,打东洋人。林大娘打呃的次数更加少了,差不多十分钟只来一回。

只有林先生心里发闷到要死。他喝着闷酒,看看女儿,又看看老婆,几次想把那炸弹似的恶消息宣布,然而终于没有那样的勇气。并且他还不曾绝望,还想挣扎,至少是还想掩饰他的两下里碰不到头。所以当商会里议决了答应借饷五千并且要林先生摊认二十元的时候,他毫不推托,就答应下来了。他决定非到最后五分钟不让老婆和女儿知道那双道困难的真实情形。他的划算是这样的:人家欠他的账收一个八成罢,他还人家的账也是个八成,——反正可以借口上海打仗,钱庄不通;为难的是人欠我欠之间尚差六百光景,那只有用剜肉补疮的办法拼命放盘卖贱货,且捞几个钱来渡过了眼前再说。这年头儿,谁能够顾到将来呢?眼前得过且过。

是这么想定了办法,又加上那一斤黄酒的力量,林先生倒酣睡了一夜,恶梦也没有半个。

第二天早上,林先生醒来时已经是六点半钟,天色很阴沉。林先生觉得有点头晕。他匆匆忙忙吞进两碗稀饭,就到铺子里,一眼就看见那位上海客人板起了脸孔在那里坐守"回话"。而尤其叫林先生猛吃一惊的,是斜对门的裕昌祥也贴起红红绿绿的纸条,也在那里"大放盘照码九折"了!林先生昨夜想好的"如意算盘"立刻被斜对门那些红绿纸条冲一个摇摇不定。

"林老板,你真是开玩笑!昨晚上不给我回音。轮船是八点钟开,我还得转乘火车,八点钟这班船我是非走不行!请你快点——"

上海客人不耐烦地说,把一个拳头在桌子上一放。林先生只有陪不是,请他原谅,实在是因为上海打仗钱庄不通,彼此是多年的老主顾,务请格外看承。

"那么叫我空手回去么?"

"这,这,断乎不会。我们的寿生一回来,有多少付多少,我要是藏落半个钱,不是人!"

林先生颤着声音说,努力忍住了滚到眼眶边的眼泪。

话是说到尽头了,上海客人只好不再噜苏,可是他坐在那里不肯走。林先生急得什么似的,心是卜卜地乱跳。近年他虽然万分拮据,面子上可还遮得过;现在摆一个人在铺子里坐守,这件事要是传扬开去,他的信用可就完了,他的债户还多着呢,万一一群起效尤,他这铺子只好立刻关门。他在没有办法中想办法,几次请这位讨账客人到内宅去坐,然而讨账客人不肯。

天又索索地下起冻雨来了。一条街上冷清清地简直没有人行。自有这条街以来,从没见过这样萧索的腊尾岁尽。朔风吹着那些招牌,嚓嚓地响。渐渐地冻雨又有变成雪花的模样。沿街店铺里的伙计们靠在柜台上仰起了脸发怔。

林先生和那位收账客人有一句没一句的闲谈着。林小姐忽然走出蝴蝶门来站在街边看那索索的冻雨。从蝴蝶门后送来的林大娘的呃呃的声音又渐渐儿加勤。林先生嘴里应酬着,一边看看女儿,又听听老婆的打呃,心里一阵一阵酸上来,想起他的一生简直毫没幸福,然而又不知道坑害他到这地步的,究竟是谁。那位上海客人似乎气平了一些了,忽然很恳切地说:

"林老板,你是个好人。一点嗜好都没有,做生意很巴结认真。放在二十年前,你怕不发财么?可是现今时势不同,捐税重,开销大,生意又清,混得过也还是你的本事。"

林先生叹一口气苦笑着,算是谦逊。

上海客人顿了一顿,又接着说下去:

"贵镇上的市面今年又比上年差些,是不是?内地全靠乡庄生意,乡下人太穷,真是没有法子,——呀,九点钟了!怎么你们的收账伙计还没来呢?这个人靠得住么?"

林先生心里一跳,暂时回答不出来。虽然是七八年的老伙计,一向没有出过岔子,但谁能保到底呢!而况又是过期不见回来。上海客人看着林先生那迟疑的神气,就笑;那笑声有几分异样。忽然那边林小姐转脸对林先生急促地叫道:

"爸爸,寿生回来了!一身泥!"

显然林小姐的叫声也是异样的,林先生跳起来,又惊又喜,着急的想跑到柜台前去看,可是心慌了,两腿发软。这时寿生已经跑了进来,当真是一身泥,气喘喘地坐下了,说不出话来。林先生估量那情形不对,吓得没有主意,也不开口,上海客人在旁边皱眉头。过了一会儿,寿生方才喘着气说:

"好险呀!差一些儿被他们抓住了。"

"到底是强盗抢了快班船么?"

林先生惊极,心一横,倒逼出话来了。

"不是强盗。是兵队拉夫呀!昨天下午赶不上趁快班。今天一早趁航船,那里知道航船听得这里要捉船,就停在东栅外了。我上岸走不到半里路,就碰到拉夫。西面宝祥衣庄的阿毛被他们拉去了。我跑得快,抄小路逃了回来。他妈的,性命交关!"

寿生一面说,一面撩起衣服,从肚兜里掏出一个手巾包来递给了林先生,又说道:

"都在这里了。栗市的那家黄茂记很可恶,这种户头,我们明年要留心!——我去洗一个脸,换件衣服再来。"

林先生接了那手巾包,捏一把,脸上有些笑容了。他到账台里打开那手巾包来。先看一看那张"清单",打了一会儿算盘,然后点检银钱数目:是大洋十一元,小洋二百角,钞票四百二十元,外加即期庄票两张,一张是规元五十两,又一张是规元六十五两。这全部付给上海客人,照账算也还差一百多元。林先生凝神想了半晌,斜眼偷看了坐在那里吸烟的上海客人几次,方才叹一口气,割肉似的拿起那两张庄票和四百元钞票捧到上海客人跟前,又说了许多话,方才得到上海客人点一下头,说一声"对啦"。

但是上海客人把庄票看了两遍,忽又笑着说道:

"对不起,林老板,这庄票,费神兑了钞票给我罢!"

"可以,可以。"

林先生连忙回答,慌忙在庄票后面盖了本店的书柬图章,派一个伙计到恒源庄去取现,并且叮嘱了要钞票。又过了半响,伙计却是空手回来。恒源庄把票子收了,但不肯付钱;据说是扣抵了林先生的欠款。天是在当真下雪了,林先生也没张伞,冒雪到恒源庄去亲自交涉,结果是徒然。

"林老板,怎样了呢?"

看见林先生苦着脸跑回来,那上海客人不耐烦地问了。

林先生几乎想哭出来,没有话回答,只是叹气。除了央求那上海客人再通融,还有什么别的办法? 寿生也来了,帮着林先生说。他们赌咒:下欠的二百多元,赶明年初十边一定汇到上海。是老主顾了,向来三节清账,从没半句话,今儿实在是意外之变,大局如此,没有办法,非是他们刁赖。

然而不添一些,到底是不行的。林先生忍痛又把这几天内卖得的现款凑成了五十元,算是总共付了四百五十元,这才把那位叫人头痛的上海收账客人送走了。

此时已有十一点了,天还是飘飘扬扬落着雪。买客没有半个。林先生纳闷了一会儿,和寿生商量本街的账头怎样去收讨。两个人的眉头都皱紧了,都觉得本镇的六百多元账头收起来真没有把握。寿生挨着林先生的耳朵悄悄地说道:

"听说南栅的聚隆,西栅的和源,都不稳呢! 这两处欠我们的,就有三百光景,这两笔倒账要预先防着,吃下了,可不是玩的!"

林先生脸色变了,嘴唇有点抖。不料寿生把声音再放低些,支支吾吾地说出了更骇人的消息来:

"还有,还有讨厌的谣言,是说我们这里了。恒源庄上一定听得了这些风声,这才对我们逼得那么急,说不定上海的收账客人也有点晓得——只是,谁和我们作对呢? 难道就是斜对门么?"

寿生说着,就把嘴向裕昌祥那边努了一努。林先生的眼光跟着寿生的嘴也向那边瞥了一下,心里直是乱跳,哭丧着脸,好半天说不出话来。他的又麻又痛的心里感到这一次他准是毁了! ——不毁才是作怪:党老爷敲诈他,钱庄压逼他,同业又中伤他,而又要吃倒账,凭谁也受不了这样重重的磨折罢?而究竟为了什么他应该活受罪呀!他,从父亲手里继承下这小小的铺子,从没敢浪费;他,做生意多么巴结;他,没有害过人,没有起过歹心;就是他的祖上,也没害过人,做过歹事呀!然而他直如此命苦!

"不过,师傅,随他们去造谣罢,你不要发急。荒年传乱话,听说是镇上的店铺十家有九家没法过年关。时势不好,市面清得不成话,素来硬朗的铺子今年都打饥荒,也不是我们一家困难!天塌压大家,商会里总得议个办法出来;总不能大家一齐拖倒,弄得市面更加不象市面。"

看见林先生急苦了,寿生姑且安慰着,忍不住也叹了一口气。

雪是愈下愈密了,街上已经见白。偶尔有一条狗垂着尾巴走过,抖一抖身体,摇落了厚积在毛上的那些雪,就又悄悄地夹着尾巴走了。自从有这条街以来,从没见过这样冷落凄凉的年关!而此时,远在上海,日本军的重炮正在发狂地轰毁那边繁盛的市廛。

五

凄凉的年关,终于也过去了。镇上的大小铺子倒闭了二十八家。内中有一家"信用素著"的绸庄。欠了林先生三百元货账的聚隆与和源也毕竟倒了。大年夜的白天,寿生到那两个铺子里磨了半天,也只拿了二十多块来;这以后,就听说没有一个收账员拿到半文钱,两家铺子的老板都躲得不见面了。林先生自己呢,多亏商会长一力斡旋,还无须往乡下躲,然而欠下恒源钱庄的四百多元非要正月十五以前还清不可;并且又订了苛刻的条件:从正月初五开市那天起,恒源就要派人到林先生铺子里"守提",卖得的钱,八成归恒源扣账。

新年那四天,林先生家里就象一个冰窖。林先生常常叹气,林大娘的打呃象连珠炮。林小姐虽然不打呃,也不叹气,但是呆呆地好象害了多年的黄病。她那件大绸新旗袍,为的要付吴妈的工钱,已经上了当铺;小学徒从清早七点钟就去那家唯一的当铺门前守候,直到九点钟方才从人堆里拿了两块钱挤出来。以后,当铺就止当了。两块钱!这已是最高价。随你值多少钱的贵重衣饰,也只能当得两块呢!叫做"两块钱封门"。乡下人忍着冷剥下身上的棉袄递上柜台去,那当铺里的伙计拿起来抖了一抖,就直丢出去,怒声喊道:"不当!"

元旦起,是大好的晴天。关帝庙前那空场上,照例来了跑江湖赶新年生意的摊贩和变把戏的杂耍。人们在那些摊子面前懒懒地拖着腿走,两手扪着空的腰包,就又懒懒地走开了。孩子们拉住了娘的衣角,赖在花炮摊前不肯走,娘就给他一个老大的耳光。那些特来赶新年的摊贩们连伙食都开销不了,白赖在"安商客寓"里,天天和客寓主人吵闹。

只有那班变把戏的出了八块钱的大生意,党老爷们唤他们去点缀了一番"升平气象"。

初四那天晚上,林先生勉强筹措了三块钱,办一席酒请铺子里的"相好"吃照例的"五路酒",商量明天开市的办法。林先生早就筹思过熟透:这铺子开下去呢,眼见得是亏本的生意,不开呢,他一家三口儿简直没有生计,而且到底人家欠他的货账还有四五百,他一关门更难讨取;唯一的办法是减省开支,但捐税派饷是逃不了的,"敲诈"尤其无法躲避,裁去一两个店员罢,本来他只有三个伙计,寿生是左右手,其余的两位也是怪可怜见的,况且辞歇了到底也不够招呼生意;家里呢,也无可再省,吴妈早已辞歇。他觉得只有硬着头皮做下去,或者靠菩萨的保佑,乡下人春蚕熟;他的亏空还可以补救。

但要开市,最大的困难是缺乏货品。没有现钱寄到上海去,就拿不到货。上海打得更厉害了,赊账是休转这念头。卖底货罢,他店里早已淘空,架子上那些装卫生衣的纸盒就是空的,不过摆在那里装幌子。他铺子里就剩了些日用杂货,脸盆毛巾之类,存底还厚。

大家喝了一会闷酒,抓腮挖耳地想不出好主意。后来谈起闲天

来,一个伙计忽然说:

"乱世年头,人比不上狗!听说上海闸北烧得精光,几十万人都只逃得一个光身子。虹口一带呢,烧是还没烧,人都逃光了,东洋人凶得很,不许搬东西。上海房钱涨起几倍。逃出来的人都到乡下来了,昨天镇上就到了一批,看样子都是好好的人家,现在却弄得无家可归!"

林先生摇头叹气。寿生听了这话,猛的想起了一个好办法;他放下了筷子,拿起酒杯来一口喝干了,笑嘻嘻对林先生说道:

"师傅,听得阿四的话么?我们那些脸盆,毛巾,肥皂,袜子,牙粉,牙刷,就可以如数销清了。"

林先生瞪出了眼睛,不懂得寿生的意思。

"师傅,这是天大的机会。上海逃来的人,总还有几个钱,他们总要买些日用的东西,是不是?这笔生意,我们赶快张罗。"

寿生接着又说,再筛出一杯酒来喝了,满脸是喜气。两个伙计也省悟过来了,哈哈大笑。只有林先生还不很了然。近来的逆境已经把他变成胡涂。他惘然问道:

"你拿得稳么?脸盆,毛巾,别家也有,——"

"师傅,你忘记了!脸盆毛巾一类的东西只有我们存底独多!裕昌祥里拿不出十只脸盆,而且都是拣剩货。这笔生意,逃不出我们的手掌心的了!我们赶快多写几张广告到四栅去分贴,逃难人住的地方——嗳,阿四,他们住在什么地方?我们也要去贴广告。"

"他们有亲戚的住到亲戚家里去了,没有的,还借住在西栅外茧厂的空房子。"

叫做阿四的伙计回答,脸上发亮,很得意自己的无意中立了大功。林先生这时也完全明白了。心里一快乐,就又灵活起来,他马上拟好了广告的底稿,专拣店里有的日用品开列上去,约莫也有十几种。他又摹仿上海大商店卖"一元货"的方法,把脸盆,毛巾,牙刷,牙粉配成一套卖一块钱,广告上就大书"大廉价一元货"。店里本来还有余剩下的红绿纸,寿生大张的裁好了,拿笔就写。两个伙计和学徒就乱哄哄地拿过脸盆,毛巾,牙刷,牙粉来装配成一组。人手不够,林先生叫女儿出来帮着写,帮着扎配,另外又配出几种"一元货",全是零星的日用必需品。

这一晚上,林家铺子里直忙到五更左右,方才大致就绪。第二天清早,开门鞭炮响过,排门开了,林家铺子布置得又是一新。漏夜赶起来的广告早已漏夜分头贴出去。西栅外茧厂一带是寿生亲自去布置,哄动那些借住在茧厂里的逃难人,都起来看,当做一件新闻。

"内宅"里,林大娘也起了个五更,瓷观音面前点了香,林大娘爬着磕了半天响头。她什么都祷告全了,就只差没有祷告菩萨要上海的战事再扩大再延长,好多来些逃难人。

一切都很顺利,一切都不出寿生的预料。新正开市第一天就只林家铺子生意很好,到下午四点多钟,居然卖了一百多元,是这镇上近十年来未有的新纪录。销售的大宗,果然是"一元货",然而洋伞橡皮雨鞋之类却也带起了销路,并且那生意也做的干脆有味。虽然是"逃难人",却毕竟住在上海,见过大场面,他们不象乡下人或本镇人那么小格式,他们买东西很爽利,拿起货来看了一眼,现钱交易,从不拣来拣去,也不硬要除零头。

林大娘看见女儿兴冲冲地跑进来夸说一回,就爬到瓷观音面前磕了一回头。她心里还转了这样的念头:要不是岁数相差得多,把寿生招做女婿倒也是好的!说不定在寿生那边也时常用半只眼睛看望着这位厮熟的十七岁的"师妹"。

只有一点,使林先生扫兴;恒源庄毫不顾面子地派人来提取了当天营业总数的八成。并且存户朱三阿太,桥头陈老七,还有张寡妇,不知听了谁的怂恿,都借了"要量米吃"的借口,都来预支息金;不但支息金,还想拔提一点存款呢!但也有一个喜讯,听说又到了一批逃难人。

晚餐时,林先生添了两碟荤菜,酬劳他的店员。大家称赞寿生能

干。林先生虽然高兴,却不能不惦念着朱三阿太等三位存户要提存款的事情。大新年碰到这种事,总是不吉利。寿生愤然说:

"那三个懂得什么呢!还不是有人从中挑拨!"

说着,寿生的嘴又向斜对门努了一努。林先生点头。可是这三位不懂什么的,倒也难以对付;一个是老头子,两个是孤苦的女人,软说不肯,硬来又不成。林先生想了半天觉得只有去找商会长,请他去和那三位宝贝讲开。他和寿生说了,寿生也竭力赞成。

于是晚饭后算过了当天的"流水账",林先生就去拜访商会长。

林先生说明了来意后,那商会长一口就应承了,还夸奖林先生做生意的手段高明,他那铺子一定能够站住,而且上进。摸着自己的下巴,商会长又笑了一笑,伛过身体来说道:

"有一件事,早就想对你说,只是没有机会。镇上的卜局长不知在那里见过令爱来,极为中意;卜局长年将四十,还没有儿子,屋子里虽则放着两个人,都没生育过;要是令爱过去,生下一男半女,就是现成的局长太太。呵,那时,就连我也沾点儿光呢!"

林先生做梦也想不到会有这样的难题,当下怔住了做不得声。商会长却又郑重地接着说:

"我们是老朋友,什么话都可以讲个明白。论到这种事呢,照老派说,好象面子上不好听;然而也不尽然。现在通行这一套,令爱过去也算是正的。——况且,卜局长既然有了这个心,不答应他有许多不便之处;答应了,将来倒有巴望。我是替你打算,才说这个话。"

"咳,你怕不是好意劝我仔细!可是,我是小户人家,小女又不懂规矩,高攀卜局长,实在不敢!"

林先生硬着头皮说,心里卜卜乱跳。

"哈,哈,不是你高攀,是他中意。——就这么罢,你回去和尊夫人商量商量,我这里且搁着,看见卜局长时,就说还没机会提过,行不行呢?可是你得早点给我回音!"

"嗯——"

筹思了半晌,林先生勉强应着,脸色象是死人。

回到家里,林先生支开了女儿,就一五一十对林大娘说了。他还没说完,林大娘的呃就大发作,光景邻居都听得清。她勉强抑住了那些涌上来的呃,喘着气说道:

"怎么能够答应,呃,就不是小老婆,呃,呃——我也舍不得阿秀到人家去做媳妇。"

"我也是这个意思,不过——"

"呃,我们规规矩矩做生意,呃,难道我们不肯,他好抢了去不成?呃——"

"不过他一定要来找讹头生事!这种人比强盗还狠心!"

林先生低声说,几乎落下眼泪来。

"我拼了这条老命。呃!救苦救难观世音呀!"

林大娘颤着声音站了起来,摇摇摆摆想走。林先生赶快拦住,没口地叫道:

"往那里去?往那里去?"

同时林小姐也从房外来了,显然已经听见了一些,脸色灰白,眼睛死瞪瞪地。林大娘看见女儿,就一把抱住了,一边哭,一边打呃,一边喃喃地挣扎着喘着气说:

"呃,阿囡,呃,谁来抢你去,呃,我同他拼老命!呃,生你那年我得了这个——病,呃,好容易养到十七岁,呃,呃,死也死在一块儿!呃,早给了寿生多么好呢!呃!强盗,不怕天打的!"

林小姐也哭了,叫着"妈!"林先生搓着手叹气。看看哭得不象样,窄房浅屋的要惊动邻舍,大新年也不吉利,他只好忍着一肚子气来劝母女两个。

这一夜,林家三口儿都没有好生睡觉。明天一早林先生还得起来做生意,在一夜的转侧愁思中,他偶尔听得屋面上一声响,心就卜卜地跳,以为是卜局长来寻他生事来了;然而定了神仔细想起来,自家是规规矩矩的生意人,又没犯法,只要生意好,不欠人家的钱,难道好无端生事,白诈他不成?而他的生意呢,眼前分明有一线生机。生了个女儿长的还端正,却又要招祸!早些定了亲,也许不会出这岔子?——商会长是不是肯真心帮忙呢,只有恳求他设法——可是林大娘又在打呃了,咳,她这病!

天刚发白,林先生就起身,眼圈儿有点红肿,头里发昏。可是他不能不打起精神招呼生意。铺面上靠寿生一个到底不行,这小伙子近几天来也就累得够了。

林先生坐在账台里,心总不定。生意虽然好,他却时时浑身的肉发抖。看见面生的大汉子上来买东西,他就疑惑是卜局长派来的人,来侦察他,来寻事;他的心直跳得发痛。

却也作怪,这天生意之好,出人意料。到正午,已经卖了五六十元,买客们中间也有本镇人。那简直不象买东西,简直是抢东西,只有倒闭了铺子拍卖底货的时候才有这种光景。林先生一边有点高兴,一边却也看着心惊,他估量"这样的好生意气色不正"。果然在午饭的时候,寿生就悄悄告诉道:

"外边又有谣言,说是你拆烂污卖一批贱货,捞到几个钱,就打算逃走!"

林先生又气又怕,开不得口。突然来了两个穿制服的人,直闯进来问道:

"谁是林老板?"

林先生慌忙站了起来,还没回答,两个穿制服的拉住他就走,寿生追上去,想要拦阻,又想要探询,那两个人厉声吆喝道:

"你是谁?滚开!党部里要他问话!"

六

那天下午,林先生就没有回来。店里生意忙,寿生又不能抽空身子尽自去探听。里边林大娘本来还被瞒着,不防小学徒漏了嘴,林大

娘那一急几乎一口气死去。她又死不放林小姐出那对蝴蝶门儿,说是:

"你的爸爸已经被他们捉去了,回头就要来抢你!呃——"

她只叫寿生进来问底细,寿生瞧着情形不便直说,只含胡安慰了几句道:

"师母,不要着急,没有事的!师傅到党部里去理直那些存款呢。我们的生意好,怕什么的!"

背转了林大娘的面,寿生悄悄告诉林小姐,"到底为什么,还没得个准信儿,"他叮嘱林小姐且安心伴着"师母",外边事有他呢。林小姐一点主意也没有,寿生说一句,她就点一下头。

这样又要招顾外面的生意,又要挖空心思找出话来对付林大娘不时的追询,寿生更没有工夫去探听林先生的下落。直到上灯时分,这才由商会长给他一个信:林先生是被党部扣住了,为的外边谣言林先生打算卷款逃走,然而林先生除有庄款和客账未清外,还有朱三阿太、桥头陈老七、张寡妇三位孤苦人儿的存款共计六百五十元没有保障,党部里是专替这些孤苦人儿谋利益的,所以把林先生扣起来,要他理直这些存款。

寿生吓得脸都黄了,呆了半晌,方才问道:

"先把人保出来,行么?人不出来,那里去弄钱来呢?"

"嘿!保出人来!你空手去,让你保么?"

"会长先生,总求你想想法子,做好事。师傅和你老人家向来交情也不差,总求你做做好事!"

商会长皱着眉头沉吟了一会儿,又端相着寿生半晌,然后一把拉寿生到屋角里悄悄说道:

"你师傅的事,我岂有袖手旁观之理。只是这件事现在弄僵了!老实对你说,我求过卜局长出面讲情,卜局长只要你师傅答应一件事,他是肯帮忙的;我刚才到党部里会见你的师傅,劝他答应,他也答应了,那不是事情完了么?不料党部里那个黑麻子真可恶,他硬不肯——"

"难道他不给卜局长面子?"

"就是呀!黑麻子反而噜哩噜苏说了许多,卜局长几乎下不得台。两个人闹翻了!这不是这件事弄得僵透?"

寿生叹了口气,没有主意;停一会儿,他又叹一口气说:

"可是师傅并没犯什么罪。"

"他们不同你讲理!谁有势,谁就有理!你去对林大娘说,放心,还没吃苦,不过要想出来,总得花点儿钱!"

商会长说着,伸两个指头一扬,就匆匆地走了。

寿生沉吟着,没有主意;两个伙计攒住他探问,他也不回答。商会长这番话,可以告诉"师母"么?又得花钱!"师母"有没有私蓄,他不知道;至于店里,他很明白,两天来卖得的现钱,被恒源提了八成去,剩下只有五十多块,济得什么事!商会长示意总得两百。知道还够不够吧!照这样下去,生意再好些也不中用。他觉得有点灰心了。

里边又在叫他了!他只好进去瞧光景再定主意。

林大娘扶住了女儿的肩头,气喘喘地问道:

"呃,刚才,呃——商会长来了,呃,说什么?"

"没有来呀!"

寿生撒一个谎。

"你不用瞒我,呃——我,呃,全知道了;呃,你的脸色吓得焦黄!阿秀看见的,呃!"

"师母放心,商会长说过不要紧。——卜局长肯帮忙——"

"什么?呃,呃——什么?卜局长肯帮忙?——呃,呃,大慈大悲的菩萨,呃,不要他帮忙!呃,呃,我知道,你的师傅,呃呃,没有命了!呃,我也不要活了!呃,只是这阿秀,呃,我放心不下!呃,呃,你同了她去!呃,你们好好的做人家!呃,呃,寿生,呃,你待阿秀好,我就放心了!呃,去呀!他们要来抢!呃——狠心的强盗!观世音菩萨怎么不显灵呀!"

寿生睁大了眼睛,不知道怎样回话。他以为"师母"疯了,但可又一点不象疯。他偷眼看他的"师妹",心里有点跳;林小姐满脸通红,低了头不作声。

"寿生哥,寿生哥,有人找你说话!"

小学徒一路跳着喊进来。寿生慌忙跑出去,总以为又是商会长什么的来了,那里知道竟是斜对门裕昌祥的掌柜吴先生。"他来干什么?"寿生肚子里想,眼光盯住在吴先生的脸上。

吴先生问过了林先生的消息,就满脸笑容,连说"不要紧"。寿生觉得那笑脸有点异样。

"我是来找你划一点货——"

吴先生收了笑容,忽然转了口气,从袖子里摸出一张纸来。是一张横单,写得十几行,正是林先生所卖"一元货"的全部。寿生一眼瞧见就明白了,原来是这个把戏呀!他立刻说:

"师傅不在,我不能作主。"

"你和你师母说,还不是一样!"

寿生踌躇着不能回答。他现在有点懂得林先生之所以被捕了。先是谣言林先生要想逃,其次是林先生被扣住了,而现在却是裕昌祥来挖货,这一连串的线索都明白了。寿生想来有点气,又有点怕,他很知道,要是答应了吴先生的要求,那么,林先生的生意,自己的一番心血,都完了。可是不答应呢,还有什么把戏来,他简直不敢想下去了。最后他姑且试一试说:

"那么,我去和师母说,可是,师母女人家专要做现钱交易。"

"现钱么?哈,寿生,你是说笑话罢?"

"师母是这种脾气,我也是没法。最好等明天再谈罢。刚才商会长说,卜局长肯帮忙讲情,光景师傅今晚上就可以回来了。"

寿生故意冷冷的说,就把那张横单塞还吴先生的手里。吴先生脸上的肉一跳,慌忙把横单又推回到寿生手里,一面没口应承道:

"好,好,现账就是现账。今晚上交货,就是现账。"

寿生皱着眉头再到里边,把裕昌祥来挖货的事情对林大娘说了,并且劝她:

"师母,刚才商会长来,确实说师傅好好的在那里,并没吃苦;不过总得花几个钱,才能出来。店里只有五十块。现在裕昌祥来挖货,照这单子上看,总也有一百五十块光景,还是挖给他们罢,早点救师傅出来要紧!"

林大娘听说又要花钱,眼泪直淌,那一阵呃,当真打得震天响,她只是摇手,说不出话,头靠在桌子上,把桌子槌得怪响。寿生瞧来不是路,悄悄的退出去,但在蝴蝶门边,林小姐追上来了。她的脸色象死人一样白,她的声音抖而且哑,她急口地说:

"妈是气胡涂了!总说爸爸已经被他们弄死了!你,你赶快答应裕昌祥,赶快救爸爸!寿生哥,你——"

林小姐说到这里,忽然脸一红,就飞快地跑进去了。寿生望着她的后影,呆立了半分钟光景,然后转身,下决心担负这挖货给裕昌祥的责任,至少"师妹"是和他一条心要这么办了。

夜饭已经摆在店铺里了,寿生也没有心思吃,立等着裕昌祥交过钱来,他拿一百在手里,另外身边藏了八十,就飞跑去找商会长。

半点钟后,寿生和林先生一同回来了。跑进"内宅"的时候,林大娘看见了倒吓一跳。认明是当真活的林先生时,林大娘急急爬在瓷观音前磕响头,比她打呃的声音还要响。林小姐光着眼睛站在旁边,象是要哭,又象是要笑。寿生从身旁掏出一个纸包来,放在桌子上说:

"这是多下来的八十块钱。"

林先生叹了一口气,过一会儿,方才有声没气地说道:

"让我死在那边就是了,又花钱弄出来!没有钱,大家还是死路一条!"

林大娘突然从地下跳起来,着急的想说话,可是一连串的呃把她的话塞住了。林小姐忍住了声音,抽抽咽咽地哭。林先生却还不哭,

又叹一口气,梗咽着说:

"货是挖空了!店开不成,债又逼的紧——"

"师傅!"

寿生叫了一声,用手指蘸着茶,在桌子上写了一个"走"字给林先生看。

林先生摇头,眼泪扑簌簌地直淌;他看看林大娘,又看看林小姐,又叹一口气。

"师傅!只有这一条路了。店里并凑起来,还有一百块,你带了去,过一两个月也就够了;这里的事,我和他们理直。"

寿生低声说。可是林大娘却偏偏听得了,她忽然抑住了呃,抢着叫道:

"你们也去!你,阿秀。放我一个人在这里好了,我拼老命!呃!"

忽然异常少健起来,林大娘转身跑到楼上去了。林小姐叫着"妈",随后也追了上去。林先生望着楼梯发怔,心里感到有什么要紧的事,却又乱麻麻地总是想不起。寿生又低声说:

"师傅,你和师妹一同走罢!师妹在这里,师母是不放心的!她总说他们要来抢——"

林先生淌着眼泪点头,可是打不起主意。

寿生忍不住眼圈儿也红了,叹一口气,绕着桌子走。

忽然听得林小姐的哭声。林先生和寿生都一跳。他们赶到楼梯头时,林大娘却正从房里出来,手里捧一个皮纸包儿。看见林先生和寿生都已在楼梯头了,她就缩回房去,嘴里说"你们也来,听我的主意"。她当着林先生和寿生的跟前,指着那纸包说道:

"这是我的私房,呃,光景有两百多块。分一半你们拿去。呃!阿秀,我做主配给寿生!呃,明天阿秀和她爸爸同走。呃,我不走,寿生陪我几天再说。呃,知道我还有几天活,呃,你们就在我面前拜一拜,我也放心!呃——"

林大娘一手拉着林小姐,一手拉着寿生,就要他们"拜一拜"。

都拜了,两个人脸上飞红,都低着头。寿生偷眼看林小姐,看见她的泪痕中含着一些笑意,寿生心头卜卜地跳了,反倒落下两滴眼泪。

林先生松一口气,说道:

"好罢,就是这样。可是寿生,你留在这里对付他们,万事要细心!"

七

林家铺子终于倒闭了。林老板逃走的新闻传遍了全镇。债权人中间的恒源庄首先派人到林家铺子里封存底货。他们又搜寻账簿。一本也没有了。问寿生。寿生躺在床上害病。又去逼问林大娘。林大娘的回答是连珠炮似的打呃和眼泪鼻涕。为的她到底是"林大娘",人们也没有办法。

十一点钟光景,大群的债权人在林家铺子里吵闹得异常厉害。恒源庄和其他的债权人争执怎样分配底货。铺子里虽然淘空,但连"生财"合计,也足够偿还债权者七成,然而谁都只想给自己争得九成或竟至十成。商会长说得舌头都有点僵硬了,却没有结果。

来了两个警察,拿着木棍站在门口吆喝那些看热闹的闲人。

"怎么不让我进去?我有三百块钱的存款呀!我的老本!"

朱三阿太扭着瘪嘴唇和警察争论,巍颤颤地在人堆里挤。她额上的青筋就有小指头儿那么粗。她挤了一会儿,忽然看见张寡妇抱着五岁的孩子在那里哀求另一个警察放她进去。那警察斜着眼睛,假装是调弄那孩子,却偷偷地用手背在张寡妇的乳部揉摸。

"张家嫂呀——"

朱三阿太气喘喘地叫了一声,就坐在石阶沿上,用力地扭着她的瘪嘴唇。

张寡妇转过身来，找寻是谁唤她；那警察却用了亵昵的口吻叫道：

"不要性急！再过一会儿就进去！"

听得这句话的闲人都笑起来了。张寡妇装作不懂，含着一泡眼泪，无目的地又走了一步。恰好看见朱三阿太坐在石阶沿上喘气。张寡妇跌撞似的也到了朱三阿太的旁边，也坐在那石阶沿上，忽然就放声大哭。她一边哭，一边喃喃地诉说着：

"阿大的爷呀，你丢下我去了，你知道我是多么苦啊！强盗兵打杀了你，前天是三周年……绝子绝孙的林老板又倒了铺子，——我十个指头做出来的百几十块钱，丢在水里了，也没响一声！啊哟！穷人命苦，有钱人心狠——"

看见妈哭，孩子也哭了；张寡妇搂住了孩子，哭的更伤心。

朱三阿太却不哭，弩起了一对发红的已经凹陷的眼睛，发疯似的反复说着一句话：

"穷人是一条命，有钱人也是一条命；少了我的钱，我拼老命！"

此时有一个人从铺子里挤出来，正是桥头陈老七。他满脸紫青，一边挤，一边回过头去嚷骂道：

"你们这伙强盗！看你们有好报！天火烧，地火爆，总有一天现在我陈老七眼睛里呀！要吃倒账，就大家吃，分摊到一个边皮儿，也是公平，——"

陈老七正骂得起劲，一眼看见了朱三阿太和张寡妇，就叫着她们的名字说：

"三阿太，张家嫂，你们怎么坐在这里哭！货色，他们分完了！我一张嘴吵不过他们十几张嘴，这班狗强盗不讲理，硬说我们的钱不算账，——"

张寡妇听说，哭得更加苦了。先前那个警察忽然又踅过来，用木棍子拨着张寡妇的肩膀说：

"喂，哭什么？你的养家人早就死了。现在还哭那一个！"

"狗屁！人家抢了我们的,你这东西也要来调戏女人么？"

陈老七怒冲冲地叫起来,用力将那警察推了一把。那警察睁圆了怪眼睛,扬起棍子就想要打。闲人们都大喊,骂那警察。另一个警察赶快跑来,拉开了陈老七说：

"你在这里吵,也是白吵。我们和你无怨无仇,商会里叫来守门,吃这碗饭,没办法。"

"陈老七,你到党部里去告状罢！"

人堆里有一个声音这么喊。听声音就知道是本街有名的闲汉陆和尚。

"去,去！看他们怎样说。"

许多声音乱叫了。但是那位作调人的警察却冷笑,扳着陈老七的肩膀道：

"我劝你少找点麻烦罢。到那边,中什么用！你还是等候林老板回来和他算账,他倒不好白赖。"

陈老七虎起了脸孔,弄得没有主意了。经不住那些闲人们都撺怂着"去",他就看着朱三阿太和张寡妇说道：

"去去怎样？那边是天天大叫保护穷人的呀！"

"不错。昨天他们扣住了林老板,也是说防他逃走,穷人的钱没有着落！"

又一个主张去的拉长了声音叫。于是不由自主似的,陈老七他们三个和一群闲人都向党部所在那条路去了。张寡妇一路上还是啼哭,咒骂打杀了她丈夫的强盗兵,咒骂绝子绝孙的林老板,又咒骂那个恶狗似的警察。

快到了目的地时,望见那门前排立着四个警察,都拿着棍子,远远地就吆喝道：

"滚开！不准过来！"

"我们是来告状的,林家铺子倒了,我们存在那里的钱都拿不到——"

陈老七走在最前排，也高声的说。可是从警察背后突然跳出一个黑麻子来，怒声喝打。警察们却还站着，只用嘴威吓。陈老七背后的闲人们大噪起来。黑麻子怒叫道：

"不识好歹的贱狗！我们这里管你们那些事么？再不走，就开枪了！"

他跺着脚喝那四个警察动手打。陈老七是站在最前，已经挨了几棍子。闲人们大乱。朱三阿太老迈，跌倒了。张寡妇慌忙中落掉了鞋子，给人们一冲，也跌在地下，她连滚带爬躲过了许多跳过的和踏上来的脚，站起来跑了一段路，方才觉到她的孩子没有了。看衣襟上时，有几滴血。

"啊哟！我的宝贝！我的心肝！强盗杀人了，玉皇大帝救命呀！"

她带哭带嚷的快跑，头发纷散；待到她跑过那倒闭了的林家铺面时，她已经完全疯了！

一九三二年六月十八日作完

春　　蚕

一

老通宝坐在"塘路"边的一块石头上,长旱烟管斜摆在他身边。"清明"节后的太阳已经很有力量,老通宝背脊上热烘烘地,象背着一盆火。"塘路"上拉纤的快班船上的绍兴人只穿了一件蓝布单衫,敞开了大襟,弯着身子拉,额角上黄豆大的汗粒落到地下。

看着人家那样辛苦的劳动,老通宝觉得身上更加热了;热的有点儿发痒。他还穿着那件过冬的破棉袄,他的夹袄还在当铺里,却不防才得"清明"边,天就那么热。

"真是天也变了!"

老通宝心里说,就吐一口浓厚的唾沫。在他面前那条"官河"内,水是绿油油的,来往的船也不多,镜子一样的水面这里那里起了几道皱纹或是小小的涡漩,那时候,倒影在水里的泥岸和岸边成排的桑树,都晃乱成灰暗的一片。可是不会很长久的。渐渐儿那些树影又在水面上显现,一弯一曲地蠕动,象是醉汉,再过一会儿,终于站定了,依然是很清晰的倒影。那拳头模样的桠枝顶都已经簇生着小手指儿那么大的嫩绿叶。这密密层层的桑树,沿着那"官河"一直望去,好象没有尽头。田里现在还只有干裂的泥块,这一带,现在是桑树的势力!在老通宝背后,也是大片的桑林,矮矮的,静穆的,在热烘烘的太阳光下,似乎那"桑拳"上的嫩绿叶过一秒钟就会大一些。

离老通宝坐处不远，一所灰白色的楼房蹲在"塘路"边，那是茧厂。十多天前驻扎过军队，现在那边田里留着几条短短的战壕。那时都说东洋兵要打进来，镇上有钱人都逃光了；现在兵队又开走了，那座茧厂依旧空关在那里，等候春茧上市的时候再热闹一番。老通宝也听得镇上小陈老爷的儿子——陈大少爷说过，今年上海不太平，丝厂都关门，恐怕这里的茧厂也不能开；但老通宝是不肯相信的。他活了六十岁，反乱年头也经过好几个，从没见过绿油油的桑叶白养在树上等到成了"枯叶"去喂羊吃；除非是"蚕花"不熟，但那是老天爷的"权柄"，谁又能够未卜先知？

"才得清明边，天就那么热！"

老通宝看着那些桑拳上怒茁的小绿叶儿，心里又这么想，同时有几分惊异，有几分快活。他记得自己还是二十多岁少壮的时候，有一年也是"清明"边就得穿夹，后来就是"蚕花二十四分"，自己也就在这一年成了家。那时，他家正在"发"；他的父亲象一头老牛似的，什么都懂得，什么都做得；便是他那创家立业的祖父，虽说在长毛窝里吃过苦头，却也愈老愈硬朗。那时候，老陈老爷去世不久，小陈老爷还没抽上鸦片烟，"陈老爷家"也不是现在那么不象样的。老通宝相信自己一家和"陈老爷家"虽则一边是高门大户，而一边不过是种田人，然而两家的命运好象是一条线儿牵着。不但"长毛造反"那时候，老通宝的祖父和陈老爷同被长毛掳去，同在长毛窝里混上了六七年，不但他们俩同时从长毛营盘里逃了出来，而且偷得了长毛的许多金元宝——人家到现在还是这么说；并且老陈老爷做丝生意"发"起来的时候，老通宝家养蚕也是年年都好，十年中间挣得了二十亩的稻田和十多亩的桑地，还有三开间两进的一座平屋。这时候，老通宝家在东村庄上被人人所妒羡，也正象"陈老爷家"在镇上是数一数二的大户人家。可是以后，两家都不行了；老通宝现在已经没有自己的田地，反欠出三百多块钱的债，"陈老爷家"也早已完结。人家都说"长毛鬼"在阴间告了一状，阎罗王追还"陈老爷家"的金元宝横财，所以败的这么快。这个,老通宝也有几分相信:不是鬼使神差,好端端的小陈老爷怎么会抽上了鸦片烟?

可是老通宝死也想不明白为什么"陈老爷家"的"败"会牵动到他家。他确实知道自己家并没得过长毛的横财。虽则听死了的老头子说,好象那老祖父逃出长毛营盘的时候,不巧撞着了一个巡路的小长毛,当时没法,只好杀了他,——这是一个"结"!然而从老通宝懂事以来,他们家替这小长毛鬼拜忏念佛烧纸锭,记不清有多少次了。这个小冤魂,理应早投凡胎。老通宝虽然不很记得祖父是怎样"做人",但父亲的勤俭忠厚,他是亲眼看见的;他自己也是规矩人,他的儿子阿四,儿媳四大娘,都是勤俭的。就是小儿子阿多年纪轻,有几分"不知苦辣",可是毛头小伙子,大都这么着,算不得"败家相"!

老通宝抬起他那焦黄的皱脸,苦恼地望着他面前的那条河,河里的船,以及两岸的桑地。一切都和他二十多岁时差不了多少,然而"世界"到底变了。他自己家也要常常把杂粮当饭吃一天,而且又欠出了三百多块钱的债。

呜! 呜,呜,呜,——

汽笛叫声突然从那边远远的河身的弯曲地方传了来。就在那边,蹲着又一个茧厂,远望去隐约可见那整齐的石"帮岸"。一条柴油引擎的小轮船很威严地从那茧厂后驶出来,拖着三条大船,迎面向老通宝来了。满河平静的水立刻激起泼剌剌的波浪,一齐向两旁的泥岸卷过来。一条乡下"赤膊船"赶快拢岸,船上人揪住了泥岸上的树根,船和人都好象在那里打秋千。轧轧轧的轮机声和洋油臭,飞散在这和平的绿的田野。老通宝满脸恨意,看着这小轮船来,看着它过去,直到又转一个弯,呜呜呜地又叫了几声,就看不见。老通宝向来仇恨小轮船这一类洋鬼子的东西!他从没见过洋鬼子,可是他从他的父亲嘴里知道老陈老爷见过洋鬼子:红眉毛,绿眼睛,走路时两条腿是直的。并且老陈老爷也是很恨洋鬼子,常常说"铜钿都被洋鬼子骗去了"。老通宝看见老陈老爷的时候,不过八九岁,——现在他所记得的关于老陈老爷的一切都是听来的,可是他想起了"铜钿都被洋鬼子骗去了"这句话,就仿佛看见了老陈老爷捋着胡子摇头的神气。

洋鬼子怎样就骗了钱去,老通宝不很明白。但他很相信老陈老爷的话一定不错。并且他自己也明明看到自从镇上有了洋纱,洋布,洋油,——这一类洋货,而且河里更有了小火轮船以后,他自己田里生来的东西就一天一天不值钱,而镇上的东西却一天一天贵起来。他父亲留下来的一份家产就这么变小,变做没有,而现在负了债。老通宝恨洋鬼子不是没有理由的! 他这坚定的主张,在村坊上很有名。五年前,有人告诉他:朝代又改了,新朝代是要"打倒"洋鬼子的。老通宝不相信。为的他上镇去看见那新到的喊着"打倒洋鬼子"的年青人们都穿了洋鬼子衣服。他想来这伙年青人一定私通洋鬼子,却故意来骗乡下人。后来果然就不喊"打倒洋鬼子"了,而且镇上的东西更加一天一天贵起来,派到乡下人身上的捐税也更加多起来。老通宝深信这都是串通了洋鬼子干的。

然而更使老通宝去年几乎气成病的,是茧子也是洋种的卖得好价钱;洋种的茧子,一担要贵上十多块钱。素来和儿媳总还和睦的老通宝,在这件事上可就吵了架。儿媳四大娘去年就要养洋种的蚕。小儿子跟他嫂嫂是一路,那阿四虽然嘴里不多说,心里也是要洋种的。老通宝拗不过他们,末了只好让步。现在他家里有的五张蚕种,就是土种四张,洋种一张。

"世界真是越变越坏! 过几年他们连桑叶都要洋种了! 我活得厌了!"

老通宝看着那些桑树,心里说,拿起身边的长旱烟管恨恨地敲着脚边的泥块。太阳现在正当他头顶,他的影子落在泥地上,短短地象一段乌焦木头,还穿着破棉袄的他,觉得浑身躁热起来了。他解开了大襟上的纽扣,又抓着衣角扇了几下,站起来回家去。

那一片桑树背后就是稻田。现在大部分是匀整的半翻着的燥裂的泥块。偶尔也有种了杂粮的,那黄金一般的菜花散出强烈的香味。

那边远远地一簇房屋,就是老通宝他们住了三代的村坊,现在那些屋上都袅起了白的炊烟。

老通宝从桑林里走出来,到田塍上,转身又望那一片爆着嫩绿的桑树。忽然那边田里跳跃着来了一个十来岁的男孩子,远远地就喊道:

"阿爹!妈等你吃中饭呢!"

"哦——"

老通宝知道是孙子小宝,随口应着,还是望着那一片桑林。才只得"清明"边,桑叶尖儿就抽得那么小指头儿似的,他一生就只见过两次。今年的蚕花,光景是好年成。三张蚕种,该可以采多少茧子呢?只要不象去年,他家的债也许可以拨还一些罢。

小宝已经跑到他阿爹的身边了,也仰着脸看那绿绒似的桑拳头;忽然他跳起来拍着手唱道:

"清明削口,看蚕娘娘拍手!"①

老通宝的皱脸上露出笑容来了。他觉得这是一个好兆头。他把手放在小宝的"和尚头"上摩着,他的被穷苦弄麻木了的老心里勃然又生出新的希望来了。

二

天气继续暖和,太阳光催开了那些桑拳头上的小手指儿模样的嫩叶,现在都有小小的手掌那么大了。老通宝他们那村庄四周围的桑林似乎发长得更好,远望去象一片绿锦平铺在密密层层灰白色矮矮的篱笆上。"希望"在老通宝和一般农民们的心里一点一点一天一

---

① 这是老通宝所在那一带乡村里关于"蚕事"的一种歌谣式的成语。所谓"削口"是方言,指桑叶抽发如指;"清明削口"谓清明边桑叶已抽放如许大也。"看"亦是方言,意同"饲"或"育"。全句谓清明边桑叶开绽则熟年可卜,故蚕妇拍手而喜。

天强大。蚕事的动员令也在各方面发动了。藏在柴房里一年之久的养蚕用具都拿出来洗刷修补。那条穿村而过的小溪旁边,蠕动着村里的女人和孩子,工作着,嚷着,笑着。

这些女人和孩子们都不是十分健康的脸色——从今年开春起,他们都只吃个半饱;他们身上穿的,也只是些破旧的衣服。实在他们的情形比叫化子好不了多少。然而他们的精神都很不差。他们有很大的忍耐力,又有很大的幻想。虽然他们都负了天天在增大的债,可是他们那简单的头脑老是这么想:只要蚕花熟,就好了!他们想象到一个月以后那些绿油油的桑叶就会变成雪白的茧子,于是又变成丁丁当当响的洋钱,他们虽然肚子里饿得咕咕地叫,却也忍不住要笑。

这些女人中间也就有老通宝的媳妇四大娘和那个十二岁的小宝。这娘儿两个已经洗好了那些"团扁"和"蚕笪"①,坐在小溪边的石头上撩起布衫角揩脸上的汗水。

"四阿嫂!你们今年也看(养)洋种么?"

小溪对岸的一群女人中间有一个二十岁左右的姑娘隔溪喊过来了。四大娘认得是隔溪的对门邻舍陆福庆的妹子六宝。四大娘立刻把她的浓眉毛一挺,好象正想找人吵架似的嚷了起来:

"不要来问我!阿爹做主呢!——小宝的阿爹死不肯,只看了一张洋种!老胡涂的听得带一个洋字就好象见了七世冤家!洋钱,也是洋,他倒又要了!"

小溪旁那些女人们听得笑起来了。这时候有一个壮健的小伙子正从对岸的陆家稻场上走过,跑到溪边,跨上了那横在溪面用四根木头并排做成的雏形的"桥"。四大娘一眼看见,就丢开了"洋种"问题,高声喊道:

"多多弟!来帮我搬东西罢!这些扁,浸湿了,就象死狗一

---

① 老通宝乡里称那圆桌面那样大、极象一个盘的竹器为"团扁";又一种略小而底部编成六角形网状的,称为"笪",方音读如"踏";蚕初收蚁时,在"笪"中养育,呼为"蚕笪",那是糊了纸的;这种纸通称"糊笪纸"。

样重!"

小伙子阿多也不开口,走过来拿起五六只"团扁",湿漉漉地顶在头上,却空着一双手,划桨似的荡着,就走了。这个阿多高兴起来时,什么事都肯做,碰到同村的女人们叫他帮忙拿什么重家伙,或是下溪去捞什么,他都肯;可是今天他大概有点不高兴,所以只顶了五六只"团扁"去,却空着一双手。那些女人们看着他戴了那特别大箬帽似的一叠"扁",袅着腰,学镇上女人的样子走着,又都笑起来了。老通宝家紧邻的李根生的老婆荷花一边笑,一边叫道:

"喂,多多头!回来!也替我带一点儿去!"

"叫我一声好听的,我就给你拿。"

阿多也笑着回答,仍然走。转眼间就到了他家的廊下,就把头上的"团扁"放在廊檐口。

"那么,叫你一声干儿子!"

荷花说着就大声的笑起来,她那出众地白净然而扁得作怪的脸上看去就好象只有一张大嘴和眯紧了好象两条线一般的细眼睛。她原是镇上人家的婢女,嫁给那不声不响整天苦着脸的半老头子李根生还不满半年,可是她的爱和男子们胡调已经在村中很有名。

"不要脸的!"

忽然对岸那群女人中间有人轻声骂了一句。荷花的那对细眼睛立刻睁大了,怒声嚷道:

"骂那一个?有本事,当面骂,不要躲!"

"你管得我?棺材横头踢一脚,死人肚里自得知:我就骂那不要脸的骚货!"

隔溪立刻回骂过来了,这就是那六宝,又一位村里有名淘气的大姑娘。

于是对骂之下,两边又泼水。爱闹的女人也夹在中间帮这边帮那边。小孩子们笑着狂呼。四大娘是老成的,提起她的"蚕箪",喊着小宝,自回家去。阿多站在廊下看着笑。他知道为什么六宝要跟荷花吵架;他看着那"辣货"六宝挨骂,倒觉得很高兴。

老通宝掮着一架"蚕台"①从屋里出来。这三棱形家伙的木梗子有几条给白蚂蚁蛀过了,怕的不牢,须得修补一下。看见阿多站在那里笑嘻嘻地望着外边的女人们吵架,老通宝的脸色就板起来了。他这"多多头"的小儿子不老成,他知道。尤其使他不高兴的,是多多也和紧邻的荷花说说笑笑。"那母狗是白虎星,惹上了她就得败家",——老通宝时常这样警戒他的小儿子。

"阿多!空手看野景么?阿四在后边扎'缀头'②,你去帮他!"

老通宝象一匹疯狗似的咆哮着,火红的眼睛一直盯住了阿多的身体,直到阿多走进屋里去,看不见了,老通宝方缠提过那"蚕台"来反复审察,慢慢地动手修补。木匠生活,老通宝早年是会的;但近来他老了,手指头没有劲,他修了一会儿,抬起头来喘气,又望望屋里挂在竹竿上的三张蚕种。

四大娘就在廊檐口糊"蚕箪"。去年他们为的想省几百文钱,是买了旧报纸来糊的。老通宝直到现在还说是因为用了报纸——不惜字纸,所以去年他们的蚕花不好。今年是特地全家少吃一餐饭,省下钱来买了"糊箪纸"来了。四大娘把那鹅黄色坚韧的纸儿糊得很平贴,然后又照品字式糊上三张小小的花纸——那是跟"糊箪纸"一块儿买来的,一张印的花色是"聚宝盆",另两张都是手执尖角旗的人儿骑在马上,据说是"蚕花太子"。

"四大娘!你爸爸做中人借来三十块钱,就只买了二十担叶。后来米又吃完了,怎么办?"

老通宝气喘喘地从他的工作里抬起头来,望着四大娘。那三十块钱是二分半的月息。总算有四大娘的父亲张财发做中人,那债主也就是张财发的东家"做好事",这才只要了二分半的月息。条件是

---

① "蚕台"是三棱式可以折起来的木架子,象三张梯连在一处的家伙;中分七八格,每格可放一团扁。
② "缀头"也是方音,是稻草扎的,蚕在上面做茧子。

蚕事完后本利归清。

四大娘把糊好了的"蚕箪"放在太阳底下晒,好象生气似的说:

"都买了叶!又象去年那样多下来——"

"什么话!你倒先来发利市了!年年象去年么?自家只有十来担叶;五张布子(蚕种),十来担叶够么?"

"噢,噢;你总是不错的!我只晓得有米烧饭,没米饿肚子!"

四大娘气哄哄地回答;为了那"洋种"问题,她到现在常要和老通宝抬杠。

老通宝气得脸都紫了。两个人就此再没有一句话。

但是"收蚕"的时期一天一天逼近了。这二三十人家的小村落突然呈现了一种大紧张,大决心,大奋斗,同时又是大希望。人们似乎连肚子饿都忘记了。老通宝他们家东借一点,西赊一点,居然也一天一天过着来。也不仅老通宝他们,村里那一家有两三斗米放在家里呀!去年秋收固然还好,可是地主、债主、正税、杂捐,一层一层地剥削来,早就完了。现在他们唯一的指望就是春蚕,一切临时借贷都是指明在这"春蚕收成"中偿还。

他们都怀着十分希望又十分恐惧的心情来准备这春蚕的大搏战!

"谷雨"节一天近一天了。村里二三十人家的"布子"都隐隐现出绿色来。女人们在稻场上碰见时,都匆忙地带着焦灼而快乐的口气互相告诉道:

"六宝家快要'窝种'①了呀!"

"荷花说她家明天就要'窝'了。有这么快!"

"黄道士去测一字,今年的青叶要贵到四洋!"

四大娘看自家的五张"布子"。不对!那黑芝麻似的一片细点子

---

① "窝种"也是老通宝乡里的习惯。蚕种转成绿色后就得把来贴肉揾着,约三四天后,蚕蚁孵出,就可以"收蚕"。这工作是女人做的。"窝"是方音,意即"揾"也。

还是黑沉沉,不见绿影。她的丈夫阿四拿到亮处去细看,也找不出几点"绿"来。四大娘很着急。

"你就先'窝'起来罢!这余杭种,作兴是慢一点的。"

阿四看着他老婆,勉强自家宽慰。四大娘堵起了嘴巴不回答。

老通宝哭丧着干皱的老脸,没说什么,心里却觉得不妙。

幸而再过了一天,四大娘再细心看那"布子"时,哈,有几处转成绿色了!而且绿的很有光彩。四大娘立刻告诉了丈夫,告诉了老通宝,多多头,也告诉了她的儿子小宝。她就把那些布子贴肉揾在胸前,抱着吃奶的婴孩似的静静儿坐着,动也不敢多动了。夜间,她抱着那五张布子到被窝里,把阿四赶去和多多头做一床。那布子上密密麻麻的蚕子儿贴着肉,怪痒痒的;四大娘很快活,又有点儿害怕,她第一次怀孕时胎儿在肚子里动,她也是那样半惊半喜的!

全家都是惴惴不安地又很兴奋地等候"收蚕"。只有多多头例外。他说:今年蚕花一定好,可是想发财却是命里不曾来。老通宝骂他多嘴,他还是要说。

蚕房早已收拾好了。"窝种"的第二天,老通宝拿一个大蒜头涂上一些泥,放在蚕房的墙脚边;这也是年年的惯例,但今番老通宝更加虔诚,手也抖了。去年他们"卜"①的非常灵验。可是去年那"灵验",现在老通宝想也不敢想。

现在这村里家家都在"窝种"了。稻场上和小溪边顿时少了那些女人们的踪迹。一个"戒严令"也在无形中颁布了;乡农们即使平日是最好的,也不往来;人客来冲了蚕神不是玩的!他们至多在稻场上低声交谈一二句就走开。这是个"神圣"的季节。

老通宝家的五张布子上也有些"乌娘"②蠕蠕地动了。于是全家的空气,突然紧张。那正是"谷雨"前一日。四大娘料来可以挨过了

---

① 用大蒜头来"卜"蚕花好否,是老通宝乡里的迷信。收蚕前两三天,以大蒜涂泥置蚕房中,至收蚕那天拿来看,蒜叶多主蚕熟,少则不熟。
② 老通宝乡间称初生的蚕蚁为"乌娘",这也是方音。

"谷雨"节那一天①。布子不须再"窝"了,很小心地放在"蚕房"里。老通宝偷眼看一下那个躺在墙脚边的大蒜头,他心里就一跳。那大蒜头上还只有一两茎绿芽!老通宝不敢再看,心里祷祝后天正午会有更多更多的绿芽。

终于"收蚕"的日子到了。四大娘心神不定地淘米烧饭,时时看饭锅上的热气有没有直冲上来。老通宝拿出预先买了来的香烛点起来,恭恭敬敬放在灶君神位前。阿四和阿多去到田里采野花。小小宝帮着把灯芯草剪成细末子,又把采来的野花揉碎。一切都准备齐全了时,太阳也近午刻了,饭锅上水蒸气嘟嘟地直冲,四大娘立刻跳了起来,把"蚕花"②和一对鹅毛插在发髻上,就到"蚕房"里。老通宝拿着秤杆,阿四拿了那揉碎的野花片儿和灯芯草碎末。四大娘揭开"布分",就从阿四手里拿过那野花碎片和灯芯草末子撒在"布子"上,又接过老通宝手里的秤杆来,将"布子"挽在秤杆上,于是拔下发髻上的鹅毛在布子上轻轻儿拂;野花片,灯芯草末子,连同"乌娘",都拂在那"蚕箪"里了。一张,两张……都拂过了;最后一张是洋种,那就收在另一个"蚕箪"里。末了,四大娘又拔下发髻上那朵"蚕花",跟鹅毛一块插在"蚕箪"的边儿上。

这是一个隆重的仪式!千百年相传的仪式!那好比是誓师典礼,以后就要开始了一个月光景的和恶劣的天气和恶运以及和不知什么的连日连夜无休息的大决战!

"乌娘"在"蚕箪"里蠕动,样子非常强健;那黑色也是很正路的。四大娘和老通宝他们都放心地松一口气了。但当老通宝悄悄地把那个"命运"的大蒜头拿起来看时,他的脸色立刻变了!大蒜头上还只得三四茎嫩芽!天哪!难道又同去年一样?

---

① 老通宝乡里的习惯,"收蚕"——即收蚁,须得避过谷雨那一天,或上或下都可以,但不能正在谷雨那一天。什么理由,可不知道。
② "蚕花"是一种纸花,预先买下来的。这些迷信的仪式,各处小有不同。

三

然而那"命运"的大蒜头这次竟不灵验。老通宝家的蚕非常好!虽然头眠二眠的时候连天阴雨,气候是比"清明"边似乎还要冷一点,可是那些"宝宝"都很强健。

村里别人家的"宝宝"也都不差。紧张的快乐弥漫了全村庄,似那小溪里琮琮的流水也象是朗朗的笑声了。只有荷花家是例外。她们家看了一张"布子",可是"出火"①只称得二十斤;"大眠"快边人们还看见那不声不响晦气色的丈夫根生倾弃了三"蚕箪"在那小溪里。

这一件事,使得全村的妇人对于荷花家特别"戒严"。她们特地避路,不从荷花的门前走,远远的看见了荷花或是她那不声不响丈夫的影儿就赶快躲开;这些幸运的人儿唯恐看了荷花他们一眼或是交谈半句话就传染了晦气来!

老通宝严禁他的小儿子多多头跟荷花说话。——"你再跟那东西多嘴,我就告你迕逆!"老通宝站在廊檐外高声大气喊,故意要叫荷花他们听得。

小小宝也受到严厉的嘱咐,不许跑到荷花家的门前,不许和他们说话。

阿多象一个聋子似的不理睬老头子那早早夜夜的唠叨,他心里却在暗笑。全家就只有他不大相信那些鬼禁忌。可是他也没有跟荷花说话,他忙都忙不过来。

"大眠"捉了毛三百斤,老通宝全家连十二岁的小宝也在内,都是两日两夜没有合眼。蚕是少见的好,活了六十岁的老通宝记得只有

---

① "出火"也是方言,是指"二眠"以后的"三眠";因为"眠"时特别短,所以叫"出火"。

两次是同样的,一次就是他成家的那年,又一次是阿四出世那一年。"大眠"以后的"宝宝"第一天就吃了七担叶,个个是生青滚壮,然而老通宝全家都瘦了一圈,失眠的眼睛上布满了红丝。

谁也料得到这些"宝宝"上山前还得吃多少叶。老通宝和儿子阿四商量了:

"陈大少爷借不出,还是再求财发的东家罢?"

"地头上还有十担叶,够一天。"

阿四回答,他委实是支撑不住了,他的一双眼皮象有几百斤重,只想合下来。老通宝却不耐烦了,怒声喝道:

"说什么梦话!刚吃了两天老蚕呢。明天不算,还得吃三天,还要三十担叶,三十担!"

这时外边稻场上忽然人声喧闹,阿多押了新发来的五担叶来了。于是老通宝和阿四的谈话打断,都出去"捋叶"。四大娘也慌忙从蚕房里钻出来。隔溪陆家养的蚕不多,那大姑娘六宝抽得出工夫,也来帮忙了。那时星光满天,微微有点风,村前村后都断断续续传来了吆喝和欢笑,中间有一个粗暴的声音嚷道:

"叶行情飞涨了!今天下午镇上开到四洋一担!"

老通宝偏偏听得了,心里急得什么似的。四块钱一担,三十担可要一百二十块呢,他那来这许多钱!但是想到茧子总可以采五百多斤,就算五十块钱一百斤,也有这么二百五,他又心里一宽。那边"捋叶"的人堆里忽然又有一个小小的声音说:

"听说东路不大好,看来叶价钱涨不到多少的!"

老通宝认得这声音是陆家的六宝。这使他心里又一宽。

那六宝是和阿多同站在一个筐子边"捋叶"。在半明半暗的星光下,她和阿多靠得很近。忽然她觉得在那"杠条"①的隐蔽下,有一只手在她大腿上拧了一把。好象知道是谁拧的,她忍住了不笑,也不声

---

① "杠条"也是方言,指那些带叶的桑树枝条。通常采叶是连枝条剪下来的。

张。蓦地那手又在她胸前摸了一把,六宝直跳起来,出惊地喊了一声:

"嗳哟!"

"什么事?"

同在那筐子边捋叶的四大娘问了,抬起头来。六宝觉得自己脸上热烘烘了,她偷偷地瞪了阿多一眼,就赶快低下头,很快地捋叶,一面回答:

"没有什么。想来是毛毛虫刺了我一下。"

阿多咬住了嘴唇暗笑。虽然在这半个月来也是半饱而且少睡,也瘦了许多了,他的精神可还是很饱满。老通宝那种忧愁,他是永远没有的。他永不相信靠一次蚕花好或是田里熟,他们就可以还清了债再有自己的田;他知道单靠勤俭工作,即使做到背脊骨折断也是不能翻身的。但是他仍旧很高兴地工作着,他觉得这也是一种快活,正象和六宝调情一样。

第二天早上,老通宝就到镇里去想法借钱来买叶。临走前,他和四大娘商量好,决定把他家那块出产十五担叶的桑地去抵押。这是他家最后的产业。

叶又买来了三十担。第一批的十担发来时,那些壮健的"宝宝"已经饿了半点钟了。"宝宝"们尖出了小嘴巴,向左向右乱晃,四大娘看得心酸。叶铺了上去,立刻蚕房里充满着萨萨的响声,人们说话也不大听得清。不多一会儿,那些"团扁"里立刻又全见白了,于是又铺上厚厚的一层叶。人们单是"上叶"也就忙得透不过气来。但这是最后五分钟了。再得两天,"宝宝"可以上山。人们把剩余的精力榨出来拼死命干。

阿多虽然接连三日三夜没有睡,却还不见怎么倦。那一夜,就由他一个人在"蚕房"里守那上半夜,好让老通宝以及阿四夫妇都去歇一歇。那是个好月夜,稍稍有点冷。蚕房里熬了一个小小的火。阿多守到二更过,上了第二次的叶,就蹲在那个"火"旁边听那些"宝宝"萨萨萨地吃叶。渐渐儿他的眼皮合上了。恍惚听得有门响,阿多的眼皮一跳,睁开眼来看了看,就又合上了。他耳朵里还听得萨萨萨的声音和屑索屑索的怪声。猛然一个踉跄,他的头在自己膝头上磕了一下,他惊醒过来,恰就听得蚕房的芦帘拍叉一声响,似乎还看见有人影一闪。阿多立刻跳起来,到外面一看,门是开着,月光下稻场上有一个人正走向溪边去。阿多飞也似跳出去,还没看清那人是谁,已经把那人抓过来摔在地下。他断定了这是一个贼。

"多多头!打死我也不怨你,只求你不要说出来!"

是荷花的声音,阿多听真了时不禁浑身的汗毛都竖了起来。月光下他又看见那扁得作怪的白脸儿上一对细圆的眼睛定定地看住了他。可是恐怖的意思那眼睛里也没有。阿多哼了一声,就问道:

"你偷什么?"

"我偷你们的宝宝!"

"放到那里去了?"

"我扔到溪里去了!"

阿多现在也变了脸色。他这才知道这女人的恶意是要冲克他家的"宝宝"。

"你真心毒呀!我们家和你们可没有冤仇!"

"没有么?有的,有的!我家自管蚕花不好,可并没害了谁,你们都是好的!你们怎么把我当作白老虎,远远地望见我就别转了脸?你们不把我当人看待!"

那妇人说着就爬了起来,脸上的神气比什么都可怕。阿多瞅着那妇人好半响,这才说道:

"我不打你,走你的罢!"

阿多头也不回的跑回家去,仍在"蚕房"里守着。他完全没有睡意了。他看那些"宝宝",都是好好的。他并没想到荷花可恨或可怜,然而他不能忘记荷花那一番话;他觉到人和人中间有什么地方是永远弄不对的,可是他不能够明白想出来是什么地方,或是为什么。再过一会儿,他就什么都忘记了。"宝宝"是强健的,象有魔法似的吃了又吃,永远不会饱!

以后直到东方快打白了时,没有发生事故。老通宝和四大娘来替换阿多了,他们拿那些渐渐身体发白而变短了的"宝宝"在亮处照着,看是"有没有通"。他们的心被快活胀大了。但是太阳出山时四大娘到溪边汲水,却看见六宝满脸严重地跑过来悄悄地问道:

"昨夜二更过,三更不到,我远远地看见那骚货从你们家跑出来,阿多跟在后面,他们站在这里说了半天话呢!四阿嫂!你们怎么不管事呀?"

四大娘的脸色立刻变了,一句话也没说,提了水桶就回家去,先对丈夫说了,再对老通宝说。这东西竟偷进人家"蚕房"来了,那还了得!老通宝气得直跺脚,马上叫阿多来查问。但是阿多不承认,说六宝是做梦见鬼。老通宝又去找六宝询问。六宝是一口咬定了看见的。老通宝没有主意,回家去看那"宝宝",仍然是很健康,瞧不出一些败相来。

但是老通宝他们满心的欢喜却被这件事打消了。他们相信六宝的话不会毫无根据。他们唯一的希望是那骚货或者只在廊檐口和阿多鬼混了一阵。

"可是那大蒜头上的苗却当真只有三四茎呀!"

老通宝自心里这么想,觉得前途只是阴暗。可不是,吃了许多叶去,一直落来很好,然而上了山却干僵了的事,也是常有的。不过老通宝无论如何不敢想到这上头去;他以为即使是肚子里想,也是不吉利。

四

"宝宝"都上山了,老通宝他们还是捏着一把汗。他们钱都花光了,精力也绞尽了,可是有没有报酬呢,到此时还没有把握。虽则如此,他们还是硬着头皮去干。"山棚"下蒸了火,老通宝和阿四他们伛着腰慢慢地从这边蹲到那边,又从那边蹲到这边。他们听得山棚上有些屑屑索索的细声音①,他们就忍不住想笑,过一会儿又不听得了,他们的心就重甸甸地往下沉了。这样地,心是焦灼着,却不敢向山棚上望。偶或他们仰着的脸上淋到了一滴蚕尿了②,虽然觉得有点难过,他们心里却快活;他们巴不得多淋一些。

阿多早已偷偷地挑开"山棚"外围着的芦帘望过几次了。小小宝看见,就扭住了阿多,问"宝宝"有没有做茧子。阿多伸出舌头做一个鬼脸,不回答。

"上山"后三天,熄火了。四大娘再也忍不住,也偷偷地挑开芦帘角看了一眼,她的心立刻卜卜地跳了。那是一片雪白,几乎连"缀头"都瞧不见;那是四大娘有生以来从没有见过的"好蚕花"呀!老通宝全家立刻充满了欢笑。现在他们一颗心定下来了!"宝宝"们有良心,四洋一担的叶不是白吃的;他们全家一个月的忍饿失眠总算不冤枉,天老爷有眼睛!

同样的欢笑声在村里到处都起来了。今年蚕花娘娘保佑这小小的村子。二三十人家都可以采到七八分,老通宝家更是比众不同,估量来总可以采一个十二三分。

小溪边和稻场上现在又充满了女人和孩子们。这些人都比一个月前瘦了许多,眼眶陷进了,嗓子也发沙,然而都很快活兴奋。她们嘈嘈地谈论那一个月内的"奋斗"时,她们的眼前便时时现出一堆堆雪白的洋钱,她们那快乐的心里便时时闪过了这样的盘算:夹衣和夏衣都在当铺里,这可先得赎出来;过端阳节也许可以吃一条黄鱼。

那晚上荷花和阿多的把戏也是她们谈话的资料。六宝见了人就宣传荷花的"不要脸,送上门去!"男人们听了就粗暴地笑着,女人们

---

① 蚕在山棚上受到热,就往"缀头"柴上爬,所以有屑索屑索的声音。这是蚕要做茧子时的第一步手续。爬不上去的,不是健康的蚕,多半不能做茧。
② 据说蚕在做茧以前必撒一泡尿,而这尿是黄色的。

念一声佛,骂一句,又说老通宝家总算幸气,没有犯克,那是菩萨保佑,祖宗有灵!

接着是家家都"浪山头"了,各家的至亲好友都来"望山头"①。老通宝的亲家张财发带了小儿子阿九特地从镇上来到村里。他们带来的礼物,是软糕、线粉、梅子、枇杷,也有咸鱼。小小宝快活得好象雪天的小狗。

"通宝,你是卖茧子呢,还是自家做丝?"

张老头子拉老通宝到小溪边一棵杨柳树下坐了,这么悄悄地问。这张老头子张财发是出名"会寻快活"的人,他从镇上城隍庙前露天的"说书场"听来了一肚子的疙瘩东西;尤其烂熟的,是《十八路反王,七十二处烟尘》,程咬金卖柴扒,贩私盐出身,瓦岗寨做反王的《隋唐演义》。他向来说话"没正经",老通宝是知道的;所以现在听得问是卖茧子或者自家做丝,老通宝并没把这话看重,只随口回答道:

"自然卖茧子。"

张老头子却拍着大腿叹一口气。忽然他站了起来,用手指着村外那一片秃头桑林后面耸露出来的茧厂的风火墙说道:

"通宝!茧子是采了,那些茧厂的大门还关得紧洞洞呢!今年茧厂不开秤!——十八路反王早已下凡,李世民还没出世;世界不太平!今年茧厂关门,不做生意!"

老通宝忍不住笑了,他不肯相信。他怎么能够相信呢?难道那"五步一岗"似的比露天毛坑还要多的茧厂会一齐都关了门不做生意?况且听说和东洋人也已"讲拢",不打仗了,茧厂里驻的兵早已开走。

张老头子也换了话,东拉西扯讲镇里的"新闻",夹着许多"说书场"上听来的什么秦叔宝,程咬金。最后,他代他的东家催那三十块钱的债,为的他是"中人"。

---

① "浪山头"在熄火后一日举行,那时蚕已成茧,山棚四周的芦帘撤去。"浪"是"亮出来"的意思。"望山头"是来探望"山头",有慰问祝颂的意思。"望山头"的礼物也有定规。

然而老通宝到底有点不放心。他赶快跑出村去,看看"塘路"上最近的两个茧厂,果然大门紧闭,不见半个人;照往年说,此时应该早已摆开了柜台,挂起了一排乌亮亮的大秤。

老通宝心里也着慌了,但是回家去看见了那些雪白发光很厚实硬古古的茧子,他又忍不住嘻开了嘴。上好的茧子!会没有人要,他不相信。并且他还要忙着采茧,还要谢"蚕花利市"①,他渐渐不把茧厂的事放在心上了。

可是村里的空气一天一天不同了。才得笑了几声的人们现在又都是满脸的愁云。各处茧厂都没开门的消息陆续从镇上传来,从"塘路"上传来。往年这时候,"收茧人"象走马灯似的在村里巡回,今年没见半个"收茧人",却换替着来了债主和催粮的差役。请债主们就收了茧子罢,债主们板起面孔不理。

全村子都是嚷骂,诅咒,和失望的叹息!人们做梦也不会想到今年"蚕花"好了,他们的日子却比往年更加困难。这在他们是一个青天的霹雳!并且愈是象老通宝他们家似的,蚕愈养得多,愈好,就愈加困难,——"真正世界变了!"老通宝捶胸跺脚地没有办法。然而茧子是不能搁久了的,总得赶快想法:不是卖出去,就是自家做丝。村里有几家已经把多年不用的丝车拿出来修理,打算自家把茧做成了丝再说。六宝家也打算这么办。老通宝便也和儿子媳妇商量道:

"不卖茧子了,自家做丝!什么卖茧子,本来是洋鬼子行出来的!"

"我们有四百多斤茧子呢,你打算摆几部丝车呀!"

四大娘首先反对了。她这话是不错的。五百斤的茧子可不算少,自家做丝万万干不了。请帮手么?那又得花钱。阿四是和他老婆一条心。阿多抱怨老头子打错了主意,他说:

"早依了我的话,扣住自己的十五担叶,只看一张洋种,多么好!"

---

① 老通宝乡里的风俗,"大眠"以后得拜一次"利市",采茧以后,也是一次。经济窘的人家只举行了"谢蚕花利市","拜利市"也是方言,意即"谢神"。

老通宝气得说不出话来。

终于一线希望忽又来了。同村的黄道士不知从那里得的消息,说是无锡脚下的茧厂还是照常收茧。黄道士也是一样的种田人,并非吃十方的"道士",向来和老通宝最说得来。于是老通宝去找那黄道士详细问过了以后,便又和儿子阿四商量把茧子弄到无锡脚下去卖。老通宝虎起了脸,象吵架似的嚷道:

"水路去有三十多九①呢!来回得六天!他妈的!简直是充军!可是你有别的办法么?茧子当不得饭吃,蚕前的债又逼紧来!"

阿四也同意了。他们去借了一条赤膊船,买了几张芦席,趁那几天正是好晴,又带了阿多。他们这卖茧子的"远征军"就此出发。

五天以后,他们果然回来了;但不是空船,船里还有一筐茧子没有卖出。原来那三十多九水路远的茧厂挑剔得非常苛刻:洋种茧一担只值三十五元,土种茧一担二十元,薄茧不要。老通宝他们的茧子虽然是上好的货色,却也被茧厂里挑剩了那么一筐,不肯收买。老通宝他们实卖得一百十一块钱,除去路上盘川,就剩了整整的一百元,不够偿还买青叶所借的债!老通宝路上气得生病了,两个儿子扶他到家。

打回来的八九十斤茧子,四大娘只好自家做丝了。她到六宝家借了丝车,又忙了五六天。家里米又吃完了。叫阿四拿那丝上镇里去卖,没有人要;上当铺当铺也不收。说了多少好话,总算把清明前当在那里的一石米换了出来。

就是这么着,因为春蚕熟,老通宝一村的人都增加了债!老通宝家为的养了五张布子的蚕,又采了十多分的好茧子,就此白赔上十五担叶的桑地和三十块钱的债!一个月光景的忍饿熬夜还都不算!

一九三二年

---

① 老通宝乡间计算路程都以"九"计;"一九"就是九里。"十九"是九十里,"三十多九"就是三十多个"九里"。

创作要目

1927 年　9 月始,第一部中篇小说《幻灭》连载于《小说月报》第 18 卷第 9、10 号,第一次用"茅盾"的笔名。1928 年 8 月由商务印书馆出版单行本。后收入 1930 年 5 月开明书店版《蚀》。

1928 年　1 月始,中篇小说《动摇》连载于《小说月报》第 19 卷第 1 至第 3 号,同年 8 月由商务印书馆出版单行本。后收入《蚀》。

2 月,第一个短篇小说《创造》刊于《东方杂志》第 25 卷第 8 号。

6 月始,中篇小说《追求》连载于《小说月报》第 19 卷第 6 至第 9 号,收入《蚀》。

10 月,论文《从牯岭到东京》发表于《小说月报》第 19 卷第 10 号。

1929 年　6 月始,长篇小说《虹》连载于《小说月报》第 20 卷第 6、7 号。

7 月,第一个短篇小说集《野蔷薇》(包括《创造》等五篇)由上海大江书铺出版。

1930 年　3 月,《虹》由开明书店出版。

5 月,《蚀》三部曲(《幻灭》《动摇》《追求》)由开明书店出版。

1931 年　5 月,小说、散文合集《宿莽》,上海大江书铺出版。

6 月,中篇《三人行》发表于《中学生》第 16 至第 20 期。12

月由开明书店出版单行本。

10月,开始创作《子夜》。

1932年 2月,创作短篇小说《小巫》等。

5月,中篇《路》由上海光华书局出版。

7月,小说《林家铺子》发表于《申报月刊》第1卷第1期,收入1933年5月开明书店版《春蚕》。

11月,短篇小说《春蚕》发表于《现代》第2卷第4期,收入《春蚕》。

1933年 1月,长篇小说《子夜》由开明书店出版。

4月,《秋收》发表于《申报月刊》第2卷第4、5期。后收入《春蚕》。

5月,短篇小说集《春蚕》由开明书店出版。

6月,短篇小说《当铺前》发表于《现代》第3卷第3期。

7月,《残冬》发表于《文学》第1卷第1号(与《春蚕》《秋收》合称为《"农村"三部曲》)。收入1939年8月开明书店版《茅盾短篇小说集(第二集)》。

9月,中篇《牯岭之秋》发表于《文学》第1卷3—6号。

1934年 9月,《茅盾短篇小说集(第一集)》由开明书店出版。

12月,短篇小说《赵先生想不通》刊于《文学》第3卷第6期。

1935年 2月,散文集《话匣子》由上海良友图书公司出版。

5月,论文《中国新文学大系·小说一集·导言》收入良友图书印刷公司版《中国新文学大系·小说一集》。

1936年 1月,中篇《多角关系》发表于《文学》第6卷第1号。

2月,短篇小说集《泡沫》由文学出版社出版。

6月,短篇小说《儿子开会去了》刊于《光明》创刊号。

7月,短篇小说《大鼻子的故事》发表于《文学》第7卷第1期。

10月,散文集《印象·感想·回忆》由文化生活出版社出版。

1937 年　2 月,《茅盾散文集》由上海天马书店出版。
　　　　5 月,短篇小说集《烟云集》由上海良友图书公司出版。
　　　　中篇小说《多角关系》,上海文学出版社出版。

1938 年　4 至 12 月,长篇小说《第一阶段的故事》以《你往那里跑》为题,连载于香港《立报》副刊《言林》。

1939 年　4 月,散文集《炮火的洗礼》由重庆烽火社出版。
　　　　8 月,《茅盾短篇小说集(第二集)》由开明书店出版。

1941 年　1 月,散文《风景谈》发表于《文艺阵地》第 6 卷第 1 期。收入 1945 年 7 月良友复兴图书印刷公司版《时间的记录》。
　　　　5 月始,《腐蚀》连载于香港《大众生活》周刊 5 月 17 日至 9 月底。同年 10 月由上海华夏书店出版。
　　　　6 月,散文《白杨礼赞》发表于《文艺阵地》第 6 卷第 3 期。

1942 年　6 月,中篇小说《劫后拾遗》由桂林学艺出版社出版。
　　　　7 月,短篇小说《过封锁线》发表于《文艺杂志》第 2 卷第 1 期。
　　　　8 月,长篇小说《霜叶红似二月花》连载于《文艺阵地》第 7 卷第 1 至第 4 期。1943 年 5 月桂林华华书店出版。

1943 年　4 月,散文集《见闻杂记》(包括《兰州杂碎》《白杨礼赞》等 18 篇)由桂林文光书店出版。
　　　　7 月,短篇小说《委屈》发表于《文学创作》第 2 卷第 3 期。后收于 1945 年 3 月建国书店版《委屈》。

1945 年　4 月,长篇小说《第一阶段的故事》由重庆亚洲出版社出版。
　　　　剧本《清明前后》连载于重庆《大公晚报》4 月 14 日至 10 月 1 日(有间断)。同年 10 月重庆开明书店出版。
　　　　9 月,短篇小说集《手的故事》《夏夜一点钟》由开明书店出版。
　　　　12 月,短篇小说集《耶稣之死》,由上海作家书屋出版。

1946 年	11 月,散文集《时间的记录》由上海大地书屋出版。
1947 年	3 月,散文集《生活之一页》由上海新群书店出版。
1948 年	4 月,散文集《苏联见闻录》由上海开明书店出版。《杂谈苏联》由上海致用书店出版。
	9 月,长篇小说《锻炼》连载于香港《文汇报》9 月 9 日至 12 月 29 日。
1958 年	1 月始,理论专著《夜读偶记——关于社会主义现实主义及其他》连载于《文艺报》第 1、2、8、9、10 期。同年 8 月百花文艺出版社出版。
	3 月始,《茅盾文集》(第 1 卷)由人民文学出版社出版,至 1961 年 11 月出齐 10 卷本。
1959 年	1 月,《鼓吹集》由作家出版社出版。
1962 年	10 月,《鼓吹续集》由作家出版社出版。
1978 年	9 月始,回忆录《我走过的道路》连载于《新文学史料》第 1 期至 1981 年。
1979 年	11 月,《茅盾诗词》由河北人民出版社出版。
1980 年	5 月,《茅盾近作》由四川人民出版社出版。
1981 年	5 月,长篇小说《锻炼》由文化艺术出版社出版。
1984 年	《茅盾全集》(第 1 卷)由人民文学出版社出版。至 2001 年出齐 40 卷。

丁　帆

图书在版编目(CIP)数据

茅盾精选集／茅盾著. －北京：北京燕山出版社，2015.12
ISBN 978－7－5402－4076－9

Ⅰ.①茅… Ⅱ.①茅… Ⅲ.①小说集－中国－现代Ⅳ.①I246

中国版本图书馆 CIP 数据核字(2016)第 014068 号

本书中文简体版权经由中华版权代理中心授予

茅盾精选集

茅盾 著
编 选 者／陈骏涛
责任编辑／张红梅
装帧设计／小 贾 张 佳

北京燕山出版社出版发行
北京市西城区陶然亭路53号　邮编100054
全国新华书店经销
北京市松源印刷有限公司印刷

开本 850×1168　1/32　印张 12.5　字数 330,000
2016 年 8 月第 1 版　2016 年 8 月第 1 次印刷

定价：36.00 元

版权所有　盗版必究